长江流域航运

水污染影响
与调控研究

2006 年上海市重点图书

交通运输规划与管理研究系列

国家自然科学基金资助项目——

"航运对长江流域水环境的影响调控机制的基础研究"(70273019)

长江流域航运水污染影响与调控研究

施 欣 袁 群 著

上海交通大学出版社

内 容 摘 要

本书在国家自然科学基金（70273019）的资助下，以系统思想为基准，综合应用不同领域的理论方法，构造较为系统的用于揭示航运对流域水环境经济和技术影响的技术方法框架，并从行政、法律、经济和技术层面上，提出综合治理航运污染的思路和措施体系。

本书的内容主要包括：航运与长江流域水环境系统基本结构标识和动态演变规律识别；航运对长江流域水环境污染的技术量化与风险评价；航运对长江流域水环境污染损失的价值量化；航运对水环境的优化调控机制研究；航运污染的行政治理、法律治理、经济治理和技术治理等。

本书可以作为从事航运污染防治工作的行政管理、科学研究人员的参考资料，也可作为相关专业研究生的学习资料。

图书在版编目（C I P）数据

长江流域航运水污染影响与调控研究／施欣，袁群著
上海：上海交通大学出版社，2007
ISBN 978－7－313－04404－4

Ⅰ.长⋯ Ⅱ.①施⋯②袁⋯ Ⅲ.①长江流域－内河运输－影响－水污染－研究②长江流域－内河运输－水污染－污染控制－研究 Ⅳ.X736.3

中国版本图书馆CIP数据核字（2006）第042116号

长江流域航运水污染影响与
调控研究
施欣 袁群 著
上海交通大学出版社出版发行
（上海市番禺路 877 号 邮政编码 200030）
电话：64071208 出版人：张天蔚
常熟市文化印刷有限公司印刷 全国新华书店经销
开本：787mm×960mm 1/16 印张：20 插页：4 字数：376千字
2007 年 1 月第 1 版 2007 年 1 月第 1 次印刷
ISBN978－7－313－04404－4/X·013 定价：45.00元

序

  为实现由教学型大学向教学研究型大学转变的目标,上海海事大学一直将学科建设作为学校工作的重中之重,从体制、机制和投入三方面予以支持,以便更好地为国家交通事业的发展和上海国际航运中心建设服务。

  交通运输规划与管理学科作为交通部重点学科和学校的传统优势学科,目前设有1个博士点(交通运输规划与管理),3个硕士点(交通运输规划与管理、交通运输工程硕士、港口海岸及近海工程),2个中外合作研究生培养项目(国际航运与物流工程、物流工程与管理)。

  长期以来,交通运输规划与管理学科坚持以水路运输为特色,围绕交通运输战略与规划、交通运输现代化管理、海事信息与控制领域中的重大理论、技术和管理问题,注重学科建设和科学研究,取得了一定的学术成果。据统计,2002年以来,该学科共承担了包括国家863计划、国家自然科学基金等在内的各类科研课题100余项,科研经费达1 000多万元,并获得省部级科研成果奖8项次,发表学术专著17部,在国内外重要学术刊物发表论文近两百篇。

  交通运输规划与管理研究系列丛书收录的学术专著均源自交通运输规划与管理学科的教师近年来所完成的科研成果,从整体上代表了该学科的学术水平。这些专著作者,既有在学术上已卓有成就的资深学科带头人,也有正在快速成长的中青年学科带头人和学术带头人,其中还不乏初出茅庐的青年才俊,这充分显示了交通运输规划与管理学科雄厚的学科人才梯队。更值得一提的是:此次出版的丛书涉及了交通运输领域的方方面面,既有基础理论领域的探索,也有技术方法层面的应用创新,这表明了交通运输规划与管理学科的发展正逐渐呈现出多学科交叉的特色和优势。

  交通运输规划与管理研究系列丛书的顺利出版,标志着交通运输规划与管理学科建设又达到了一个新的高度。在此衷心希望交通运输规划与管理学科团队继续振奋精神,努力创新开拓,坚持"理论上有一个高度,应用上有一个落脚点"的发展模式,在理论研究层面能密切跟踪当前国际学术发展前沿动态,并与之相接轨;在应用研究领域,能与海事领域具体应用密切结合,切实解决重大海事管理与规划问题,力争成为国内海事规划与管理领域不可或缺的思想库、专家库、技术库和成果库。

上海海事大学校长

於世成　教授

目　　录

第1章 概 述

1.1 问题的提出

随着人口剧增和经济的快速发展,水资源危机已成为当今世界许多国家面临的严重问题。据不完全统计,目前世界上一半以上的主要河流正在干涸或受到污染。1998 年,全球因河流污染造成 2 500 万环境难民,首次超过因战争所造成的难民人数。[1]

长江作为我国的第一大干流,在社会经济发展过程中起着非常重要的作用。流域所属的 7 省 2 市(川、鄂、湘、赣、皖、苏、浙、沪、渝)国土面积占全国的 15.5%,人口占 39%,GDP 总量一直占全国的 40% 以上,并在国家西部大开发战略中扮演着主通道的重要角色。目前,长江经济带已和沿海地带一同成为我国"T"字型经济的主轴,并正在向世界上规模最大、辐射范围最广的内河产业密集带迈进。然而,随着流域资源的大规模开发和经济快速增长,流域生态环境逐步退化,引起日益严重的水环境污染问题。20 世纪 60 年代以后,特别是近20 年来,长江干流常规水质发生明显变化,氮化合物、钙离子和硫酸根离子含量逐年升高,一些河段的 pH 值和 HCO_3^- 含量明显下降,营养盐的含量及其向河口、近海的年输送量不断增加,其中硝态氮、磷酸根离子的含量和输送量从 70 年代初到 90 年代末分别增加 8 倍和 4 倍多,导致近海赤潮发生频度升高,流域内湖泊、水库严重富营养化,水体受到微量有毒有害有机物污染等现象的发生。[2]

在长江流域水污染形成过程中,由航运引起的污染占有相当大的比重。一般来说,内河航运对水环境的污染主要包括:生活污水、固体废弃物、化学剂、舱底水和压载水中的油污以及有毒液体等。据统计,在长江流域,船舶日常运营年可产生污油约 6 万 t,船舶垃圾 18 万 t,年排生活污水量相当于一个中等城市。[3]另根据对长江三峡库区的客(货)船机舱含油污水日产生量的统计,机舱舱底水产生量平均每天 0.52 t,未经处理的机舱水含油浓度最高可达到 5 g/L,乘客生活污水产生量为 70 L/(人·d)。[4]在三峡库区水体稀释自净能力减弱的情况下,这显然是一个巨大的污染源,会严重影响整个三峡库区水体的生态结构。与此同时,由于意外事故所造成的油污染和有毒化学品污染也严重危害着水环境的质量。据统计:长江干线平均每年因交通事故沉没的船只 200 余艘,这些沉船往往都带有未用完的燃料油,若按每艘 0.5 t 计算,则长江每年因沉船造成的燃料油污染达 100 多吨。[5]更为严重的是,如果油轮发生突发事故,则会造成更大规模的溢油污染事故。如 1997 年 6 月 3 日在南京栖霞发生的大庆 243 轮溢油事故,该船因静电起火爆炸沉没,导致数千吨原油流入长江;1995 年 6 月 19 日,万县鼓洞附马油库码头由于装卸作业失误,导致 1 028 t 航空煤油泄漏入江。

综上所述,虽然长江发达的航运极大地促进了流域经济的发展,但也给流域水环境系统的可持续发展造成严重的负面影响。更值得关注的是:目前这一现象的恶性蔓延趋势虽然得到一定的控制,但并未彻底改观。为此,要实现长江航运与流域水环境的协调发展,必须从组织和技术两个层面入手,妥善处理两者之间的关系。其中在组织层面上,主要通过制定相关的政策、法律和管理标准来引导、规范和约束具有环境破坏力的航运行为;在技术层面上,则主要是通过新技术、新材料、新设备、新工艺的发明和应用,从根本上消除或减少航运对长江流域水环境系统的破坏和污染。

虽然目前人们已经意识到航运对长江流域水环境质量的负面影响,但相关的研究比较零散,尤其是从产业发展角度探讨长江航运对流域水环境系统的影响和调控机制及相应的污染治理措施的研究非常少。对此,本书将系统深入地探讨。

1.2 国内外研究概况

1.2.1 长江流域生态环境研究概况

从 20 世纪 80 年代开始,大河流域的生态环境系统研究引起国际上的广泛关注,具体包括流域环境演化机理研究和流域资源开发、保护的应用研究两大部分。其中在后者的研究中(如美国对密西西比河流域资源与环境的总体规划,埃及尼罗河的生态环境建设,印度恒河水资源的利用,欧洲的莱茵河、多瑙河、伏尔加河等的开发、利用与环境保护等),航运与生态环境之间的相关关系虽有所提及,但比较零散,不够系统。[6]这一现象在我国长江流域环境系统的研究中也同样存在。

长江流域的开发和发展研究历来是政府与专业学者所关注的问题。[2]20 世纪 50 年代至 70 年代,主要针对长江水资源开发,以南水北调、建设三峡水利枢纽为重点,设立流域水文、水质监测站网以积累基础数据资料;同时针对防治长江洪涝灾害开展流域综合利用规划研究。20世纪80年代以来,鉴于长江洪水频发、污染加剧等严峻的生态环境恶化形势,中科院等科研院所和高等院校对长江流域水环境污染进行了大量研究,积累了丰富的水文与水质资料,并取得一系列重要的研究成果。如中国科学院主持和承担的长江三峡工程的生态环境影响与对策研究、湘江污染综合防治研究、长江水系水环境研究、长江流域生态环境建设及经济持续发展研究、长江产业带建设研究、水环境监测评估等一系列国家级项目和任务。这些研究具有明显的综合性和基础研究特色,为长江流域生态环境及经济协调发展方面的研究打下良好基础。

由上述可知,20世纪80年代以来,特别是随着三峡工程的规划建设,可持续发展模式和西部大开发战略的提出,长江流域的生态环境问题得到了前所未有的关注,取得了一系列十分重要的研究成果。但航运对长江流域生态系统的影响和调控机制及相关的污染治理模式这一论题,到目前为止还缺少系统的研究。然而,这却是长江航运发展所必须面对的一个重大科学研究课题。

1.2.2　经济行为与生态环境间相关关系研究概况

从本质上讲,"研究航运对长江流域水环境的影响和调控机制"与"研究其他社会经济行为与生态环境的相关关系"的研究思路和所采取的技术手段在机理上是一致的。为此,这里着重对经济行为与生态环境间相关关系的研究现状作一分析。

(1) 经济与生态环境的系统分析

经济与生态环境的系统分析在机理上与一般系统分析是等同的。其研究的关键是:如何根据具体研究对象的特点确定系统的构成要素,并借助适当的指标体系对这些要素及相互间的关联关系予以标识。目前此方面的研究还比较薄弱。具体体现在:受信息采集手段和信息规范化的限制,人们针对某一特定的经济和生态系统无法通过建立一整套系统的指标体系来加以全面标识。现有的环境与经济统计数据体系主要包括两大类:一类是自然资源统计和环境统计,所提供的大部分数据都是实物信息;另一类是经济统计,主要是指由联合国倡导的目前在世界各国得到广泛应用的国民经济核算体系。[7]这两类统计体系尽管在各自主题下自成体系,但在反映环境与经济的相互关系上却都是有缺陷的,并不包含用于描述相关关系的信息,由此使得在利用一般系统分析技术对特定的经济与生态环境进行精确标识时,遇到很大困难。

(2) 经济行为与生态环境的耦合机制量化

在对经济与生态环境系统进行分析和标识的基础上,为精确反映经济行为对生态环境的影响,必须对经济行为与生态环境的耦合机制作一量化,主要涉及两个方面:经济行为对生态环境的技术性影响量化和价值影响量化。

对于前者,环境工程学已给出许多模型和方法,如研究大气污染问题常用的高斯模型、ADTL 模型、箱模型,研究河流污染问题常用的斯特里特-弗尔普斯模型、奥卡纳模型等。[8]

经济行为对生态环境的价值影响量化的实质是环境价值评估。目前,关于环境价值评估的方法很多,如 OECD 提出的 MVP 法、CVM 法和显现偏好法等。[9]从总体上看,目前用于环境评估的较流行的方法主要以模糊综合评价技术、灰色聚类分析技术和人工神经网络技术等为主。

综上所述,目前在经济行为与生态环境的耦合机制量化方面,基础性的理论方法已比较成熟,关键是如何根据具体情况选择合适的方法,并经过适当修改,精确地描述经济行为与生态环境的耦合机制。

(3) 经济与生态环境的调控机制设计

经济与生态环境的调控机制设计可基于技术和组织两个层面展开。技术层面的研究目前主要集中于一些具体的防污染技术的创新和应用研究,如许海梁等基于船舶油污水的不同来源提出相应的处理技术[10];吴维平针对我国内河船舶大气污染提出一系列防治技术。[11]综合各种文献发现:目前这方面的研究大都侧重于具体技术的研究和探讨[12],有关从技术管理角度对防污染技术进步的评价和预测研究得非常少,这就使得基于技术层面的经济与生态环境的调控机制的设计缺少方向性的把握和相应的政策导向。

组织层面的研究主要集中于通过如何制定相应的政策、法律和规章来调控经济和生态环境的良性发展,主要分两大类。第一类是探讨调控机制的优化设计。该部分研究的理论方法基础已经相当成熟[13—20],关键是如何根据具体研究对象的特点和信息采集的来源等构造合适的模型,并进行相应的完善。第二类研究主要是依据机制优化的结果,探讨如何通过制定相应的政策、法律和规章来实现调控的目标。这方面的研究也有很多。[1,3,4,11,22]这里须重点明确的是:污染防治法规的制定[3]和环境税的征收与管理[23]是目前的两大研究热点。

1.3　航运对水环境污染的基本界定

航运对水环境的污染是指船舶在靠泊、修理和航行过程中所引起的流域水体水质的恶化。一般来说,航运水污染源主要包括下列几大类。

(1) 船舶含油污水[24,25]

船舶在正常营运过程中所排放的机舱水、油污压载水和洗舱水等往往含有一定量的石油,如:船舶机舱水的含油浓度一般在 2 000～5 000 mg/L,油污压载水的含油浓度一般在 1 000～3 000 mg/L,洗舱油污水的含油浓度在 10 000～15 000 mg/L。上述含油污水如不加处理,直接排放会对水域造成污染。另外,含油污水还含有微量酚、泥沙、铁锈,会造成对渔业和养殖业的损害或疾病传播。

(2) 船舶溢油事故[24]

船舶在航行和靠泊中,如发生触礁、搁浅、碰撞等事故会使得船体破裂,从而导致所承运的石油或船用油溢出,进而对水域产生严重油污染,危害性极大。

(3) 船舶生活污水[26]

船舶生活污水主要是指船舶上的厕所、医务室以及乘员住处排放的污水,主要含有细菌、寄生虫、病原体、悬浮物、有机物等,直接排入水体势必会产生很多危害,如污水中的有机物会消耗水中的溶解氧,影响水生物的生存,而水体的富营养化也会严重威胁水生物的生长。

(4) 船舶垃圾[27]

船舶垃圾是指船舶在营运过程中所产生的各种食品、日常用品和工作用品的废弃物等,一般可分为生活垃圾和工业垃圾。这些垃圾如果直接扔进水域,有些漂浮于水面,会遮挡悬浮生物所需的阳光;有些沉入水底,破坏水底的生态环境;有些则将病菌、毒物带入水体;还有些在水中慢慢分解,消耗水中溶解氧或产生有毒物质。

(5) 有毒化学品[28]

随着船舶运输有毒化学品数量的持续上升,产生的污染也相应增多,排放污染物的主要方式有:有毒化学品污水和承运的化学品泄漏等。

在上述航运污染源中,本书主要研究油污染。

1.4 研究内容

本书的研究目标是:围绕航运对长江流域水环境的影响与调控机制,在对国内外内河航运与水环境相关关系进行充分调研的前提下,建立起适合航运对长江流域水环境的影响与调控机制研究的基本理论和具体应用框架,在此基础上,通过实证分析明确长江流域航运对水环境的影响机制,同时通过系统模拟、实证分析和规范分析等手段,对长江流域航运与水资源环境可持续发展机制的设计及相应的航运污染治理提出具有指导性和可操作性的政策和建议。

基于上述研究目标,本书的研究框架见图 1-1:

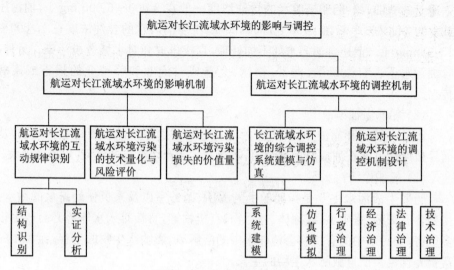

图 1-1   本书的研究框架

按照上述研究框架,拟采取下列技术路线:

① 在航运对流域水环境的影响机制研究中,着重探讨航运与长江流域水环境系统的基本结构标识和互动规律识别、航运对长江流域水环境污染的技术量化与风险评价、航运对长江流域水环境污染损失的价值衡量等 4 个方面的问题。

a. 在航运与长江流域水环境系统的基本结构标识(第 2 章)中,将在系统论思想的引导下,依据内河运输学和环境工程学的一些基本理论,明确航运与长江流域水环境系统的基本结构和运作机理,并予以指标化描述。

b. 在航运与长江流域水环境系统动态演变与互动规律的实证分析(第 2 章)过程中,首先拟通过相关分析、主因子分析、协整分析、序列统计分析等手段,对长江流域水环境质量的影响因素、航运业与长江流域水环境质量间的相关关系、长江流域船舶溢油污染事故的内在规律等进行系统的实证分析,其中,上海港航运污染将作为典型样本案例加以剖析,在此基础上,构造航运对水环境污染的中长期预测模型的理论模式。

c. 在航运对长江流域水环境污染的技术量化与风险评价(第 3 章)研究过程中,依据环境工程学理论对各种用于描述航运对长江流域生态环境技术性影响的水质模型和溢油模型进行综述与评价分析,在此基础上,构造基于溢油模拟技术的船舶溢油污染危险区域识别及风险评估模型、基于层次分析法的船舶溢油污染危害程度评估模型、基于神经网络的溢油事故等级评判模型等。为验证上述模型的有效性和可操作性,将基于上海港实况予以例化。

d. 在航运对长江流域水环境污染损失的价值衡量(第 4 章)研究过程中,首先对经济活动对环境影响的价值衡量研究进行综述,然后对传统污染损失价值衡量模型的应用作一探讨,明确存在的不足,在此基础上,着重探讨 BP 神经网络在船舶污染事故损失衡量中的运用,以确立和完善船舶污染事故水环境价值损失的测定方法。

② 在航运与长江流域水环境系统调控机制的优化研究中,将重点从综合调控系统构模与政策效应模拟,基于行政、法律、经济和技术层面的航运水环境污染治理等方面展开研究。其中:

a. 在航运与长江流域水环境宏观系统构模与政策效应模拟(第 5 章)研究中,首先利用系统分析方法,建立长江流域水环境可持续发展系统模型及未来航运污染宏观治理目标控制体系,在此基础上,利用系统动力学模型及计量经济学模型构造相应的航运与长江流域水环境系统的宏观调控模型,并进行宏观调控内在机制仿真实验,同时对各种宏观调控政策效应进行仿真模拟分析。

b. 在长江流域航运水环境污染的行政与法律治理(第 6 章)研究中,首先对航运污染行政治理的基本概念框架作一界定,在此基础上,一方面以船舶溢油事故为例,采用实证分析的方法对船舶污染应急管理体系、组织机制和应急计划的设计与实施展开探讨;另一方面结合世界各国内河航运与资源保护的经验教训、发展模式和政策体系,对长江流域和上海港的航运污染问题及相关政策法规体系进行研讨。

c. 在长江流域航运水环境污染的经济治理(第 7 章)研究中,在对现有航运污染外部性现象及内部化方法的应用进行分析的基础上,拟利用经济学理论设计防止船舶常规性污染的耦合激励调控机制,具体包括总体"庇古税"(环境浓度税)的估算、单船"庇古税"的估算与征收以及排污退税激励等。

d. 在长江流域航运水环境污染的技术治理(第 8 章)研究中,首先利用案例分析和层次分析法对船舶溢油事故处理技术、航运防污技术、航运污染检测和动态跟踪技术、船舶生活污染处理技术和船舶溢油事故的组织管理技术的应用现状与发展趋势进行综述,并利用层次分析法对各类技术的选择作一评估,在此基础上,综合利用计算机软件开发理论和技术,研制开发船舶溢油应急决策支持系统。

参考文献

[1] 贾生元,戴艳文. 国际河流可持续利用思考[J]. 环境与开发,2000,15(2):39—41.

[2] 虞孝感,姜加虎,贾绍凤. 长江流域水环境演化规律研究平台及切入点初探[J]. 长江流域资源与环境,2001,10(6):485—489.

[3] 胡承兵. 建立完善中国船舶污染防治法规体系的必要性及建议[J]. 交通环保,2001,22

(2):8—10.

[4] 吴飚. 三峡库区船舶污染及综合防治对策研究[J]. 长江流域资源与环境,2000,9(4):487—490.

[5] 胡承兵. 长江干线船舶防污工作的现状、存在的问题及对策[J]. 交通环保,2000,21(2):24—28.

[6] 李长安,殷鸿福,俞立中,等. 关于长江流域生态环境系统演变与调控研究的思考[J]. 长江流域资源与环境,2001,10(6):550—557.

[7] 高敏雪. 环境统计与环境经济核算[M]. 北京:中国统计出版社,2000.

[8] 张慧勤,过孝民. 环境经济系统分析——规划方法与模型[M]. 北京:清华大学出版社,1993.

[9] OECD. The economic appraisal of environmental projects and policies:a practical guide [R]. 1996.

[10] 许海梁,熊德琪,殷佩海. 船舶油污水处理技术进展[J]. 交通环保,2000,21(2):5—9.

[11] 吴维平. 中国内河船舶大气防污染对策及运力结构改善对沿岸港口大气环境质量的影响[J]. 交通环保,2001,22(3):21—25.

[12] 刘兆金. 高速公路建设项目清洁生产初探[J]. 交通环保,2001,22(3):15—18.

[13] 刘大银,汪瀚,周晓刚,等. 汉江中游水污染规律与控制方案研究[J]. 长江流域资源与环境,2001,10(4):365—372.

[14] 邹锐,郭怀成. 经济开发区不确定性环境规划方法与应用研究[J]. 环境科学学报,2001,21(1):101—106.

[15] 蒋晓辉. 陕西关中地区水环境承载力研究[J]. 环境科学学报,2001,21(3):313—317.

[16] 唐良,杨展里,冯琳,等. 南通市水污染控制规划研究[J]. 长江流域资源与环境,2000,9(1):98—103.

[17] 邬红娟,林子扬,郭生练. 人工神经网络方法在资源与环境预测方面的应用[J]. 长江流域资源与环境,2000,9(2):237—241.

[18] 杨国栋,贾成前,孙立宏. 人工神经网络模型和公路复垦土地适宜性评价[J]. 交通环保,2001,22(8):5—8.

[19] 宋新山,阎百兴,何岩. 污染损失率模型的构建及其在环境质量评价中的应用[J]. 环境科学学报,2001,21(2):229—233.

[20] 张巍,王学军,李莹. 在总量控制体系下实施点源与非点源排污交易的理论研究[J]. 环境科学学报,2001,21(6):748—753.

[21] 包存宽,尚金城,陆雍森. 前后对比分析法在战略环境评价中应用初探[J]. 环境科学学报,2001,21(6):754—758.

[22] 朱汝明,谢西洲,胡承兵. 建立长江三峡库区船舶污染应急反应体系的意义和设想[J]. 交通环保,2001,22(6):1—4.

[23] 杨金田. 环境税的新发展:中国与 OECD 比较[M]. 北京:中国环境科学出版社,2000.

[24] 李传昌. 船舶污染途径及其防治措施[J]. 水运技术,1999(6):34.

[25] 陈林. 加强船舶压载水排放管理[J]. 湛江海洋大学学报,2002(6):74—77.

[26] 周国忠.关于内河船舶生活污染水污染防治的总体构思[J].船舶物资与市场,2002(1)：36—38.

[27] 常文.关于防止船舶垃圾对水域的污染[J].交通环保,1999,20(2)：43—46.

[28] 黄永昌.浅谈长江船舶污染及治理对策[J].重庆环境科学,1998(6)：16—17.

第2章　航运与长江流域水环境
互动机制的结构标识和
内在规律识别

2.1　航运与长江流域水环境互动机制的结构标识

2.1.1　流域系统的基本结构

按照系统理论思想,流域系统是由相互联系、相互作用的若干要素所组成的具有多重功能的整体,除具备一般系统所具有的集合性、整体功能性、层次性、可变性等共性特征以外,还具有时间与空间维度上的可持续性,自然、社会、环境、人口、经济系统的相互关联性,生态环境的易污染性,资源的有限性等特性。

基于上述理解可以认为:流域系统是一个复杂的复合系统,具体可用图2-1[1]来描述。

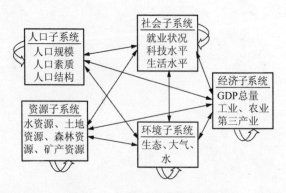

图2-1　流域系统的基本构成

在上述流域系统的结构体系中,资源-生态-经济-社会-环境-人口子系统相互作用、相互耦合、共同发展。任何一个子系统的变化均会不同程度地影响其他相关子系统的变化,并且经过耦合作用,或者加大系统的变化,或者减小系统的变化,或者使系统发生微小的扰动。[2]

按照可持续发展理论的观点,流域系统最基本的发展目标是:不断提高系统的可持续度。具体可用下式[1]加以描述:

$$\max SDS \subseteq \{S_1, S_2, \cdots, S_m, R_{el}, O, R_{st}, T, L\}, m \geqslant 2, S_i \subseteq \{E_i, C_i, F_i\}$$

式中:SDS 表示系统的可持续度;S_i 表示第 i 个子系统,m 为子系统的数目;E_i,C_i,F_i 分别表示系统 S 的要素、结构和功能;R_{el} 为系统关联集合,既包括子系统间的关联关系,又包括子系统内部各要素之间的关联关系;R_{st} 为系统限制或约束集;O 为系统目标集;T,L 分别为时间和空间量。

2.1.2　长江流域水环境质量影响因素的识别

从总体上看,影响长江流域水环境质量的因素主要包括自然因子和社会经济因子。[2]其中自然因子涉及地质、地貌、水文、气候、土壤与植被等;社会经济因子主要是指引起水质污染的社会经济活动。这里重点对社会经济因子作一分析。根据调查发现:在长江流域的水污染形成过程中,工业、农业、城市发展以及航运引起的污染占很大比重。为此,选取人口、工业 GDP、第一产业 GDP、客运量、货运量、平均净载重吨等指标作为备选影响因素,并借助主成分分析法对这些影响因素进行归类。

首先给出 1990～2002 年这些指标的基本统计特征[3—5],见表 2-1 和表2-2。

表 2-1　基本统计描述

	均　值	标　准　差
人　口	41 265.17	1 033.003 46
第一产业 GDP	6 394.119	2 328.994 17
工业 GDP	13 945.8	6 478.231 91
客运量	1 733.083	501.279 72
货运量	26 688.92	5 979.368 12
平均净载重吨	139.658 3	28.585 64

表 2 - 2　所有序列的相关系数

		人口	第一产业 GDP	工业 GDP	客运量	货运量	平均净载重吨
相关系数	人　口	1.000	0.961	0.990	−0.911	−0.116	0.531
	第一产业 GDP	0.961	1.000	0.973	−0.885	−0.317	0.522
	工业 GDP	0.990	0.973	1.000	−0.942	−0.138	0.565
	客运量	−0.911	−0.885	−0.942	1.000	0.134	−0.540
	货运量	−0.116	−0.317	−0.138	0.134	1.000	0.108
	平均净载重吨	0.531	0.522	0.565	−0.540	0.108	1.000
显著性水平	人　口		0.000	0.000	0.000	0.360	0.038
	第一产业 GDP	0.000		0.000	0.000	0.158	0.041
	工业 GDP	0.000	0.000		0.000	0.334	0.028
	客运量	0.000	0.000	0.000		0.339	0.035
	货运量	0.360	0.158	0.334	0.339		0.369
	平均净载重吨	0.038	0.041	0.028	0.035	0.369	

　　基于上述指标的统计特征,可给出碎石图(见图 2 - 2)和主成分矩阵(见表 2 - 3)。

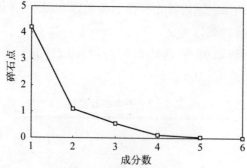

图 2 - 2　因子的碎石图

表 2 - 3　主成分矩阵

	成　分			成　分	
	1	2		1	2
工业 GDP	0.990	0.013	客 运 量	−0.947	−0.018
人　口	0.975	0.020	平均净载重吨	0.644	0.445
第一产业 GDP	0.972	−0.162	货 运 量	−0.191	0.935

从图 2 - 2 可以看出特征根大于 1 的只有 2 个,所以可以确定主成分有 2 个。

由主成分矩阵表可以得到如下的主成分分析模型:

$$工业 GDP 单位 = 0.99f_1 + 0.013f_2$$

$$人口单位 = 0.975f_1 + 0.02f_2$$

$$第一产业 GDP 单位 = 0.972f_1 - 0.162f_2$$

$$客运量单位 = -0.947f_1 - 0.018f_2$$

$$平均净载重吨单位 = 0.64f_1 + 0.445f_2$$

$$货运量单位 = -0.191f_1 + 0.935f_2$$

根据上述模型,可以进一步得到表 2 - 4。

表 2 - 4 主成分方差百分比

成　　分	非负特征根	贡献率/%	累计贡献率/%
1	4.224	70.397	70.397
2	1.099	18.318	88.715

从上表可以看出:两个因子非负特征根分别为 4.224 和 1.099,占总方差的比重为 88.715%,因此,取两个因子就能够代表上述各个变量。由此,可以根据因子得分系数矩阵(表 2 - 5)得到主成分因子得分函数:

表 2 - 5 因子得分系数矩阵

	成　　分			成　　分	
	1	2		1	2
人　　口	0.231	0.018	客运量	-0.224	-0.017
第一产业 GDP	0.230	-0.147	货运量	-0.045	0.851
工业 GDP	0.234	0.012	平均净载重吨	0.152	0.405

$$f_{ac1-1} = 0.231x_1 + 0.23x_2 + 0.234x_3 - 0.224x_4 - 0.045x_5 + 0.152x_6$$

$$f_{ac2-1} = 0.018x_1 - 0.147x_2 + 0.012x_3 - 0.017x_4 + 0.851x_5 + 0.405x_6$$

式中:$x_1, \cdots, x_6$ 为标准化的人口、第一产业 GDP、工业 GDP、客运量、货运量和平均净载重吨原始数据。

上述两大类因子的不相关性检验见表 2 - 6。

表 2 - 6　因子协方差矩阵

成　　分	1	2
1	1.000	0.000
2	0.000	1.000

综上所述,可以认为影响长江流域水环境的因素主要分为两大类:一是与社会经济发展水平密切相关的第一主成分类因素,主要由人口、第一产业 GDP、工业 GDP 和客运量构成;二是与航运业密切相关的第二主成分类因素,包括货运量和平均净载重吨。

2.2　长江水质评价与影响因素的作用效应

2.2.1　长江水质评价

由于样本采集和统计口径的变化,在描述长江水质方面先后沿用两大标准,其中:1990～1995 年采用的标准综合了国家颁布的饮用水、地表水、渔业用水、灌溉用水等水质标准和工业废水排放标准,将水质分为 5 个等级,并分定出各级标准;1996 年以后统一采用国家《地表水环境质量标准》(GB3838—1988),即依据地面水域使用目的和保护目标将水质划分为 5 个类别。[6]

基于上述两大标准,我们对 1990～2003 年长江水质状况分析[3,7,8]如下:

1990 年长江干流水质总体良好,但在沿岸城市排污口附近存在长度不等的岸边污染带,主要污染物是悬浮物、耗氧有机物和挥发酚。

1991 年长江干流水质基本良好,个别断面有超标现象。在评价的 9 193 km 河段中,符合 1 和 2 类标准的占 54%、符合 3 类标准的占 16%、符合 4 和 5 类标准的占 30%,主要污染物是悬浮物、耗氧有机物、氨氮和挥发酚等。

1992 年长江流域干流水质良好,但重庆、武汉、南京、上海等主要城市河段近岸水域污染较重。在评价的 8 831 km 河段中,符合 1 和 2 类标准的占 58%、符合 3 类标准的占 22%、符合 4 和 5 类标准的占 20%,主要污染物是耗氧有机物、氨氮、挥发酚,部分河段总汞量超标。

1993 年长江流域水质总体良好,干流水质好于支流,但重庆、武汉、南京、上海等主要城市河段岸边水域污染严重。在 50 个重点河段中,符合 1 和 2 类标准的占37%、符合3类标准的占31%、符合4和5类标准的占32%，主要污染物是氨氮、高锰酸盐和挥发酚，部分河段为铜、砷化物。

1994年长江干流水质好于支流，但主要城市河段岸边水域污染严重。全流域水质符合地面水1和2类标准的占42%、3类的占29%、符合4和5类的占29%，主要污染物为氯氮、高锰酸盐物和挥发酚，个别河段为铜、砷化物。

1995年长江全流域水质符合1和2类标准的为45%、符合3类标准的为31%、符合4和5类的为24%，主要污染物为氨氮、高锰酸盐和挥发酚。

1996年长江水系符合1和2类水质标准的河段为38.8%、符合3类标准的为33.7%、符合4和5类标准的为27.5%，主要污染物为氨氮、高锰酸盐和挥发酚，个别河段铜超标。

1997年长江干流污染较轻，水质基本良好。监测的河段中，67.7%为3类和优于3类水质，无超5类水质的河段，主要污染物为高锰酸盐，其次为生化需氧量和挥发酚。

1998年长江干流污染较轻，水质基本良好。监测河段的75%断面达到或优于地面水环境质量3类标准，其中，1类水质为4%、2类水质为67%、3类水质为4%、4类水质为11%、5类水质为10%、劣5类水质为4%，主要污染物为悬浮物、高锰酸盐和氨氮。

1999年长江干流水质良好。31个水质监测断面主要污染物均达到2~3类水质。

2000年长江干流43个水质监测断面均达到2~3类水质标准，主要污染物为石油类和氨氮。

2001年长江水系142个水质监测断面，其中干流断面42个，以2类水质为主，1，2，3，4类水的比例分别为9.5%，81.0%，7.1%和2.4%，主要污染物是石油类、氨氮和高锰酸盐。

2002年长江水系128个水质监测断面，其中干流监测断面39个，干流以2类水质为主，1，2，3，4类水质比例分别为2.6%，71.8%，20.5%和5.1%，主要污染物是石油类、氨氮和高锰酸盐。

2003年长江水系国控监测断面103个，其中1~3类水质比例占71.8%、4~5类占17.5%、劣5类占10.7%，主要污染物是石油类、氨氮。

不同年度长江干流水质评价的具体情况统计值见表2-7。

表 2-7　不同年度长江干流水质评价基本情况统计

年　份	1,2类/%	3类/%	4,5类/%	主 要 污 染 物
1990	59.5	3.5	0	悬浮物、耗氧有机物和挥发酚
1991	54	16	30	悬浮物、耗氧有机物、氨氮和挥发酚
1992	58	22	20	耗氧有机物、氨氮、挥发酚
1993	37	31	32	氨氮、高锰酸盐和挥发酚
1994	42	29	29	氨氮、高锰酸盐和挥发酚
1995	45	31	24	氨氮、高锰酸盐和挥发酚
1996	38.8	33.7	27.5	氨氮、高锰酸盐和挥发酚
1997	67.7		32.3	高锰酸盐、生化需氧量和挥发酚
1998	71	4	25	悬浮物、高锰酸盐和氨氮
1999	56.4	30.8	12.8	石油类和氨氮
2000	45.4	29.2	25.4	石油类和氨氮
2001	90.5	7.1	2.4	石油类、氨氮和高锰酸盐
2002	74.4	20.5	5.1	石油类、氨氮和高锰酸盐
2003	51.4	20.4	28.2	石油类、氨氮

注：1995,1996,2003 年的数据为长江整个水系监测情况,其他为长江干流监测情况。（数据来源：1990～2003 年中国环境状况公报电子版[7,8]）

　　基于上述统计数据,可以得到长江水质综合污染指数趋势图[9],见图 2-3。

数据来源: 1992～2003《长江年鉴》[3]

图 2-3　1991～2002 年长江水质综合污染指数

从图中可以发现：综合污染指数总体呈下降趋势,但下降趋势并不明显,这表明随着国家环保政策的实施,长江水环境得到一定程度的改善,但水质污染现象仍然不容忽视。

2.2.2　长江水质影响因素的作用效应

2.2.2.1　影响因素的选取

基于前文的主因子分析结果,选用人口、工业 GDP、第一产业 GDP、客运量、货运量、平均净载重吨等指标作为长江水质的影响因素。各类影响因素的基本概况如下。

（1）人口

截至 2003 年底,长江流域总人口约 4.31 亿,约占全国总人口的 1/3。长江流域的人口一直呈稳步上升趋势,具体见图 2-4。

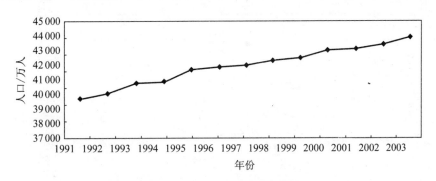

（数据来源：1992~2003 年《长江年鉴》[3]）

图 2-4　1991~2002 年长江流域人口走势

（2）工业 GDP

20 世纪 90 年代以来,长江流域工业经济发展迅速,截至 2002 年底,长江流域工业 GDP 达 24 078.32 亿元,比 1991 年(3 910.71 亿元)增加 5 倍多,占长江流域总体 GDP 的 39.1%,具体见图 2-5。

（3）第一产业 GDP

长江流域第一产业发达,截至 2002 年底,长江流域第一产业 GDP 达 9 306.05 亿元,占长江流域总体 GDP 的 15.1%,具体见图 2-6。

（4）平均净载重吨

随着航道条件的逐步改善和运输规模化发展的要求,长江各类货运船舶的平均吨位近年来有较大提高,总体上已从 1991 年的平均净载重量 111.48 t/艘,增至 2003 年的 253.3 t/艘。特别是从 2000 年以来,船舶大型化的趋势非常明显,具体情况见图 2-7。

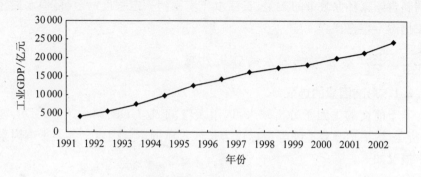

（数据来源：1992～2003 年《长江年鉴》[3]）

图 2-5　1991～2002 年长江流域工业 GDP 走势

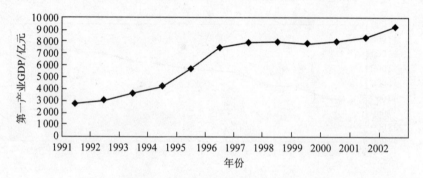

（数据来源：1992～2003 年《长江年鉴》[3]）

图 2-6　1991～2002 年长江流域第一产业 GDP 走势

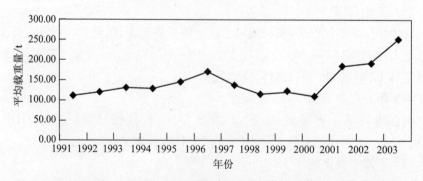

（数据来源：根据长江水系统计年报电子版（2003 年度）[5]，张旭东《长江水系航运市场现状与发展思路》[10]和肖芳楠《长江干线船舶发展趋势》[11]整理得到）

图 2-7　长江水系货运船舶平均载重量变化趋势

（5）水系货运量

长江水系的货物运输量,在建国初期到 20 世纪 80 年代后期有很大增长。1952 年货运量仅为 3 600 万 t,1988 年货运量达到 28 400 万 t,占全国内河货运量的 80％。1989 到 1998 年,长江水系货运量呈不规则变化。1999 年以来,长江水系货运量又呈现出较强的增长趋势,具体情况见图 2-8。

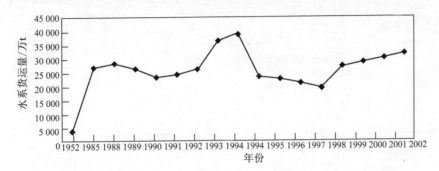

（数据来源：根据《长江年鉴》(1989～2003 年)[3] 和张旭东《长江水系航运市场现状与发展思路》[10] 整理得到)

图 2-8　1952～2003 年长江水系货运量变化趋势

（6）水系客运量

随着其他运输方式的快速发展,长江客运逐步萎缩。从 1985 年至今,长江水路客运经历了鼎盛、下滑、衰退和旅游化发展 4 个阶段,具体情况见图 2-9：

（数据来源：www.hb.xinhuanet.com 专题报道——长江航运[12]）

图 2-9　1985～2004 年长江水系客运量变化趋势

2.2.2.2　长江水质与影响因素相关关系分析

（1）综合污染指数与人口相关关系分析

利用 SPSS 软件包[13,14]对综合污染指数与人口进行相关分析和各类曲线回归分析,其结果见表 2-8～表 2-10 和图 2-10。

表 2-8　相关分析结果

		综合污染指数	人　口
综合污染指数	皮尔森相关系数	1	−0.825*
	双尾显著性水平	0	0.001
	样本数	12	12
人　口	皮尔森相关系数	−0.825*	1
	双尾显著性水平	0.001	0
	样本数	12	12

* 显著性水平为 0.01。

表 2-9　曲线回归估计结果

Mth	Rsq	d. f.	F	Sigf	b_1	b_2	b_3
LIN	0.903	11	102.22	0.000	5.1E−05		
LOG	0.913	11	115.95	0.000	0.200 2		
INV	0.925	11	135.67	0.000	88 291.4		
QUA	0.973	10	182.80	0.000	0.000 7	−1.E−08	
CUB	0.974	10	184.91	0.000	0.000 4		−2.E−13
COM	0.823	11	51.32	0.000	1.000 0		
POW	0.837	11	56.57	0.000	0.066 6		
S	0.853	11	63.77	0.003	29 440.9		
GRO	0.823	11	51.32	0.000	1.7E−05		
EXP	0.823	11	51.32	0.000	1.7E−05		
LGS	0.823	11	51.32	0.000	1.000 0		

注：x(人口)为自变量；y(综合污染指数)为因变量；Mth 表示模型的形式；Rsq 表示 R^2 统计量的值；d. f. 表示自由度；F 表示 F 检验值；Sigf 表示 F 检验值的实际显著性水平即相伴概率值 p；b_1、b_2、b_3 表示回归系数，下同。

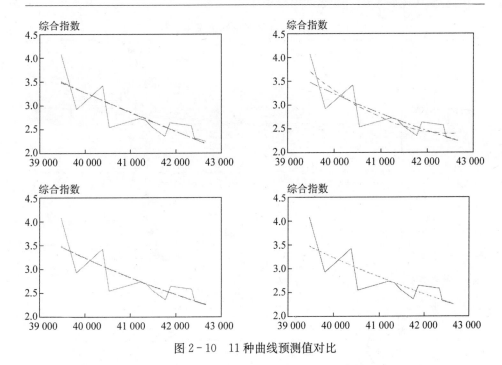

图 2-10　11 种曲线预测值对比

从上述检验结果可以发现：在所选的 11 种曲线函数中，Quadratic 和 Cubic 曲线拟合优度较高，其中 Cubic 曲线的拟合优度比 Quadratic 曲线高，由此得到综合污染指数与人口之间的 Cubic 关系模型如下：

$$y = 0.000\,4x - 2 \times 10^{-13} x^3$$

（2）综合污染指数与工业 GDP

综合污染指数与工业 GDP 的相关分析和回归分析结果见表 2-10、表 2-11和图 2-11。

表 2-10　相关分析结果

		综合污染指数	工业 GDP
综合污染指数	皮尔森相关系数	1	−0.856*
	双尾显著性水平	0	0.000
	样本数	12	12
工业 GDP	皮尔森相关系数	−0.856*	1
	双尾显著性水平	0.000	0
	样本数	12	12

* 显著性水平为 0.01。

表 2 - 11 曲线回归估计结果

Mth	Rsq	d. f.	F	Sigf	b_0	b_1	b_2	b_3
LIN	0.732	10	27.30	0.000	3.3823	$-9.E-05$		
LOG	0.625	10	16.68	0.002	10.7728	-0.9186		
INV	0.458	10	8.43	0.016	1.4669	6782.05		
QUA	0.744	9	13.06	0.002	3.1007	$-4.E-05$	$-2.E-09$	
CUB	0.801	8	10.74	0.004	1.6703	0.0004	$-4.E-08$	$8.2E-13$
COM	0.754	10	30.69	0.000	3.7235	1.0000		
POW	0.626	10	16.77	0.002	125.694	-0.4385		
S	0.450	10	8.17	0.017	0.3950	3206.18		
GRO	0.754	10	30.69	0.000	1.3147	$-4.E-05$		
EXP	0.754	10	30.69	0.000	3.7235	$-4.E-05$		
LGS	0.754	10	30.69	0.000	0.2686	1.0000		

注：x(工业 GDP)为自变量；y(综合污染指数)为因变量。

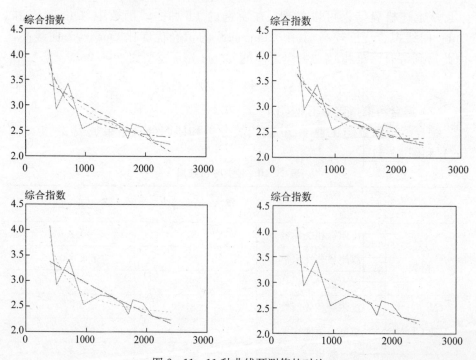

图 2 - 11　11 种曲线预测值的对比

从上述检验结果可以发现：Cubic 曲线对样本观测值的拟合优度比其他回归曲线高。由此可以得到综合污染指数与工业 GDP 间的 Cubic 模型如下：

$$y = 1.6703 + 0.0004x - 4 \times 10^{-8} x^2 + 8.2 \times 10^{-13} x^3$$

（3）综合污染指数与第一产业 GDP

相关统计分析结果见表 2-12、表 2-13 和图 2-12。

表 2-12　相关分析结果

		综合污染指数	第一产业 GDP
综合污染指数	皮尔森相关系数	1	-0.840*
	双尾显著性水平	0	0.001
	样本数	12	12
第一产业 GDP	皮尔森相关系数	-0.840*	1
	双尾显著性水平	0.001	0
	样本数	12	12

* 显著性水平为 0.01。

表 2-13　曲线回归估计结果

Mth	Rsq	d.f.	F	Sigf	b_1	b_2	b_3
LIN	0.676	11	22.91	0.001	0.0003		
LOG	0.891	11	90.11	0.001	0.2417		
INV	0.926	11	138.40	0.000	10567.4		
QUA	0.972	10	172.77	0.000	0.0012	-1.E-07	
CUB	0.980	9	149.81	0.000	0.0016	-3.E-07	1.1E-11
COM	0.567	11	14.41	0.003	1.0001		
POW	0.809	11	46.62	0.000	0.0800		
S	0.918	11	123.78	0.000	3653.81		
GRO	0.567	11	14.41	0.003	8.6E-05		
EXP	0.567	11	14.41	0.003	8.6E-05		
LGS	0.567	11	14.41	0.003	0.9999		

注：x（第一产业 GDP）为自变量；y（综合污染指数）为因变量。
　　模型估计不包含常数量；Rsq 被重新定义。

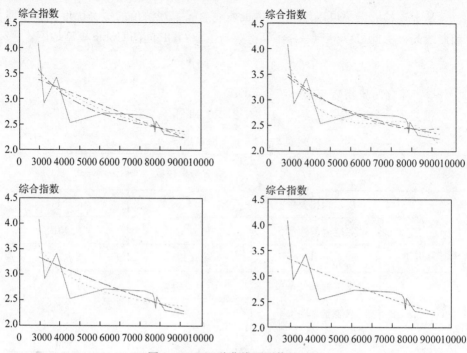

图 2 - 12　11 种曲线预测值的对比

从上述检验结果可以发现：在所选的 11 种曲线函数中，Quadratic 和 Cubic 曲线拟合优度较高（R^2 统计量值分别为 0.972 和 0.980），其中 Cubic 曲线的拟合优度比 Quadratic 曲线高，由此可以得到综合污染指数与第一产业 GDP 之间的 Cubic 模型如下：

$$y = 0.001\,6x - 3 \times 10^{-7}x^2 + 1.1 \times 10^{-11}x^3$$

（4）综合污染指数与平均净载重吨

综合污染指数与平均净载重吨间的相关分析和回归分析结果见表 2 - 14。

表 2 - 14　相关分析结果

		综合污染指数	平均净载重吨
综合污染指数	皮尔森相关系数	1	−0.329
	双尾显著性水平	0	0.296
	样本数	12	12
平均净载重吨	皮尔森相关系数	−0.329	1
	双尾显著性水平	0.296	0
	样本数	12	12

从统计结果可以看出,综合污染指数与平均净载重吨之间存在负相关关系。当船舶平均载重吨增加时,污染减小。由于相关性不强,因此无法进行曲线回归。

（5）综合污染指数与水系货运量

综合污染指数与水系货运量间的统计分析结果见表 2 - 15。

表 2 - 15　相关分析结果

		综合污染指数	水系货运量
综合污染指数	皮尔森相关系数	1	0.185
	双尾显著性水平	0	0.566
	样本数	12	12
水系货运量	皮尔森相关系数	0.185	1
	双尾显著性水平	0.566	0
	样本数	12	12

从统计结果可以看出,综合污染指数与水系货运量之间存在正相关关系。当水系货运量增加时污染增加。但是,水系货运量仅能解释污染中 18.5% 的变异,相关性不强,因此无法进行曲线回归。

（6）综合污染指数与客运量

统计分析结果见表 2 - 16。

表 2 - 16　相关分析结果

		综合污染指数	客　运　量
综合污染指数	皮尔森相关系数	1	0.839*
	双尾显著性水平	0	0.001
	样本数	12	12
客　运　量	皮尔森相关系数	0.839*	1
	双尾显著性水平	0.001	0
	样本数	12	12

* 显著性水平为 0.01。

从统计结果可以看出,综合污染指数与客运量之间存在正相关关系。当水系客运量增加时,污染增加,相关系数为 0.839,假设检验值小于 0.005,表明水系客运量能解释污染 83.9% 的变异,可视为高度相关。继续做曲线回归分析,得到结果见表 2-17 和图 2-13。

表 2-17　曲线回归估计结果

Mth	Rsq	d. f.	F	Sigf	b_1	b_2	b_3
LIN	0.974	11	416.46	0.000	0.001 2		
LOG	0.932	11	150.81	0.000	0.289 7		
INV	0.683	11	23.72	0.000	2 722.49		
QUA	0.974	10	189.60	0.000	0.001 3	-2.E-08	
CUB	0.975	9	117.35	0.000	0.001 9	-7.E-07	2.0E-10
COM	0.950	11	210.18	0.003	1.000 4		
POW	0.863	11	69.55	0.000	0.096 8		
S	0.571	11	210.18	0.003	864.060		
GRO	0.950	11	210.18	0.000	0.000 4		
EXP	0.950	11	210.18	0.000	0.000 4		
LGS	0.950	11	210.18	0.000	0.999 6		

注:x(客运量)为自变量;y(综合污染指数)为因变量。
　　模型估计不包含常数量;Rsq 被重新定义。

从上述检验结果可以看出:在所选的 11 种曲线函数中,Linear,Quadratic 和 Cubic 曲线拟合优度较高(R^2 统计量值分别为 0.974,0.974 和 0.975),其中三次函数 Cubic 的拟合度最高。由此可以确定综合污染指数与客运量之间的 Cubic 模型为:

$$y = 0.001\,9x - 7 \times 10^{-7} x^2 + 2 \times 10^{-10} x^3$$

2.2.2.3　长江水质与影响因素相关关系分析结果的解释

(1) 统计结果分析

基于上述统计分析可以得出下列结论。

第一,人口、第一产业 GDP、工业 GDP 与水质污染之间均呈负相关关系,同

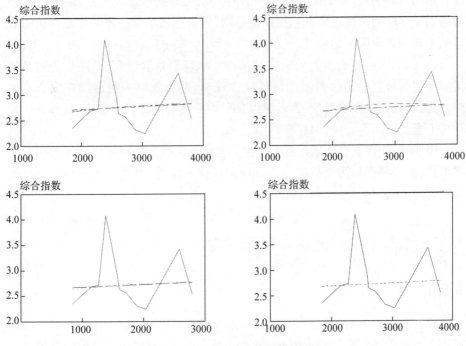

图 2-13　11种曲线预测值的对比

时存在倒"U"形的三次函数关系。对此我们认为：在经济规模和人口数量增长必然带来污染增加的同时，产业结构度提高和加大环保治理则会减弱对水质的污染。从总体上看，长江水质取决于上述两种正负效应的综合影响。在长江流域经济发展的初期，比较重视单纯的经济增长，相对忽视环境保护，因此流域环境污染随人口、第一产业 GDP 和工业 GDP 的增长而加大，但随着经济发展到一定阶段，人们开始重视水环境的保护，同时产业结构度得到提高，使得环境治理的成效大大超过由于经济人口所带来的负面效应，污染开始下降。由此使得各相关模型呈倒"U"形关系曲线。

第二，航运对长江水质的影响仅在客运方面表现比较明显。关于货运对水质影响程度的识别，在后文通过截断面分析和协整分析等手段来进一步加以探讨。

（2）统计指标与样本选取的探讨

结合前面所展开的统计分析，提出下列须关注的问题。

第一，样本数量。由于统计体制几经变更，使得统计口径前后不一致，造成原始数据的收集特别困难。因此，如何基于小样本进行统计分析是需要进一步研究的方向。

第二，污染指标的选取与采样。由于长江整个水系各个断面都存在不同程度和不同类别的污染,因此,从理论角度出发,最好选取不同的水质指标,但目前遇到样本序列长度过短和数据缺损等问题,只能采用基于整个水系评价所获得的平均综合污染指数来进行统计分析,严格意义上说有些粗糙。

第三,航运业影响指标的选取与采样。从理论角度出发,描述航运对长江流域影响的最直接指标是船舶污染物排放量,但目前这一指标的获取非常困难。为此,我们采用货运量、客运量以及平均净载重吨等间接指标,虽然在一定程度上满足了研究需要,但存在缺陷。

第四,船舶突发性污染的影响。由于船舶突发性污染所造成的水质污染非常严重,而监测点与污染事故地点往往不在同一位置,所以对突发性污染事故不能通过传统的统计分析方法研究。

2.3　航运对长江流域水环境污染的影响分析

2.3.1　航运概况

长江蕴藏着丰富的航运资源,被誉为我国的"黄金水道"。横贯东西的干流航道是沟通我国西南、华中、华东三大地区的航运大动脉,并与辐射南北的主要通航支流构成我国最大的内河水运系统。相关情况归纳如下[3—5,15—18]:

目前,在全长 6 300 km 的长江干流河道内,通航里程为 3 638.5 km,其中:新市镇至宜宾 106 km,水深 1.8 m,通航 300 吨级船舶;宜宾至重庆 384 km,枯季水深 1.8~2.5 m,通航 300~800 吨级船舶;重庆至宜昌 660 km,维护水深 2.9 m,通航 3 000 吨级船舶;宜昌至临湘 416 km,维护水深 2.9 m,通航 6 000 吨级船舶;临湘至武汉 210 km,水深 3.2 m,通航 3 000 吨级船舶;武汉至南京 706 km,水深 4 m 以上,可通航 5 000 吨级船舶或 30 000吨级船队;南京以下至长江口 437 km,可通航 25 000 吨级海船(5 万吨级海船可乘潮通航)。

截至 2004 年底,长江干线共有跨省营运的各类运输船舶 8.1 万余艘,运力 1 970 万载重吨,平均载重吨达 240 t,平均船龄 14 年。其中:干散货船舶运力占总运力的 86%,处主导地位;油品船占总运力的 10%,集装箱、汽车滚装等新型专用船舶初具规模,仅占总运力的 4%。

目前,长江干线共有港站 220 余个,生产性泊位 3 193 个,开展集装箱业务的港口共 22 个,集装箱专用泊位 53 个,设计通过能力 323.32 万 TEU;基本形成了以干线主要港口为中心,地区重要港口为基础,层次布局较为合理的,能够适应石化、煤炭、矿石、集装箱等主要货物运输需要的港口格局。

2.3.2　长江航运污染现状

发达的航运业促进了流域的经济发展,但也给长江流域和周围环境造成污染和破坏。具体体现在:

(1) 长江船舶的油污染

在长江流域,机舱舱底水是船舶油污染的一大污染源。据估计,机舱舱底水年发生量约为船舶总吨位的 10%。[19]以此推算,长江航行的船舶每年因舱底水所产生的油污水大约为 40 万 t。

值得特别注意的是:除了上述船舶日常运营所产生的油污水外,船舶因装卸作业不当、发生海损事故等原因造成的油污染虽然发生机率较小,但危害性极大。关于船舶突发性污染事故在后文予以详细探讨。

(2) 长江船舶的垃圾污染

有关研究表明:船舶在正常营运过程中,船上人员人均产生垃圾 0.8～1.2 kg/d。[20—22]目前,长江每年运送旅客 500 万人次,按每人每次在船上生活一天测算,则每年至少产生垃圾 0.4 万 t。另外,在长江干线上常年航行的有 8 万艘船舶,按平均每艘船常年生活船员数 5 人计算,则这些船员每年产生的垃圾高达 11.7 万 t。

(3) 长江船舶的有毒化学品污染

近几年长江水域化学品运输增长迅猛,目前长江干线每年的危险化学品吞吐量已近 500 万 t,这些船舶如在装卸作业和运输过程中操作不当,则极易发生有毒化学品污染事故。据不完全统计,1991 年～2003 年,长江干线共发生此类事故 27 起。[20—22]

(4) 船舶生活污水污染

与船舶垃圾类似,生活污水的产生量也主要取决于船上的生活人数。如前所述,常年在长江船舶上生活的人数达数十万,由此可以推断:长江生活污水的产生量与一个中等城市相当。[20—22]

2.3.3　长江货运对水质影响的统计分析

2.3.3.1　长江货运对水质影响的协整与断面分析

在前面的统计分析中,由于样本采集及分析方法等原因,尚未对长江货运对流域水质的影响作出明确判断。下面利用协整分析方法对此作系统探讨。

(1) 协整分析与 Granger 因果关系检验

协整分析与 Granger 因果关系检验是 20 世纪 80 年代以来计量经济学的最新进展,其从分析时间序列的非平稳性着手,探求非平稳变量间蕴含的长期均衡关系。具体算法[23—33]如下:

第一步：单整性检验。若每个序列均是同阶的单整序列，则进行第二步；否则，检验结束，序列之间不存在协整关系。单整性具体检验方法如下：

首先由 $AIC(p) = \min\{AIC(k), k = 1, 2, \cdots, m\}$ 确定最优滞后步长 p，式中 $AIC(k) = \ln\sigma_k^2 + 2k/T$，$T$ 为样本数，k 为回归解释变量的个数，σ_k^2 为滞后长度 k 时的方差；然后采用 ADF(Augmented Dickey - Fuller)检验方法检验。

第二步：协整检验。可以采用 Johansen 算法或 EG 方法进行检验。

Johansen 算法[29]基于 VAR(P)模型表达式完成协整系统检验，即通过建立似然比统计量 $\lambda - \max$ 来判别变量之间的协整关系。其中，协整似然比检验假设为：H_0 至多有 r 个协整关系，H_1 有 m 个协整关系(满秩)，检验统计量为：$Q_r = -T \sum\limits_{i=r+1}^{m} \log(1-\lambda_i)$，式中 λ_i 为系数矩阵的大小排第 i 的特征值，T 为观测期总数。

采用 EG 方法检验协整性，首先用 OLS 法对形如模型 $\log y = \alpha \times \log x + \mu_t$ 中的参数 α 进行估计，得到它的估计值 $\bar{\alpha}$，然后通过 $\bar{\mu}_t = \log y - \bar{\alpha} \times \log x$ 求得对 μ_t 的估计量，并对 $\bar{\mu}_t$ 进行单位根检验，如果它是一个平稳过程，则说明两个变量之间具有协整关系，反之就不存在协整关系。

第三步：残差单位根检验。如果存在协整关系，则可对协整模型的残差序列进行平稳性检验。如果残差序列是白噪声序列，说明协整模型是正确的；否则，需要对模型作进一步修正。我们可以利用误差修正模型(Error Correction Model，ECM)[30—32]来检验这些变量之间的短期因果动态关系。在存在协整关系和残差序列是白噪声序列的条件下，y_t 与 x_{t-j} 的因果关系有两种可能的来源——误差修正项或滞后 x_t 项。此时因果关系检验应基于如下的短期误差修正模型 $\Delta y_t = f(\text{lagged}\,\Delta y_t, x_t) + \gamma_1 \hat{\mu}_{t-1}$，$\hat{\mu}_{t-1}$ 为协整回归的残差项。故先判别变量序列是否协整，从而决定因果关系检验所基于的形式。模型为：

$$\Delta x_t = \lambda_0 + \sum_{i=1}^{m} \Delta x_{t-i} + \sum_{j=1}^{n} \phi_j \Delta y_{t-j} + \kappa_1 \varepsilon'_{t-1} + \mu_{1t}$$

$$\Delta y_t = \alpha_0 + \sum_{i=1}^{m} \beta_i \Delta y_{t-i} + \sum_{j=1}^{n} \gamma_j \Delta y_{t-j} + \rho_1 \varepsilon_{t-1} + \mu_{2t}$$

式中：Δ 为差分算子；m，n 分别表示 Δx 和 Δy 的最优滞后阶数(由 Akaike 的 FPE 准则定)；μ_{1t}，μ_{2t} 为白噪声序列(平稳误差项 ε_t 非零值，表明 x_t 和 y_t 被它们的长期均衡所替代)；滞后差分项(Δy，Δx)描述短期偏离。

第四步：Granger 因果关系检验。该检验是从预测可能性的角度定义因果关系的,即如果利用过去的 **X** 和 **Y** 值一起预测 **Y** 比单纯利用 **Y** 的过去值预测 **Y** 所产生的误差要小,就认为 **X** 和 **Y** 存在因果关系。为了避免虚假回归,Granger 提出:欲检验 y_t 是否是 x_t 的非 Granger 原因,对模型

$$x_t = c_1 + \sum_{j=1}^{p} \alpha_j x_{t-j} + \sum_{j=1}^{q} \beta_j y_{t-j} + \mu_{1t} \ 和 \ x_t = c_1 + \sum_{j=1}^{p} \alpha_j x_{t-j} + \varepsilon_t$$

进行估计,并计算统计量

$$E = \frac{[\mathrm{RSS}(p) - \mathrm{RSS}(q,\ p)]q^{-1}}{\mathrm{RSS}(q,\ p)(n-p-q-1)^{-1}}$$

据此对是否存在非因果关系进行检验。[33]其中 $\mathrm{RSS}(q,\ p)$, $\mathrm{RSS}(p)$, n 分别为两个模型的普通最小二乘估计的残差平方和及样本容量。当两个序列间存在非因果关系时,$kE \to x^2(k)$。其中:$\to$ 表示依概率密度渐近服从,k 是自由度。因此,E 渐近服从 $F(q,\ n-p-q-1)$ 分布。

(2) 数据和变量

在研究过程中分别采用 COD 浓度指标和长江船舶货运量指标表示水质和长江货运规模,样本数据来源于《环境统计年鉴》[34]和《交通运输统计年鉴》[35],样本区间为 1994～2003 年。为了研究的方便,以 $\{x_t\}$ 代表船舶货运量数量序列(单位:万 t),$\{y_t\}$ 代表长江水质浓度 COD 序列(单位:mg/L),考虑到对数化以后数据序列容易成为平稳序列,同时并不改变变量的特征,所以对变量都取对数,而得到新的变量序列,分别记为 $\log y$ 和 $\log x$。

(3) 单整性检验

基于 AIC 定阶准则求出 $\log x$ 和 $\log y$ 指数序列的最优滞后步长均为 3,具体检验结果见表 2-18。

表 2-18　$\log x$ 和 $\log y$ 的 ADF 检验结果

变　　量	ADF 检验统计量	5% 的临界值
$\log x$	0.641 783(3)	−2.985 6
$\log y$	1.904 283 6(3)	−2.893 2

注: 本表中 ADF 检验采用 Eviews 2.0 软件计算,ADF 检验的选项包含常数项,ADF 统计量后面括号内的数为检验方程中包括的滞后阶数,考虑滞后项的目的是为了使残差项序列为白噪声序列。

从以上检验结果(0.641 783＞−2.985 6)可以得出:$\log x$ 和 $\log y$ 均有单位根,因此 $\log x$ 和 $\log y$ 都不是平稳过程。再对 $\log x$ 和 $\log y$ 的差分进行 ADF 检验,得到表 2-19 的检验结果:

表 2 - 19　Δlog x 和 Δlog y 的 ADF 检验结果

变　　　量	ADF 检验统计量	5% 的临界值
$\Delta \log x$	$-5.234\,129(3)$	-2.932
$\Delta \log y$	$-5.433\,576(3)$	-2.932

上表显示,$\Delta \log x$ 和 $\Delta \log y$ 都不含有单位根,即 $\Delta \log x$ 和 $\Delta \log y$ 都是平稳过程,且都是一阶单整的。

（4）协整性检验

根据 Johansen 检验算法,得到表 2 - 20 的检验结果。

表 2 - 20　Johansen 协整检验结果

假设 H_0	假设 H_1	似然比统计量	5% 临界值	1% 临界值
$r=0$	$r=1$	13.543	19.14	25.73
$r \leqslant 1$	$r=2$	5.786	3.95	6.36
$r \leqslant 2$	$r=3$	12.356	18.16	24.18

注：本表所有统计结果均由 Eviews 2.0 给出,r 代表协整向量个数。

从上面的协整检验结果可以明显发现 $\log x$ 与 $\log y$ 之间不存在协整关系。

为了验证结论的可靠性,可再用 EG 两步法进行协整检验。对 C 和 S 用 OLS 进行回归得到如下结果：$\log y = 0.413\,6 \times \log x$,对其残差进行单位根检验,得到 ADF 检验统计量的值是 $-1.436\,3$,远大于 10% 的临界值 $-2.776\,8$,说明 $\log y$ 与 $\log x$ 之间没有协整关系,与上面的 Johansen 检验结果相同。由此可见,$\log x$ 和 $\log y$ 之间不存在协整关系。

（5）Granger 因果关系检验

运用 Granger - causality 检验方法检验,结果见表 2 - 21。

表 2 - 21　Granger 因果关系检验

零　　假　　设	F-统计量	概　率　值
在 Granger 意义下 $\Delta \log x$ 没有引致 $\Delta \log y$	9.769	0.000 14
在 Granger 意义下 $\Delta \log y$ 没有引致 $\Delta \log x$	3.454	0.154 8

从上表可以看出,在 5% 的显著性水平下,$\Delta \log x$ 没有引致 $\Delta \log y$ 的零假设

被拒绝，说明 $\Delta \log x$ 与 $\Delta \log y$ 之间存在单向的 Granger 因果关系，即船舶货运量与水质浓度之间存在一定的因果关系：船舶货运量影响水质浓度。

2.3.3.2　长江水质与船舶货运量的动态回归分析

（1）基本模型[36—39]

建立水质与船舶货运量之间的动态线性回归模型如下：

$$Y_t = \mu + \beta_0 X_t + \beta_1 X_{t-1} + \beta_2 X_{t-2} + \cdots \qquad\qquad (2-1)$$

式中：X_t 为第 t 期船舶货运量；Y_t 为第 t 期船舶水质。

引进滞后算子 L，其定义为：

$$LX_t = X_{t-1} \qquad\qquad (2-2)$$

则式（2-1）可以写成：

$$Y_t = \mu + \Delta(L)X_t \qquad\qquad (2-3)$$

其中：$\Delta(L) = \beta_0 + \beta_1 L + \beta_2 L^2 + \cdots$

当 $t \to \infty$ 时，$Y_t \to Y$，$X_t \to X$，则由式（2-3）得：

$$Y = \mu + \Delta(L)X \qquad\qquad (2-4)$$

根据式（2-2），当 $t \to \infty$ 时，$\Delta(L) = \Delta(1) = \sum \beta_i$，式（2-4）可表达为：

$$Y = \mu + \left(\sum \beta_i\right)X \qquad\qquad (2-5)$$

对式（2-5）求导，得：

$$\beta = \frac{\mathrm{d}Y}{\mathrm{d}X} = \sum \beta_i \qquad\qquad (2-6)$$

β 为 X 对 Y 的长期乘数，同时由式（2-1）可得：

$$\frac{\partial Y_{t+i}}{\partial X_t} = \beta_i$$

其中：β_i 称为动态乘数，它表示第 t 期 X_t 的单位变动会引起 $t+i$ 期 Y_{t+i} 的变化 β_i；式（2-6）表明长期乘数是动态乘数之和。

同时定义 β_i 的部分和与长期乘数之比如下：

$$D_k = \sum_{i=0}^{k} \beta_i / \beta \qquad\qquad (2-7)$$

式（2-7）反映了乘数效应作用的快慢。

此外，设 $\beta_j = \beta_0 \lambda^j (0 < \lambda < 1, j = 0, 1, 2, \cdots)$，于是由式（2-1）得：

$$Y_t = \mu + \beta_0 X_t + \beta_0 \lambda X_{t-1} + \beta_0 \lambda^2 X_{t-2} + \cdots \qquad\qquad (2-8)$$

可见 X 对 Y 的动态乘数为 $\beta_j = \beta_0 \lambda_j (j = 0, 1, 2, \cdots)$，其中：当期乘数为 β_0，长

期乘数为：

$$\beta_0 + \beta_0\lambda + \beta_0\lambda^2 + \cdots = \beta_0/(1-\lambda) \qquad (2-9)$$

由式(2-7)可得：

$$D_k = \sum_{i=0}^{k} \beta_i/\beta = 1 - \lambda^{k+1} \qquad (2-10)$$

对参数 β_0 和 λ 的估计可由式(2-8)导出，因此：

$$Y_t = (1-\lambda)\mu + \beta_0 X_t + \lambda Y_{t-1} \qquad (2-11)$$

其次，建立长江水质的动态非线性回归模型如下：

$$\log Y = \log V + \alpha_0 \log X_t + \alpha_1 \log X_{t-1} + \cdots \qquad (2-12)$$

类似式(2-5)有：

$$\log Y = \log V + \left(\sum \alpha_i\right)\log X \qquad (2-13)$$

由式(2-13)得：

$$\alpha = \frac{\partial Y}{\partial X}\frac{X}{Y} = \sum \alpha_i \qquad (2-14)$$

称 α 为 X 对 Y 的长期弹性，其意义是 X 的 1% 变动导致 Y 变动 α%。

另外，由式(2-12)可得：

$$\frac{\partial Y_{i+1}}{X_t}\frac{X_t}{Y_{t+i}} = \alpha_i \qquad (2-15)$$

其中：α_i 称为动态弹性，它表示第 t 期 X_t 的单位变动会引起 $t+i$ 期 Y_{t+i} 的变化 α_i；式(2-14)表明长期弹性是动态弹性之和。

同时可定义 α_i 的部分和与长期弹性之比如下：

$$D_k = \sum_{i=0}^{k} \alpha_i/\alpha \qquad (2-16)$$

另设 $\alpha_j = \alpha_0\theta^j$ $(0 < \theta < 1, j = 0, 1, 2, \cdots)$，则式(2-12)为：

$$\log Y_t = \log V + \alpha_0 \log X_t + \alpha_1\theta_1 \log X_{t-1} + \cdots \qquad (2-17)$$

式(2-17)可表示为：

$$\log Y_t = (1-\theta)\log V + \alpha_0 \log Y_t + \theta\log Y_{t-1} \qquad (2-18)$$

利用最小二乘法可估计参数 α_0 和 θ。

于是，X 对 Y 的动态弹性为 $\alpha_i = \alpha_0\theta^i$ $(i = 0, 1, 2, \cdots)$；长期弹性为：

$$\alpha_0 + \alpha_0\theta + \alpha_0\theta^2 + \cdots = \alpha_0/(1-\theta)$$

$$D_k = \sum_{i=0}^{k} \alpha_i/\alpha = 1 - \theta^{k+1}$$

(2) 实例分析与结论

考虑到数据样本采集的可得性,在长江水质动态回归模型的例化过程中,采取断面分析方法,即:利用上海地区的长江水系货运量及南市水厂断面水质数据(COD)进行水质动态回归分析。

建立动态线性回归模型为:

$$Y = 393.984\,9 + 0.046\,7X + 0.594\,2Y(-1) \tag{2-19}$$

$$R^2 = 0.994\,3,\ \mathrm{SE} = 170.361\,2,\ \mathrm{DW} = 2.132\,6$$

由 R^2 可以看出,整个模型拟合精度高,由 DW 值看出,残差无序列相关,经共线性诊断,最大条件指数均小于 40,远低于 100,仅弱线性相关,因此模型可以用来解释问题。由式(2-19)可得水系货运量对水质的动态乘数为:

$$\beta_j = 0.003\,86 \times 0.594\,2j\ (j = 0,\ 1,\ 2,\ \cdots)$$

于是得到当期乘数 $\beta_0 = 0.003\,86$,$\beta_1 = 0.002\,77$,$\beta_2 = 0.001\,65$,$D_2 = 79.02\%$。由式(2-19)得长期乘数为:

$$\beta = \beta_0/(1-\lambda) = 0.003\,86/(1-0.594\,2) = 0.009\,5$$

由上可见:当期货运量每增加 10 000 t,COD 浓度增加 0.003 86 mg/L,滞后期的货运量对水质的影响逐年降低,到滞后二期,乘数效应影响已达 79.02%。从长期来看,货运量每增加 10 000 t,水质 COD 浓度增加 0.009 5 mg/L。

建立水质浓度的动态非线性回归模型:

$$\log Y = 0.177\,7 + 0.332\,31\log X + 0.573\,3\log X_{t-1} + \cdots \tag{2-20}$$

$$R^2 = 0.993\,9,\ \mathrm{SE} = 0.040\,7,\ \mathrm{DW} = 1.972\,4$$

由 R^2 可以看出整个模型拟合精度高,由 DW 值看出残差无序列相关,因此模型可以用来解释问题。由式(2-20)可得,货运量对长江水质浓度的动态弹性为:

$$\alpha_i = 0.332\,3 \times 0.573\,3 \times \cdots\ (i = 0,\ 1,\ 2,\ \cdots)$$

于是得到 $\qquad \alpha_0 = 0.332\,3,\ D_2 = 81.16$

$$\alpha = \alpha_0/(1-\theta) = 0.332\,3/(1-0.573\,3) = 0.778\,8$$

由上述参数可以发现:当期船舶货运量每增长 1%,水质浓度增长 0.332 3%,滞后期的弹性影响逐年减小,到滞后二期,弹性影响已达 81.16%。从长期看,船舶货运量每增长 1%,水质浓度增长 0.778 8%。

（3）结论

基于上述回归分析发现：长江水质与船舶货运量之间存在一定的动态相关关系，但这种影响关系主要表现在当期或比较短的"滞后"期，长期影响效应不大。

2.3.4　船舶突发性污染事故对长江水质的影响分析

2.3.4.1　概述

相比日常航运污染而言，船舶突发性污染事故所造成的危害和损失更为严重。据不完全统计，长江近些年来典型的突发性污染事故有：[19,40—43]

——1989 年 1 月 2 日，"长江 62008"油驳船队在长江中游大兴洲因触撞沙滩爆炸起火，燃烧原油 4 400 t，引起江面大面积污染；

——1990 年 6 月 27 日，装运苯酚的钢甲驳船上行至荆江口沙嘴附近时因操作不当而翻倾，船载 250 桶 50 t 苯酚全部落江，至今未打捞上来，成为一大隐患；

——1990 年 11 月 8 日，"长江 0802"油驳与"花溪 103"轮在重庆江段相撞，致使 137 t 浓硫酸落江，水域严重污染；

——1995 年 6 月 19 日，万县铜鼓附马油库趸船因工作人员操作不当，导致 1 048.23 t 航空煤油泄漏入江；

——1996 年 12 月 19 日，"渝乐 201"拖船在长江云阳触礁翻沉，650 t 硫酸、三氯甲烷落入长江；

——1997 年 6 月 3 日，"油 63045"在南京港锚地进行原油过驳时，因船壳破损造成原油外溢，约 24 m³ 的原油落入长江；

——1997 年 6 月 3 日，"大庆 243"油船在南京锚地发生特大爆炸沉没事故，致使数千吨石油泄漏入江；

——1997 年 7 月 6 日，"川粮 204"和"川粮 205"所承运的 330 t 罐装硫酸掉入江中；

——1997 年 10 月 8 日，"赣抚州油 005"轮经云阳小庙基时发生触礁事故，造成 149.336 t 纯苯泄漏入江，造成国内罕见的剧毒污染；

——1997 年 10 月 20 日，"川南溪驳 0016"触礁，所载 826 桶 206 t 四氯化碳全部掉入江中；

——1997 年 12 月 18 日，马耳他籍"芬奴"轮在装载对二甲苯过程中，因值班人员疏忽，货舱切换不及时，约 8 t 对二甲苯流入长江；

——1998 年 2 月 4 日，"安庆货 1682"轮在安庆市化工厂码头装载 200 t 纯碱，因超载于当日沉没；

——1998 年 6 月 2 日，在江阴两船相撞，108 t 硫酸沉入江中；

——2000 年 6 月 18 日，"衡山机 0018"轮在长江城陵矶水域翻覆，45 t 甲胺

磷入江,对长江水域造成严重污染;

　　——2001 年 3 月 12 日,"宁顺 2"轮在安庆石化♯8 码头溢油 200 t 入江;

　　——2001 年 9 月 4 日,"池州货 178"和"枞阳化 017"两船在武穴港沉没,203 t 桶装浓硫酸沉入江中;

　　——2001 年 10 月 20 日,"皖湾止货 0298"轮与"赣吉安油 1014"发生碰撞,造成水域油污染;

　　——2002 年 3 月 12 日,"鄂州拖 128"轮在宜昌港水域排放机舱油污水 1.2 t 左右;

　　——2002 年 7 月 11 日,江西"赣景货 0005"轮在武穴锚地发生碰撞事故,导致 240 t 纯碱落入江中;

　　——2003 年 2 月 11 日,湖北"鄂石 602"油船在长江枝江段搁浅受损,约 35 t 汽油外泄,受污江面达数十公里;

　　——2003 年 2 月 20 日,万吨货船"碧华山"进南京港时与一艘小型货船相撞,小货船油舱断裂,江面漂浮大片油污;

　　——2003 年 8 月 5 日,中海集团"长阳"轮遭一小船撞击,造成油舱破损,事故溢油量达 85 t,受污染岸线长度约 8 km,成为 1996 年以来在黄浦江水域发生的最大船舶污染事故。

　　综上所述可以发现:突发性污染事故造成的损害非常严重,必须引起足够的重视。

2.3.4.2　统计分析

　　(1) 基于发生辖段的船舶污染事故数分析

　　基于发生辖段的船舶污染事故数见表 2-22。

表 2-22　1991～2004 年船舶污染事故发生辖段及件数

年　份	港					区				
	重庆	宜昌	武汉	九江	芜湖	南京	镇江	张家港	南通	合计
1991	4		1			2	2	10	4	23
1992	2		14			21	5	4	6	52
1993	7		15		7	12	1	17	8	67
1994	5		21		8	10	6	19	22	82
1995	10		15			8	7	12	21	73
1996	9		38		5	11	10	19	30	122
1997	12		7			16	10	11	18	74

（续表）

年　份	港					区				
	重庆	宜昌	武汉	九江	芜湖	南京	镇江	张家港	南通	合计
1998			1		6	12		7	15	41
1999	12	3		4	6	15	4	12	18	74
2000	15	4	4	4	4	8	4	7	20	70
2001	15		24		3	9	14	13	10	88
2002	28	4	4	4	12	6	4	6	10	96
2003										70
2004(1～6)										39
合计*	117	11	144	12	51	130	67	128	182	862

* 表示最后一栏合计数据不包括 2003 年和 2004 年的事故数，但最后一列除外。
（数据来源：http：//www.cjhy.gov.cn/ 统计分析栏[16]，http：//www.cjmsa.gov.cn/ 统计分析栏[17]）

对表 2-22 进行随机性分布检验，结果见表 2-23。

表 2-23　随机性分布检验结果

	T	Df	Sig.(2-tailed)	Mean Difference	95% Confidence Interval of the Difference	
					Lower	Upper
重　庆	5.026	10	0.001	10.818 2	6.022 2	15.614 1
张家港	7.911	11	0.000	11.416 7	8.240 3	14.593 0
南　通	6.816	11	0.000	15.166 7	10.268 8	20.064 5
南　京	7.551	11	0.000	10.833 3	7.675 8	13.990 9
武　汉	3.801	10	0.003	13.090 9	5.416 7	20.765 2
镇　江	5.200	10	0.000	6.090 9	3.481 1	8.700 7
合　计	10.527	12	0.000	71.692 3	56.854 5	86.530 1

注：T 表示 T 统计量值；Df 为自由度；Sig. (2-tailed)表示双尾显著性水平；Mean Difference 表示均值差；最后一列表示样本均值与检验值偏差的 95%置信区间的上、下限。

　　上述结果表明：长江各截面船舶溢油事故发生数均服从 T 分布，并且统计效果显著。

　　（2）基于船籍的船舶污染事故数分析

基于船籍的船舶污染事故数见表 2-24。

表 2-24　1991~2002 年船舶污染事故国籍及件数

年份	1991	1992	1993	1994	1995	1996	1997	1998	1999	2000	2001	2002	合计
外轮	2	2	6	9	16	19	21	17	14	15	13	14	148
国轮	21	50	61	73	57	103	53	24	60	55	75	82	714
合计	23	52	67	82	73	122	74	41	74	70	88	96	862

数据来源：同表 2-22

对表 2-24 进行随机性分布检验，结果见表 2-25。

表 2-25　随机性分布检验结果

	T	Df	Sig. (2-tailed)	Mean Difference	95% Confidence Interval of the Difference	
					Lower	Upper
国　轮	9.035	11	0.000	59.500 0	45.005 0	73.995 0
外　轮	6.812	11	0.000	12.333 3	8.348 5	16.318 1

注：同表 2-23

统计检验结果表明：无论国轮还是外轮发生污染事故的件数均显著服从 T 分布。

（3）基于事故地理位置的船舶污染事故数及损失分析

基于事故地理位置的船舶污染事故数见表 2-26。

表 2-26　按流域地理位置分船舶污染事故及污染损失

年份	江						段	
	上游段		中游段		下游段		长江流域	
	事故件数	经济损失/万元	事故件数	经济损失/万元	事故件数	经济损失/万元	事故件数	经济损失/万元
2002	49	1 218.8	20	285	27	867.35	96	2 371.2
2003	30	958	14	366.8	26	1 631.7	70	2 956.5

（续表）

年份	江　　　　　　　　　段							
	上游段		中游段		下游段		长江流域	
	事故件数	经济损失/万元	事故件数	经济损失/万元	事故件数	经济损失/万元	事故件数	经济损失/万元
2004 (1~6)	15	332.9	4	92.7	20	1 120.7	39	1 546.3
总计	94	2 509.7	38	744.5	73	3 619.75	205	6 874

数据来源：同表 2 - 22

　　由上表可见，2002 年至 2004 年 1~6 月，长江上游至下游所发生的污染事故件数达到 205 件，直接经济损失 6 874 万元，其中上游发生的污染事故件数较多，而下游因污染事故造成的损失最为严重。

　　（4）基于事故原因的船舶污染事故数分析

　　船舶造成水域污染的原因很多，一般可分为事故性污染和操作性污染两大类。事故性污染是指船舶碰撞、搁浅和火灾等造成的污染。操作性污染是指船舶排放机舱油污水、洗舱水、废油、垃圾等及油船、油驳在作业中所造成的污染。详细情况见表 2 - 27。

表 2 - 27　1991~2002 年船舶污染事故主要原因及件数

年　　份	1991	1992	1993	1994	1995	1996	1997	1998	1999	2000	2001	2002	合计
事故性污染	1	8	7	9	3	2	10	3	2	4	7	7	63
操作性污染	21	42	55	65	60	94	43	29	60	62	75	74	680
其　　他	1	2	5	8	10	26	21	9	12	4	6	15	119
共　　计	23	52	67	82	73	122	74	41	74	70	88	96	862

数据来源：同表 2 - 22

　　对于上表，进行随机性分布检验，结果见表 2 - 28。

表 2 - 28　随机性分布检验结果

	T	Df	Sig. (2-tailed)	Mean Difference	95% Confidence Interval of the Difference	
					Lower	Upper
事故性	5.908	11	0.000	5.250 0	3.294 0	7.206 0
操作性	5.560	11	0.000	48.333 3	29.198 6	67.468 1
其　他	4.529	11	0.001	9.916 7	5.097 2	14.736 2
共　计	5.559	11	0.000	61.500 0	37.149 4	85.850 6

注：同表 2 - 23

统计检验结果显示：事故性污染、操作性污染以及其他类型的污染件数及其总和均显著服从 T 分布。

(5) 基于污染物种类的污染事故统计分析

基于污染物种类的污染事故件数见表 2 - 29。

表 2 - 29　按船舶污染事故类型统计的污染事故件数

事故种类	油污染	油污水	压载水	化学品	船舶垃圾	其　他
件　数	183	516	22	13	32	96
比例(%)	21.2	59.8	2.5	1.5	3.7	11.1

数据来源：同表 2 - 22

从上表中可以看出：

第一，油污染及油污水污染事故已成为长江水域突出的航运污染问题，1991 年至 2004 年共发生船舶污染事故 862 件，其中油污染及油污水污染事故达 699 件，占事故总数的 81.0%。

第二，化学品污染事故对长江水域也构成重大威胁。1991 年至 2002 年化学品污染事故虽然仅有 13 件，占事故总数的 1.5%，但其对水体的危害性极大。

2.3.5　结论

通过分析，得出以下结论：

第一，对整个长江水系所进行的常规统计分析表明客运对长江水质的影响很明显,但无法从统计分析中揭示货运对水质的影响程度。

第二,基于协整分析和断面动态分析等新的统计分析方法可以发现,长江水系货运规模是长江水质污染的一个影响因素。但由于样本采集等各种原因,目前对这种影响关系的具体表现形式尚无法给出更加精确的描述,只能基于个案加以分析。

第三,相比较航运日常运作给长江流域水环境所造成的污染而言,船舶突发性污染对长江水质的影响更为严重,为此要高度重视长江局部水域突发性船舶污染的防治。

2.4　航运对上海港流域水环境影响的实证分析

2.4.1　上海港水域船舶油污染事故分析

(1)历年事故发生数与规模

具体见图2-14。

(2)历年重、特大油污案例

具体油污案例见表2-30。

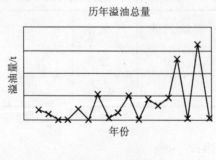

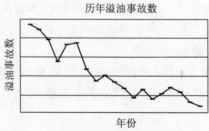

资料来源:海事统计资料[44]

图2-14　历年事故发生数与规模

表 2-30 1984～2003 年典型重、特大油污案例

序号	时　　间	地理位置	船　名	事　故　概　述
1	1985 年 7 月 12 日 06:43	B4/5	不详	某船调头时,将"钟山"轮油舱撞破,导致 32.7 t 燃油入江,事后组织人力多次回收,捞起油污水 6 t,其余随潮水进入东沟港
2	1985 年 11 月 14 日 14:15	B36 附近	沪金油 103	该船由于风浪沉没,船上载有 17 t 35 号机油,起浮时,有 10 t 油入江,部分收回
3	1986 年 8 月 12 日 20:23	西渡市油脂公司码头	庆新(8 201 总吨)	该船与"川粮油"碰撞,50 t 以上桐油落江,事后虽经组织抢救,仍有大部分流失
4	1989 年 8 月 14 日 12:15	110 灯浮附近	武进 3163(60 总吨) / 长宇(12 107 总吨)	海事碰撞导致油驳翻沉,约 64 t 货油入江,事后组织对江面溢油进行清除
5	1989 年 8 月 22 日 16:56	107 灯浮附近	东油 606(1 800总吨) / 恒春海(16 663总吨)	因碰撞,导致东油 606 油船裂口,约 11 t 油入江,事后组织清除,部分捞起
6	1989 年 11 月 17 日 19:45	立丰船厂码头	威德海 / 立丰修船厂	海损船舶"威德海"轮在"黄山"船坞起浮中,溢漏燃油约 10 t,大部分捞起
7	1991 年 3 月 7 日	沉 5#灯浮	浙苍油 116	该船自沉导致轻柴油溢出 200 t
8	1992 年 4 月 27 日	109 灯浮	沪航油 18	该船自沉导致轻柴油溢出 23 t,事后收回大部分
9	1993 年 3 月 1 日	沪东船厂江面	兴化挂 19432	该船与"风采"轮相撞,导致溢出废燃油 35 t,事后收回大部分
10	1993 年 6 月 26 日	张华浜装卸作业区	秀河	码头靠把螺丝顶破"秀河"轮油舱,燃料油溢出 15 t,大部分收回
11	1993 年 9 月 21 日	上海耐火材料厂	大庆 433	操作失误导致渣油溢出 10 t,部分收回

（续表）

序号	时　　间	地理位置	船　　名	事　故　概　述
12	1994 年 5 月 23 日	黄浦码头	长征	该船火灾后倾覆，燃油溢出 200 t，大部分收回
13	1996 年 6 月 10 日	高桥石油站	沪青浦油 10313	该船与"长阳 1"碰撞，油轮破损导致柴油溢出 20 t，收回少量
14	1996 年 7 月 19 日		永怡/通油 1002	"永怡"轮与停泊在码头满载 1 000 t 燃料油的"通油 1002"轮右舷碰撞，导致右 6 舱所载燃料油外溢 159 t，事后组织清除，大部分捞起
15	1997 年 5 月 5 日	开平码头	晴川 7/沪玻拖 3 船队	因与"晴川"碰撞导致"沪玻驳 4"油舱破损，溢出重油 20 t，部分收回
16	1997 年 8 月 23 日	32 灯浮	林海 5/瀛昌	"瀛昌"与"林海 5"碰撞后，"林海 5"轮沉没，导致燃料油溢出近百吨，大部分收回
17	1998 年 9 月 12 日	吴淞口水域	上电油 1215	"崇明岛"轮与"上电 906"船队碰撞，导致"上电油 1215"破舱沉没，估计 182 t 左右重油溢出
18	1999 年 1 月 23 日	吴淞口外锚地	东丰滔	该船溢装导致溢油 500 t
19	2001 年 4 月 17 日	长江口	大勇/大望	"大望"与"大勇"碰撞，"大勇"货舱破损，溢出 638 t 苯乙烯，少量收回
20	2001 年 11 月 14 日	崇明新华	废钢船	拆解时，因油舱戳穿溢出废燃油 14 t，部分收回
21	2003 年	泾山水域	春福	该船碰撞导致货舱破损，溢出渣油 30 多吨，事后少量收回
22	2003 年 5 月 17 日	长江口	黄鹤 70	该船与"新云"轮碰撞破损，溢出柴油 230 t
23	2003 年 7 月 4 日	长兴岛	小天使	该船违章排放废燃油，溢油 130 t，事后部分收回
24	2003 年 8 月 5 日	吴泾电厂	长阳	该船被不明船舶碰撞，燃油舱破损溢出重油 85 t，事后大部分收回

资料来源：海事统计资料[44]

（3）基于事故类别的溢油事故分析

上海港水域船舶油污染事故主要分为3类：海事事故造成的溢油；操作性事故造成的溢油；故意排放事故造成的溢油。

按照上述对船舶溢油污染事故类别的界定，近年来上海港水域船舶溢油污染事故种类分析见图2-15和图2-16。

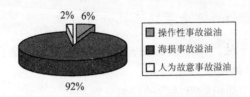

图2-15　基于溢油量的溢油事故类别划分

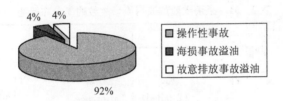

资料来源：海事统计资料[44]

图2-16　基于事故发生次数的溢油事故类别划分

（4）基于事故等级的溢油事故分析

按照海事部门的相关规定，溢油量小于10 t为一般污染事故，溢油量在10 t至50 t之间为重大污染事故，溢油量大于50 t为特大污染事故。基于这一界定，得出图2-17所示的分析结果。

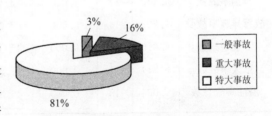

资料来源：海事统计资料[44]

图2-17　基于事故等级的溢油事故分析

（5）结论

基于上述统计分析结果，可以发现：

第一，从总体上看，上海港溢油事故的发生和溢油规模带有很强的随机性。其中在上海港水域发生的船舶溢油事故数量呈逐年下降趋势，但溢油量则呈不规则跳跃状。

第二，在各种船舶油污染事故中，操作性事故发生频率高，但危害小；海事事故发生频率虽不大，但危害很大。据统计，海事事故所造成的溢油量占总溢油量的90％以上；人为事故所造成的溢油发生比例和溢油数量都比较小。

第三,特大和重大污染事故虽然件数较少,但危害性非常大。统计结果表明特大污染事故的溢油量占总溢油量的 80% 以上,重大污染事故则占 16% 左右。因此,加大对特、重大污染事故的预警能力及应急处理控制能力对防治上海港水域船舶油污染非常关键。

2.4.2　上海港船舶油污染事故随机分布规律

为对上海港船舶油污染事故的随机性分布规律作系统了解并进行一系列随机性分布检验,具体结果描述如下。

（1）上海港船舶油污染事故数的随机分布检验

由于样本数仅有 19 个,因此进行 T 分布检验,结果见表 2 - 31。

表 2 - 31　上海港船舶油污染事故数的 T 分布检验

	Test Value = 0					
	T	Df	Sig. (2-tailed)	Mean Difference	95% Confidence Interval of the Difference	
					Lower	Upper
操作性事故数	6.897	18	0.000	42.684 2	29.682 5	55.685 9
海损事故数	5.442	17	0.000	2.166 7	1.326 7	3.006 6
故意排放事故数	5.292	14	0.000	2.666 7	1.585 8	3.747 5
一般事故数	6.916	18	0.000	45.526 3	31.696 9	59.355 7
重大事故数	6.514	11	0.000	1.500 0	0.993 2	2.006 8
溢油事故总数	7.064	18	0.000	46.842 1	32.910 6	60.773 7

注:同表 2 - 23

从上面的统计检验结果可以看出:各个序列均服从 T 分布,并且统计效果显著。由此可以推断:随着样本容量的增加,上海港船舶油污染事故数分布趋向于正态分布。须加以说明的是:因为样本容量问题,特大事故数无法进行统计推断。

（2）上海港船舶溢油量规模分布

进行 T 分布检验,结果见表 2 - 32。

表 2 - 32　上海港船舶溢油量规模 T 分布检验

					95% Confidence Interval of the Difference	
	T	Df	Sig. (2-tailed)	Mean Difference	Lower	Upper
操作事故溢油量	2.292	18	0.034	7.456 2	0.622 3	14.290 2
海损事故溢油量	2.992	17	0.008	129.140 6	38.082 7	220.198 4
故意事故溢油量	1.248	14	0.233	3.374 7	−2.426 6	9.176 1
一般事故溢油量	4.675	18	0.000	3.780 5	2.081 5	5.479 5
重大事故溢油量	4.850	11	0.001	32.558 3	17.782 8	47.333 9
特大事故溢油量	3.566	7	0.009	255.500 0	86.091 3	424.908 7
溢油总量	3.256	18	0.004	132.312 6	46.946 9	217.678 3

注：同表 2 - 23

　　从上面的统计检验结果中可以看出：除故意排放事故溢油量序列不服从 T 分布外，其余各个序列均服从 T 分布，并且统计效果显著。由此可以推断：随着样本容量的增加，上海港船舶溢油量规模总体上趋向于正态分布。

　　（3）结论

　　通过上述统计检验，初步验证无论是上海港船舶油污染事故数，还是上海港船舶溢油量规模，总体上均趋向于正态分布。基于这一结果，可以对未来上海港船舶油污染事故的总体形态有一大致的把握，有助于提高船舶溢油事故的预报准确度，从而在人力、物力、财力上节省很多不必要的开支。关于这方面的论述具体见后文。

2.4.3　上海港船舶污染事故与航运的协整与因果分析

　　（1）实验设计

　　为系统分析上海港水域船舶油污染与航运的相关关系，我们选择船舶进出口总数、船舶总载重量以及船舶平均载重吨作为航运相关指标，分别对这些指标与船舶油污染事故指标之间的协整及 Granger 因果关系进行检验。有关指标序列的具体说明如下：

　　CZXL 为操作性事故溢油量时间序列；

　　CZJS 为操作性事故件数时间序列；

HSXL 为海损事故溢油量时间序列；

HSJS 为海损事故件数时间序列；

GYXL 为故意排放事故溢油量时间序列；

GYJS 为故意排放事故件数时间序列；

YYZL 为当年溢油量时间序列；

ZJS 为当年事故件数时间序列；

YBSG 为一般性事故溢油量时间序列；

YBJS 为一般性事故件数时间序列；

ZDSG 为重大事故溢油量时间序列；

ZDJS 为重大事故件数时间序列；

TDSG 为特大事故溢油量时间序列；

TDJS 为特大事故件数时间序列；

DNZL 为当年事故溢油量时间序列；

SOUSHU 为进出港船舶艘数时间序列；

ZAIZH 为船舶载重时间序列；

CHUX 为船舶平均载重吨时间序列。

（2）样本案例分析

为详细说明上海港水域船舶油污染事故指标与航运相关指标的协整及 Granger 因果关系分析，下面以操作性事故溢油量（CZXL）与进出港船舶艘数 （SOUSHU）间的分析为例，对整个分析过程作说明。

首先，对 CZXL 和 SOUSHU 进行相关分析，结果见表 2-33。

表 2-33　CZXL 和 SOUSHU 间的相关分析结果

	CZXL	SOUSHU
CZXL	1.000 000	0.314 678
SOUSHU	0.314 678	1.000 000

上述结果表明：操作性事故溢油量（CZXL）与进出港船舶艘数（SOUSHU） 之间存在着正相关关系，相关系数为 0.314 678，从统计意义上解释，两者的相 关关系不明显。

在相关分析的基础上进行 CZXL 和 SOUSHU 的协整分析，结果见 表2-34。

表 2 - 34　CZXL 和 SOUSHU 间的协整分析结果

特征值	似然比检验统计量	5％水平下临界值	1％水平下临界值
0.685 080	14.644 52	12.53	16.31
0.161 286	1.934 737	3.84	6.51

从上面的结果可以看出，第一个似然比统计量 14.644 52 大于 5％水平下的临界值 12.53，因而第一个原假设被拒绝，即仅有一个协整关系。

通过标准化协整系数，并令协整关系等于 vecm，可以得到如下协整模型：

$$vecm = CZXL - 7.53 \times 10^{-6} SOUSHE$$

对序列 vecm 进行单位根检验，得 ADF 统计值为 $-3.484\ 127$，小于 5％水平下的 MacKinnon 临界值（$-1.972\ 5$），这说明序列 vecm 为平稳序列，从而验证协整关系的正确性。

进一步展开 CZXL 和 SOUSHU 间的 Granger 因果检验，结果见表 2 - 35。

表 2 - 35　CZXL 和 SOUSHU 间的 Granger 因果检验结果

原　　假　　设	样本个数	F - 统计值	相伴概率
SOUSHU 不是 CZXL 的 Granger 成因	11	1.992 97	0.216 91
CZXL 不是 SOUSHU 的 Granger 成因		0.169 35	0.848 11

由上可见，SOUSHU 不是 CZXL 的 Granger 成因的原假设，拒绝犯第一类错误的概率为 0.216 91，表明 SOUSHU 不是 CZXL 的 Granger 成因的概率较大，因此不能拒绝原假设；第 2 个检验的相伴概率为 0.848 11，更加认为不能拒绝原假设，所以操作性事故溢油量（CZXL）与进出港船舶艘数（SOUSHU）之间没有统计意义上的 Granger 因果关系。

（3）统计分析结果

基于上述分析模式，对上海港水域船舶污染事故指标与航运相关指标的协整及 Granger 因果关系进行全面系统分析，结果见表 2 - 36～表 2 - 38。

表 2-36　船舶污染事故指标与船舶进出口总数(SOUSHU)的有关统计检验

序列名称	相关系数	协整模型	Granger成因
CZXL	0.314 678	vecm = CZXL − 7.53 × 10⁻⁶ SOUSHU	否
CZJS*	0.784 841	vecm = CZJS − 6.42 × 10⁻⁵ SOUSHU	是
HSXL*	−0.476 533	vecm = HSXL + 0.000 486SOUSHU − 450.618 6	是
HSJS	−0.051 021	vecm = HSJS + 6.71 × 10⁻⁷ SOUSHU − 2.115 319	否
GYXL	0.051 570	vecm = GYXL + 8.66 × 10⁻⁷ SOUSHU	否
GYJS	−0.246 894		否
YYZL*	−0.471 862	vecm = YYZL + 0.000 481SOUSHU − 451.432 2	是
ZJS*	0.782 019	vecm = ZJS − 6.99 × 10⁻⁵ SOUSHU	是
YBSG	0.149 003		无
YBJS	0.770 629	vecm = YBJS − 6.85 × 10⁻⁵ SOUSHU	无
ZDSG	0.135 903	vecm = ZDSG − 2.52 × 10⁻⁵ SOUSHU − 4.949 61	是
ZDJS	0.065 274	vecm = ZDJS − 1.01 × 10⁻⁶ SOUSHU − 0.435 331	是
TDSG*	−0.483 566	vecm = TDSG + 0.000 495SOUSHU − 442.272 2	是
TDJS	−0.338 448	vecm = TDJS + 5.23 × 10⁻⁶ SOUSHU − 4.437 824	否
DNZL*	−0.471 674	vecm = DNZL + 0.000 481SOUSHU − 451.530 6	是

注: 在上表中,未标识协整模型的原因是由于协整分析结果与相关分析结果相矛盾。
　　此外,用"*"标识的是一些协整分析结果比较理想的序列,可以作为预测模型。下同。

表 2-37　船舶污染事故指标与船舶总载重(ZAIZH)的有关统计检验

序列名称	相关系数	协整模型	Granger成因
CZXL	−0.216 750	vecm = ZAIZH + 3.42 × 10⁸ CXZL − 8.05 × 10⁸	否
CZJS*	−0.806 434	vecm = CZJS + 2.09 × 10⁻⁹ ZAIZH	是
HSXL	0.424 279	vecm = ZAIZH − 767 149.3HSXL − 3.18 × 10⁸	否

（续表）

序列名称	相关系数	协　整　模　型	Granger 成因
HSJS	0.053 922		否
GYXL	−0.074 836		否
GYJS	0.125 081		否
YYZL	0.421 092	vecm $= $ YYZL $- 1.31 \times 10^{-6}$ ZAIZH $+ 481.531\ 0$	否
ZJS	−0.810 113		是
YBSG	−0.251 535		无
YBJS*	−0.810 244	vecm $= $ YBJS $+ 3.05 \times 10^{-6}$ ZAIZH $- 929.986\ 9$	是
ZDSG	0.144 685	vecm $= $ ZDSG $- 2.52 \times 10^{-5}$ ZAIZH $- 4.946\ 41$	否
ZDJS	0.221 426		否
TDSG	0.411 589	vecm $= $ ZAIZH $- 741\ 165.6$ TDSG $- 3.86 \times 10^{8}$	否
TDJS	0.116 857		否
DNZL	0.420 794	vecm $= $ DNZL $- 1.31 \times 10^{-6}$ ZAIZH $+ 482.053\ 2$	否

表 2-38　船舶污染事故指标与船舶平均吨位(CHUX)的有关统计检验

序列名称	相关系数	协　整　模　型	Granger 成因
CZXL	−0.215 239		否
CZJS	−0.722 087		否
HSXL*	0.394 054	vecm $= $ HSXL $- 0.234\ 048$ CHUX	是
HSJS	−0.116 963	vecm $= $ HSJS $+ 0.000\ 672$ CHUX	是
GYXL	−0.141 973	vecm $= $ CHUX $+ 43.556\ 78$ GYXL $- 124.734\ 5$	否
GYJS	0.246 952		否
YYZL*	0.389 752	vecm $= $ YYZL $- 0.235\ 960$ CHUX	是

（续表）

序列名称	相关系数	协　整　模　型	Granger成因
ZJS	−0.725 586		否
YBSG	−0.069 524		是
YBJS	−0.715 020		无
ZDSG	−0.065 389	vecm = CHUX + 76.482 09ZDSG − 2 052.956	无
ZDJS	0.018 348		无
TDSG*	0.394 862	vecm = TDSG − 0.252 834CHUX + 36.226 77	是
TDJS	0.131 487	无	否
DNZL*	0.389 601	vecm = DNZL − 0.242 482CHUX + 9.396 270	是

2.5　统计分析结果的进一步应用

通过上述统计检验,初步获取了航运对流域水环境质量影响的内在统计规律,这无疑对未来的船舶污染防治工作的开展非常有利,尤其是有助于提高船舶污染预报的准确程度。

2.5.1　上海港船舶油污染事故预报模式

基于上述对上海港船舶油污染事故内在规律的研究可以发现:上海港船舶污染事故的发生是随机的,其与相关的一些航运指标间部分存在统计意义上的相关、协整或因果关系,为此,可对上海港船舶油污染事故预报模式作一探讨。

（1）理论模型[23,33,45]

假定 X_t 与 Y_t 间存在协整关系,于是可设时间序列模型为:

$$Y_t = \delta^{-1}(B)\omega(B)X_{t-b} + \varphi^{-1}(B)\theta(B)a_t, \quad b \geqslant 0 \qquad (2-21)$$

该模型的噪声分量与输入 X_t 统计独立,且非平稳,有:

$$\varphi(B) = \phi(B)\nabla^d$$

如果有:

$$\nabla^d Y_t = y_t, \ \nabla^d X_t = x_t$$

$$y_t = \delta^{-1}(B)\omega(B)x_{t-b} + \phi^{-1}(B)\theta(B)a_t$$

设 $X_t = \varphi_x^{-1}(B)\theta_x(B)\alpha_t$，从而有：

$$\varphi_x(B) = \phi_x(B)\nabla^d$$

$$x_t = \phi_x^{-1}(B)\theta_x(B)\alpha_t$$

把(2-21)式重新写为：

$$Y_t = v(B)\alpha_t + \psi(B)a_t$$

其中：a_t 和 α_t 统计独立，且 $v(B) = \delta^{-1}(B)\omega(B)B^b\varphi_x^{-1}(B)\theta_x(B)$，假设在原点 t 所作 Y_{t+l} 的预测为 $\hat{y}_t(l)$，其表达式为：

$$\hat{y}_t(l) = \sum_{j=0}^{\infty} v_{l+j}^0 \alpha_{t-j} + \sum_{j=0}^{\infty} \psi_{l+j}^0 a_{t-j}$$

那么，

$$Y_{t+l} - \hat{y}_t(l) = \sum_{i=0}^{l-1}(v_i\alpha_{t+l-i} + \psi_i a_{t+l-i}) + \sum_{j=0}^{\infty}\big[(v_{l+j} - v_{l+j}^0)\alpha_{t-j} + (\psi_{l+j} - \psi_{l+j}^0)a_{t-j}\big]$$

及

$$E[Y_{t+l} - \widehat{Y}_t(l)]^2 = (v_0^2 + v_1^2 + \cdots + v_{l-1}^2)\sigma_a^2 + (1 + \psi_l^2 + \cdots + \psi_{l-1}^2)\sigma_a^2 + \sum_{j=0}^{\infty}\big[(v_{l+j} - v_{l+j}^0)^2\sigma_\alpha^2 + (\psi_{l+j} - \psi_{l+j}^0)^2\sigma_a^2\big]$$

上式当且仅当 $v_{l+j}^0 = v_{l+j}$ 和 $\psi_{l+j}^0 = \psi_{l+j}$ 时最小。因此，在原点 t 处 Y_{t+l} 最小均方差预测 $\hat{y}_t(l)$ 由 Y_{t+l} 在时刻 t 的条件期望给出。在理论上，该期望是以无穷远的过去直到当前原点 t 的信息序列作为条件的。基于这一结果，可以给出预测值的计算公式，将(2-21)式重新写为：

$$\varphi(B)\delta(B)Y_t = \varphi(B)\omega(B)X_{t-b} + \delta(B)\theta(B)a_t$$

记成：

$$\delta^*(B)Y_t = \omega^*(B)X_{t-b} + \theta^*(B)a_t$$

于是，用方括号表示时刻 t 的条件期望，并且记 $p^* = p+d$，对于领先 l 步的预测，有：

$$\hat{y}_t(l) = [Y_{t+l}] = \delta_1^*[Y_{t+l-1}] + \cdots + \delta_{p^*+r}^*[Y_{t+l-p^*-r}] + \omega_0^*[X_{t+l-b}]$$
$$- \cdots - \omega_{p^*+s}^*[X_{t+l-b-p^*-s}] + [a_{t+l}] - \theta_1^*[a_{t+l-1}]$$
$$- \cdots - \theta_{q+r}^*[a_{t+l-q-r}]$$

其中:

$$[Y_{t+j}] = \begin{cases} Y_{t+j} & j \leqslant 0 \\ \hat{y}_t(j) & j > 0 \end{cases}$$

$$[X_{t+j}] = \begin{cases} X_{t+j} & j \leqslant 0 \\ \hat{X}_t(j) & j > 0 \end{cases}$$

$$[a_{t+j}] = \begin{cases} a_{t+j} & j \leqslant 0 \\ 0 & j > 0 \end{cases}$$

a_t 由(2-21)式计算。

(2) 样本案例

下面以操作性事故发生数与进出港船舶艘数间的协整关系为基础,对操作性事故所造成的船舶油污染发生数的预报作一说明。

前文已证明:操作性事故件数(CZJS)与进出港船舶艘数(SOUSHU)之间存在协整关系。为此,基于上述理论算法,并利用 Eviews 计算软件,得到有关结果见表2-39。

表 2-39 操作性事故发生数与进出港船舶数间的协整关系

变　　量	相关系数	标准误差	t 统计量	伴随概率
ISOUSHU	−1.144 667	0.362 750	−3.155 527	0.019 7
RESID01	1.256 213	0.133 421	9.415 375	0.000 1
C	−0.338 623	0.063 231	−5.355 364	0.001 7
ICZJS(−1)	−0.295 837	0.106 210	−2.785 403	0.031 8
ISOUSHU(−1)	−1.309 834	0.550 262	−2.380 381	0.054 7
R-squared	0.948 664	Mean dependent var		−0.148 311
Adjusted R-squared	0.914 441	S. D. dependent var		0.430 145
S. E. of regression	0.125 820	Akaike info criterion		−1.004 978

（续表）

变　　量	相关系数	标准误差	t 统计量	伴随概率
Sum squared resid	0.094 984	Schwarz criterion		−0.824 116
Log likelihood	10.527 38	F-statistic		27.719 49
Durbin-Watson stat	1.983 811	Prob(F-statistic)		0.000 520

由上表,可得:

$$\Delta CZJS_t = -0.338\ 623 - 1.144\ 667\Delta SOUSHU_t$$
$$-1.309\ 834\Delta SOUSHU_{t-1} + 1.256\ 213\ \hat{e}_{t-1}$$

　　由上述误差修正模型计算最后一年关于长期均衡点的偏差,进而预测下一年的短期波动,然后回代入误差修正模型即可计算下一年的预测值。拟合效果见图 2-18 和表 2-40。

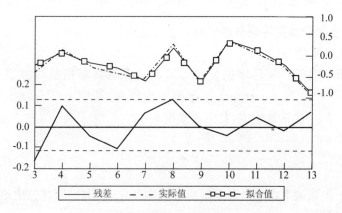

图 2-18　拟合效果

表 2-40　实际值、拟合值、残差列表

实　际　值	拟　合　值	残　　差
−0.394 65	−0.203 18	−0.191 47
0.229 57	0.133 98	0.095 60
−0.167 05	−0.116 55	−0.050 50
−0.361 01	−0.245 88	−0.115 13

实　际　值	拟　合　值	残　　　差
−0.496 44	−0.560 52	0.064 08
0.405 47	0.271 91	0.133 56
−0.559 62	−0.557 18	−0.002 43
0.459 53	0.506 94	−0.047 40
0.233 61	0.184 15	0.049 46
−0.133 53	−0.117 32	−0.016 21
−0.847 30	−0.927 75	0.080 45

2.5.2　基于灰色系统理论的船舶污染规模预测模型

2.5.2.1　上海港船舶污染总量预测

(1) 基本模型[46]

有关研究表明：灰色理论模型 GM(1，1)对具有指数规律变化的序列 $\{x^{(1)}(i) \mid i = 1, 2, 3, \cdots, n\}$ 拟合精度比较高，其中 $\{x^{(1)}(i)\}$ 为原始序列 $\{(x^{(0)}(i))\}$ 的一次累加生成,其生成规则为:

$$x^{(1)}(k) = \sum_{i=1}^{k} x^{(0)}(i)$$

如果一次累加生成序列不是呈指数规律变化时,则要通过二次累加生成序列,其生成规则为:

$$x^{(2)}(k) = \sum_{i=1}^{k} x^{(1)}(i)$$

利用下列微分方程进行拟合:

$$\frac{\mathrm{d}x^{(2)}(k)}{\mathrm{d}k} + d_1(1)\big[x^{(2)}(k)\big]^{d(3)} = d_1(2) \qquad (2-22)$$

$$x^{(2)}\mid_{k=0} = x^{(2)}(1)$$

$$x^{(1)}(k) = \sum_{i=1}^{k} x^{(0)}(i)$$

$$x^{(2)}(k) = \sum_{i=1}^{k} x^{(1)}(i)$$

可将式(2-22)写成如下的形式：

$$\frac{\Delta x^{(2)}(k)}{\Delta k} + d'_1(1)\big[x^{(2)}(k)\big]^{d(3)} = d_1(2) \qquad (2-23)$$

式中：当 $\Delta x^{(2)}(k)$ 为时间 Δk 内的增量时，取 $\Delta k = 1$。

于是，根据灰色系统理论，可用

$\dfrac{1}{2}\big[x^{(2)}(k) + x^{(2)}(k-1)\big]$，取代 $x^{(2)}(k)$，$k = 2, 3, 4, \cdots$ 则：

$$\frac{\Delta x^{(2)}(k)}{\Delta k} = d_1(2) - d'_1(2)\left[\frac{1}{2}(x^{(2)}(k) + x^{(2)}(k-1))\right]^{d_1^3}$$

当 $\Delta k = 1$ 时，

$$\Delta x^{(2)}(k) = x^{(2)}(k) + x^{(2)}(k-1) = x^{(1)}(k) \quad (k \geqslant 2)$$

令　　　　　　$Y = \big[x^{(1)}(2),\ x^{(1)}(3),\ \cdots,\ x^{(1)}(k)\big]$

$$L = \frac{1}{2}\big[(x^{(2)}(k) + x^{(2)}(k-1))\big] \quad (k \geqslant 2)$$

取 $d_1(1) = -d'_1(1)$，则式(2-23)可以写成：

$$Y = d_1(1)L^{d_1^3} + d_1(2) \qquad (2-24)$$

G(1,1)模型的关键就是要求出参数 $d_1(1)$，$d_1(2)$ 和 $d_1(3)$；然后利用下面的关系式求得预测量 $x^{(0)}(k)$：

$$x^{(2)}(1) = x^{(0)}(1)$$

$$x^{(2)}(k) - x^{(2)}(k-1) = d_1(1)\left[\frac{1}{2}(x^{(2)}(k) + x^{(2)}(k-1))\right]^{d_1^3} + d_1(2)$$

$$(2-25)$$

$$x^{(1)}(k) = x^{(2)}(k) - x^{(2)}(k-1)$$

$$x^{(0)}(k) = x^{(1)}(k) - x^{(1)}(k-1)$$

（2）模型例化

下面以上海港船舶污染量为原始依据，通过最小二乘法求出参数 $d_1(1)$，$d_1(2)$ 和 $d_1(3)$；然后通过数据依次迭代求得下一年船舶污染产量的模型计算值。首先给出上海港船舶污染量见表 2-41。

表 2 - 41　　上海港船舶污染量　　　　　　　　　　万 t

年　份	1993	1994	1995	1996	1997	1998	1999	2000	2001
污染量	2.00	2.02	2.42	2.73	3.05	3.20	4.25	5.04	5.60

数据来源:《上海港建设年鉴 2001》[47]

利用公式(2-25)求出模型计算值,其与实际值的比较见表 2-42。

表 2 - 42　　上海港船舶污染物模型计算值与实际值的比较

模型计算值/万 t	实际值/万 t	残差/万 t	相对残差%
$x^{(0)}(2) = 2.29$	2.02	−0.27	−13.4
$x^{(0)}(2) = 2.13$	2.42	0.29	12.1
$x^{(0)}(2) = 2.57$	2.73	0.16	5.9
$x^{(0)}(2) = 3.07$	3.05	−0.02	0.7
$x^{(0)}(2) = 3.52$	3.20	−0.32	−10.0
$x^{(0)}(2) = 4.22$	4.25	0.03	0.7
$x^{(0)}(2) = 4.86$	5.04	0.18	3.5
$x^{(0)}(2) = 5.55$	5.60	0.05	0.8

对上表中的残差均值用数理统计的方法做出显著性检验。在显著性水平 $\alpha = 0.05$ 下,检验原假设

$$H_0 : \mu = 0, \quad H_1 : \mu \neq 0 \qquad (2-26)$$

$$\bar{x} = \frac{1}{8} \sum_{i=1}^{8} q(i) = 0.012, \quad s = 0.21 \qquad (2-27)$$

由于:

$$T_0 = \frac{\bar{q} - 0}{s/\sqrt{8}} = 0.16 < t_{0.025}(8-1) = 2.36 \qquad (2-28)$$

所以接受 H_0,即认为残差 $q(k)$ 近似于正态分布 $N(0, 0.21^2)$,预测值 $x^{(0)}(k)$ 与真实值的残差 $q(k)$ 落在区间(−0.17,0.19)内有 95% 的可能性。由此可见,该模型的预测精度很高。

进一步运用模型,可对上海港 2004~2033 年船舶污染物进行预测,见

表2-43。

表 2-43　上海港未来 30 年船舶污染物的数量

年　　份	2004	2005	2006	2007	2008	2009	2010	2011	2012	2013
污染量/万 t	7.89	8.75	9.66	10.62	11.62	12.65	13.74	14.86	16.03	17.23
年　　份	2014	2015	2016	2017	2018	2019	2020	2021	2022	2023
污染量/万 t	18.49	19.79	21.13	22.51	23.93	25.40	26.90	28.45	30.05	31.68
年　　份	2024	2025	2026	2027	2028	2029	2030	2031	2032	2033
污染量/万 t	33.35	35.07	36.83	38.63	40.47	42.34	44.27	46.24	49.35	53.64

从表2-43 中可以看出 2004～2033 年上海港船舶污染的总数量，由此可以确定每年大约需要花费多少人力、物力和财力来防治上海港的船舶污染。

2.5.2.2　上海港船舶溢油污染总量预测

(1) 灰色分析模型 GM(1,1)

灰色分析模型 GM(1,1)的具体求解算法[48—50]如下：

设原始数据序列为：

$$X_1^{(0)} = \{X_1^{(0)}(1), X_1^{(0)}(2), \cdots, X_1^{(0)}(n)\},$$

$$X_2^{(0)} = \{X_2^{(0)}(1), X_2^{(0)}(2), \cdots, X_2^{(0)}(n)\},$$

$$\vdots$$

$$X_N^{(0)} = \{X_N^{(0)}(1), X_N^{(0)}(2), \cdots, X_N^{(0)}(n)\}.$$

每个 $X_i^{(0)}$ 代表系统的一个原始状态，各个状态空间之间存在着互为因果的关联作用。

对原始数据序列进行 1-AGO(Accumulated Generating Operation)累加生成处理，其累加生成规则为：

$$\{X_i^{(0)} \mid i = 1, 2, \cdots, N\} \rightarrow X_i^{(0)} + a_{ii}X_i = \sum_{k=1}^{N} a_{ik}X_k$$

式中：X_i 是 $X_i^{(0)}$ 的 AGO 值，即 $AGO(X_i^{(0)}) = X_i$。

GM(1, N)是含有 N 个变量的一阶灰色动态模型，其形式为：

$$\frac{\mathrm{d}x_1^{(1)}}{\mathrm{d}t} + ax_1^{(1)} = b_1 x_2^{(1)} + \cdots + b_N x_N^{(1)}$$

其中最特殊并且最常用的是单一序列一阶线性动态 GM(1，1)模型：

$$\frac{\mathrm{d}x^{(1)}}{\mathrm{d}t} + ax^{(1)} = u \tag{2-29}$$

式中，辨识参数 a，u 组成矩阵，并按最小二乘拟合确定：

$$\hat{\boldsymbol{a}} = \begin{bmatrix} a \\ u \end{bmatrix} = (B^{\mathrm{T}}B)^{-1}B^{\mathrm{T}}Y_N \tag{2-30}$$

式中，矩阵

$$\boldsymbol{B} = \begin{bmatrix} -\dfrac{1}{2}(x^{(1)}_{(2)} + x^{(1)}_{(1)}) & 1 \\ -\dfrac{1}{2}(x^{(1)}_{(3)} + x^{(1)}_{(2)}) & 1 \\ \vdots & \vdots \\ -\dfrac{1}{2}(x^{(1)}_{(k)} + x^{(1)}_{(k-1)}) & 1 \end{bmatrix} \tag{2-31}$$

$$Y_N = \begin{bmatrix} x^{(0)}(2), & x^{(0)}(3), & \cdots, & x^{(0)}(k) \end{bmatrix}^{\mathrm{T}} \tag{2-32}$$

则微分方程(2-29)的解可以表示为：

$$\hat{x}^{(1)}(k+1) = \left[x^{(1)}(1) - \frac{u}{a} \right]\mathrm{e}^{-ak} + \frac{u}{a}$$

式中 a，u 可由式(2-30)~(2-32)求出。

在上述基础上，通过 1-IAGO(Inverse Generate Operation)对累加数据的拟合值及外推值进行处理，得到还原数据序列的拟合值与外推值。

$$\hat{x}^{(0)}_{(k+1)} = \hat{x}^{(1)}_{(k+1)} - \hat{x}^{(1)}_{(k)}$$

对 a 进行求解，有：

$$a = [au]^{\mathrm{T}} = (B^{\mathrm{T}} * B)^{-1} * B^{\mathrm{T}} * Y_N,$$

其中：

$$Y_N = (x^{(0)}_{(2)} x^{(0)}_{(3)} \cdots x^{(0)}_{(k-1)} x^{(0)}_{(k)})$$

$$k = 0, 1, 2, \cdots, n-1$$

（2）上海港船舶溢油趋势的灰色预测

基于上海港历年溢油事故总量统计数据，并以溢油量分别为 100 t，200 t，300 t，400 t，500 t，600 t，700 t 为阈值，在溢油趋势曲线上，平行于横坐标(时间轴)作阈值直线得到各交点的集合，结果见表 2-44。

表 2 - 44　溢油趋势曲线上各交点的集合

阈　　值/t	阈值与溢油情势曲线交点的横坐标
100	35.14,41.29,63.10,74.58,65.98,77.24,42.55
200	33.72,41.68,63.50,46.17,71.64,78.53,44.13
300	30.75,40.16,71.43,51.36,68.22,82.31
400	21.94,37.25,54.10,62.61,78.33,90.24
500	23.40,36.76,81.22,93.68,71.67, 81.09
600	18.16,26.23,73.15,84.53,62.92,73.52
700	13.41,20.75,62.06,72.19,43.06

以上述数据为原始数据列建立 GM(1，1)模型,得如下的时间响应方程集合:

$$x_{100}^{(1)}(k+1) = 73.52e^{0.0796k} - 83.35$$

$$x_{200}^{(1)}(k+1) = 63.91e^{0.10203k} - 72.81$$

$$x_{300}^{(1)}(k+1) = 61.89e^{0.11024k} - 70.63$$

$$x_{400}^{(1)}(k+1) = 50.99e^{0.34987k} - 40.96$$

$$x_{500}^{(1)}(k+1) = 45.66e^{0.50618k} - 42.25$$

$$x_{600}^{(1)}(k+1) = 23.65e^{0.40711k} - 18.97$$

$$x_{700}^{(1)}(k+1) = 20.17e^{0.364347k} - 16.44$$

基于以上的时间响应方程,易得不同阈值下所对应的预测年份,然后根据上面的结果描点,取同年份阈值最高的点为趋势点,预测结果中没有出现的年份,其点用阈值的一半替代,最后将得到的点用折线连接起来,即为未来的溢油发生趋势(图 2 - 19)。

对所构造的模型采用后验差检验方法考察模型的精度。通过原始数列和拟合序列的残差向量 $e = [e(1), e(2), e(3), \cdots, e(n)]$,定义原始序列和残差序列的方差分别为 S_1^2, S_2^2,即:

$$S_1^2 = \frac{1}{N} \sum_{k=1}^{N} (X^{(0)}(K) - \overline{X^{(0)}})^2$$

$$S_2^2 = \frac{1}{N} \sum_{k=1}^{N} (e(k) - \overline{e})^2$$

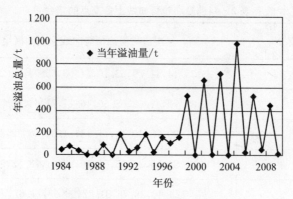

图 2 - 19　未来的溢油发生趋势

其中：$\overline{X^{(0)}}$，$\overline{e}$ 分别为原始序列与残差序列的平均值。

根据上述公式，计算后验差比值 C 和小误差概率 P。其中：

$$C = S_2/S_1 \quad P = \mathrm{proc}(\,|\,e(k) - \overline{e}\,| < 0.674\,5S_1\,)$$

取 C，P 之中最大的值（精度较差）为最终的模型等级结果，并根据表 2 - 43 的标准判定模型所属等级。

表 2 - 45　模型精度判定表

模型精度等级	P	C
1 级（好）	$0.95 < P$	$C \leqslant 0.35$
2 级（合格）	$0.85 \leqslant P < 0.95$	$0.35 < C \leqslant 0.5$
3 级（勉强）	$0.70 \leqslant P < 0.80$	$0.5 < C \leqslant 0.65$
4 级（不合格）	$P < 0.70$	$0.65 < C$

通过上述精度分析可以发现所建立的模型是可靠的。

2.5.3　船舶污染事故预报模式的理论框架

2.5.3.1　船舶污染事故预报模式的识别与评述

上述基于协整理论和灰色理论的船舶污染事故预报模式只是一个尝试，还有很多问题需要加以研究。

从本质上讲，船舶溢油事故预报是预测技术在具体专业领域中的应用。目前关于预测技术的研究已经相当成熟和深入，但要准确地预报船舶溢油事故仍然是一大难题。一般来说，船舶溢油事故预报可以分为下列几种模式。

① 从中、长期角度对船舶溢油事故发生的可能性趋势进行预报，主要依据

以往的事故发生信息及相关影响因素的样本资料,作出有一定可信度的中期或长期的船舶溢油事故危险性趋势预报。这种危险性趋势预报对于开展船舶溢油灾害防御工作和应急资源的储备具有重要的指导意义。

② 对某些潜在的船舶溢油事故易发区域进行预报识别,划定重要危险区,便于及时采取防范措施,对重点区域进行重点监控,并设计合理规范的应急反应机制。

③ 对于事故发生后的溢油演变趋势进行预报和评估,便于及时采取应急措施,减少事故的扩展和损失。

在上述 3 种预报模式中:第 2 种模式与船舶溢油风险分析紧密相关,第 3 种模式的核心是事故发生时的溢油轨迹预测。这里着重对第 1 种预报模式作评述。

第 1 种预报模式主要是通过对历史事故发生的频率、范围、类型、影响因素等数据信息进行统计分析,建立合适的预报模型。由于目前溢油预报模式的研究基本集中在船舶溢油事故的发生阶段;因此,该论题的研究很有意义。

从理论上讲,船舶溢油事故的中长期预报可以依托经典的时间序列预测模型和因果关系预测模型,但由于船舶溢油事故本身的特性,再加上我国的船舶污染管理体制几经变革,有关船舶溢油事故样本数据的采集变得比较困难,由此使得样本数据具有小样本的特性。与此同时,实证分析表明:船舶污染事故的样本数据时间序列及相关影响因素的时间序列往往是非平稳的。上述问题的存在使得传统的预测模型不再适用于船舶溢油事故的中长期预报。

目前,为解决数据序列的小样本和非平稳性问题,人们提出一系列解决方法。在解决数据序列的非平稳性方面,传统的解决办法是对非平稳序列进行差分,然后用差分后的序列建模,但差分方法往往会使数据中包含的长期调整信息丢失,而且还可能产生所谓的“伪回归”。协整理论是一个最新的发展趋势,其从分析时间序列的非平稳性着手,探求非平稳变量间蕴含的长期均衡关系。协整建模的研究目前主要集中在两个领域:一是协整理论与方法的研究;二是应用协整理论的实证研究。其中协整检验方法除了基于静态回归残差的 EG 两步法外,还有基于模型系数本身的似然比检验、共同随机趋势检验等;协整向量的估计方法主要有非线性最小二乘法、贝叶斯统计推断等;协整分析的拓展研究主要包括季节协整和临界协整等。

在解决数据序列的小样本性方面,目前的研究主要分为两类:一是对小样本统计的方法进行研究,目的是提高小样本分析的精度;二是通过拟合生成大量数据来满足传统分析方法的需要。如:张佐光等[51]采用升降法对二维配对靶试数据进行小样本统计分析;张明玉等[52]对 HURVICH 等人提出的信息准则(AICC)进行改进,并推广到自回归移动平均模型;田野等[53]通过最小二乘拟合法对原始数据进行预处理，从而满足神经网络的大样本要求。特别值得关注的是 VLADIMIR N V[54,55] 等从 20 世纪 60 年代起，就开始研究有限样本情况下的统计学习问题，逐渐形成基于统计学习理论的支持矢量机模型（SVM）。SVM 技术把原始空间经过非线性变换映射到高维空间，在高维空间中使用推广性强的线性分类量，并采用核函数有效解决"维数灾难"问题，被认为是目前针对小样本统计估计和学习预测的最佳理论，其主要内容包括：学习过程的一致性；学习过程收敛速度的非渐近性；学习过程推广能力的控制；学习算法的构造。目前，国际上对 SVM 的讨论和研究逐渐广泛，已在模式识别、函数逼近、数据挖掘和非线性系统控制中得到很好应用。

2.5.3.2　船舶污染事故中长期预报模式的理论设想

基于上述评述，我们提出下列解决思路。

① 在数据序列非平稳性的解决方面采用协整理论。前文的研究已表明：船舶污染事故样本数据时间序列与相关影响因素时间序列之间的确存在协整关系，而且这种协整关系有多个，因此如何选择最合适的协整关系并进行临界调整是需要着重研究的。此外，随着新的船舶溢油事故时间序列样本及相关信息的获取，如何更新原来的分布规律，并进一步完善原来的预报模式，也是要重点考虑的。

② 小样本问题的解决。除了探讨常规的小样本技术（贝叶斯分析、空间投影分解等）的应用外，重点利用基于统计学习理论的支持矢量机模型（SVM）来研究小样本问题，并与传统技术相比较。值得一提的是：SVM 技术如果要应用于船舶溢油事故预测，需要着重解决以下几个关键问题。

第一，选择合适的支持矢量机的核函数。不同的函数作为支持矢量机的核函数，可以构造实现不同类型输入空间的非线性决策面的学习机器。目前主要的核函数形式有多项式核、多层感知核、核高斯核等，但是什么条件下使用什么样的核函数没有统一的规定，针对船舶溢油事故时间序列采用什么样的核函数更没有任何可以借鉴的经验，为此，可以通过对不同核函数进行模拟，以实际输出误差最小为选择标准。

第二，需要分析影响船舶溢油事故的各种因素，也就是需要确定进入机器学习的样本构成（自变量）。为此，必须合乎逻辑地确定与船舶污染事故有联系的自变量并通过统计学检验。考虑到现有船舶溢油事故时间序列为小样本，传统的检验方法已经失效，采用插值技术实现样本容量的扩大，并利用基于小样本的检验技术来确定对船舶溢油事故存在影响的相关因素。

第三，如何选择合适的参数和合适的模型来构造支持矢量机的最优决策分类超平面，由于在选择支持矢量机参数时存在很大的盲目性，因此对参数的优选有待进一步研究。可以设想取一个区间进行试算搜索，找出符合模型的经验值,进一步的研究设想是采用非线性规划理论来确定最优参数。

参考文献

[1] 曾珍重,顾培亮. 可持续发展的系统分析与评价[M]. 北京:科学出版社,2000.

[2] 姜文来,唐曲,雷波,等. 水资源管理学[M]. 北京:化学出版社,2005.

[3] 长江年鉴编纂委员会. 长江年鉴[M]. 武汉:长江年鉴出版社,1990—2003.

[4] 国家统计局. 长江流域各省市统计年鉴(1996—2004)[M]. 北京:中国统计出版社,
　　　1996—2004.

[5] 长江水系统计年报电子版(2003 年度)[EB/OL].

[6] 水利部长江水利委员会. 长江志·水资源保护[M]. 北京:中国大百科全书出版
　　　社,2003.

[7] 国家环境保护总局. http://www.sepa.gov.cn/[EB/OL].

[8] 中国环境检测总站. 中国环境质量公报(1998—2003)[R]. 1998—2003.

[9] 安徽统计年鉴——环境保护[M]. 北京:中国统计出版社,2003.

[10] 张旭东. 长江水系航运市场现状与发展思路[J]. 中国水运,1998(10):23—24.

[11] 肖芳楠. 长江干线船舶发展趋势[J]. 中国水运,1995(2):21—22.

[12] www.hb.xinhuanet.com. 专题报道——长江航运[EB/OL].

[13] 余建英,何旭宏. 数据统计分析与 SPSS 应用[M]. 北京:人民邮电出版社,2003.

[14] 张宜华. 精通 SPSS[M]. 北京:清华大学出版社,2001.

[15] 汪斌. 水环境保护文集[M]. 郑州:黄河水利出版社,2002.

[16] 长江水利网 www.cjw.com.cn[EB/OL].

[17] 长江航务管理局 www.cjhy.gov.cn. 长江航运 21 年风雨见彩虹. htm[EB/OL].

[18] www.hb.xinhuanet.com/zhuanti. 2005/01/12/content_3555087.htm[EB/OL].

[19] 尚悦红. 长江船舶污染事故分析[J]. 交通环保,1996,17(6):20—23.

[20] 汪明娜,汪达. 长江水污染事故成因及处理对策探讨[J]. 水资源保护,2004(1):
　　　57—58.

[21] 陈大铮,殷杰. 长江船舶污染亮起红灯[J]. 中国水运,2003(2):11.

[22] 胡承兵. 长江干线船舶防污工作的现状、存在的问题及对策[J]. 交通环保,2000,21(2):
　　　24—28.

[23] 朱小斌译. 时间序列计量经济学——协整和自回归条件异方差模型协整[J]. 外国经济
　　　与管理,2003,25(11):39—45.

[24] 刘璐,杨宝臣,刘建秋. 协整建模及应用[J]. 哈尔滨理工大学学报,2001,6(3):83—85.

[25] HAMILTON J D. Time series analysis[M]. Columbia and Princeton:Princeton University Press, 1994.

[26] 李子奈,叶阿忠. 高等计量经济学[M]. 北京:清华大学出版,2000.

[27] HE Z L, MAEKAWA K. On spurious granger causality [J]. Economics Letters,
　　　2001(3):307—313.

[28] ENGLE R F, GRANGER C W J. Co‐integration and error correction representation,

estimation, and testing[J]. Econometric, 1987,(55):251—276.

[29] JOHANSEN S. Estimation and hypothesis testing of co-integration vectors in gaussian vector autoregressive models [J]. Econometric A, 1991, 59(6):1 551—1 580.

[30] Caporale G M, Pittis N. , Causality and forecasting in incomplete system[J], J Forecasting, 1997,16:425—437.

[31] SIMS C. Granger Causality[R]. Econ. 613, Time Series Econometric, 1999.

[32] 周建,李子奈,Granger. 因果关系检验的适用性[J].清华大学学报(自然科学版),2004, 44(3):358—361.

[33] GRANGER C W J. Some recent developments in the concept of causality [J]. Journal of Econometrics, 1988, 39(1‑2):199—211.

[34] 环境统计年鉴[M].北京:中国统计出版社,1994—2003.

[35] 交通运输统计年鉴[M].北京:中国统计出版社,1994—2003.

[36] 邬红娟,林子扬,郭生练.人工神经网络方法在资源与环境预测方面的应用[J].长江流域资源与环境,2000,9(2):237—241.

[37] 徐伟.PP 回归方法在预测模型中的应用[J].数理统计与管理,2000,13(2):24—27.

[38] 唐国兴.计量经济学[M].上海:复旦大学出版社,1988.

[39] 程毛林.税收增长的动态回归模型分析[J].系统工程理论方法应用,2000,9(2):173—176.

[40] 李长安,殷鸿福.关于长江流域生态环境系统演变与调控研究的思考[J].长江流域资源与环境,2001,10(6):550—557.

[41] 汪亭玉,安翔.船舶对长江中下游水域污染的调查与分析[J].水资源保护,2004,1:44—45.

[42] 黄永昌.浅谈长江船舶污染及治理对策[J].重庆环境科学,1999(4):16—17.

[43] 长江海事局 http://www.cjmsa.gov.cn/[EB/OL].

[44] 海事统计内部资料[G].

[45] GEORGE E P B, GWILYM M J, GREGORY C R. 时间序列分析—预测与控制[M]. 顾岚主译,范金城校译.北京:中国统计出版社,1999.

[46] 刘思峰.灰色系统理论及其应用[M].北京:科学出版社,1999.

[47] 上海市建设和管理委员会.上海港建设年鉴2001[M].2002.

[48] SHI K Q. A Matrices and grey characteristics [J],The Journal of Grey System,1990, 12 (1):33—40.

[49] BRUCE L BOWEMAN, RICHARD T. O'Connell, Forecasting and time series:an applied approach[M]. 3rd, ed, Miami University of Ohio 2003:488—521.

[50] 肖景坤,灰色拓扑分析方法在海上溢油趋势预测上的应用[J].交通环保,1999,20(6):16—19.

[51] 张佐光,沈建明,李敏,等.复合材料防弹板性能小样本分析[J].北京航空航天大学学报,2003,29(16):561—564.

[52] 张明玉.小样本经济变量相关关系检测的数学模型[J].预测,1998(3):57—59.

[53] 田野,孙永广,吴宗鑫. 神经网络计量经济学模型小样本问题的研究[J]. 数量经济技术经济研究,2002(12):64—67.

[54] VAPNIK V N. An overview of statistical learning theory [J]. IEEE Trans Neural Network, 1999, 10(5):335—356.

[55] Van GESTEL T, SUYKENS J A K. Financial the series prediction using least squares support vector machines with in the evidence framework [J]. IEEE Transactions on Neural Networks, 2001,12(4):809—821.

第 3 章　航运污染对流域水质影响的技术量化与风险评价

从第 2 章的论述中可以发现：航运对流域水质影响最突出的是船舶突发性事故所造成的污染。为此，本章着重就航运污染事故对流域水质影响的技术量化问题作归纳总结，并在此基础上对航运污染事故的风险性进行评价。

3.1　航运污染对流域水质影响的技术量化综述

传统的衡量各类航运污染事故对水质的危害性研究往往采用物理化学实验的方法，但近年来，通过数学模型描述各类污染的自然演变过程日趋受到重视。为此，我们在概述可用于描述航运污染对水体物理、化学和生物特性所产生影响的水质模型的基础上，着重对船舶溢油模型作一综述。

3.1.1　水质模型

水质模型是用于描述水体中污染物随时间和空间迁移转化规律的数学方程，可以预测各种点源和非点源污染物对水的物理特性、化学特性和生物特性所产生的影响。[1]

自第 1 个水质数学模型（Streeter-Phelps 模型）产生以来，经过许多中外学者的不断努力，水质数学模型得到长足发展，其发展过程大致可以分为以下几个阶段。[2—4]

第 1 阶段（1925～1960）。经典的水质模型由 STREETER 和 PHELPS（1925）提出并由 PHELPS 加以总结归纳。这一阶段的模型比较简单，仅考虑了 BOD 及 DO 的双线性系统。

第 2 阶段（1960～1965）。通过引进空间变量和物理的、生物化学的以及动力学系数，使水质模型能够适用于比较复杂的系统。

第 3 阶段（1965～1970）。不连续的一维模型扩展到其他来源和丢失源，如氮化物耗氧、光合作用、藻类的呼吸以及沉降、再悬浮等。[5]

　　第 4 阶段(1970～1975)。随着有限元技术和有限差分技术的应用,水质模型演变成为许多模型相互作用的线性化体系,并不断向更高维发展。

　　第 5 阶段(1975～1995)。随着改进的二维、三维河流、河口和湖泊(水库)模型的出现,水力学和水质间的耦合越来越引起科学研究工作者的重视,水质模型由单一组分的模型向较综合的模型发展,并日趋重视改善模型的可靠性和评价能力。[6]

　　第 6 阶段(1995～)。由于包括 GPS 和 GIS 在内的计算机信息技术、卫星遥感技术等的高速发展,水环境数学模型的可靠性、预见性、综合性和科学性得到进一步提高。[7]

　　近年来,水质模型的研究取得很大进展。从这些进展中可以看出水质模型的一些主要研究方向和发展趋势:模型不确定性的研究;模糊数学在水质模型中的应用;与人工神经网络的结合;水质模型与地理信息系统的结合;模型的微观化、动态化等。[8]

　　从总体上看,水质模型可作如下分类:基于使用管理的角度,水质模型可分为江河模型、河口模型、湖泊与水库模型、海洋模型等。从组分来看,水质模型可分为有机的、无机的、放射性的和生物的。从反应动力学性质角度出发,可划分为保守物质模型、非保守物质模型、纯反应模型和生态模型。按照系统状态,水质模型可分为稳态和非稳态两类。从模型的空间维数来说,水质模型可分为零维模型、一维模型、二维模型、三维模型和四维模型。[1,9]

3.1.2　溢油模型

3.1.2.1　溢油模型的基本架构

　　所谓溢油模型,就是通过数学方程对溢油行为和归宿进行描述。主要包括两部分:一是溢油运动轨迹与归宿的模拟,二是对溢油事故造成的水体油类增值浓度分布及其变化规律的模拟。[10]其中溢油运动轨迹模拟包含油膜扩展、风与水流漂移等过程;归宿模拟包含蒸发、弥散、溶解、海岸吸附解吸和乳化等环节。水体石油类增值浓度分布模拟还包含三维移流扩散、生化降解、生物吸收、物理沉降和底泥吸附解吸等过程。溢油模型的逻辑结构见图 3-1。

　　基于上述框架,我们着重从溢油扩展、溢油漂移、溢油蒸发、溢油溶解、溢油分散和溢油乳化等方面对溢油模型作一综述。

3.1.2.2　溢油扩展

　　FAY 最早提出三阶段油膜扩散理论。根据 FAY 的理论,各阶段油膜扩张的水平尺度可由量纲分析技术得出[11],但该理论因仅限于平静海面而有诸多局限与不足。后来的许多学者考虑到海上的环境动力因素,将油自身的扩展过程

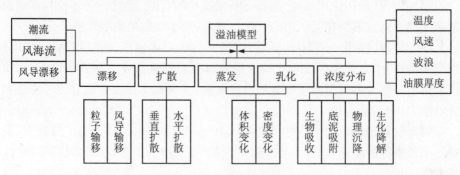

图 3-1 溢油模型的逻辑结构

与海水扰动因素作用下的分散过程相结合,建立各自的溢油扩展模式。其中一个重要的新发展就是 JOHANSEN,AUDUNSON 和 ELLIOT 提出的所谓"油粒子"模式。[10]依据该模式,溢油被离散化为大量油粒子,每个油粒子代表一定的油量,在表层海流的作用下漂移;油膜的扩展受到"油粒子"尺寸分布、剪切流和湍流过程的控制,可通过油粒子的随机运动实现。油的蒸发、消散过程由油粒子的质量损失体现,而油膜厚度分布则通过一定海面面积内油粒子的个数、体积、质量计算得到。"油粒子"模型可以确切地预报出较厚的油膜边缘扩展过程以及油膜形状在风向上明显拉长的现象,在传统模式难以精确考虑的油膜断裂和迎风压缩等方面也更具合理性。

在扩散模型中,根据溢油形式的不同可分为瞬时溢油油膜扩散模型[11—16]和连续溢油油膜扩散模型[11,17—19];根据扩散方向的不同模型又可分为水平扩展模型和向下扩展深度模型。[20]

3.1.2.3 溢油漂移

溢油的飘移是指其在风、表层和次表层流作用下的平移运动,实质上是溢油在风的切应力、表层及次表层流合成的环境动力作用下的拉格朗日飘移过程。目前,大多数溢油飘移模型采用确定性方法模拟溢油的飘移过程。其中最有代表性的是 NARY 模型。[21]该模型考虑潮流、河流入流、地球自转流和风漂流作用对溢油漂移的影响。其他描述溢油漂移的模型还包括:SEADOCK 模型、[22]BATTEELE 溢油模、[23]DELAWARE 模型、[13]黄礼贤模型、[24]张永良和褚绍喜模型、[25]徐洪磊模型[26]等。

3.1.2.4 溢油蒸发[27]

最早发表溢油蒸发模型的是 BLOKKER,其着重研究单组分油条件下的溢油蒸发。[28]1973 年 MACKAY 和 MATSUGU 进行的工作是溢油蒸发研究的真正开始,成为后来许多研究工作的基础。由于分析手段的提高,1975 年REGINER 和 SCOTT 计算了特定条件下某些化合物的蒸发率常数。同年

HARRISON 根据 RAOULT 定律提出计算油中各组分的蒸发速率方程。[29]随后,MACKAY, LEININEN, ARAVAMUDAM 和 TKALIN 提出的方程以及IKU 模型[30]、ASA 模型的机理与 Reginer 和 Scott 方程类似。1983 年和 1986年 DRIVAS[31,32]导出一个由单个组分蒸发速率计算总的蒸发速率的表达式,与过去不同的是,该模型不是采用简单加和方法。

随着对溢油蒸发研究的深入,人们发现需要调整相关参数以解释因乳化而导致水含量的增加和蒸发速率下降的现象。为此,1984 年 HAMODA 提出一个用 API⁰表达的质量迁移系数方程。[33]1994 年 BERYER 和 MACKAY 对迁移系数的计算进行改进以考虑油的液相阻力。[34]1994 年 FINGAS 提出用百分数形式表示油蒸发率以简化方程。[35]1995 年 CEKIRGE 采用 MACKAY 的蒸发模式考察溢油厚度的变化对蒸发模式的影响。[36]

目前溢油蒸发模型中最常用的是 1984 年、1985 年 STIVER 和 MACKAY提出的方程[30]以及 FINGAS 提出的蒸发模型。[35]

3.1.2.5　溢油乳化

对于溢油乳化过程的预测通常采用由 MACKAY 提出的一级速率方程。后来的工作都是基于 Mackay 方程,如:MACKAY 和 ZAGORSKI[37]提出的两个关系式,1988 年 KIRSTEIN 和 REDDING 用 Mackay 方程变量预测乳化物的形成及 1989 年 REED[38]对 Mackay 方程常数的调整等。然而,由于 Mackay方程是在对乳化物形成机理广泛研究之前建立的,因此它与实验或现场结果的吻合性并不好。

3.1.2.6　溢油溶解

相对于蒸发量而言溶解量很小,因此一些溢油预报系统往往忽略此过程。但对于易溶解的且多是有毒的芳烃,则溶解量的计算就很重要。原油溶解度依赖于组分和海水环境,模拟溶解过程或是用与蒸发过程相似的准组分法,或将溶解和分散过程综合考虑。[39]

3.1.2.7　溢油分散

溢油分散量最简单的计算公式是把分散量作为溢油经历时间和海况的函数编制成表,以便查算。如:AUDUNSON 基于风速平方律并考虑到油粒子驱赶到水中去的反射能量,建立计算分散量的经验公式。除此而外,MACKAY建立的二段模式分别描述厚油膜和薄油膜的分散过程,计算结果与定量测定结果相当接近。DELVIGNE 依据一系列的分散测量建立分散理论模式,并给出油和含油悬浮颗粒物的垂直分散系数。鉴于垂直分散主要源于破碎波引起的湍流作用,窦振兴、方国洪等采用随机走动法模拟分散过程,并按 JONSWAP 谱和 PERSON-MOSCOWITZ 推算波浪要素,以半经验公式计算垂直涡动分散系数,取得令人满意的结果。[27]

3.1.2.8　潮流模型

在溢油的漂移和扩散过程中,风场和潮流场是影响溢油行为的主导因素,是溢油漂移和扩散的基础。从数值模拟的角度看,风场可用以下几种方法编制:随机步进过程法;马尔科夫链过程法;气象模式法;综合法。潮流场数值模拟始于20世纪60年代,根据控制方程可分为二维模型和三维模型;按计算方法可分为有限元、有限差分、单元积分、控制体积等;按差分网格形状又可分为三角形、矩形、四边形、多边形、曲线坐标网格和无网格等;按离散格式还可分为显式、隐式、半隐半显式等。对于三维的数值模拟,从处理方法上又可分为分层二维法、谱方法、流速分解法、坐标变换法等。随着计算机技术和计算方法的高速发展以及实际需要的提出,模拟三维潮流已成为近来潮流数值模拟的主流。

3.1.2.9　模型评述

基于上述对国内外溢油模型的综述可以作出如下评价:

① 由于溢油在海面上的分布预测非常复杂,因此早期的预测仅能模拟简易的油团中心移动过程,目前则发展至多元分子轨迹方向及多维空间的模拟,并能与油品的物化降解特性相结合,由此使得溢油模型从简单的轨道模型发展到当今的粒子跟踪模型和三维轨道与命运模型。实际应用中,不论何种类型的溢油模型,都要求预先输入溢油状况、气象、海况等信息以及溢油的种类及理化特性等,再通过计算机模拟显示溢油的预测结果。

② 溢油漂移和溢油扩展模型都是以油粒子模型为基础,都考虑到海流对溢油行为的影响。但许多溢油扩展模型只考虑静止水面上的溢油扩展情况,虽然可将相应的数学方法转化用于有扰动水面的溢油扩展计算,但这无疑会影响溢油行为模拟的精确度。

③ 溢油蒸发和乳化模型的建立主要基于经验。这是因为溢油风化是一个多组分、多过程、多影响因素的复杂过程,相关的基础研究十分薄弱,所以大大制约模型的发展,并影响到预测的准确性。

④ 溢油过程中蒸发、乳化现象同时发生且互相影响,即:蒸发促进乳化,乳化抑制蒸发。但在实际模拟过程中往往将其分开研究,对蒸发和乳化速率独立进行计算,没有反映两者之间的相互影响。

3.2　基于溢油模型的船舶溢油污染危险区域识别及风险评估

3.2.1　船舶溢油风险分析

船舶溢油风险分析主要遵循两大研究模式。

第 1 类模式主要以多目标评估模型为主,总体思路是首先根据实际情况确定船舶溢油风险评价指标,再通过各种评估模型对船舶溢油风险进行分析。如:肖井坤[40]根据不同区域内的船舶类型、吨位、技术状况、气候条件、人为因素等指标,通过综合评判的方法,对不同区域的船舶溢油风险进行评估。对此,我们认为:评价指标体系必须根据具体情况灵活确定,不同的应用对象应有不同的评价指标体系。至于评估方法的选择,目前主要有:数学规划方法、DEA数据包络分析法、AHP 层次分析法、ABC 分析方法、遗传方法、神经元网络等。[41]最近的研究成果表明:单独使用一种方法很难全面和准确地对船舶溢油事故进行风险分析,因此有必要采用多种方法的结合,以克服单一方法的局限性。

第 2 类模式主要是通过对溢油扩散模型的多次仿真模拟来对各假设情景下的船舶溢油风险进行分析,其核心是溢油模型的构造。[41,42]基于前文的介绍可以发现:溢油模型的实质是对溢油过程的各个阶段(传输过程、扩散过程、分散过程、蒸发过程、乳化过程等)进行模拟。目前,溢油模型主要应用于事故发生期间的溢油轨迹预测,对于事前的溢油风险分析则研究甚少。

本书的研究对船舶溢油风险所展开的分析基于上述两大框架展开。本节则以长江口海域的船舶溢油风险分析为研究对象,通过运行溢油模拟软件,观察常见油类在不同环境条件和溢油状况下的漂移及扩散情况,并对实验数据进行分析,总结出影响溢油油膜运动轨迹、面积的因素,从而对船舶污染危险区域和风险进行识别及评估。

3.2.2　模拟实验框架

在采用溢油模拟软件对溢油行为进行模拟的过程中确立溢油量、溢油时间、风力和风向 4 个参数,并根据这 4 个参数建立参数矩阵,通过分别改变参数值来采集表征溢油行为的指标数据(溢油位置、油膜面积、溢油深度、溢油平均浓度)。[44]为提高实验效率,各参数的值都具有一定的代表性和典型性,具体描述如下:

根据长江口溢油事故发生的历史资料,每年 1 月是事故发生率最高的月份,并且每年的 5~10 月是大风侵袭最为频繁、海上气象状况较复杂的月份,所以将溢油事故发生的时间定为 1 月和 5 月。

根据以往的长江口气象资料,5 月和 6 月大多为 6 级、8 级和 10 级大风,所以在实验中 1 月的风力值为 3 级(8.4 m/s)、5 级(9.5 m/s);5 月的风力值分别设为 6 级(12.7 m/s)、8 级(18.5 m/s)和 10 级(24.1 m/s)。

此外,根据以往数据显示:事故密集区为长江口附近的以 31′N - 123′E 为中心、30 n mile 为半径的区域内,所以将溢油点设在经度 122°20′、纬度 30°和经度 122°10′、纬度 30°10′的区域内,溢油半径为 15 m;溢油量分别为 1 t,10 t,50 t 和 100 t。

实验所采用的参数及例化值见表 3-1。

表 3-1 实验参数及例化值

参 数 名	参 数 值							
溢油时间	1 月				5 月			
溢油量/t	1	10	50	100	1	10	50	100
溢油点	经度 122°20′ 纬度 30° 经度 122°10′ 纬度 30°10′				经度 122°20′ 纬度 30° 经度 122°10′ 纬度 30°10′			
油 种	原 油							
风力/m·s⁻¹	8.4(3级)	9.5(5级)			12.7(6级)	18.5(8级)		24.1(10级)
风 向	正东	正西	正南	正北	正东	正西	正南	正北

为便于记录,对每一次的溢油模拟进行编号。编号有 11 位,前 4 位是溢油时间(年和月),第 5 位表示风向(正东(E)、正西(W)、正南(S)、正北(N)),第 6 和第 7 位表示风力($J3,J6,J8,J10$),后 4 位表示溢油量(01 t,10 t,50 t,100 t)。

3.2.3 结论

对溢油在同一潮流、不同风力和风向的海风作用下的运动情况进行模拟,实验结果见图 3-2~图 3-11。

3.2.3.1 影响溢油轨迹的因素

(1)潮流、风向对溢油轨迹的影响

从图 3-2~图 3-5 中可以看出:在潮流 1 的作用下,不同风向下的油膜都是自东向西漂移;但由于风向不同,油膜沿海风的方向产生平移,所以油膜面积也稍有不同。

图 3-6~图 3-9 是溢油在潮流 2 和不同风力风向的海风作用下的轨迹图。尽管风向不同,但溢油轨迹大体保持一致(先自东向西运动而后又自西向东)。图 3-2 和图 3-6 是同一油膜在同向海风不同海潮作用下的轨迹。通过对比可以发现溢油轨迹完全不同。由此可见,潮流对溢油的轨迹起着主导作用。

(2)风力对溢油行为的影响

图 3-10 和图 3-11 分别表示在同一潮流不同风力(6 级、8 级)及不同风向(正东、正西、正南、正北)的作用下,50 t 溢油量的油膜运动情况。通过对比发

现：在不同风力的海风作用下，溢油油膜的最终位置基本保持一致（东经 122°—122°30′，北纬 31°—30°50′的范围内）。油膜溢油轨迹和位置并没有因为风力的变化有很大改变。由此可见，油膜溢油轨迹主要由当时的潮流决定，海风对溢油行为有影响但不很明显。海风会使油膜位置随风的方向有所偏移，使油膜面积也有所变化。

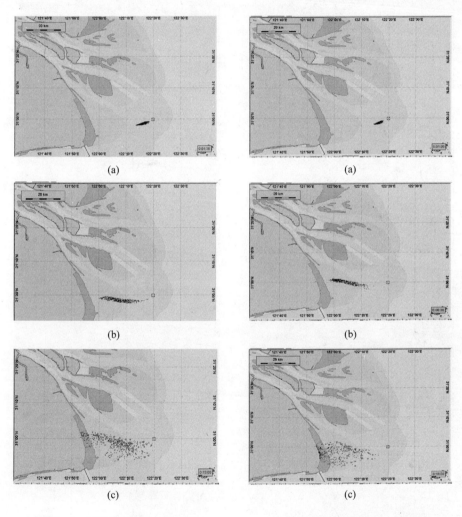

图 3-2　溢油在潮流 1，正东风
　　　　向下的运动轨迹

图 3-3　溢油在潮流 1，正西风
　　　　向下的运动轨迹

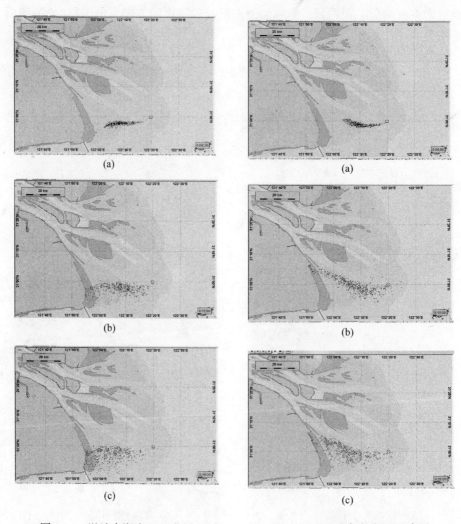

图 3-4　溢油在潮流 1,正北风
　　　　向下的运动轨迹

图 3-5　溢油在潮流 1,正南风
　　　　向下的运动轨迹

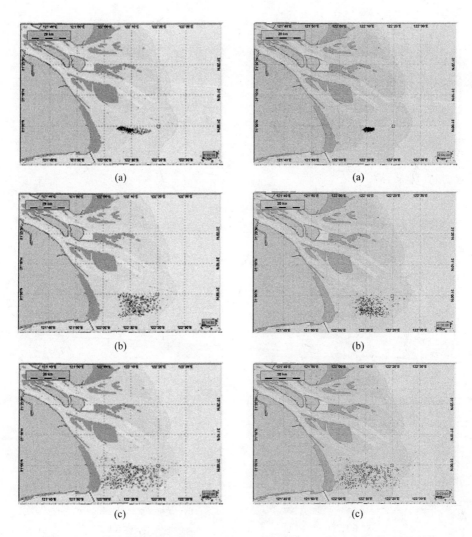

(a)

(b)

(c)

(a)

(b)

(c)

图 3-6　溢油在潮流 2,正东风
向下的运动轨迹

图 3-7　溢油在潮流 2,正西风
向下的运动轨迹

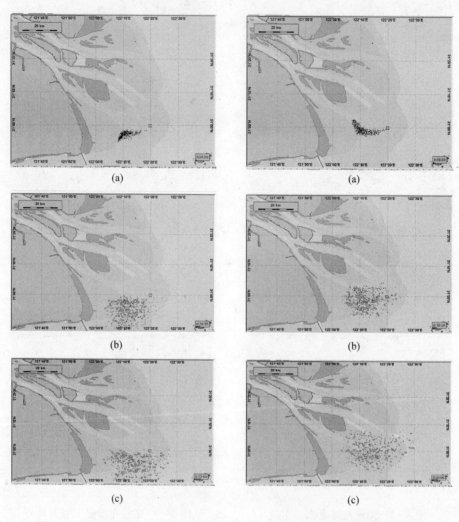

图 3-8　溢油在潮流 2,正北风
　　　向下的运动轨迹

图 3-9　溢油在潮流 2,正南风
　　　向下的运动轨迹

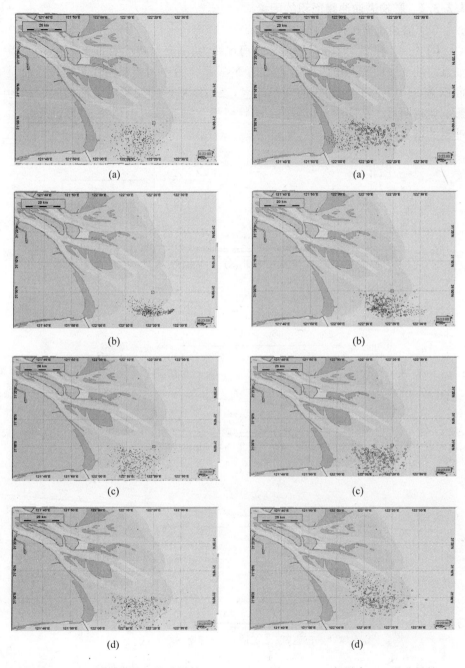

图 3－10　6 级风力 50 t 溢油量的
　　　　油膜位置图

图 3－11　8 级风力 50 t 溢油量的
　　　　油膜位置图

3.2.3.2　影响溢油油膜面积的因素

（1）溢油量对油膜面积的影响

图 3－12 和图 3－13 分别表示在海风风力、潮流保持不变的情况下，两个溢油点溢油油膜面积与海风风向、溢油量的关系。图中两相邻曲线间距表征油膜面积的变化程度，即两曲线的间距越大，表明溢油量的变化对溢油油膜面积的影响就越明显。从图中可以看出：油膜面积与溢油量成正相关，油膜面积随溢油量的增大而变大，且影响程度较明显。

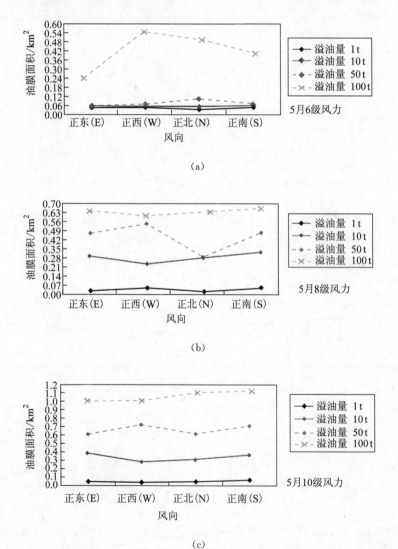

（a）

（b）

（c）

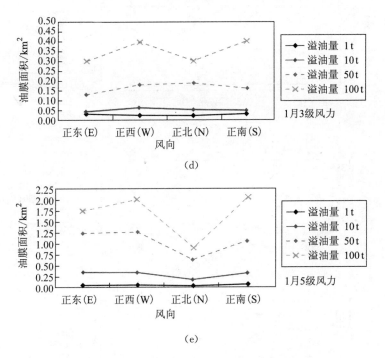

(d)

(e)

图 3 - 12　油膜面积、溢油量、风向的关系图
(溢油地点：经度 122°20′ 纬度 30°)

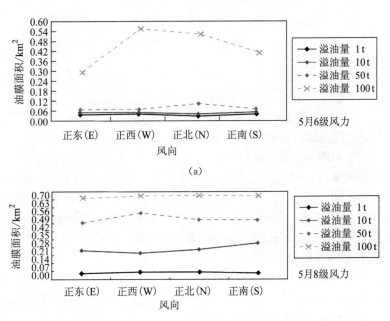

(a)

(b)

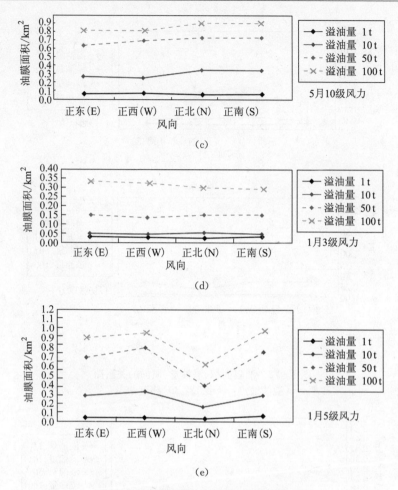

图 3-13　油膜面积、溢油量、风向的关系图
（溢油地点：经度 122°10′ 纬度 30°10′）

（2）海风风向对油膜面积的影响

图 3-12 和图 3-13 中的每条曲线在垂直方向上的波动反映海风风向对溢油油膜面积的影响。如果曲线沿 X 轴基本保持水平，那么说明海风风向对油膜面积影响不大或没影响；如果曲线沿 X 轴有较大起伏，那么说明海风风向对油膜面积有影响，而且曲线幅值表征海风风向对油膜面积的影响程度。

从图中可以看出：海风风向会对溢油油膜面积产生影响，但影响程度不及溢油量。另外，当溢油量较小（1 t）时，图中曲线均较平直；当溢油量较大（50 t 和 100 t）时，图中曲线有较大起伏。由此可知海风风向对溢油油膜面积有影响，且影响程度与溢油量呈正相关，即溢油量越大，海风风向对溢油油膜面积的影响就越大。

（3）海风风力对油膜面积的影响

图 3-14 和图 3-15 表示在溢油量、潮流保持不变的情况下，两个溢油点溢

油油膜面积与海风风力的关系。图中两相邻曲线间隔越大,说明海风风力的变化对溢油油膜面积的影响就越明显。从图中可以看出:海风风力会影响溢油油膜面积,且影响程度随溢油量的增大而变得明显。

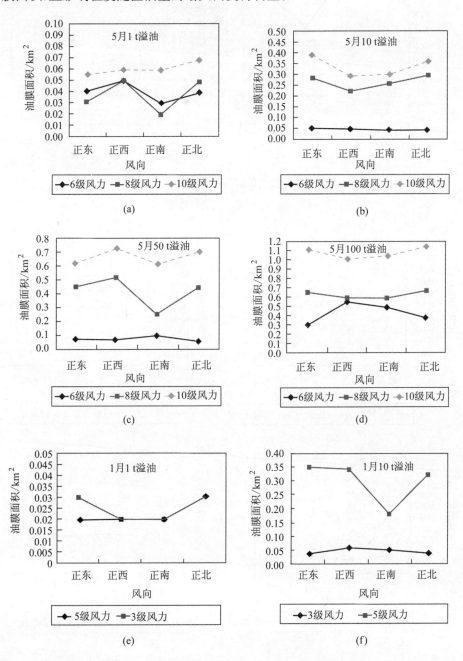

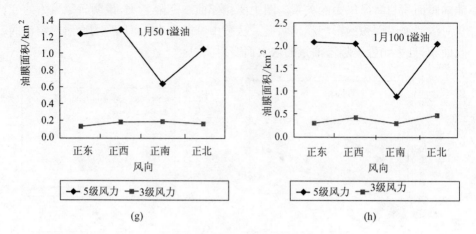

(g)   (h)

图 3-14 油膜面积、风力的关系
（溢油地点：经度 122°20′ 纬度 30°）

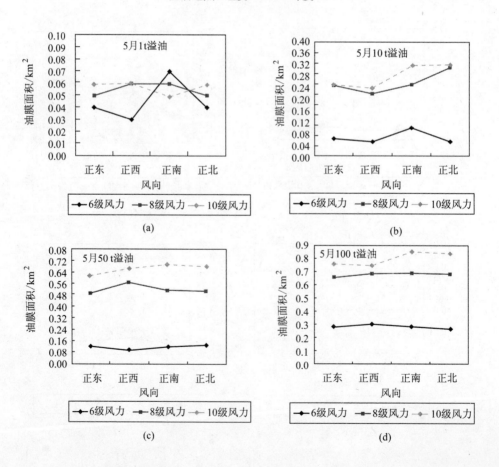

(a)   (b)

(c)   (d)

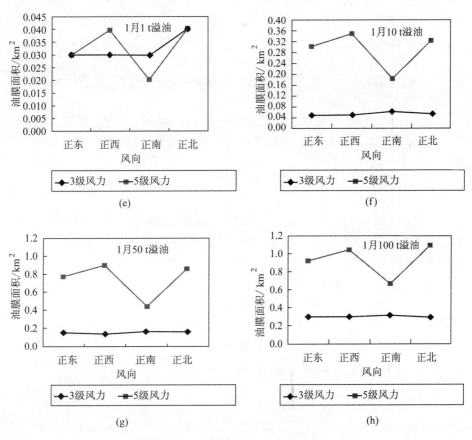

图 3-15　油膜面积、风力的关系
（溢油地点：经度 122°10′ 纬度 30°10′）

3.2.3.3　溢油油膜位置

油膜位置主要由当时的潮流决定。通过模拟发现：以 31°N—123°E 为中心、30 n mile 为半径的区域内，溢油油膜的最终位置基本上在溢油点的左下方，东经 122°—122°30、北纬 31°—30°50′的范围内。

此外还发现油膜边界的油浓度很低，可忽略；而在以溢油点为中心、18 n mile 为半径的范围内，油膜厚、油浓度较高。所以，以溢油点为圆心、以一定距离为半径的圆周区域是油污治理的主要区域。

3.2.4　不足与改进

本次实验主要对溢油点位于上海长江口海域事故高发区域（以 31°N—123°E 为中心、30 n mile 为半径的区域）、事故高发季节（1月）和气候较为复杂季节（5月）的溢油状况进行模拟，一方面为验证基于溢油模型的船舶溢油风险分析的可行性，另一方面对长江口海域船舶溢油风险进行初步评估。虽然实验所依托的主要参数及例化值都有代表性,但未考虑溢油持续时间、溢油种类等其他影响因素,模拟的范围和规模也不够大,因此目前得出的结论是初步的,今后将进一步作该方面的尝试。

3.3 基于层次分析法的船舶溢油污染危害程度评估

基于前文对船舶溢油事故危险性评估研究的综述,本节按照第一研究范式,采用层次分析法对船舶溢油造成的危害程度进行评估,同时对溢油的安全和污染危害进行讨论。

3.3.1 层次分析法原理

层次分析法(Analytical Hierarchy Process)最早由美国运筹学家 SAATY T L 提出,是一种定性和定量分析相结合的决策方法。运用层次分析法建模,大体上可按下面 4 个步骤进行:

第 1 步:建立递阶层次结构模型;

第 2 步:构造出各层次中的所有判断矩阵;

第 3 步:层次单排序及一致性检验;

第 4 步:层次总排序及一致性检验。

3.3.2 船舶溢油污染危害程度评估层次分析模型的实现

(1) 船舶溢油污染危害递阶层次结构模型

船舶溢油污染影响面广,造成的危害涉及自然、人文、经济等多个方面。为此,我们以 IMO《油污手册第Ⅳ部分:抵御油污》的指导原则为基础,结合《上海海域船舶污染应急预案》中关于船舶污染的等级描述[42—44],给出船舶溢油污染危害评估指标递阶层次结构见表 3-2。

表 3-2   船舶溢油污染危害评估指标递阶层次

目 标 层	准 则 层		事 故 特 征 层
船舶溢油危害 A	安全危害 B1	人身危害 B11	溢油量 C1 溢油安全特性 C2 溢油污染特性 C3 溢油位置及运动趋势 C4
		公共安全 B12	
	环境危害 B2	自然保护区 B21	
		取水口 B22	
		水产资源 B23	
		景观娱乐区 B24	

（2）建立比较判断矩阵，并排序和一致性检验

根据上述阶梯层次结构，按照各个因素的重要性，得到下列一系列判断矩阵，见表3-3～表3-11。

表3-3 船舶溢油危害评估判断矩阵

A	$B1$	$B2$	权　重
$B1$	1	1/2	0.67
$B2$	2	1	0.33

最大特征值 $\lambda_{max} = 2$，一致性指标 CR＝0（结果有效）。

表3-4 船舶溢油安全危害评估判断矩阵

$B1$	$B11$	$B12$	权　重
$B11$	1	1/2	0.67
$B12$	2	1	0.33

最大特征值 $\lambda_{max} = 2$，一致性指标 CR＝0（结果有效）。

表3-5 船舶溢油污染危害评估判断矩阵

$B2$	$B21$	$B22$	$B23$	$B24$	权　重
$B21$	1	1	3	5	0.40
$B22$	1	1	2	5	0.36
$B23$	1/3	1/2	1	3	0.17
$B24$	1/5	1/5	1/3	1	0.07

最大特征值 $\lambda_{max} = 4.03$，一致性指标

$$CR = \frac{\lambda_{max} - n}{(n-1)RI} = 0.013 \leqslant 0.1（结果有效）$$

表 3-6　船舶溢油人身安全危害评估判断矩阵

$B11$	$C1$	$C2$	$C3$	权　重
$C1$	1	1/3	1	0.20
$C2$	3	1	3	0.60
$C3$	1	1/3	1	0.20

最大特征值 $\lambda_{max} = 3.00$，一致性指标

$$CR = \frac{\lambda_{max} - n}{(n-1)RI} = 0.00004 \leqslant 0.1(结果有效)$$

表 3-7　船舶溢油公共安全危害评估判断矩阵

$B12$	$C1$	$C2$	$C3$	权　重
$C1$	1	1/3	1	0.14
$C2$	3	1	1/2	0.53
$C3$	1	2	1	0.33

最大特征值 $\lambda_{max} = 3.05$，一致性指标

$$CR = \frac{\lambda_{max} - n}{(n-1)RI} = 0.03 \leqslant 0.1(结果有效)$$

表 3-8　船舶溢油对自然保护区污染危害评估判断矩阵

$B21$	$C1$	$C2$	$C3$	权　重
$C1$	1	3	1/3	0.26
$C2$	1/3	1	1/5	0.11
$C3$	3	5	1	0.63

最大特征值 $\lambda_{max} = 3.04$，一致性指标

$$CR = \frac{\lambda_{max} - n}{(n-1)RI} = 0.02 \leqslant 0.1(结果有效)$$

表3-9　船舶溢油对取水口污染危害评估判断矩阵

$B22$	$C1$	$C2$	$C3$	权　重
$C1$	1	2	1/3	0.25
$C2$	1/2	1	1/3	0.16
$C3$	3	3	1	0.59

最大特征值 $\lambda_{max} = 3.05$，一致性指标

$$CR = \frac{\lambda_{max} - n}{(n-1)RI} = 0.03 \leqslant 0.1 (结果有效)$$

表3-10　船舶溢油对水产资源污染危害评估判断矩阵

$B23$	$C1$	$C2$	$C3$	权　重
$C1$	1	1	1/3	0.20
$C2$	1/2	1	1/3	0.20
$C3$	3	3	1	0.60

最大特征值 $\lambda_{max} = 3.00$，一致性指标

$$CR = \frac{\lambda_{max} - n}{(n-1)RI} = 0.000\,04 \leqslant 0.1 (结果有效)$$

表3-11　船舶溢油对景观娱乐区污染危害评估判断矩阵

$B24$	$C1$	$C2$	$C3$	权　重
$C1$	1	3	1/3	0.26
$C2$	1/3	1	1/5	0.11
$C3$	3	5	1	0.63

最大特征值 $\lambda_{max} = 3.04$，一致性指标

$$CR = \frac{\lambda_{max} - n}{(n-1)RI} = 0.02 \leqslant 0.1 (结果有效)$$

（3）总排序及一致性检验

根据上述计算结果，可以得出总的排序矩阵，见表 3-12。

表 3-12　船舶溢油危害评估总排序矩阵

B_n	安 全 危 害		环　境　危　害				事故特征层总排序
	0.67		0.33				
B_{ij}	0.67	0.33	0.40	0.36	0.17	0.07	
	0.44	0.22	0.13	0.12	0.06	0.02	
C1	0.20	0.25	0.26	0.25	0.20	0.26	0.22
C2	0.60	0.59	0	0	0	0	0.44
C3	0	0	0.11	0.16	0.20	0.11	0.05
C4	0.20	0.16	0.63	0.59	0.60	0.63	0.33

$$\text{CR} = \frac{\sum_{j=1}^{m} a_j \text{CI}_j}{\sum_{j=1}^{m} a_j \text{RI}_j} = \frac{0.103}{2.32} = 0.044 \leqslant 0.1（结果有效）$$

由表 3-12 可见，基于船舶溢油污染所引发的安全与环境危害进行考虑，评估船舶溢油危害的主要影响因素是：溢油安全特性（油品性质）、溢油位置及运动趋势、溢油数量。

（4）船舶溢油污染危害评估模型的应用修正

由于船舶溢油污染危害涉及的因素很多，完全采用层次分析法的两两比较分析方法将会产生很多矩阵。因此，在实际运用中，对船舶溢油污染特征的分析主要根据各个特征的实际量值，将其分成几个量级。具体做法如下：

第一，将船舶溢油污染的主要因素按照现场勘查的实际量值进行量化；

第二，将量化后的实际情况与权值乘积；

第三，根据乘积的值确定污染等级。由于该乘积为一个无纲量，其对应的船舶溢油污染等级需要以实际事例作为参考。

（5）船舶溢油污染事故的特征量化等级

基于上述思路，我们根据 IMO《油污手册第Ⅳ部分：抵御油污》的规定，对船舶溢油污染事故的特征量化等级规定见表 3-13～表 3-16。

表 3-13　船舶溢油量特征量化等级

溢油量/t	取　值	备　注
小于 10	10	如果溢油源未得到有效控制,取值需加 5~10
10~50	20	
大于 50	30	

表 3-14　船舶溢油闪点特征量化等级

溢油特性	取　值	备　注
闪点小于 28℃	20	风力小于 5 级加 5
闪点在 28℃~60℃之间	15	风力在 5~7 级无加减
闪点大于 60℃	10	风力大于 7 级减 5

表 3-15　船舶溢油粘度量化等级

溢油特性	取　值	备　注
低粘度(25℃时 5 cSt)	10	根据气温变化酌情加减分值
中粘度(25℃时 5~3 000 cSt)	20	
高粘度(25℃时 3 000 cSt)	30	

表 3-16　船舶溢油敏感区域特征量化等级

位置及运动趋势	取　值	备　注 1	备　注 2
影响敏感区	30	封闭/半封闭区域减 1~5 人口、设施稠密区加 5 水产资源在 3 月~5 月加 10 景观区域在 7 月~8 月加 5	人工构筑物加 1 砾石加 2 大鹅卵石加 3 沙子加 4 泥和淤泥加 5
接近敏感区	20		
远离敏感区	10		

3.3.3 实例计算

在实例计算中,本书选用近年来在上海港水域发生的3起具有代表性的重大船舶污染事件。

(1) 实例1

2003年8月5日"长阳"轮溢油事件:

溢油量85 t,取值30;

溢油闪点大于60℃,且当时风力为6级,取值10;

溢油为重质燃料油,属中等粘度的油类,取值20;

事故地点位于黄浦江准水源保护区,涉及的岸线为泥与淤泥质,取值35。

基于上述参数,得到本事故的危害等级如下:

$$[30, 10, 20, 35] \cdot \begin{bmatrix} 0.23 \\ 0.40 \\ 0.05 \\ 0.32 \end{bmatrix} = 23.24$$

(2) 实例2

2001年4月17日"大勇"和"大望"轮在长江口碰撞事件:

溢油数量638 t,取值30;

溢油闪点小于28℃,风力8级左右,取值15;

溢油为苯乙烯,属低等粘度,取值10;

事故地点位于海上,没有涉及岸线,但事故影响到吕泗渔场,季节是鱼类繁殖期,取值40。

基于上述参数,得到本事故的危害等级如下:

$$[30, 15, 10, 40] \cdot \begin{bmatrix} 0.23 \\ 0.40 \\ 0.05 \\ 0.32 \end{bmatrix} = 26.39$$

(3) 实例3

2004年4月18日,"现代荣耀"与"大西洋商人"在深水航道碰撞事件:

溢油数量30 t,取值20;

溢油闪点大于60℃,风力6级,取值15;

溢油为重质燃料油,属中等粘度,取值20;

事故位于长江口深水航道,影响到长兴、横沙泥与淤泥质岸线,且事故时间为鱼类繁殖期,取值45。

基于上述参数,得到本事故的危害等级如下:

$$[20,15,20,45] \cdot \begin{bmatrix} 0.23 \\ 0.40 \\ 0.05 \\ 0.32 \end{bmatrix} = 26.23$$

（4）结论

根据对上海海域近年来影响比较大的船舶污染事故的计算情况,综合运算数值大于 20 的可以作为重大事故的判断标准,进而根据《上海海域船舶溢油污染应急预案》的相关措施实施应急处置。

3.4　基于神经网络的溢油事故等级评判

3.4.1　概述

对于溢油事故危害程度的评价及溢油事故等级的确定,目前世界各国一般均简单地采用溢油量的大小作为评价指标,而实际上溢油事故危害程度和事故等级还与溢油的种类、溢油的位置、溢油事故发生的海况、发生溢油事故的船舶状况等因素有关。因此,单纯采用溢油量大小的评价方法不能准确评价事故的威胁程度和等级,进而直接影响到事故的处理效率和损失索赔。为此,应用神经网络理论对海上溢油事故威胁程度的评价及溢油事故等级的确定进行探讨。

3.4.2　神经网络理论简述

3.4.2.1　BP 神经网络的学习原理和训练过程[45—48]如下:

BP(Back Propagation)神经网络模型基本原理见图 3-16。

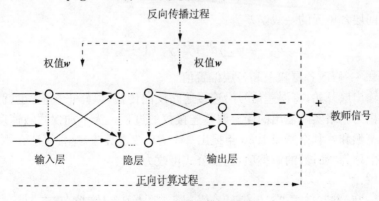

图 3-16　BP 模型原理

基于上述原理,相关算法过程如下:

步骤 1:网络初始化

对 BP 网络进行初始化值的设定,包括设定学习步长 α、冲量因子 β、最大学习误差 ε 及置偏值,同时设定初始权向量 $w_{ij}(0)$,各层的权和阀值用一个随机数加到各层上作为初值:$w_{sq}(0) = \text{Random}(\cdot)$,$sq$ 为 ij,jk;令样本输入值=输入层输出值 Q_m。

步骤 2:计算各层输入与输出

把时间序列中的 n 个数据(m 为输出层数)按顺序输入网络的输入层,经隐层逐层处理,分别计算输入层、隐层的每个单元的实际输出值:

输入—隐含层的输出信号为:

$$x_j = f\Big[\sum_{i=0}^{n-1} w_{ij}x_i - \theta_j\Big] \tag{3-1}$$

隐含层—输出和输入层的输出信号为:

$$y_k = f\Big[\sum_{i=0}^{m} w_{ij}x_i - \theta_j\Big] \tag{3-2}$$

BP 网络的响应函数为

$$f(\mu_j) = \frac{1}{1+e^{-\mu_j}} = \frac{1}{1+e^{-[\sum w_{ij}x_i - \theta_j]}} \tag{3-3}$$

步骤 3:求出各层的误差

通过上述正向传播过程得到一个输出结果,将它与输出期望值比较。若有误差,则进入反向传播过程,逐层递归地计算误差信号,并据此修正网络的各个权值,以减少误差。

输出层各单元的一般误差为(k 为神经网络层数):

$$d_{jk}^{p_1} = (t^{p_1} - y_k^{p_1})y_k^{p_1}(1 - y_k^{p_1}) \tag{3-4}$$

中间层各单元的一般误差为:

$$\delta_{jk}^{p_1} = \big(\sum d_{jk}^{p_1} v_{jk}\big)y_k^{p_1}(1 - y_k^{p_1}) \tag{3-5}$$

步骤 4:修改各层权值和各层偏置值

从输出层开始,将误差信号沿连接通路反向传播,以修正权值,也就是根据期望输出与网络实际输出的误差调整连接权的过程。为了加快收敛速度,洛曼哈脱·亨顿和威利奈姆斯 1986 年提出一个 BP 改进算法,这种算法在原算法基础上加上称为"动量"的调整项,调整公式可改为:

$$w_{jk}(n_0+1) = w_{jk}(n_0) + \eta\sum_{p_1=1}^{p} \delta_{jk}^{p_1} x_j^{p_1} + \alpha(w_{jk}(n_0) - w_{jk}(n_0-1)) \tag{3-6}$$

$$w_{ij}(n_0+1) = w_{ij}(n_0) + \eta \sum_{p_2=1}^{p} \delta_{ij}^{p1} x_i^{p1} + \alpha(w_{ij}(n_0) - w_{ij}(n_0-1))$$

$$(3-7)$$

其中 n_0 为迭代次数。

步骤 5：学习训练

随着"模式的正向传播"和"误差的反向传播"过程的反复进行，网络的实际输出逐渐向各自所对应的期望输出逼近，直至误差达到允许的范围为止，从而得到该时间序列的神经网络预测模型。

$$\begin{cases} E(t) = \sum_{k=1}^{n} E_k = \frac{1}{2} \sum_{k=1}^{m} \sum_{i=1}^{q} (y_i^k - c_i^k)^2 \\ \Delta E(t) < \varepsilon, \ \Delta E(t) = E(t+1) - E(t) \end{cases}$$

$$(3-8)$$

式中：$0 \leqslant \varepsilon \leqslant 1$ 是误差精度要求，已经在第 1 步中预先设定。

步骤 6：获得最优权值

上述过程结束后，如果误差在允许的范围内，则获得 BP 网络的一组最佳权值，可进行预测和类比。

步骤 7：运用训练好的 BP 神经网络进行预测和估算

3.4.3　溢油事故评定指标研究综述

在溢油事故危险等级程度评定过程中，评定指标的选取显得尤为关键。为此，英国船舶溢油事故处理机构根据溢油量大小对溢油污染事故进行分级（表 3 - 17），将溢油对环境可能造成的影响从"极小"到"重大"划分为 6 个等级，不同的等级对应于不同的响应措施。[49]

表 3 - 17　溢油污染事故

分　级	溢油量/t	影 响 程 度	相应的响应措施
1	0～0.045	极小	可不要求处理
2	0.046～0.455	小	可能要喷洒溢油分散剂，特别是在封闭水域内
3	0.456～1	中等	可能要采取处理措施，取决于面积的大小
4	1～50	大	要求处理，可能要出动若干艘船艇
5	50～250	严重	要求全面出动船艇和消污设备
6	＞250	重大	可能要求地区或国家参与消污

荷兰学者 KOOPS[50,51] 提出溢油事故污染等级的 DLSA 评价模型,用 9 个单项指标对溢油事故可能引起的污染进行分析评价,9 项指标为:油在水体中的毒性;生物体的积累性;油的持久性;空气中的毒性;爆炸的危险性;火灾的危险性;放射性危害;腐蚀性危害;致癌危险性。针对每起事故中油的特性定量给出以上 9 个指标的分值 S_i,然后根据专家对以上指标在溢油事故污染评估中的重要性给出的权重 W_i,由下列公式计算溢油事故的污染程度:

$$\text{LEVEL} = \sum_{i=1}^{9} S_i W_i$$

从总体上看,上述两项研究还不够全面,都没有考虑气候条件以及船型对溢油事故的影响。一般来说,气候条件的好坏和船舶类型的不同对溢油事故的危险程度有明显影响。为此,有必要将溢油量、溢油位置、溢油的毒性、易燃性、持久性、船舶的破损情况、发生溢油船舶的船龄、船舶吨位、船型、气候状况等作为溢油威胁程度评价的指标体系。

下面,将这些指标量化分级,并作为神经网络的输入和输出部分,通过人工神经网络运算,确定这些影响因素间相互影响的程度,从而建立起溢油事故危险等级评估模型。

3.4.4　溢油事故等级评价指标的分级量化[49—54]

3.4.4.1　溢油量

一般来说溢油量越大,则溢油事故的威胁程度就越大,按溢油量的大小可以分为 6 个等级:0～40 kg 为极小,40～330 kg 为小,330 kg～1 t 为中等,1～50 t 为大,50～250 t 为严重,大于 250 t 为重大。相应的数值等级分别为:0～0.2,0.2～0.4,0.4～0.6,0.6～0.8,0.8～1。

3.4.4.2　综合敏感度

溢油位置可以分为敏感区和非敏感区。若溢油发生在敏感区,则威胁程度就比较高。敏感区可以按其独特性、危险性、损效、经济价值和季节性等来划分等级。

（1）独特性

独特性是指所评价的溢油位置的特殊性和重要程度。如果溢油区域内的资源在全国范围内特别重要,无疑其敏感程度为高等级;如果只在一个地区内特殊重要,则敏感程度为中等级;如果只在当地范围内特殊重要,则敏感程度为低等级。从独特性角度,可将某一区域的敏感程度大致定性分为低中高 3 个等级,数值表示依次是 0.1～0.3,0.4～0.7 和 0.8～1。

（2）危险性

危险性是指敏感区域受到污染危险的可能性和可承受污染程度的大小。对于水产资源区、养殖区、自然保护区等敏感区域，生物的种类决定其承受污染的能力，有的生物种群对溢油敏感性强，则危险性高；有的生物种群对溢油有着较强的敏感性，则危险性为中等；有的生物对溢油的敏感性弱，则危险性低。浴场、旅游区等敏感区域的岸线特点、使用价值决定了其对溢油的敏感程度。若某些浴场的使用价值高，并且溢油难以清除，则危险性高。若某些浴场的使用价值较高，且溢油较难清除，则危险性中等。若某些浴场使用价值低，且溢油较易清除，则危险性低。从危险性角度将某一区域的敏感程度大致定性划分为低中高 3 个等级，数值表示依次为 $0.1\sim0.3,0.4\sim0.7$ 和 $0.8\sim1$。

（3）损效

损效是指污染可能造成的损失。损失大小的评价直接与经济价值、独特性或其他价值有关。如养殖区主要通过经济价值考察其损效；自然保护区则依据独特性评价损效；浴场等则根据其使用价值评价损效。同样可以将这些敏感区域的损效根据经济价值、独特性、使用价值等定性划分为低中高 3 个等级，数值表示依次为 $0.1\sim0.3,0.4\sim0.7$ 和 $0.8\sim1$。

（4）经济价值

经济价值是将污染可能造成的损失指标化。该项不计入综合敏感度值中，只是作为评价损效时的参考。

（5）季节性

季节性是指在一年之中对污染敏感的月份，往往与动物产卵、哺乳期和旅游旺季等相联系。季节性可以作为敏感区的独特性、危险性和损效等级划分的参考。如果溢油事故发生在对溢油敏感的月份，则该区域的独特性、危险性、损效的评价等级无疑要高于在非污染敏感月份发生溢油事故时该区域 3 个因素的取值。因此，季节性的敏感度等级可作为其他 3 个主要因素评价等级的系数来体现其对这 3 者的影响。

综合上面的分析，可以分别给予 3 个主要的敏感度评价指标一个相对权重，以体现指标在确定溢油事故时的相对重要性。设独特性、危险性和损效这 3 个指标的数字等级分别是 r_1，r_2，r_3 而这 3 个指标之间的相对权重是 φ_1,φ_2，φ_3，则综合敏感度的计算公式如下：

$$TS = r_1 \cdot \varphi_1 + r_2 \cdot \varphi_2 + r_3 \cdot \varphi_3$$

3.4.4.3　油品特性

油品特性的等级可以根据油品的毒性、持久性、易燃性指标来划分。易燃性代表溢油燃烧的可能性大小。

（1）毒性

毒性作为衡量溢油可能对溢油区域中生物影响程度的指标,体现溢油可能带来的威胁。若将油品的毒性数值化,则 0.7～1.0 之间的为高毒性油品,如汽油、轻质煤油、含较多芳香烃的油品等;0.4～0.6 之间的为中等毒性油品,如重质煤油、含芳香烃较少的重质油等;0.1～0.3 之间的是低等毒性油品,如几乎不溶于水、不含芳香烃的重质油品。

（2）持久性

持久性用来衡量溢油可能在海洋中存留时间的长短。若将油品的持久性数值化,则 0.7～1.0 之间的为长持久性油种,如重油等;0.4～0.6 之间的为中长持久性油种,如重质煤油、轻质原油等;0.1～0.3 的为短持久性油种,如汽油、轻质柴油等油品。

（3）易燃性

易燃性代表溢油燃烧的可能性大小,可以根据闪点的高低进行划分。若将油品的易燃性数值化,则 0.7～1.0 之间的为高易燃性油品,如汽油、轻质煤油等;0.4～0.6 之间的为中易燃性油品,如重质煤油、轻质原油等;0.1～0.3 的为低易燃性油种,如重油、重质原油等。

3.4.4.4　船舶状况

船舶状况应从船舶的破损情况、船龄、船舶吨位、船型 4 个方面考虑。

（1）船舶的破损情况

小规模破损,即船舶并没有丧失航行能力并能控制已有的能力,可以将其破损程度定量为 0.1～0.3。中度规模的破损,即船舶并没有完全丧失航行能力并能控制已有的能力,可将其破损程度定量为 0.4～0.7。大规模破损,即船舶完全丧失能力或者沉没,可将其破损程度等级定量为 0.8～0.1。

（2）船龄

新船是指船舶使用时间较短,船上配备较先进的能够处理一定量溢油的设备和能及时控制进一步溢油事故严重性扩大的设施,因此其船龄等级可以定量为 0.1～0.3。中龄船舶是指船舶的使用时间较长,船上设备不能满足现有船舶防污染公约的要求,但是各舱之间的密闭性能较好,能防止溢油量的进一步增加,因此其船龄的等级可以定量为 0.4～0.7。老龄船舶是指那些已经接近或者超过使用年限的船舶,其配备的设备比较老化,且各舱之间的密闭性差,则其船龄的等级可定量为 0.8～1。

（3）船舶吨位

根据现有油船的统计资料,将所有吨位油船划分为 3 个等级:小型船舶为 0.1～0.3、中型船舶为 0.4～0.7、大型船舶为 0.8～1。

（4）船型

船型与溢油事故有着一定的联系。如果发生油类泄漏事故,液货船(包括油船、液体化学品船和液化气船)的威胁程度最大。其次就是载驳船,其他船舶的性能相对要好得多,能对溢油事故作出快速反应,对溢油事故的威胁程度要小,为此可以将这 3 类船型分别量化为:0.7～1,0.4～0.6,0.1～0.3。

3.4.4.5　气候条件

发生溢油事故后,气候条件可能对溢油控制造成影响。例如,在有雾的天气下采取溢油应急行动,因能见度低会影响处理效果;在有风或者浪高的情况下,某些溢油应急行动无法进行。为此,可以将气候条件分为 3 个等级:如果有雾和大风,定义其危险程度为 0.8～1;如果仅仅有风且风速小,则定义为 0.7～0.4;如果风平浪静,可以定义为 0.1～0.3。

3.4.5　神经网络输出指标的确定

综合考虑溢油事故发生时的各种因素,可以将溢油事故威胁程度定性地划分为一般事故、中等事故、较严重事故、严重事故、重大事故等 5 个等级。作为神经网络的输出,5 个等级可以分别数值化为 0～0.1,0.2～0.3,0.4～0.6,0.7～0.8,0.9～1。同时可以根据下面的评判标准[50],判定训练样本中的等级程度。

3.4.5.1　可以判定为重大事故(0.9～1.0)的情况

① 在水产品资源区、养殖基地等敏感地区,原油泄漏大于 330 kg 且毒性大;

② 在自然保护区、浴场等敏感区域,重质石油泄漏 330 kg 以上;

③ 在一般敏感水域,油料泄漏 250 t 以上;

④ 溢油船舶吨位大而且油具有很强的易燃性;

⑤ 溢油船舶的船龄老而且溢出的油持久性强;

⑥ 发生溢油的船舶船型为油船,溢油处理的气候条件差。

3.4.5.2　可以判定为严重事故的情况

① 在水产品资源区、养殖基地等敏感地区,原油泄漏 40～330 kg 且毒性大;

② 在自然保护区、浴场、旅游区等敏感区域,重质石油泄漏 40～330 kg;

③ 在自然保护区、浴场、旅游区等敏感区域,轻质石油泄漏 330 t 以上;

④ 在一般敏感水域,油料泄漏 50～250 t;

⑤ 在水产品养殖区,溢油达到 330 t 以上且毒性中等;

⑥ 溢油船舶的船龄老而且溢出的油持久性强。

3.4.5.3　可以判定为较严重事故的情况

① 在水产品资源区、养殖基地等区域,原油泄漏量在 0~40 kg 之间,且毒性强;

② 在水产品养殖区,溢油在 40~330 t 之间而毒性中等;

③ 在一般气候条件,载驳船发生溢油事故;

④ 在自然保护区等敏感地区,泄漏轻质油类 40~330 kg;

⑤ 油船吨位中等而溢出的油具有强易燃性;

⑥ 溢油船舶的船龄中等而且溢出的油持久性强。

3.4.5.4　可以判定为中等事故的情况

① 在水产品资源区、养殖基地等区域,原油泄漏量在 0~40 kg 之间,且毒性中等;

② 油船的船舶吨位小且溢出的油可燃性较强;

③ 在自然保护区等敏感地区,泄漏轻质油类在 0~40 kg 之间;

④ 在一般敏感水域,溢油在 0~50 t 之间;

⑤ 溢油船舶的船龄中等而且溢出的油持久性弱。

3.4.5.5　可以判定为一般事故

① 在水产品资源区、养殖基地等区域,原油泄漏量在 0~40 kg 之间,且毒性弱;

② 在气候良好的情况下,集装箱船、散货船、杂货船等所发生的溢油事故;

③ 油船的船舶吨位小且溢出的油易燃性很小;

④ 溢油船舶的船龄短而且溢出的油持久性弱。

3.4.6　事故等级的神经网络评定方法算例

(1) 输入层与输出层神经单元数的确定

基于上述分析,可以设定 BP 神经网络的输入层神经单元数为 10 个,分别代表溢油量、综合敏感度、毒性、持久性、易燃性、船舶的破损程度、船龄、船舶吨位、船型、气候状况等指标;而输出层的神经元个数为 5 个,分别代表事故等级程度为一般事故、中等事故、较严重事故、严重事故、重大事故。中间层神经单元的个数在神经网络训练过程中确定。

(2) 训练样本数据的选取

神经网络训练所使用的样本数据取自第 2 章中所列举的一些溢油事故。输入和输出的训练样本见表 3-18~表 3-20。

表 3 - 18　输入的训练样本

序　号	指　　　　　　　　　　标									
	溢油量	综合敏感度	毒性	持久性	易燃性	破损度	船龄	船舶吨位	船型	气候
1	0.74	0.14	0.9	0.1	0.9	0.1	0.4	0.2	0.7	0.8
2	0.95	0.32	0.2	0.7	0.2	0.2	0.5	0.3	0.7	0.1
3	0.67	0.60	0.7	0.3	0.8	0.1	0.3	0.1	0.1	0.5
4	0.67	0.30	0.7	0.3	0.8	0.1	0.2	0.4	0.7	0.1
5	0.45	0.26	0.7	0.3	0.8	0.1	0.6	0.4	0.7	0.5
6	1	0.64	0.6	0.9	0.3	0.7	0.7	0.8	0.9	0.2
7	0.63	0.10	0.2	0.9	0.2	0.2	0.5	0.9	0.7	0.1
8	1	0.36	0.1	0.9	0.1	0.6	0.4	0.8	0.9	0.4
9	0.62	0.32	0.7	0.3	0.8	0.8	0.6	0.6	0.2	0.4
10	0.74	0.14	0.2	0.9	0.3	0.3	0.2	0.4	0.8	0.1
11	0.24	0.1	0.1	0.9	0.1	0.1	0.2	1	0.1	0.5
12	0.62	0.12	0.2	0.9	0.3	0.6	0.5	0.3	0.6	0.9
13	1	0.26	0.2	0.9	0.3	0.6	0.8	1	1	0.4
14	0.62	0.14	1	0.1	1	0.1	0.2	0.8	0.7	0.4
15	1	0.36	1	0.1	1	0.5	0.4	0.5	0.5	0.1
16	1	0.12	0.6	0.9	0.3	0.7	0.8	0.7	0.1	0.3
17	0.63	0.10	0.6	0.7	0.7	0.1	0.2	0.2	0.7	0.9
18	0.31	0.1	0.6	0.7	0.7	0.3	0.5	0.2	0.5	0.1
19	0.83	1	0.6	0.7	0.7	0.4	0.5	0.8	0.2	0.6
20	0.45	0.98	0.4	0.5	0.2	0.1	0.3	0.2	0.5	0.7
21	1	0.14	0.2	0.9	0.3	0.9	0.7	0.5	0.5	0.6

表 3-19　输出的训练样本

序号	事 故 等 级				
	一般事故	中等事故	较严重事故	严重事故	重大事故
1	0	0	0.15	0.8	0.05
2	0	0.05	0.05	0.9	0
3	0	0	0.4	0.6	0
4	0	0.1	0.8	0.1	0
5	0.1	0.7	0.2	0	0
6	0	0	0	0.05	0.95
7	0	0.3	0.7	0	0
8	0	0	0.05	0.10	0.85
9	0	0	0.9	0.1	0
10	0	0.15	0.85	0	0
11	0.9	0.10	0	0	0
12	0	0.05	0.75	0.20	0
13	0	0	0	0	1
14	0	0	0.95	0.05	0
15	0	0	0	0	1
16	0	0	0	0.05	0.95
17	0	0	0.70	0.30	0
18	0.85	0.1	0.05	0	0
19	0	0	0	0.3	0.7
20	0	0.2	0.3	0.5	0
21	0	0	0	0	1

表 3 - 20 检 测 样 本

序 号	指									标
	溢油量	综合敏感度	毒性	持久性	易燃性	破损度	船龄	船舶吨位	船型	气候
1	0.92	0.65	0.6	0.2	0.4	0.2	0.5	1	1	0.2
2	0.51	0.20	0.2	0.7	0.1	0.3	0.4	0.2	0.5	0.4
3	0.12	0.54	0.6	0.3	0.5	0.4	0.3	0.4	0.2	0.3
4	0.58	0.32	0.3	0.5	0.5	0.6	0.7	0.2	0.3	0.5
5	0.80	0.70	0.7	0.3	0.8	0.3	0.2	0.7	0.7	0.65
6	0.45	1	0.9	0.1	0.9	0.1	0.5	0.3	0.5	0.75
7	0.60	0.10	0.2	0.4	0.1	0.3	0.1	0.4	0.1	0.12
8	0.98	0.84	0.4	0.6	0.5	0.6	0.5	1	1	0.4
9	0.62	0.40	0.3	0.5	0.5	0.7	0.9	0.6	0.9	0.8
10	0.20	0.23	0.2	0.7	0.1	0.3	0.2	0.2	0.3	0.3
11	0.20	0.30	0.9	0.1	0.9	0.2	1	0.4	0.9	0.6
12	0.73	0.23	0.2	0.7	0.1	0.2	0.1	0.5	0.2	0.3

（3）神经网络训练的相对比较分析

图 3 - 17 是当隐含层的神经元个数为 10、误差为 0.01 时的训练结果。

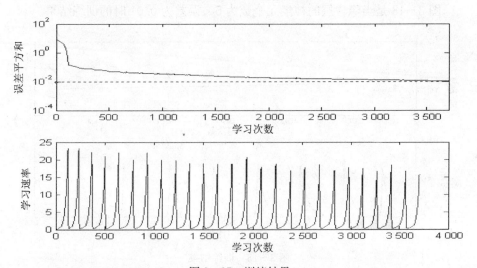

图 3 - 17 训练结果

将检测样本代入上述训练好的网络,输出结果见表 3-21。

表 3-21　输 出 结 果

序号	事　　故　　等　　级					网络评判	实际等级	一致性检验
	一般事故	中等事故	较严重事故	严重事故	重大事故			
1	0.000 0	0.012 8	0.055 2	0.080 6	0.978 6	重　大	重　大	是
2	0.035 3	0.161 4	0.132 1	0.174 1	0.000 0	严　重	较严重	否
3	0.821 7	0.134 4	0.771 6	0.008 8	0.000 0	一　般	一　般	是
4	0.006 6	0.204 2	0.651 0	0.219 2	0.000 1	较严重	较严重	是
5	0.000 0	0.002 6	0.055 2	0.150 2	0.747 4	重　大	重　大	是
6	0.002 0	0.251 5	0.688 4	0.634 5	0.000 1	严　重	严　重	是
7	0.008 8	0.006 1	0.122 3	0.127 5	0.000 1	严　重	较严重	否
8	0.000 0	0.010 0	0.003 8	0.064 2	0.982 5	重　大	重　大	是
9	0.000 0	0.505 5	0.103 4	0.352 4	0.260 3	中　等	严　重	否
10	0.738 4	0.172 1	0.076 4	0.019 6	0.000 0	一　般	一　般	是
11	0.353 4	0.984 2	0.546 4	0.007 9	0.000 0	中　等	中　等	是
12	0.000 7	0.007 0	0.398 6	0.668 3	0.000 0	严　重	较严重	是

图 3-18 是当隐含层的神经元个数为 50、误差为 0.01 时的训练结果。

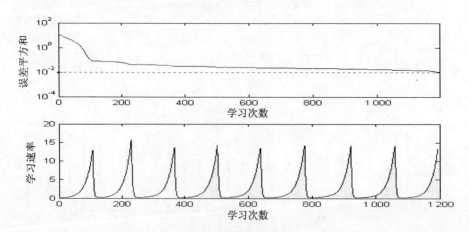

图 3-18　训练结果

将检测样本数据代入上述训练好的网络,输出结果见表 3 - 22。

表 3 - 22　输　出　结　果

序号	事 故 等 级					网络评判	实际等级	一致性检验
	一般事故	中等事故	较严重事故	严重事故	重大事故			
1	0.000 0	0.013 2	0.032 5	0.126 8	0.964 3	重 大	重 大	是
2	0.024 6	0.248 7	0.273 6	0.170 2	0.000 1	较严重	较严重	是
3	0.426 2	0.088 6	0.983 2	0.035 2	0.000 0	较严重	一 般	否
4	0.008 7	0.088 0	0.211 3	0.207 5	0.001 0	较严重	较严重	是
5	0.000 0	0.001 5	0.613 0	0.158 8	0.430 4	较严重	重 大	否
6	0.001 5	0.042 0	0.691 2	0.173 7	0.008 6	较严重	严 重	否
7	0.035 6	0.049 2	0.098 9	0.214 4	0.000 1	严 重	较严重	否
8	0.000 0	0.000 7	0.010 9	0.157 1	0.997 8	重 大	重 大	是
9	0.000 0	0.164 8	0.145 3	0.015 9	0.764 3	重 大	严 重	否
10	0.501 8	0.274 1	0.120 7	0.029 6	0.000 0	一 般	一 般	是
11	0.102 3	0.789 5	0.280 6	0.027 0	0.001 5	中 等	中 等	是
12	0.014 4	0.020 8	0.043 6	0.485 6	0.000 3	严 重	较严重	否

图 3 - 19 是当隐含层的神经元个数为 100、误差为 0.01 时的训练结果。

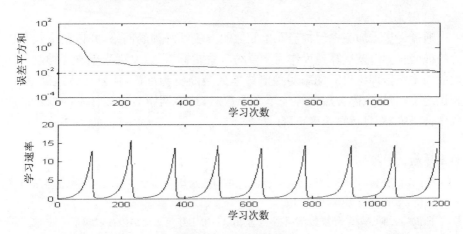

图 3 - 19　训练结果

将检测样本数据代入上述训练好的网络,输出结果见表3-23。

表3-23　输出结果

序号	事　　　故　　　等　　　级					网络评判	实际等级	一致性检验
	一般事故	中等事故	较严重事故	严重事故	重大事故			
1	0.0000	0.0669	0.2919	0.2214	0.8011	重　大	重　大	是
2	0.0018	0.0708	0.6730	0.3357	0.0001	较严重	较严重	是
3	0.8444	0.0307	0.9159	0.0183	0.0000	较严重	一　般	否
4	0.0024	0.0042	0.3608	0.5191	0.0007	严　重	较严重	否
5	0.0000	0.0044	0.9404	0.3131	0.1011	较严重	重　大	否
6	0.0062	0.0411	0.4120	0.1245	0.0659	较严重	严　重	否
7	0.0148	0.0054	0.8240	0.4049	0.0000	较严重	较严重	是
8	0.0000	0.0052	0.0193	0.1019	0.9911	重　大	重　大	是
9	0.0001	0.0350	0.1641	0.1453	0.3029	重　大	严　重	否
10	0.4747	0.2422	0.6214	0.0392	0.0000	较严重	一　般	否
11	0.2854	0.8449	0.0312	0.0036	0.0351	中　等	中　等	是
12	0.0022	0.0103	0.1983	0.3568	0.0000	严　重	较严重	否

(4) 结论

通过逐步增加隐含层神经元单元数的方法训练神经网络,并以网络判断能力的准确程度以及运算速度作为主要的考察指标,可以发现当隐含层神经单元数取为10时,训练出的网络对检测样本的判断更为准确,而且运算速度更快。相比之下,当加大隐含层的神经单元个数时,神经网络对检测样本的判断准确程度会下降,而且运算速度下降。

参考文献

[1] 马向阳.基于Matlab的小清河非感潮(济南)段水质数学模型与水污染控制规划[D].济南:山东师范大学,2002.10.

[2] 杨汝均,刘兆昌.水环境数学模型[M].北京:中国建筑工业出版社,1987.

[3] 余常昭,M马尔柯夫斯基.水环境中污染物扩散输移原理与水质模型[M].北京:中国

环境科学出版社,1989.

[4] 谢永明. 环境水质模型概念[M]. 北京：中国科学技术出版社,1996.

[5] JAMES A. Mathematical models in water pollution control[M]. Chichester, New York：Wiley, 1978.

[6] BROWN L C. Computer program documentation for stream quality model[Z]. QUAL - Ⅱ. U. S. EPA, 1985, Feb.

[7] 张永良,刘培哲. 水环境容量综合手册[M]. 北京：清华大学出版社,1991.

[8] 詹世平. 近海海域三维水动力学与水质模拟及其可视化研究[D]. 大连：大连理工大学,2004.

[9] 翟俊. 水污染控制规划地理信息系统模型库研究[D]. 重庆：重庆大学,2001.

[10] 林卫强. 三维水环境数学的开发及其在珠江口的应用[D]. 广州：中山大学,2003.

[11] FAY J A. The spread of oil slicks on a calm sea, in oil on the sea[M]. New York：Plenum Press, 1969：53—63.

[12] VARLAMOV S M, YOON J H, HIRORSE N, *et al*. Simulation of the oil spill processes in the sea of Japan with regional ocean circulation model[J]. Journal of Marine Science and Technology, 1999(4)：94—107.

[13] WANG S, HWANG L. A numerical model for simulation of oil spreading and transport and its application for predicting oil spill movement in bays [R]. NTIS Report (AD - 780 - 424), 1974.

[14] LIU SHIAO-kung, LEENDERTES J J. A 3-D oil spill model with and without ice cover [C]// Proc of the Internal Symposium on Mechanics of Oil Slicks, Paris France：1981.

[15] ARAVAMUDAN K S. 预报不平静海面溢油扩散的简化数学模型[J]. 李曼琦译. 交通环保,1984,5(6)：3—6.

[16] 武周虎,赵文谦. 海面溢油扩展、离散和迁移组合模型[J]. 海洋环境科学,1992,11(3)：11—15.

[17] 山口英昭,山崎宗广. 海上连续溢油的扩散[J]. 交通环保,1985,6(2)：15—20.

[18] 张永良,褚绍喜. 溢油污染数学模型及其应用研究[J]. 环境科学研究,1991,4(3)：6—10.

[19] WEBB L, TARANTO R, HASHIMOTO E. Operational oil spill drift forecasting [C]// Proc of 7th Navy Symposium of Military Oceanography, Annapolis, Maryland,1970.

[20] 严志宇,殷佩海. 海上溢油蒸发过程的研究进展[J]. 海洋环境科学,2000,19(2)：74—79.

[21] 林卫强. 三维水环境数学的开发及其在珠江口的应用[D]. 广州：中山大学,2003.

[22] BLOKKER P C, Spreading and evaporation of petroleum products on water[C]// Proceedings of the Fourth International Harbor Conference Antwerp, Belgium：1964：911—919.

[23] WILLIAMS G N, HANN R W. Simulation models for oil spill transport and diffusion

[C]// Summer Computer Simulation Conference, 1975：748—752.

[24] AHLSTROM S W. A mathematical model for predicting the transport of oil in marine waters[C]// Batelle Pacific Northwest Laboratories, Richland, Wash, 1975.

[25] MACKAY D, ZAGORSKI W. Study of water-in-oil emulsions[C]// Environment Canada Manuscript Report No. EE-34[R], Ottawa, Canada Environment, 1982.

[26] 黄礼贤,张观希,万肇忠. 石油在海洋中的扩散[J]. 环境科学丛刊,1982,3(1)：20—25.

[27] 张永良,赵章元,周兵溪,等. 污水海洋处置综合研究[J]. 环境科学研究,1997,10(1)：7—13.

[28] 徐洪磊. 海上溢油动态数值模拟的研究[D]. 大连：大连海事大学,2000.

[29] 李冰绯. 海上溢油的行为和归宿数学模型基本理论与建立方法的研究[D]. 天津：天津大学,2003.

[30] HARRISON. Crude oil spills-disappearance of aromatic and aliphatic components from small sea-surface slicks[J]. Environ Cie Tech,1975,9(3)：231—234.

[31] 严志宇,熊德琪,殷佩海. 海上溢油风化模型评述[J]. 大连海事大学学报,2001,21(4)：37—40.

[32] DRIVAS P J. Calculation of evaporative emissions from multi-component liquid spills [J]. Environ Sci. Tech, 1982, 16 (10)：726—728.

[33] DRIVAS P J. Calculation of evaporative emissions from multi-component liquid spills [J]. Environ Sci. Tech, 1983, 17 (5)：312—314.

[34] HAMODA M F, HAMAM S E M, SHABAN H I. Volatilization of crude oil from saline water[J]. Oil and Chemical Pollution, 1989(5)：321—331.

[35] BERGER D, MACKAY D. The evaporation of viscous or waxy oil—when is a liquid—phase resistance significance[C]// 17 Arctic and Marine Oil Spill Program Technical Seminar, Ottawa. Canada Environment, 1994, (1)：77—92.

[36] 严志宇,殷佩海. 溢油风化过程研究进展[J]. 海洋环境科学,2000,19(1)：14—19.

[37] CEKIRGE H M. 溢油模拟技术发展水平[J]. 彭放英译. 交通环保,1996,17(4)：35—40.

[38] KIRSTEIN B E, REDDING R T. Outer continental shelf environment assessment program[C]// U. S. Department of Commerce, NOAA and U. S Department of the Interior. Ocean—ice oil—Weathering Computer Program User's Manual, Washington D. C. 1988.

[39] 范志杰. 海洋溢油预测模型中几个问题的研讨[J]. 交通环保,1994,15(2)：12—17.

[40] 肖井坤,殷佩海,严志宇. 船舶溢油趋势的多层次灰色评价分析[J]. 大连海事大学学报 2001,27(1)：23—25.

[41] 胡永宏,贺思辉. 综合评价方法[M]. 北京：科学出版社,2000.

[42] IMO. 油污手册第Ⅳ部分：抵御油污[S],2003.

[43] 上海海事局. 上海海域船舶污染应急预案[R].

[44] 李猛. 海上专业救助力量站点布置的研究[D]. 大连：大连海事大学,2003.

[45] 飞思科技产品研发中心. Matlab 6.5 辅助神经网络分析与设计[M]. 北京：电子工业出版社, 2003.

[46] 李焦成. 神经网络系统理论[M]. 西安：西安电子科技大学, 1996.

[47] 吴微. 神经网络计算[M]. 北京：高等教育出版社, 2003.

[48] 从爽. 面向 Matlab 工具箱的神经网络理论与应用[M]. 合肥：中国科学技术大学出版社, 1998.

[49] 杨庆霄. 国外海洋溢油应急计划简介[J]. 海洋环境科学, 1990(9)：62—68.

[50] 周斌. 溢油对鸟类的影响[J]. 交通环保, 1996, 17(3)：7—9.

[51] 任福安. 海上溢油事故等级的综合评定[J]. 交通环保, 2000, 21(6)：16—19.

[52] 赵建强. 溢油影响评价及清除决策[J]. 交通环保, 1996, 17(1)：11—16.

[53] KINGSTON P F. Long term environmental impact of oil spills[J]. Spill Science & Technology Bulletin, 2002, 7(1)：53—61.

[54] MERSKI A T. Cooperative Commercialization：Finding alternate oil spill response tools [J]. Spill Science & Technology Bulletin, 2000, 6 (5)：289—293.

第4章 航运对流域水环境污染损失的价值衡量

4.1 航运对流域水环境污染损失的价值衡量综述

4.1.1 总体研究思路

目前,一般采用以下几类研究方法估算由经济活动产生的水污染损失。

第1类研究方法的基本出发点是分解求和,即利用结构分解,将污染损失分为若干部分,同时寻找各部分的市场替代品,将其替代品的价值之和作为污染损失。[1—8]分解求和的方法很早就被用于水污染损失评估,如用于计算工业经济损失的机会成本法、影子工程法;计算农业、渔业等经济损失的市场价值法;计算人体健康损失的人力资本法;计算景观损失的旅行成本法、支付意愿法和接受补偿意愿法等。[9,10]这类研究方法思路清晰、较易理解,但由于在分解过程中较难保证"独立性"和"穷尽性",因而造成的结果或是重复计算、或是存在漏失项。

第2类研究方法以恢复费用法为代表,其核心是计算修复因污染造成破坏所需要的费用。[11,12]该方法不考虑污染以后所造成的复杂影响,仅从污染源角度出发,计算清除污染所需要的费用。该方法看上去较易实现,但是它无法体现累积效应的影响,因此,计算污染损失不够客观。

第3类研究方法是将污染损失作为一个整体,运用费用效益准则进行分析。[13—20]通过对环境价值,特别是水资源价值与经济活动关系的分析,寻找主要影响因素,建立关系式,然后利用大量数据分析例化关系式。该方法虽然计算简单,但模型参数的建立和选取存在一定困难。

第4类研究方法又称为经验类比法,主要是基于历史案例进行经验类比。该方法的优点在于评估时所需要的数据和信息较少,可以进行快速粗略的预评估。但这种方法存在的最大缺陷在于仅仅依靠经验判断,主观性过强。

上述方法各有优劣。为克服缺陷,很多专家提出在对环境价值进行量化时应采用系统分析工具的研究思路,如采用复合概率/模糊集方法来处理不确定性;在评估模型中引入模糊理论、不确定性分析、风险管理理论等。本章着重以船舶溢油事故为切入点,对航运污染所引起的水环境损失量化展开研究。

4.1.2　基于分解量化法的船舶污染损失估算

这种方法的核心思想是分解求和。[21—23]首先将船舶污染损失分为若干部分分别计算,然后进行汇总。

根据相关法律规定,船舶污染事故损失主要包括清污费用、利润与收入损失、人体健康损失及环境生态损失。

① 清污费用。对清污费用的估算主要根据事故现场的照片、文字记录和清污费用开支的发票等证据,统计投入清污活动的船只、回收设备、消油剂等物品和人力的数量、时间、成本等,汇总出清污费用。

② 人体健康损失。主要由两类损失构成,一是由于健康受损后,所需的医疗费用;二是由于健康受损后,暂时不能工作(生病休息期间)、永久不能工作(残废)和提前退休或死亡造成的收入减少,以及某些疾病造成的劳动力生产率的下降。[24]

③ 利润与收入损失。这部分损失主要包括渔业损失、工厂企业损失、农业损失、旅游娱乐损失及航运损失等,这类损失可以采用各种预测方法进行分析。

④ 环境生态损失。船舶污染事故产生的环境生态损失估算在我国还属于崭新的课题,在国际上目前比较通用的有华盛顿评估公式和佛罗里达评估公式。[25—28]

华盛顿评估公式:

$$L = t \times 0.1 \times [(a_1 \times a_2) + (a_3 \times a_4) + (a_5 \times a_6)]$$

式中:L 为赔偿金额;t 为溢油加仑数;0.1 为常数;a_1 为溢油的短期毒性等级;a_2 为溢油短期毒性敏感等级;a_3 为溢油对生物粘附等级;a_4 为溢油对生物粘附敏感等级;a_5 为溢油的持久性等级;a_6 为溢油持久性敏感等级。

佛罗里达评估公式:

$$L = (B \times V \times P \times SMA + A)PC + ETS + AC$$

式中:L 为赔偿金额;B 以每加仑 1 美元作为基数;V 为流出的油或有害液体的加仑数;P 为地理位置系数;SMA 为环境敏感系数;A 为动植物生长环境附加金额;PC 为污染物的毒性、溶解性、持久性与消失性的综合系数(取 1~8);ETS 为濒临灭绝物种损失的赔偿金;AC 为进行损害评估的行政费用。

4.1.3　基于模糊类比法的船舶污染损失估算

熊德琪根据油污事故损害赔偿案例之间所具有的类比性,以及事故产生损害程度与溢油种类、数量、油膜扩散面积、受污海岸类型和长度等指标密切相关的特点,提出油污损害赔偿评估的多指标模糊类比分析方法。[29]该方法通过待评估的油污事故与历史赔偿案例之间的多指标综合类比,进行事故损害程度的模糊排序,从而分析得到油污事故的损害程度大小及应赔偿的范围和具体数值。与直接统计评估法相比,该方法所需要的数据和资料较少而且易得,评估迅速、结果合理,从而为船舶溢油事故造成损害的赔偿与索赔问题提供一种有效的间接评估方法。

4.2 传统污染损失价值衡量模型的应用

为进一步对上述污染损失价值衡量模型进行分析,以"长阳"轮溢油事故为例,估算船舶污染所造成的损失并进行比较。

2003 年 8 月 5 日,在上海港水域,1 艘小船撞上在码头停泊的"长阳"轮,造成 85 t 燃油泄漏的特大污染事故。"长阳"轮油舱破损后,迅速在江面上形成长200 m、宽 20 m 的油带,并在小潮汐和东南风的共同影响下,进一步扩散到 8 km岸线范围。据测算,吴泾热电厂 6 期码头至闸港区段约 15 万 m² 的水域与陆域面积受到污染,对黄浦江上游的准水源保护区造成直接威胁。

4.2.1 分解量化模型的应用

首先给出分解量化方法的估算思路和相关模型见图 4-1。

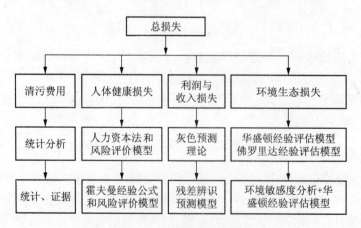

图 4-1 分解量化模型

（1）清污费用

在"长阳"轮溢油事故清污过程中,共动用清污人员 7 838 人次、车辆 228 车次、船艇 603 艘次、围油栏 5 500 m、吸油毡 18 t、清污物资 224 800 件。经统计,清污费用花费达 1 000 万元人民币。

(2) 人体健康损失

在人体健康损失估算过程中,首先估算污染有害因子对人体危害发生的概率。在船舶污染事故中,主要污染物为石油类。按照 1983 年 NAS(National Academy of Sciences)编制的风险评价方法研究报告[23],人体所遭受的剂量可按下式[2,8]计算:

$$D_j = \frac{C_i I_j}{W_j \sum\limits_{i=1}^{n} F_j} \times g \times \frac{T_i}{E_j - L_j} \times (\overline{x} - L) \times a$$

式中: D_j 为人的剂量,mg; W_j 为成年人体重,kg; C_i 为 i 种污染物浓度,即环境介质中的毫克数; I_j 为摄入污染介质的量,L; g 为平均体重,kg; E_j 为终生寿命,a; L_j 为潜伏期的中位数; X 为平均寿命,a; a 为一年的天数,d; T_j 为接触时间的中位数。

根据污染区与非污染区的反应发生率可求得相对风险 RR:

$$RR = \frac{p_t}{p_c} \qquad \begin{aligned} p_t &= \frac{X_t}{N_t} \\ p_c &= \frac{X_c}{N_c} \end{aligned}$$

式中: t, c 分别为污染发生区与非污染发生区数据的下标; p 为有害反应的比例; N 为活到最短潜伏期的个体数; X 为一种中毒类型或一类中毒改变中的任何中毒例数。 N, X 可从实验室模拟中得出。

基于上述风险评价,并结合人体健康损失霍夫曼经验公式,可得人体健康损失大致为:

$$M_人 = M_1 + M_2$$

$$= \sum_{i=1}^{n} a_i^\times g_i + \sum_{i=1}^{n} a_i^\times b_i + \sum_{i=1}^{n} c_i^\times d_i + \sum_{i=1}^{n} e_i^\times \left(\sum_{m=x}^{80} \frac{(p_x^m)_1 (p_x^m)_2 (p_x^m)_3 y_m}{(1+r)^{m-x}} \right)_i$$

在"长阳"轮溢油事故案例中,由于泄漏的重柴油黏着力强,难以清洗;事故发生地离水源处又非常近,因此消油剂几乎未用,都是由工作人员跳入水中用吸油棉将浮在水面的燃料油吸附掉,因此造成清污人员健康受损。再加上高温天气,柴油高温挥发,对现场工作人员及周围居民的健康也产生不同程度的影响。经调查,在此次清污活动中,总共出动约 7 000 人力,清污活动为期 10 d。有约 1/5 的人员出现过敏反应,出现眼睛红肿等症状,部分严重的住院观察治疗,影响较为显著的主要是肠道疾病。根据卫生部门的有关资料,平均每位患者的医疗费用为：肠道疾病 240 元/d、肝肿大 438 元/d。另根据统计资料，取人均每天收入为 100 元人民币，每人平均住院天数为 4 d，陪护人员 100 元/d，清污人员平均年龄为 35 岁。此次污染当时没有造成人员死亡，受短期油污影响造成残废、提早退休、死亡人数的概率目前也没有可靠的数据结论，所以我们仅考虑患病治疗费用和生病休息的收入损失。由此可得人体健康损失大致为：

$$M_人 = M_1 + M_2$$

$$= \sum_{i=1}^{n} a_i^{\times} g_i + \sum_{i=1}^{n} a_i^{\times} b_i + \sum_{i=1}^{n} c_i^{\times} d_i + \sum_{i=1}^{n} e_i^{\times} \Big(\sum_{m=x}^{80} \frac{(p_x^m)_1 (p_x^m)_2 (p_x^m)_3 y_m}{(1+r)^{m-x}} \Big)_i$$

$$= 240 \times 7\,000 \times 0.2 \times 4 + 100 \times 4 \times 7\,000 \times 0.2 \approx 200 \text{ 万}$$

（3）利润与收入损失

我们利用灰色系统理论估算利润和收入损失。首先确定与污染事故有直接因果关系的污染受害人，然后结合受害人已有的现实及过去的收入数据，得出在受污染影响期间内，未受污染情况下受害人可能有的正常收入，收入值减去受害人节省下来的正常成本消耗，即为损失的数额。

在"长阳"轮溢油事故中，所污染的工业区主要是电厂码头、糖厂码头及农资码头，尤其是电厂的取水口有一定程度污染，但由于清污及时，对工业生产没有产生太大影响，主要损失是工业产品生产数量减少和水处理费用增加，同时由于此次油污事故影响的水域不是鱼类产品生产的主要区域，对渔业影响不大，但有些捕捞区生产有短暂停止。通过调查受污染企业的历史利润收益，得知受污企业的总收入为 100 万元，即利润与收入损失大致为 100 万元（节省下来的正常成本消耗很小，可忽略不计）。

（4）环境生态损失

环境生态损失评估可基于以下思路进行：首先对污染区域进行功能区划和环境敏感度评价，并运用模糊综合评判法确定其综合敏感度值 SR；再通过分析污染物的毒性、持久性、易燃性等级，得到污染物的损害影响指数 x；最后再借鉴华盛顿评估公式，建立环境生态损害评估函数。具体算法及分析如下：

步骤 1：污染水域功能区划 A_m 的确定。

"长阳"轮溢油事故发生后，采取了大量的清污措施，事发地水中含油量在 8 月 15 日就已从事发当日的 2 mg/L 降至 0.01 mg/L，附近底栖动物的种类和多样性指数与历史数据相比没有什么变化。但剩余油类以漂浮在水面上的油膜、溶解分散态、凝固态的残余物 3 种形式对生态环境产生影响，而且由于此次泄漏的是属于不易挥发的重柴油，所产生的油膜把江水与大气隔离开来，使得江水自净能力受到一定程度的破坏，岸边及滩涂的水草也受到严重污染。为此，必须对污染水域进行评估。按污染水域功能区划确定准则,污染区域可分成 4 个区段:A_1 段为吴泾热电厂 6 期码头至木材公司吴泾供应站,该段是油污发生事故段,"油带"距离为上海提供 80% 饮用水的松浦大桥取水口仅 17 km 之遥,同时还有供水能力为 60 万 t 的闵行水厂,因此该区段对水源影响非常大;A_2 为木材公司吴泾供应站——塘湾,此处水域对工业生产影响较大;A_3 为塘湾——闸港,此处对下游的工农业生产及渔业资源影响较大。

步骤 2:环境敏感度 SR 的评价与确定。

首先,对污染区域的技术影响进行分析。设污染区域内存在 m 项资源,组成资源集为:

$$B = \{B_1, B_2, \cdots, B_m\}$$

取危险性(S)、损效(E)、独特性(U)和季节性(P)作为评价指标。前 3 项指标主要是指各污染区域内自然资源对污染物的敏感程度,分为低、中、高 3 级,取值为 $1 \sim 3, 4 \sim 7, 8 \sim 10$。季节性指标 P 是调整指标,主要是由于季节会对污染的环境影响产生一定的正、负效应。

通过对上述指标的评价,可得污染区域内单一资源敏感度如下:

$$SR = P \times (S + E + U)$$

其次,运用有序二元比较法确定单项资源 i 对应的重要隶属度权值 w。可运用模糊数学理论,对单项资源 i 作二元比较,得到有序二元比较矩阵:

$$\boldsymbol{M} = \begin{bmatrix} u_{11} & u_{12} & \cdots & u_{1m} \\ u_{21} & u_{22} & \cdots & u_{2m} \\ & & \vdots & \\ u_{m1} & u_{m2} & \cdots & u_{mm} \end{bmatrix}$$

满足下列条件:

$$\begin{cases} 0 \leqslant u_{ij} \leqslant 1, \ i \neq j \\ u_{ij} = 0.5, \ i = j \\ u_{ij} + u_{ji} = 1, \ \forall i, j \end{cases}$$

归一化后,最终获得指标集权向量:

$$w' = (w'_1, w'_2, \cdots, w'_n), \sum_{i=1}^{n} w'_i = 1$$

最后,按照上述方法分别求得污染区域 A_m 内包括的单项资源的敏感度值 SR_i 及其对应的权值 w_i,则该区域内的综合敏感度值为:

$$SR = \sum_{i=1}^{n} SR_i w_i \text{(其中 } n \text{ 为 } A_m \text{ 区域内的单项资源数)}$$

由上述计算方法,可得到有关"长阳"轮溢油事故所造成的 A_1 区内各项资源 i 的敏感值计算结果见表 4-1。

表 4-1　A_1 区内各项资源 i 的单一敏感值 SR_i 及综合敏感值

资源类型 i	评	价	指	标	SR_i	w_i
水产养殖	8	6	5	0.6	11.4	0.15
鱼类资源	8	5	5	0.6	10.8	0.2
工业生产及其他	8	6	4	0.6	10.8	0.05
生活水源	10	9	8	1	27	0.15
滩涂、海滩生物	9	9	9	1	27	0.25
岸线利用及港址资源	8	8	4	0.6	12	0.1
旅游、休闲	6	7	6	0.6	11.4	0.1

$$SR(A_1) = 17.55$$

同理可得,A_2 的 SR 值为 10.02,A_3 的 SR 值为 13.78,由此可得综合敏感值 SR 为 12.76。

步骤 3:污染物特性等级 x 的确定。

可根据污染物的毒性、持久性和易燃性 3 个指标,对污染物特性进行等级划分。所有的等级取值范围为 1~5,值越大等级越高,造成的损害程度越大。这类取值可参考有关环保资料并进行模糊评判。此次污染事故导致 85 t 重柴油泄漏,根据相关分析资料得 $x=3.5$。

步骤 4:环境资源的损害综合量化。

综合以上各部分的分析,再借鉴华盛顿评估公式,可得到污染对环境自然资源的价值与影响量化模型如下:

$$G = f(W, SR, x) = W \times K \times SR \times (x_1 + x_2 + x_3)$$

式中:G 为污染对自然资源的损害价值;W 为污染物的数量;SR 为污染区域的综合敏感度值;x 为污染物特性等级值;K 为常量系数,也即每单位污染物损害价值。

根据我国具体情况,取 K 常量系数值为 0.84 元/L,各区域溢油量 w 可根

据各污染区域污染岸线比例及总量分析获得,于是:

$$G = \sum_{i=1}^{3} f(W, SR, x) = \sum_{i=1}^{3} W \times K \times SR \times (x_1 + x_2 + x_3)$$

$$= 500 \text{ 万元(人民币)}$$

步骤 5:计算总损失。

基于上述测算,可大致估算出事故总污染损失约为:

$$1\,700 + 200 + 100 + 500 = 2\,500 \text{ 万元(人民币)}$$

4.2.2　模糊类比法的应用

4.2.2.1　基本原理[29]

利用模糊类比法测定航运污染损失的研究步骤和相关模型如下:

(1) 选择与船舶油污损失密切相关的类比指标因素

根据经验和专家调查,选用油种的短期毒性和持久性等级 a_1、溢油总量 a_2、敏感区海域油膜面积(或溢油扩散面积)a_3、受污海岸类型 a_4、受污的海岸线长度 a_5 等作为影响指标。

(2) 指标权重的确定

指标权重的确定有多种方法,如:经验估计法、调查统计法、公式计算法、统计分析法、二元比较法。最终可获得归一化指标集权向量:

$$\boldsymbol{w} = \{w_1, w_2, \cdots, w_m\}$$

$$\sum_{i=1}^{m} w_m = 1$$

(3) 污染事故损害程度相对隶属度的确定

从历史船舶溢油事故赔偿案例库中筛选出与待评估的溢油事故相类似的 $n-1$ 个历史赔偿案例,与待评估的溢油事故一起组成待类比排序的事故样本集:

$$Y = \{y_1, y_2, \cdots, y_n\}$$

由已知的 n 个事故样本的 m 项类比指标的特征值构成样本集指标特征值矩阵:

$$\boldsymbol{X} = \begin{vmatrix} x_{11}, & x_{12}, & \cdots, & x_{1n} \\ x_{21}, & x_{22}, & \cdots, & x_{2n} \\ x_{31}, & x_{32}, & \cdots, & x_{3n} \\ & & \vdots & \\ x_{m1}, & x_{m2}, & \cdots, & x_{mn} \end{vmatrix} = (x_{ij})$$

其中：i 为事故 j 的损害指标，由于类比指标特征值的量纲不同，首先应将矩阵 $\boldsymbol{X}$ 中各元素规格化。对特征值越大导致损害程度越大的指标 x_{ij} 可用如下规格化公式：

$$\gamma_{ij} = \frac{x_{ij} - (x_{ij})_{\min}}{(x_{ij})_{\max} - (x_{ij})_{\min}}$$

而对特征值越大导致损害程度越小的指标 x_{ij} 则可用下列规格化公式：

$$\gamma_{ij} = \frac{(x_{ij})_{\max} - x_{ij}}{(x_{ij})_{\max} - (x_{ij})_{\min}}$$

式中：$(x_{ij})_{\max}$，$(x_{ij})_{\min}$ 分别表示所有事故中第 i 项指标的最大特征值与最小特征值。

经规格化后，样本集类比指标特征值矩阵 $\boldsymbol{X}$ 可转换为无量纲的数值区间为 $[0，1]$ 的指标规格化值矩阵：

$$\boldsymbol{R} = \begin{vmatrix} \gamma_{11}，\gamma_{12}，\cdots，\gamma_{1n} \\ \gamma_{21}，\gamma_{22}，\cdots，\gamma_{2n} \\ \gamma_{31}，\gamma_{32}，\cdots，\gamma_{3n} \\ \vdots \\ \gamma_{m1}，\gamma_{m2}，\cdots，\gamma_{mn} \end{vmatrix} = (\gamma_{ij})$$

为便于比较，建立一个虚拟的损害程度最大的事故样本作为类比的相对标准，此虚拟样本的各个指标值应由矩阵 $\boldsymbol{R}$ 中 n 个事故样本中相应指标的最大值所组成，即：

$$f = (\gamma_{11} \vee \gamma_{12} \vee \cdots \gamma_{1n}，\gamma_{21} \vee \gamma_{22} \cdots \vee \gamma_{2n}，\cdots,$$
$$\gamma_{m1} \vee \gamma_{m2} \cdots \vee \gamma_{mn}) = (f_1，f_2，\cdots，f_m)$$

类似地，虚拟的资源损害程度最小的事故样本的各个指标值应由矩阵 $\boldsymbol{R}$ 中 n 个事故样本中相应指标的最小值所组成，即：

$$g = (\gamma_{11} \wedge \gamma_{12} \wedge \cdots \gamma_{1n}，\gamma_{21} \wedge \gamma_{22} \cdots \wedge \gamma_{2n}，\cdots,$$
$$\gamma_{m1} \wedge \gamma_{m2} \cdots \wedge \gamma_{mn}) = (g_1，g_2，\cdots，g_m)$$

则第 j 个事故样本与虚拟损害程度最大的样本之间的差异可用广义 Hamming 距离来表示，简称样本距大距离：

$$D_f = \| w_i(f_i - \gamma_{ij}) \| = \sum_{i=1}^{m} w_i(f_i - \gamma_{ij})$$

类似地,第 j 个事故样本与虚拟损害程度最小的样本之间的差异可用广义 Hamming 距离来描述,简称样本距小距离:

$$D_g = \parallel w_i(\gamma_{ij} - g_i) \parallel = \sum_{i=1}^{m} w_i(\gamma_{ij} - g_i)$$

根据类比与排序的模糊性,第 j 个事故样本以隶属度 u_j 隶属于模糊子集"损害程度大",同时又以隶属度 u_j^c:隶属于模糊子集余集"损害程度小"。根据模糊集合论中的余集定义,应满足条件 $u_j + u_j^c = 1$。为求得各事故样本的优化相对隶属度 u_j,可将 u_j 和 u_j^c 视作权重,分别对样本距大距离 D_f 和样本距小距离 D_g 进行加权,并将经典的最小二乘法最优准则加以拓展,建立目标函数为所有待类比事故样本 j 的最大加权距大距离的平方与最小加权距小距离的平方之总和为最小,即:

$$\min F(u_j) = \left[\sum_{j=1}^{n} u_j \sum_{i=1}^{m} w_i(f_i - \gamma_{ij}) \right]^2 + \left[\sum_{j=1}^{n} (1 - u_j) \sum_{i=1}^{m} w_i(\gamma_{ij} - g_i) \right]^2$$

为求解此目标函数及其唯一变量 u_j,对目标函数式求导并令导数等于零,即:

$$\mathrm{d}F(u_j)/\mathrm{d}u_j = 0$$

最后经推导整理可得溢油事故的优化相对隶属度计算模式为:

$$u_j = \cfrac{1}{1 + \cfrac{\left[\sum\limits_{i=1}^{m} w_i(f_i - \gamma_{ij}) \right]^2}{\left[\sum\limits_{i=1}^{m} w_i(\gamma_{ij} - g_i) \right]^2}}$$

（4）评估

基于船舶溢油事故的优化相对隶属度计算模式,在已知指标矩阵 **R** 和权重向量 w 后,通过此模式就可以计算出各溢油事故对于模糊子集"损害程度大"的相对隶属度,然后根据隶属度数值的大小将待评估的事故样本与其他事故案例的损害程度进行排序,即可得出排在其前后序位的两个事故案例的损害程度与其类比性程度最为贴近的结论。

4.2.2.2　样本案例分析

从船舶油污事故赔偿案例资料库[30—33]中,初步选择 6 个赔偿案例与待评估的"长阳"轮事故一起组成一评估类比样本集合 Y,事故参数见表 4-2,其中各案例的损害赔偿额均已折算为以 1998 年为基准年的货币值。

表 4-2　样本案例的损失折算

事故编号	年份	事故船名	1998年总赔偿额/万元（人民币）	溢油地点	溢油种类 a_1	溢油量 a_2/t	溢油面积 a_3/km²	受污岸线长度 a_4/m	受污岸线类型（系数）a_5	排序结果
C1	1996	永怡	362	上海港	燃油(0.955)	15	3.5	350	Ⅲ(0.8)	5
C2	1996	浙渔油31	520	大连港	滑油(0.948)	47	5.0	600	Ⅴ(1.4)	2
C3	1998	上电油1215	715	上海港	重油(0.964)	18	5.8	680	Ⅳ(1.1)	1
C4	1998	爱国者	346	威海湾	燃油(0.955)	18	6.0	550	Ⅱ(0.5)	6
C5	1999	东丰滔	500	吴淞口	凝析油(0.935)	20	4.5	620	Ⅳ(1.1)	3
C6	2003	黄鹤70	440	长江口	柴油(0.925)	23	5.5	520	Ⅱ(0.5)	4
C7	2003	长阳		上海港	燃油(0.955)	85	150	8700	Ⅲ(0.8)	7

　　根据以往溢油赔偿案例,清污活动费用支出最为主要,通常要占到事故总赔偿量的 90%～95%,而其中对海岸的清除支出又占清除费用的绝大部分,约为90%,因此受污海岸类型和长度、油膜扩散面积指标对损害程度的影响要略大于溢油油种和溢油量。可取类比指标的重要性权重向量 w 为:0.1,0.1,0.2,0.3,0.3。

　　最后,将指标规格化值矩阵 R 和指标权重向量 w 分别代入事故损害程度模糊类比基本模式中,计算出各溢油事故案例模糊子集"损害程度大"的优化相对隶属度。

　　依据相对隶属度的大小进行各样本关于损害程度的排序,可以看出前 6 个历史案例样本的损害程度排序结果与实际赔偿数额大小顺序完全一致,说明指标权重选择适当,无需再做调整。为此,可根据 C7 与其他事故的优化相对隶属度之比推算该事故的赔偿额。

4.3　基于遗传算法优化 BP 神经网络的船舶事故污染损失测算

4.3.1　BP 神经网络与污染损失估算的拓扑关系

　　从上文中可以看出船舶事故污染损失受多种因素的影响,因此污染损失评估是一个多层次结构的复杂非线性系统。对于这样一类难以得到解析解,又缺乏专家经验但能够表示或转化为模式识别或非线性映射的系统,采用人工神经网络无疑是一个比较好的解决途径。

从图 4-2 可以发现,污染损失值计算与人工神经网络二者之间存在良好的拓扑关系,从而为利用神经网络进行污染损失评估提供技术上的可能性。

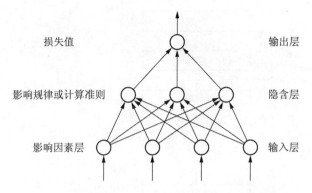

损失值　　　　　　　　　　　　　　　　　　　输出层

影响规律或计算准则　　　　　　　　　　　　　隐含层

影响因素层　　　　　　　　　　　　　　　　　输入层

图 4-2　污染损失评估与人工神经网络的拓扑关系图

按照上述拓扑关系,可将基于人工神经网络的船舶污染损失评估概括为:把用来影响损失量的因素(信息)作为神经网络的输入向量,将代表损失量的值作为神经网络的输出;然后用足够的权威样本训练人工神经网络,使不同的输入向量得到不同的输出值;这样,神经网络所最终持有的权系数值和阀值,便是网络经过自适应学习得到的正确内部表示;训练好的神经网络可以作为综合评价的有效工具,对不同的污染事故作出相应的评判。

4.3.2　基于遗传算法(GA)优化的 BP 神经网络

4.3.2.1　总体思路

针对 BP 算法训练网络会出现收敛速度缓慢的弱点,我们启用遗传算法(GA)来优化网络参数[34,35],即:把 GA 的优化结果作为 BP 算法的初始值,再用 BP 算法训练网络,如此交替运行 BP 算法和 GA 以加快网络的收敛速度,同时改善局部最小问题。[36—38]总体思路见图 4-3。

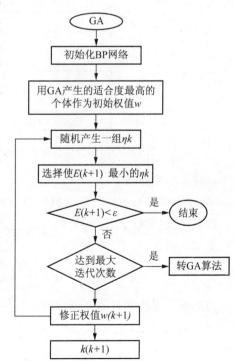

GA

初始化BP网络

用GA产生的适合度最高的个体作为初始权值 w

随机产生一组 ηk

选择使 $E(k+1)$ 最小的 ηk

$E(k+1) < \varepsilon$　　是　　结束

否

达到最大迭代次数　　是　　转GA算法

修正权值 $w(k+1)$

$k(k+1)$

图 4-3　基于遗传算法优化 BP 神经网络总体思路流程

4.3.2.2 算法与步骤

利用遗传算法优化神经网络权值的具体流程见图 4-4。

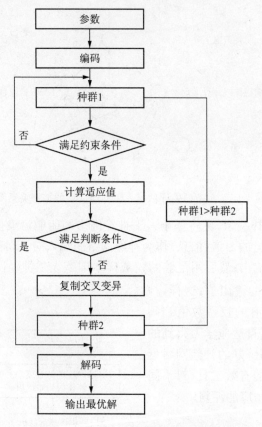

图 4-4 遗传算法优化神经网络权值的具体步骤和流程

具体算法步骤如下：

第 1 步：确定 GA 待优化参数的范围和编码长度并进行编码。

设某寻优参数的变化范围是 $[a_{min}, a_{max}]$，若用 m 位二进制数 b 来表示，则 b 可由下式求得：

$$b = (2^m - 1)(a - a_{min})/(a_{max} - a_{min})$$

再将所有寻优参数的二进制数串联成一个二进制的字符串 s（称为样本）。若有 r 个寻优参数，每个参数都用 m 位二进制数表示，则字符串 s 共有 $m \times r$ 位。

第 2 步：随机产生 n 个个体构成初始种群 $P(0)$。

在本书中，由于个体对应的是网络权阈值，所以在生成初始群体时，将初始数值取为介于(x_{min}, x_{max})之间的随机数,产生相应范围的均匀分布随机数,并赋给基因值。

在随机产生初始个体时,由计算机生成[0,1]之间的随机数,并将这个数与BP神经网络允许误差进行比较,如果这个数大于 0.5,则将染色体的某位置取1,否则为 0。如此循环下去,直到染色体所有位都随机得到一个 0 或 1 值,由此得到一个随机初始个体。

第 3 步:将种群中各个个体解码成对应的参数值并用此值计算适应函数值。

设某个网络权值 w_{ij} 所对应的无符号数组元素所表示的正整数为 U_{ij},则从 w_{ij} 到 U_{ij} 的映射关系为:

$$w_{ij} = (w_{ij})_{min} + \frac{U_{ij}}{2^b - 1}\big[(w_{ij})_{max} - (w_{ij})_{min}\big]$$

式中:$b=8$ 表示每个网络权值的二进制位数;$(w_{ij})_{min}$,$(w_{ij})_{max}$分别表示 w_{ij} 的最小值和最大值。

染色体被编码成二进制串(以数组 chrom[]表示)。染色体解码过程为:声明整型变量 i 并给初值 0,计算 chrom[i]的值为U;将 U 代入上式求得相应的权值,并将 i 的值加 1;重复进行以上两步,直到求完个体对应的所有网络权值。

适应度调整选择线性调整法规则如下:

$$\begin{cases} \overline{f'} = \overline{f} \\ f'_{max} = c\overline{f} \end{cases}$$

若 $f_{min} > \dfrac{c\overline{f} - f_{max}}{c - 1}$,则:

$$\begin{cases} a = \dfrac{(c-1)\overline{f}}{f_{max} - \overline{f}} \\ b = \dfrac{(f_{max} - c\overline{f})\overline{f}}{f_{max} - \overline{f}} \end{cases}$$

若 $f_{min} < \dfrac{c\overline{f} - f_{max}}{c - 1}$,则:

$$\begin{cases} a = \dfrac{\overline{f}}{\overline{f} - f_{min}} \\ b = \dfrac{f_{min}\overline{f}}{\overline{f} - f_{min}} \end{cases}$$

则个体的适应度值为 $f' = af + b$,式中,f',f 分别为调整前后个体的适应度;a,b 为常数。

第 4 步:应用复制、交叉和变异算子对种群 $P(t)$ 进行操作产生下一代种群

$P(t+1)$。

其中复制操作具体步骤为：

步骤 1：设第 t 代种群为 $P(t)$，根据上一步计算出的个体适应度值，由 $w_{ij} = (w_{ij})_{\min} + \dfrac{U_{ij}}{2^b - 1}[(w_{ij})_{\max} - (w_{ij})_{\min}]$ 分别求出每个个体的选择概率 p_i 及种群的总适应度 f_{sum}；

步骤 2：产生 $[0, 1]$ 之间随机数 $\text{random}()$，并令 $s = \text{random}() \times f_{\text{sum}}$；

步骤 3：求 $\displaystyle\sum_{i=1}^{k} f_i \geqslant s$ 中最小的 k，则第 k 个个体被选中；

步骤 4：步骤 2 和 3 进行 N 次就可以得到 N 个个体，成为第 $t+1$ 代种群。

交叉操作的实现步骤为：

步骤 1：利用轮盘赌法选择两个进行交叉的父代个体 parent 1，parent 2；

步骤 2：产生一个 $[0, 1]$ 之间的随机数 r，将 r 与交叉概率 p_c 进行比较；

步骤 3：如果 $r > p_c$，则放弃交叉操作，直接将 parent 1，parent 2 作为下一代个体，否则进入下一步；

步骤 4：随机产生一个 $[1, L-1]$ 之间的整数（以 crossPos 表示）作为交叉位置，将 parent 1 染色体在 crossPos 前的部分与 parent 2 染色体在 crossPos 后的部分结合形成新的个体，将 parent 1 染色体在 crossPos 后的部分与 parent 2 染色体在 crossPos 前的部分结合形成新的个体，从而产生两个新的个体；

步骤 5：重复进行 $N/2$ 次以上操作，就可以产生 N 个新的个体，形成下一代种群。

变异操作的实现步骤为：

步骤 1：对染色体的第 i 位，随机产生一个 $[0, 1]$ 之间的小数 r，并将 r 与变异概率 P_m 进行比较以确定第 i 位是否发生变异；

步骤 2：如果 $r < P_m$，则将该位取反，否则不改变其值；

步骤 3：重复进行以上两步 Chrom 1 次，使染色体的每一位都按 P_m 进行变异操作；

步骤 4：采用均匀变异算子。个体 x_i 的各基因位以变异概率 P_m 发生变异，即按概率 P_m 用区间 $[x_{\min}, x_{\max}]$ 中均匀分布的随机数代替原有值；

步骤 5：引入最优保留策略；

步骤 6：判断是否满足遗传算法操作终止条件，不满足则转步骤 4，否则转步骤 3；

步骤 7：将遗传算法搜索的最优个体解码，赋值给神经网络权重（包括节点阈值），进行预测。

第 5 步：重复第 3 和第 4 步，直至参数收敛或者达到预定的指标算法结束，解码输出最优的参数值。

第 6 步：利用 GA 优化权阀值输入 BP 神经网络进行预测和估算。

4.3.3　基于遗传算法优化 BP 神经网络的船舶事故污染损失实证分析

4.3.3.1　GA‐BP 船舶污染损失预测神经网络模型及参数

输入层的输入参数为：溢油种类（油种的短期毒性和持久性等级）a_1；溢油总量 a_2；溢油扩散面积 a_3；受污海岸线长度 a_4；受污海岸类型 a_5。其中，溢油种类 a_1 用油种密度值表示；溢油总量 a_2 用最初的溢油总数量（t）表示；敏感区海域油膜面积（或溢油扩散面积）a_3 可由实际监测资料获得，也可根据风速（m/s）、浪高（m）、海流等参数理论估算获得（km^2）；受污海岸线长度 a_4 以实际被油膜覆盖或污染的海岸线长度（m）计算；受污海岸类型 a_5 采用文献[29]对海岸类型的分类，并通过相对易损系数量化表示受污海岸类型的指标特征值，具体描述如下：

$$a_5 = \begin{cases} 0.2（开阔的岩石性沿岸） \\ 0.5（沙滩区域） \\ 0.8（开阔的潮坪带） \\ 1.1（砾石或沙‐砾石混合海滩区） \\ 1.4（掩蔽型岩石性海岸区） \\ 1.7（掩蔽型潮坪带） \\ 2.2（盐碱滩和红树林区） \end{cases}$$

输出层为 1 个参数，即船舶事故污染损失。

采用适当的中间层处理单元非常重要。本书采用几何平均规则选择中间层中的处理单元数。如果设计一个 3 层网络，具有 n 个输入单元及 m 个输出单元，则中间层处理单元数 $= \sqrt{mn}$。

按照相关的试验计算结果分析，对于固定结构的 BP 神经网络，学习效率 η 和冲量因子 α 取较大值时，收敛速度快，对网络训练有利，所以取学习效率 $\eta = 0.9$，冲量因子 $\alpha = 0.5$，训练精度 $\varepsilon = 10^{-2}$。

初始学习速率取 0.05，学习速率调整准则为：

$$\alpha(N+1) = \begin{cases} 1.2\alpha(N) & E(N+1) < E(N) \\ 0.7\alpha(N) & E(N+1) > 1.1E(N) \\ \alpha(N) & E(N) \leqslant E(N+1) \leqslant 1.1E(N) \end{cases}$$

式中：N 表示学习次数；E 表示网络误差。

初始权值和阀值是[-1, 1]区间的随机数。由于参数与船舶污染损失之间的映射关系不是一种线性关系,所以作用在隐含层上的激励函数采用非线性的广义 Sigmoid 函数,其关系式为:$y = 1/(1 + e^{-\lambda x})$,$\lambda$ 为常数。

4.3.3.2 样本数据的选取和处理

充分考虑到学习样本的数量、客观性和可行性,我们收集了具有权威性的样本案例 20 项[30—33,39],作为 GA-BP 网络训练的学习样本。具体见表 4-3。

表 4-3 GA-BP 网络学习样本

序号	总赔偿额/万元（人民币）	指 标				
		溢油种类 a_1	溢油量 a_2/t	溢油面积 a_3/km²	受污岸线长度 a_4/m	受污岸线类型（系数）a_5
1	352	燃油(0.922)	16	3.3	360	Ⅱ(0.5)
2	690	原油(0.950)	42	6.5	734	Ⅳ(1.1)
3	192	燃油(0.935)	23	5.7	643	Ⅲ(0.8)
4	357	重油(0.984)	11	3.4	259	Ⅴ(1.4)
5	130	原油(0.950)	9	1.6	163	Ⅵ(1.7)
6	288	燃油(0.935)	25	4.1	511	Ⅱ(0.5)
7	261	原油(0.950)	15	4.1	371	Ⅳ(1.1)
8	186	燃油(0.935)	9	1.9	183	Ⅱ(0.5)
9	248	燃油(0.935)	21	2.1	296	Ⅳ(1.1)
10	130	重油(0.984)	7	1.6	125	Ⅲ(0.8)
11	348	重油(0.964)	12	3.9	284	Ⅱ(0.5)
12	340	原油(0.950)	20	5.0	460	Ⅳ(1.1)
13	208	燃油(0.922)	16	2.9	345	Ⅱ(0.5)
14	494	燃油(0.935)	21	4.1	462	Ⅲ(0.8)
15	428	原油(0.950)	28	6.9	530	Ⅲ(0.8)
16	420	燃油(0.922)	41	6.1	720	Ⅱ(0.5)
17	401	燃油(0.935)	19	4.7	501	Ⅳ(1.1)
18	710	重油(0.964)	15	5.7	400	Ⅵ(1.7)
19	349	重油(0.984)	8	3.1	335	Ⅳ(1.1)
20	235	燃油(0.935)	12	4.3	385	Ⅴ(1.4)

为增加可比性和消除不同影响因素物理量纲对计算结果的影响,同时为了有效利用 Sigmoid 型函数的特性,以保证网络神经元的非线性作用,对于学习样本进行归一化处理。具体转换如下:

$$BR_i = \frac{1}{10} \sum_{j=1}^{1-} x_{ij}, \ BRR_i = \frac{1}{9} \sum_{j=1}^{10} (x_{ij} - BR_i)^2, \ BRRR_i = \sqrt{BRR_i}$$

$$x_{ij} = (x_{ij} - BR_i)/BRRR_i$$

4.3.3.3　BP 权值优化

(1) 对 BP 网络权阀值进行编码

由于船舶污染损失估算 BP 神经网络为 $5 \times 7 \times 1$ 的多层神经网络,共有 $nweight = 5 \times 7 + 7 \times 1 + 1 = 43$ 个网络权值,因此每一个染色体的长度 $L = 43 \times 8 = 344$ 位。这样,就可以用一个由 344 位二进制符号组成的染色体表示 1 个 3 层前馈神经网络。在计算机中,用一个无符号字符数组存储一个染色体各位的值,数组的元素个数由染色体的长度 L 决定。由于我们选择表示神经网络权值的子串位数为 8,而一个无符号字符在计算机中占用一个字节的内存空间,因此,每一个无符号字符数组元素都表示一个网络权值。

(2) 初始化种群 P

选择种群的规模参数 $N=50$,随机生成解空间的 50 个初始化个体作为初始群体,每个个体都表示一个结构相同、权值不同的神经网络。所以 GA - BP 神经网络基本参数的设定见表 4 - 4。

表 4 - 4　GA - BP 神经网络基本参数表

染　色　体　数	43	位　　元　　长	344
种　群　规　模	50	交　叉　概　率	自适应算法
基　因　数　值	$-1 \sim +1$	变　异　概　率	自适应算法
数值网络学习次数	5 000	网络学习速率	0.05

(3) 计算每个个体的适应度函数值

采用训练样本集的训练误差和测试样本集的测试误差的综合误差指标 E 作为网络性能的评价目标:

$$E = \frac{1}{2} \times \sqrt{\left[\sum_{k=1}^{p_{Tr}} \sum_{j=1}^{N_L} (t_j^k - y_{j,k}^l)^2 \right]^2 + \left[\sum_{k=1}^{p_{Ts}} \sum_{j=1}^{N_L} (t_j^k - y_{j,k}^l)^2 \right]^2}$$

适应度函数定义为:

$$f = 1/(1+E)$$

式中：p_{Tr} 和 p_{Ts} 分别为训练样本集和测试样本集的样本数；t_j^k 和 $y_{j,k}^l$ 分别为训练样本集或测试样本集，第 k 个样本输入对应网络输出层第 j 个结点的期望输出和实际输出。

（4）遗传操作

从进行样本训练的 GA - BP 神经网络系统中，可以获取各结点间的权系值（详见表 4 - 5），作为遗传演化的父代种源。

表 4 - 5　遗传算法优化 BP 权系值的父代种源

	$w_{21\sim25}$	$w_{22\sim25}$	$w_{23\sim25}$	$w_{24\sim25}$	$w_{21\sim26}$	$w_{22\sim26}$	$w_{23\sim26}$	$w_{24\sim26}$	$w_{21\sim27}$	$w_{22\sim27}$	$w_{23\sim27}$	$w_{24\sim27}$
父I代种源I	1.059 1	0.290 2	−1.111 5	−1.005 8	0.207 4	−0.090 9	0.445 5	−1.344 7	−0.411 0	−1.314 7	0.015 4	0.483 2
	$w_{21\sim25}$	$w_{22\sim25}$	$w_{23\sim25}$	$w_{24\sim25}$	$w_{21\sim26}$	$w_{22\sim26}$	$w_{23\sim26}$	$w_{24\sim26}$	$w_{21\sim27}$	$w_{22\sim27}$	$w_{23\sim27}$	$w_{24\sim27}$
种源II	1.337 7	0.318 9	−0.977 9	−0.850 4	0.015 2	−0.014 6	0.411 5	−1.444 2	−0.040 92	−1.293 9	0.121 9	0.554 3

a 截断点　　　b 截断点

该 GA - BP 预测污染损失网络系统选择双截断点交配法，参见表 4 - 5 中的 a 截断点和 b 截断点。交叉时，取种源的 a 和 b 以外的基因码（权系值 w）和种源的 a 点与 b 点内部的基因码（权系值 w'）组成子代（见表 4 - 6 所示）。

表 4 - 6　种源交配子代内容

	$w_{21\sim25}$	$w_{22\sim25}$	$w_{23\sim25}$	$w_{24\sim25}$	$w'_{21\sim26}$	$w'_{22\sim26}$	$w'_{23\sim26}$	$w'_{24\sim26}$	$w'_{21\sim27}$	$w'_{22\sim27}$	$w'_{23\sim27}$	$w'_{24\sim27}$
交配后子代	1.059 1	0.290 2	−1.111 5	−1.005 8	0.015 2	−0.014 6	0.411 5	−1.444 2	−0.040 92	−1.293 9	0.121 9	0.554 3

对 GA - BP 预测网络系统，将 $w'_{21\sim26}$，$w'_{22\sim26}$，$w'_{23\sim26}$，$w'_{24\sim26}$ 各加 1 个随机数，再按适配度 $\Delta < 0.7$ 审核达到误差要求与否。如果未达到，则将父代种源纳入遗传算法软件，个体选择采用轮盘赌法。在算法中根据个体的适应度值实现自适应调整，一代一代不断演化，最后得到一个适应适配值要求的子代个体，见表 4 - 7。

表 4 - 7　按适配度 $\Delta < 0.7$ 值演化得的变异子代

	$w_{21\sim25}$	$w_{22\sim25}$	$w_{23\sim25}$	$w_{24\sim25}$	$w'_{21\sim26}$	$w'_{22\sim26}$	$w'_{23\sim26}$	$w'_{24\sim26}$	$w_{21\sim27}$	$w_{22\sim27}$	$w_{23\sim27}$	$w_{24\sim27}$
交配后子代	1.059 1	0.290 2	−1.111 5	−1.005 8	0.215 2	−0.314 6	0.711 5	−0.844 2	−0.411 0	−1.314 7	0.015 4	0.483 2

4.3.3.4　模拟输出结果

GA - BA 遗传算法采用 Matlab 与 C 语言混合编程实现，其中遗传算法学习神经网络权值的完整源程序见附录。输出结果如下所示。

（1）最优权阀值数值

$$
w_1^T = \begin{bmatrix}
-0.138\ 754\ 659\ 02 & -0.594\ 352\ 628\ 27 & -0.630\ 477\ 655\ 44 & 1.098\ 847\ 574\ 6 & -2.376\ 485\ 983\ 3 \\
-3.867\ 264\ 885\ 3 & -0.014\ 662\ 139\ 32 & -2.525\ 285\ 765\ 7 & -0.218\ 672\ 648\ 8 & 5.014\ 662\ 139\ 35 \\
-0.052\ 528\ 576\ 54 & -0.947\ 469\ 659\ 23 & 6.598\ 910\ 432\ 6 & -10.358\ 798\ 36 & 9.422\ 391\ 521\ 07 \\
-0.777\ 428\ 850\ 58 & 2.601\ 356\ 814\ 99 & -15.466\ 531\ 523 & -8.099\ 191\ 676 & 3.555\ 239\ 008\ 04 \\
1.930\ 810\ 665\ 753 & -3.691\ 584\ 001\ 9 & 7.806\ 623\ 961\ 25 & -7.065\ 154\ 108 & -19.768\ 996\ 517 \\
3.323\ 795\ 055\ 212 & -0.946\ 296\ 878\ 17 & -5.775\ 818\ 123\ 1 & 5.393\ 224\ 879\ 54 & -0.354\ 647\ 282\ 19 \\
-4.696\ 592\ 367\ 5 & 14.763\ 977\ 857\ 6 & -1.358\ 798\ 364\ 9 & -0.942\ 239\ 152\ 12 & -0.777\ 428\ 850\ 58
\end{bmatrix}
$$

中间层单元阀值如下式：

$$
\gamma_1^T = \begin{bmatrix}
-1.047\ 806\ 623\ 961 \\
-1.965\ 173\ 323\ 795 \\
-0.294\ 629\ 687\ 817\ 5 \\
2.818\ 123\ 153\ 932\ 2 \\
-7.484\ 930\ 193\ 89 \\
-3.875\ 823\ 920\ 21 \\
7.481\ 119\ 384\ 042
\end{bmatrix}
$$

中间层至输出层连接权如下式：

$$
w_2 = \begin{bmatrix}
-0.674\ 893\ 848\ 41 \\
-1.474\ 849\ 393\ 2 \\
-5.849\ 300\ 274\ 6 \\
-3.958\ 276\ 222\ 9 \\
-11.985\ 736\ 265 \\
-2.335\ 463\ 829\ 3 \\
-1.778\ 645\ 368\ 8
\end{bmatrix}
$$

输出层单元阀值如下式：

$$
\gamma_2 = \begin{bmatrix} 1.673\ 542\ 829\ 3 \end{bmatrix}
$$

（2）种群中个体最大适应度值及平均适应度值

表 4-8 列出了遗传算法搜索过程中种群个体的最大适应度值及平均适应度值。

表 4-8　遗传算法各代种群中最大适应度值及平均适应度值

遗传代数	最大适应度	平均适应度	遗传代数	最大适应度	平均适应度
1	1. 123 87	0. 576 89	2 500	23. 456 73	13. 490 04
100	2. 563 21	0. 870 93	2 600	25. 012 98	14. 035 761
200	4. 077 32	1. 215 67	2 700	25. 416 65	12. 487 540
300	4. 235 78	2. 003 21	2 800	26. 296 51	14. 067 327
400	5. 196 84	4. 307 89	2 900	26. 270 654	14. 117 65
500	7. 673 01	4. 729 05	3 000	26. 463 863	15. 873 24
600	7. 496 71	3. 508 79	3 100	26. 722 453	15. 547 82
700	10. 609 18	3. 904 78	3 200	26. 904 71	13. 415 69
800	11. 128 65	3. 018 79	3 300	26. 902 82	16. 133 63
900	13. 561 04	4. 248 93	3 400	27. 187 54	18. 670 53
1 000	13. 694 81	4. 685 34	3 500	27. 125 92	19. 510 87
1 100	15. 382 01	5. 536 97	3 600	27. 315 11	19. 504 92
1 200	18. 503 67	5. 051 92	3 700	27. 270 98	20. 104 35
1 300	18. 297 10	10. 580 24	3 800	27. 257 83	21. 633 72
1 400	19. 541 97	10. 753 42	3 900	27. 453 10	21. 789 06
1 500	20. 431 97	12. 398 27	4 000	27. 369 14	20. 546 71
1 600	20. 625 31	13. 427 93	4 100	27. 235 91	20. 768 08
1 700	21. 195 46	15. 893 42	4 200	27. 430 53	19. 699 65
1 800	20. 367 54	8. 386 94	4 300	27. 302 06	20. 114 02
1 900	21. 394 17	10. 498 06	4 400	27. 376 84	20. 864 39
2 000	21. 564 78	12. 179 65	4 500	27. 110 76	21. 020 89
2 100	21. 356 54	10. 143 58	4 600	27. 467 08	20. 989 67
2 200	24. 094 32	13. 109 75	4 700	27. 290 87	20. 405 44
2 300	24. 189 06	12. 114 73	4 800	27. 321 05	20. 033 21
2 400	24. 972 41	12. 623 17	4 900	27. 289 77	21. 171 75
			5 000	27. 309 08	21. 230 06

将以上数据用曲线直观地表示(见图 4 - 5)。

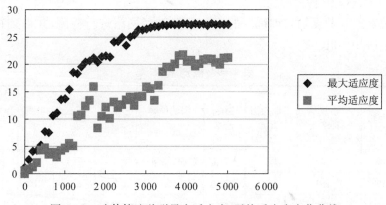

图 4 - 5　遗传算法种群最大适应度、平均适应度变化曲线

从该图中可以更清晰地看出,初始种群的最大适应度及平均适应度都很小,但随着遗传算法迭代次数的不断增加,种群的最大适应度呈明显增大趋势,到第 3 500 代左右,这时种群中最大适应度值不再有明显变化,而是趋近于某个常量值,说明该个体对应的神经网络目标函数值接近最小值,即神经网络权值系收敛到一组最优值。

(3) 种群中最优个体的目标函数曲线及 BP 神经网络的逼近误差曲线

网络模型训练采用改进后的遗传算法,种群规模 $N = 50$,网络模型经过3 500 代遗传,选优个体又经过 1 194 次的 BP 搜索,模型误差达到 0.01,训练结束。说明遗传算法在克服 BP 算法的收敛速度慢和易陷入局部极小点的缺陷方面是成功和有效的。图 4 - 6 为整个训练过程中模型误差的变化趋势。

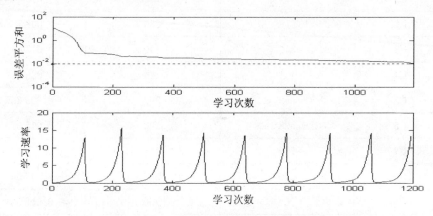

图 4 - 6　遗传算法模型误差的变化过程

4.3.3.5 GA-BP检测及实证预测

（1）GA-BP检测

将表4-9数据输入训练好的GA-BP神经网络进行检测，并得到相关结果见表4-10和图4-7。

表4-9 检测样本集

事故编号	年份	事故船名	1998年总赔偿额/万元（人民币）	溢油地点	溢油种类 a_1	溢油量 a_2/t	溢油面积 a_3/km²	受污岸线长度 a_4/m	受污岸线类型（系数） a_5
C1	1994	长征	192	上海港	燃油(0.935)	10	2.5	280	Ⅳ(1.1)
C2	1994	连油1	280	大连港	重油(0.964)	8	3.0	210	Ⅵ(1.7)
C3	1995	南洋2	340	厦门港	原油(0.950)	20	5.0	460	Ⅳ(1.1)
C4	1995	亚洲希望	420	成山头	燃油(0.922)	41	6.1	720	Ⅱ(0.5)
C5	1996	永怡	362	上海港	燃油(0.955)	15	3.5	350	Ⅲ(0.8)
C6	1996	浙渔油31	520	大连港	滑油(0.948)	47	5.0	600	Ⅴ(1.4)
C7	1998	上电油1215	715	上海港	重油(0.964)	18	5.8	680	Ⅳ(1.1)
C8	1998	爱国者	346	威海湾	燃油(0.955)	18	6.0	550	Ⅱ(0.5)
C9	1999	东丰滔	500	吴淞口	凝析油(0.935)	50	4.5	620	Ⅳ(1.1)
C10	2003	黄鹤70	440	长江口	柴油(0.925)	23	5.5	520	Ⅱ(0.5)

表4-10 检测样本训练结果

事故编号	模拟损失赔偿额/万元	实际损失赔偿额/万元	相对误差
C1	194	192	0.010 41
C2	278	280	−0.007 1
C3	346	340	0.017 64
C4	431	420	0.026 19
C5	359	362	−0.008 287
C6	528	520	0.015 38
C7	709	715	−0.008 391
C8	340	346	−0.017 34
C9	504	500	0.008 53
C10	436	440	−0.009 09

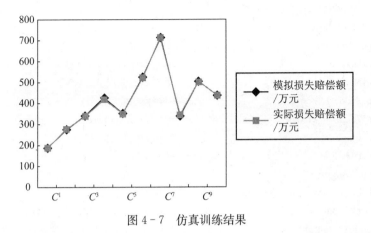

图 4 - 7　仿真训练结果

上述仿真训练结果表明：运用 GA 算法优化 BP 神经网络较好地体现了船舶油污损失赔偿额与影响因素之间的关系，除个别数据误差较大外，其他仿真结果都比较接近实际数据，因此可利用此 GA - BP 神经网络对船舶油污案例进行预测和估算。

（2）实证估算

用上述训练好的 GA - BP 神经网络对"长阳"轮事件污染损失进行实证估算。

GA - BP 神经网络输入参数如下：

输入层包括溢油种类 $a_1 = 0.925$；

溢油总量 $a_2 = 85$ t；

溢油扩散面积 $a_3 = 15$ 万 m^2；

受污的海岸线长度 $a_4 = 8\,270$ m；

受污海岸类型 $a_5 = 0.8$。

经过 GA - BP 神经网络训练输出得出污染损失额为 1 700 万元，与专家论证的估计 1 300～1 400 万元非常接近。

附　基于遗传算法的 BP 神经网络权值优化主要程序

```
/*********************************************************/

/*            基于 GA 的神经网络权值优化 GA.C

/*********************************************************/

#include <stdio.h>
#include <math.h>
```

```c
#include <stdlib.h>
#define PI 3.1415926
#define popSize 50                          /* 种群规模 */
#define nINode 5                            /* 神经网络输入层节点数 */
#define nINode 7                            /* 神经网络隐层节点数 */
#define nONode 1                            /* 神经网络输出层节点数 */
#define nWeight ((nINode+nONode)*nRNode+nHNode+nONode)/* 权值个数 */
#define lwight 8                            /* 每个权值编码长度 */
#define maxWeight 1                         /* 最大权值 */
#define minWeight -1                        /* 最小权值 */
#define lChrom (nWeight*lWeight)            /* 染色体长度 */
#define sizeChrom (lChrom/(8*sizeof(unsigned char)))  /* 染色体所占字节数 */
#define minConstant 50                      /* 常量 */
#define BitTest(data, bitPos) ((data)>>(bitPos)&1)  /* 位检测是否为1 */

/* 全局变量 */
typedef struct                              /* 个体 */
{
unsigned char * chrom;                      /* 染色体 */
double fitness;                             /* 个体适应度 */
double * weight;                            /* 个体对应的变量值 */
}individual;

individual * oldPop;                        /* 目前种群 */
individual * newPop;                        /* 下一代种群 */
individual * bestIndividual;                /* 种群中最佳个体 */

double sumFitness;                          /* 种群总适应度 */
double avgFitness;                          /* 种群平均适应度 */
double maxFitness;                          /* 种群最大适应度 */
double minFitness;                          /* 种群最小适应度 */

double Input[nINode];                       /* 神经网络输入 */
double Output[nINode];                      /* 神经网络输出 */
FILE * reportFile;
static float rand table[100]
static float last rand;
float random()                              /* 随机产生「0.1」之间的数 */
{
int index,temp;
```

```
index = (int)(99 * last rand);
last rand = rand table[index];

rand_ table[index] = rand 0 /(RANDes MAX * 1.0);
return last rand;
{

int flip(float prob)                    /* 以概率 prob 产生 1 */
}
    float temp;
    temp = random 0;
    if (temp< = prob)
      return(1);
    else
      return(0);
}
int rnd(int data1, int data2)   /* 在整数 data1 和 data2 之间产生一个随机整数对 */
{
    int i, low, high;

    if(data1<data2)
    {
        low = data1;
        high = data2;
    }
else if(data1>data2)
{
        low = data2;
        high = data1;
}
else
        return data1;

i = random() * (high - low + 1.0) + low;
if(i>high)
  i = high;
    return(i)
}
double f1(double x)                   /* 神经网络隐层节点作用函数 */
```

```
{
    double temp;
    temp = 1.0/(1.0 + exp(0 - x));
    return temp;
}
double f2(double x)                          /* 神经网络输出层节点作用函数 */
{
    double temp;
    temp = (1.0 - exp(0 - x))/(1.0 + exp(0 - x));
    return temp;
}
void discode(individual * someone)           /* 将染色体译码成权值 */
{
    unsigned w;
    int i, j, k = 0, bit = 0;

    for(i = 0; i < nWeight; i + +)
    {
    w = 0;
    for(j = 0; j < lWeight; j + +)
        {
            if(BitTest(someone - >chrom[k], bit))
                w + =  pow(2, j);
            bit + +

            if (bit > = 8)
            {
            bit = 0
            k + +;
            }
        }

someone - >weight[i] = minWeight + (maxWeight - minWeight * w/(pow(2.0, lWeight) - 1));
    }
}
double getFitness(individual * someone)          /* 求适应度 */
{
    int i,j,k = 0;
    double x, h[nHNode3,input[nINode];
```

```
discode(someone);
for(i=0; i<nHNode; i++)
{
    x=0;
    for(j=0; j<=nINode; j++)
{
    if (j=nINode)
        x+=someone-)weight[k++];
    else
        x+=someone-)weight[k++ * Input[j];
    }
    h[i]=f 1(x);
}
for(i=0; i<nONode; i++)
{
    x=0;
    for(j=0; j<=nHNode; j++)
    {
        if (j==nHNode)
            x+= someone-)weight[k++];
        else
            x+=someone-)weight[k++] * h[j];
    }
    Output[i]=f2(x);

RobotModel(input, Output);

x=0;

for(i=0; i<nINode; i++)
    x+=(input[i]-Input[i]) * (input[i]-Input[i]);
x = sgrt(x);

if (x>0)
    someone-)fitness
else
    someone-)fitness

return someone-)fitness
}
```

```
void InitPoP()                              / * 产生初始群体 * /
{
    int i, j, k, bit, bestone = 0;

unsigned char mask = 1;
double temp;

sumFitness = 0;
maxFitness = 0;
avgFitness = 0;
minFitness = minConstant;

for(i = 0; i<popSize; i++)
{
    for(j = 0; j<sizeChrom; j++)
    {
        oldPop[i]. chrom[j] = 0;
        if(j = (sizeChrom - 1))
            bit = lChrom - j * 8 * size of(unsigned char);
        else
            bit = 8 * siz eof(unsigned char)

        for(k = 1; k<= bit; k++)
        {
            oldPop[i]. chrom[j] = oldPop[i]. chrom[j]<<1;
            if (flip (0.5))
                oldPop[i]. chrom[j] = oldPop[il. chrom[j]]mask;
        }
    }
    temp = getFitness(&oldPop(i))
    if(maxFitness<temp)
    {
        maxFitness = temp;
        bestone = i;
    }
    if(minFitness>temp)
        minFitness = temp;
    sumFitness = temp;
}
```

```
        bestIndividual = &oldPop[bestone]
        avgFitness = sumFitness/popSize;
}

int select()                          /* 利用轮盘赌法选择个体 */
{
    float pick;
    double sum;
    int i;

    pick = random();
    sum = 0;

    if(sumFitness = 0)
    {
        for(i = 0; i<popSize; i++)
        {
            sum += oldPop[i].fitness/sumFitness;
            if(sum >= pick)
                break;
        )
    }
    else
        i = rnd(1, popSize);
    if (i >= 0 && i<popSize)
        return i;
    else
        return popSize - 1;
}

int crossover (individual * parentl, individual * parentl, individual * child1
individual * child2)                  /* 由两个父个体一点交叉产生两个子个体 */
{
    int i, j, crossPos;
    unsigned char mask;
    float pCross;
    double fc;

    fc = parent1 ->fitness;
    if(fc<parent2 ->fitness)
```

```
            fc = parent2 - >fitness;
        if(fc> = avgFitness)
            pCross = (maxFitness - fc)/(maxFitness - avgFitness);
        else
            pCross = 1.0;

        if(! flip(pCross))
        {
            for(i = 0; i<sizeChrom; i++)
                child1 - >chrom[i] = parent1 - >chrom[i];
                child2 - >chrom[i] = parent2 - >chromt[i];
        }


            return 0;
    }


crossPos = rod (1,(lChrom - 1)); / * Cross between 1 and 1 - 1 * /

for (i = 1; i< = sizeChrom; i++)
{
    if(crossPos> = (i * (8 * sizeof(unsigned char))))
    {
    child1 - >chrom[i - 1] = parent1 - >chrom[i - 1]
    child2 - >chrom[i - 1] = parent2 - >chrom[i - 1]
    }
    else if((crossPos<(i * (8 * sizeof(unsigned char))))
        &&(crossPos)>((i - 1) * (8 * sizeof(unsigned char)))))
    {
        mask = 0;
        for(j = 1; j< = (crossPos - ((i - 1) * (8 * sizeof(unsigned char))));j++)
        {
        mask = mask<<1;
        mask = 1;
        }
        child1 - >chrom[i - 1] = (parent1 - >chrom[i - 1]&( - mask))/(parent2 - >chrom[i -
        1]&(mask));


        child2 - >chrom[i - 1] = (parent1 - >chrom[i - 1]&( - mask))/(parent2 - >chrom[i -
        1]&(mask));
```

```
        }
        else
        {
            child1->chrom[i-1] = parent2->chrom[i-1];
            child2->chrom[i-1] = parent1->chrom[i-1];
        }
    }


    return(crossPos);
}

void mutation(individual * someone)                    /* 变异操作 */
{
    int i, j, bit;
    unsigned char mask;
    float pMutation;

    if(someone->fitness> = avgFitness)
        pMutation = 0.5 * (maxPitness - someone->fitness)/(maxFitness - avgFitness);
    else
        pMutation = 0.5;

    for (i=0; i<sizeChrom;i++)
    {
        mask=0;
        if(i= = (sizeChrom-1))
            bit = lChrom-(i*(8*sizeof(unsigned char)));
        else
            bit = 8*sizeof(unsigned char);
        for(j=0; j<bit; j++)
        {
            if (flip<pMutation))
        }
        someone->chrom[i] = someone->chrom[i]mask;
    }
    return;
}
void fitAdjust(individual * pop)
{
    int i, c=2;
```

```
    double a, b, temp, sum, max, min, avg;

    sum = 0;
    max = 0;
    min = getFitness(&pop[0]);
    for(i = 0; i<popSize; i++)
    {
        temp = getFitness(&pop[i]);

        if(max<temp)
            max = temp;
        if (min>temp)
            min = temp;
        sum + = temp;
    }
    avg = sum/popSize;

    temp = (c * avg - max) / (c - 1);
    if(min>temp)
    {
        a = (c - 1) * avg/(max - avg);
        b = (max - c * avg) * avg/(max - avg);
    }
    else
    {
        a = avg/(avg - min);
        b = 0 - min * avg/(avg - min)
    }
    for(i = 0; i<popSize; i++)
    {
        temp = pop[i]. fitness;
        pop[i]. fitness = a * temp + b;
    }
}

void generation()                          /* 产生下一代 */
{
    int mate1, mate2, i = 0, bestone = 0;

    do
```

```
    {
                                    / * 挑选交叉配对 * /
        mate1 = select();
        mate2 = select();
                                    / * 交叉和变异 * /

        if(mate1<0 ‖ mate1>= popSize ‖ mate2<0 ‖ mate2>= popSize)
        {
            printf("select error\\n");
            printf("mate1 = %d", mate2 = %d",mate1,mate2);
            exit (-1);
        }

        crossover(&oldPop[mate1], &oldPop[mate2], &newPop[i], &newPop [i+1]);
        mutation(&newPop[i]);
        mutation(&newPop[i+1]);

        i= i+2
    }
    while(i<(popsize-1));

    fitAdjust(newPop);

    maxFitness = 0;
    sumFitness = 0;
    minFitness = newPop[0].fitness;
    for(i=0; i<popSize; i++)
    {
        if(maxFitness<newPop[i].fitness)
        {
        maxFitness = newPop[i].fitness;
        bstone = i;
        }
    if(minFitness>newPop[i].fitness)
        minFitness = newPop[i].fitness;
    sumFitness += newPop[i].fitness;

    }
    bestIndividual = &newPop[bestone];
```

```
    avgFitness = sumFitness/popSize；

    return；
}


void popfree(individual * * pop)
{
    int i；
    if ( * pop! = NULL)
    {
        for(i = 0; i<popSize; i+ +)
        {
            if(( * pop)[i]. chrom! = MULL)
                free(( * pop) [i. chrom])；
            if(( * pop)[i]. weight! = MULL)
                free(( * pop) [i]. weight)；
        }

        free( * pop)；
    }
    return；
}


void popmalloc(individual * *  pop)
{
    int i；
    popfree(pop)；

     * pop = (individual * )malloc(popSize * sizeof(individual))；
    if( * pop = NULL)
    {
        printf("Out of Memory")；
        exit( - 1)；
    }

    for(i = 0; i<popSize; i+ +)
    {
        ( * pop)[i]. chrom = (unsigned char * )malloc(sizeChrom * sizeof (unsigned char))；
        ( * pop)[i]. weight = (double * )malloc(nweight * sizeof(double))；
```

```
        if((*pop)[i].chrom == NULL  ||  (*pop)[i].weight == NULL)
        {
            printf("Out of Memory");
            exit(-1);
        }
    }
    return;
}


void main()
{
    int i,gen, sample, maxgen = 10000;
    float t = 0;
    individual * temp;
    char * strFile = "E:\\\\GA. Txt";

    srand(3030303L);
    for(i = 0;i<100;i++)
        rand_table[i] = rand ()/(RAND_MAX * 1.0);
    last_rand = rand()/RAND_MAX;

    reportFile = fopen(strFile, "w");

    if(reportFile == NULL
    {
        printf("Can't Open this File:%s",strFile);
        exit(-1);
    }


    getInput(Input, t);
    popmalloc(&oldPop);
    popmalloc(&newPop);

    InitPoP();

    for(sample = 0; sample++)
    {
        for(gen = 0; gen<maxgen; gen++)
```

```
        {
            generation();

            temp = oldPop;
            oldPop = newPop;
            newPop = temp;

            report(gen)                          /* 输出结果 */

            if(maxFitness> = minConstant)
                break;
        }

        t+ = 0.1;
        if (t> = 5)
            break;

        getInput(Input,t);
    }

    fclose(reportFile);
    popfree(&oldPop);
    popfree(&newPop);

    return;
}
```

参考文献

［1］过孝民,张慧勤,李平. 我国环境污染造成的经济损失估算[J]. 中国环境科学,1990,10 (1):51—58.

［2］郑易生,阎林红. 90 年代中期中国环境污染经济损失估算[J]. 管理世界,1999(2):197.

［3］China Mo Department. China's environment in the new century: clear water, blue skies [M]. Washington DC: World Bank Report No 16481—CHA, 1997.

［4］夏光. 中国环境污染损失的经济计量与研究[M]. 北京:中国环境科学出版社,1998.

［5］徐嵩龄. 中国环境破坏的经济损失计量——实例与理论研究[M]. 北京:中国环境科学 出版社,1998.

［6］SHENG Fulai. Real value for nature [M]. Switzerland: AWWF International Publication, 1995.

［7］ROBERT. Wasting assets: natural resource in the national income accounts[M].

Washington DC：1989.

[8] DAVID W P. Blue print for a green economy[M]. James & James Earthscan, London：East scan. 1989.

[9] 刘鸿亮. 环境费用效益分析方法及实例[M]. 北京：中国环境科学出版社,1988.

[10] PEARCE D W, WARFORD J J. World without end：economics, environment and sustainable development[M]. New York：Oxford University Press, 1993.

[11] MARK R, RICHARD W D. NRDA case study：the arthur kill oil spill[R]. 1993 Oil Spill Conference：711—716.

[12] BOYD R, URI N D. The cost of improving the quality of the environment[J]. Journal of Policy Modelling, 13 (1)：115—140.

[13] DAVID J, HUIB J. Economic approaches to environment problems techniques and results of empirical analysis [M]. Amsterdam：El Sevier Scientific Publishing Company,1978.

[14] 王金南. 环境经济学——理论·方法·政策[M]. 北京：清华大学出版社,1994.

[15] 于江涛. 环境污染损失估价的索洛方程方法[J]. 中国人口、资源与环境,1998,8(1)：47—52.

[16] SMIL. Environmental problems in China：estimates of economic costs[M]. New York：East-West Center Specials,1996.

[17] 沈德富. 环境污染对生态危害经济损失评估模式的研究[J]. 中国环境监测,1998,14(6)：48—51.

[18] 刘晨,伍丽萍. 水污染造成的经济损失分析计算[J]. 水资源保护,1998(2)：26—30.

[19] 辛晓晶. 水污染造成的水资源价值损失分析[J]. 福建环境,2003,20(2)：41—44.

[20] HAZILLA M, KOPP R J. Social cost of environmental quality：a general equilibrium analysis[J]. Journal of Political Economy, 1998 (4)：853—873.

[21] 刘凤喜. 重大环境污染事故危害后果评估方法的探讨[J]. 辽宁城乡环境科技,2000,19(6)：63—65.

[22] 曹捍,刘红侠. 黄河流域水污染危害调查中的量化模式[J]. 水资源保护,2000(4)：36—38.

[23] National Academy of Sciences (NAS). Risk assessment in the Federal Government [M]. Washington DC：the Process National Academy Press, 1993.

[24] 朱启贵. 可持续发展评估[M]. 上海：上海财经大学出版社,1999.

[25] WAC. Preassessment screening and oil spill compensation schedule regulations[M]. Washington State Legislation：73—83.

[26] KENNETH J P, LANETTE M P. Florida's pollutant discharge natural resource damage assessment compensation schedule — Excel Rational Approach to the Recovery of Natural Resource Damages[C], 1993 Oil Spill Reference：717—720.

[27] RICHARD W D, SARA P H. Experimental contingent values for reducing environmental damage from oil spills,1997 Oil Spill Reference：699—705.

[28] ERHLICH P, HOLDREN J. Assessment screening and oil spill compensation schedule regulations[M].

[29] 熊德琪. 环境系统模糊集分析理论与应用[M]. 大连：大连海事大学出版社,2001.

[30] http://www. sepa. gov. cn/ 规划计划栏——中国环境状况公报(1990—2003 年),《长江年鉴》(1992—2003 年),长江水系统计年报电子版(2003 年度)[EB/OL].

[31] www. hb. xinhuanet. com 专题报道——长江航运共同整理得到[EB/OL].

[32] 迟双龙,王俊波. 海事案例选编[M]. 大连：大连海事大学出版社,2001.

[33] 刘松树. 海上船舶油污损害赔偿评估方法与应用研究[D],大连海事大学,2001.

[34] WHITE H, Artificial neural Networks：approximation and theory[M]. Oxford：Blackwell, 1992.

[35] KIRKPATRICK S, GELATT C D, VECCHI M P. Optimization by simulated annealing[J]. Science, 1983, 220(4598)：671—680.

[36] BAKER J E. Adaptive Selection Methods for Genetic Algorithms[C]// Proc. ICGAI. 1998：101—111.

[37] HECHT N R. Neural computing [M]. MA：Addison Wesley, 1990；124—133.

[38] MUBLENBEIN H, SCHLIERKAMP-VOOSEN D. Predictive models for the Breeder genetic algorithm[J]. Evolutionary Computation, 1998, 1(1)：25—29.

[39] 1997—1999 年中国沿海(长江)船舶码头溢油(化学品)事故统计[J]. 交通环保,2000, 21(4)：13—15.

第5章 航运对长江流域水环境的优化调控机制研究

5.1 经济与生态环境调控机制优化设计研究综述

经济与生态环境调控机制设计可基于技术和组织两个层面展开。技术层面的研究目前主要集中于一些具体的防污染技术的创新和应用研究,如许海梁基于船舶油污水的不同来源提出相应的处理技术[1];吴维平针对我国内河船舶大气污染提出一系列的防治技术。[2]综合各种文献发现:目前在这方面的研究还有很多,但大都侧重于具体技术的研究和探讨。[3]有关从技术管理的角度对防污染技术进步进行评价和预测的研究非常少,这就使得基于技术层面的经济与生态环境的调控机制设计缺少方向性的把握和相应的政策导向。

组织层面的研究主要集中于如何通过制定相应的政策、法律和规章来调控经济和生态环境的良性发展,主要分两大类:

第1类是探讨调控机制的优化设计。社会经济系统是复杂的信息反馈系统,目前研究社会经济系统调控机制最常用的方法是以系统分析为基础,在明确系统内部结构和关联关系的前提下,采用计量经济模型、[4]系统动力学模型、数学规划模型、[4,5]投入产出模型、[6,7]非线性理论、[8]交易成本理论、[9]环境战略评价、[10]协同有序度原理等手段寻求经济和生态环境的最优调控机制。但这些方法大都以线性代数为基础,无法解决技术变化和投入产出中的时滞等一系列动态问题。为此,近年来出现了利用系统动力学理论方法探讨调控机制的优化设计问题。如:

ANDRUS和裴相斌等将系统动力学(SD)与地理信息系统(GIS)方法相结合,提出一个新的可操作的GIS_SD污染与控制系统模型,着重解决不同区域增长计划对海域环境质量影响的模拟问题,从而可以帮助决策者在二维空间上考虑环境与发展的矛盾。[11-12]

MOFFATT和李林红根据包含污染排放及治理、水资源使用等信息的投入产出表,建立系统动力学模型。[13-14]该模型用来仿真流域环境经济的相互影响关系及发展规律,同时结合经济、环境、资源管理者的经验,通过反复模拟寻求合理的发展及污染治理水平。

吴琼在分析长春市地下水污染源及其主要污染物的基础上,根据污染物构成及其分布对城区地下水进行污染程度评价,提出水污染调控措施。[15]

王慧敏利用系统动力学方法建立淮河流域可持续发展预警模型,通过可持续发展能力指数调整流域发展策略,并通过对各种政策方案下仿真结果的分析和评价,为流域制定发展规划、调节各项政策提供决策支持。[16]

丁凡就中国可持续发展系统动力学仿真模型的环境部分进行分析和阐述,具体包括固体废物、水污染、大气污染以及总污染模块的构造与仿真等内容。[17]

ALLEN、COSTANZA、WHITE、ORGENSON 和 WILCOXON 等也应用系统动力学模型对环境与经济系统的可持续发展及调控机制进行模拟与仿真。[18—21]

值得指出的是,在应用系统动力学模型研究社会经济对环境影响的调控机制优化设计过程中,核心目标是系统的可持续发展。目前该部分的理论研究已较为成熟,关键是如何根据具体研究对象的特点和信息采集的可获得性构造合适的模型。

第 2 类研究主要是依据机制优化的结果,探讨如何通过制定相应的政策、法律和规章制度实现调控的目标。这方面的研究也有很多。如:

张梓太认为流域水污染防治立法目前已成为我国水污染防治立法的重点所在。在立法过程中,流域的整体性与立法的多元性问题以及水质补偿费问题是最难解决的两个问题。[22]

陈少英认为应借鉴国外先进经验,开征水污染税,在不断完善防治水污染法律法规的同时,充分发挥税收杠杆的调节作用。[23]

杜俊英总结了近年来流域水污染防治的经验,提出应建立健全科学的流域水污染防治法律法规体系,加强流域水污染法律控制。[24]

刘红、宋家慧、劳辉等提出建立我国船舶污染赔偿机制的设想。[25—28]

与上述研究相类似,SERGIO 提出有关污染控制和环境税等政策设想;[29]LINDA 就跨流域污染管理与控制提出相关的立法与政策设想;[30]CONRAD 和 SCHRODER 应用均衡模型对环境保护政策进行比选。[31, 32]

从总体上看,目前组织层面上的针对我国船舶污染防治的研究大多从宏观角度出发,注重于法律关系的研究,缺乏比较充分的技术依据。

基于上述综述,本章着重利用系统动力学对航运与水环境的优化调控机制进行研究,有关航运水污染政策、法规、组织和技术治理详见后面几章。

5.2　长江流域水环境可持续发展系统分析

5.2.1　基于航运的长江流域水环境可持续发展的基本架构

　　基于第 2 章所陈述的可持续发展系统的一般概念框架及长江流域水环境质量影响因素的识别结果,可以给出如图 5-1 所示的基本架构。

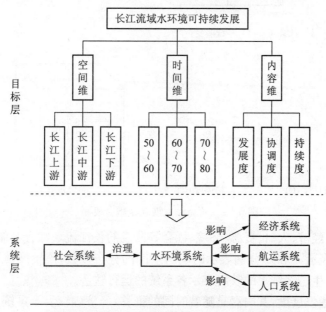

图 5-1　长江流域水环境可持续发展的基本构架

5.2.2　基于航运的长江流域水环境可持续发展指标体系

　　基于长江流域水环境可持续发展系统基本架构的界定,衡量其可持续发展的指标体系主要包括目标指标和状态指标。

5.2.2.1　目标指标

　　在基本架构中,目标指标体现在空间维、时间维和内容维 3 个层面,其中内容维主要表现为发展度、协调度和持续度,三者关系可用图 5-2 描述[33]:

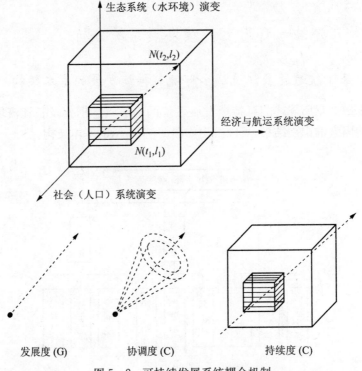

图 5-2 可持续发展系统耦合机制

图中,由经济、人口、资源、环境、社会等构成的长江流域综合系统的发展轨迹以矢量 v 表示,t 和 L 分别表示时间与空间的分布参数,该发展轨迹在社会、经济(航运)、生态 3 维上的映射表示各系统的运行轨迹。

首先考虑发展度,其内涵是随着时间的推移,经济(航运)子系统、人口子系统、资源子系统的存量规模不断增加,具体可用绝对增长量和相对增长速率来描述,如 GDP 增长率、货运增长量等。本书选用综合指标表示系统的整体发展度,可用下式描述:

$$G=(工业增长率+农业增长率+非航运第三产业增长率+$$
$$航运增长率+人口增长率)/(环境污染指数-Z)。$$

式中:Z 表示非零调节参数。

其次考虑协调度,其内涵是各子系统之间保持一定的协调关系,可用不同子系统之间的相关系数描述,如运输能力与经济的正相关性等。也可采用下列综合指标[34]:

$$C = \left(\frac{\Delta Y/Y}{\Delta N/N} \times \frac{\Delta K}{K} \right)/e^{I-1}$$

式中：K 为航运发展规模；G 为工农业产值或 GDP；N 为人口总量；I 为环境污染指数。

C 的变化符合下列规律：（1）发展协调度与经济水平、环境质量、人口比重、航运发展密切相关；（2）环境质量不变，人均经济水平持续上升，则协调度值较大；（3）人均经济水平维持不变，环境质量改善，则协调度值较大；（4）随环境质量恶化，发展协调度急剧下降。

最后考虑持续度。持续度在某种意义上是指各系统的长期增长或发展空间限度，可用存量状态指标与上限指标值的差距描述。如环境质量指标可用污染系数表示，其上限值为 5 类水。若该值为 1 类水，则可持续性非常强。若该值为 4 类水，则可持续性大大减弱。持续度的计算公式如下：

$$S = \Pi \Delta i, \ \Delta i \neq 0$$

式中：Δi 为各子系统的存量状态指标与上限指标值差距的无量纲归一化数值，如果等于 0，则从计算式中剔除。其中航运系统持续度可用能力与运量需求的差距表述（能力小于运量需求，则 $\Delta i = 0$）；经济增长平均上限为 8%，[35] 人口增长平均上限为 1%，[36] 如果经济增长和人口增长超出上限，则 $\Delta i = 0$。

5.2.2.2　状态指标

（1）水环境质量指标

水质指标项目繁多，可分为 3 大类。

第 1 类为物理性水质指标：感官物理性状指标（如温度、色度、嗅和味、浑浊度、透明度等）；其他物理性状指标（如总固体、悬浮固体、溶解固体、可沉固体、电导率（电阻率）等）；

第 2 类为化学水质指标：一般的化学性水质指标（如 pH 值、碱度、硬度、各种阳离子、各种阴离子、总含盐量、一般有机物质含量等）；有毒的化学性水质指标（如重金属、氰化物、多环芳香烃、各种农药等）；有关氧平衡的水质指标（如溶解氧 DO、化学需氧量 COD、生物需氧量 BOD、总有机碳 TOC 等）；

第 3 类为生物水质指标，如大肠菌数、细菌总数、各种病原细菌、病毒等。

上述指标中较常用的主要有 pH 值、悬浮固体、生化需氧量（BOD）、化学需氧量（COD）、总有机碳（TOC）等。

（2）航运业状态指标

按照行业规范描述航运业的指标体系，包括货运量、货运周转量、客运量、客运周转量、船舶数量、平均载重吨、港口吞吐量、港口吞吐能力等。

（3）经济子系统状态指标

包括 GDP、农业产值、工业产值、第三产业产值等。

（4）人口子系统状态指标

包括人口规模、人口增长率、城镇人口占总人口比重、人口密度等。

（5）治理状态指标

包括政策治理、技术治理、经济治理、法律治理等。

5.2.3　可持续发展目标优化的基本架构

（1）架构体系

基于对长江流域水环境可持续发展系统（用 SD 表示）的分析，可以给出下列优化架构体系：[33]

$$SD = f(\overline{X}, \overline{Y}, \overline{Z}, \overline{\omega}, \overline{T}, \overline{L})$$

$$s.t. \mid g_1(\overline{X}, s) + g_2(\overline{Y}, s) + g_3(\overline{z}, s) \mid \leqslant g_4 \mid \overline{\omega} \mid$$

式中：航运系统 $\overline{X} = \Phi_1$（人口、资本、资源、技术、制度）；经济系统 $\overline{Y} = \Phi_2$（人口、资本、资源、技术、制度）；社会系统 $\overline{Z} = \Phi_3$（人口、资本、资源、技术、制度）；$\overline{\omega}$ 为环境资源系统；治理模式 s =（法律治理、技术治理、政策治理、经济治理）；$g_1(\overline{X}, s)$ 为航运系统对环境的影响函数；$g_2(\overline{Y}, s)$ 为经济系统对环境的影响函数；$g_3(\overline{Z}, s)$ 为社会系统对环境的影响函数；$g_4(\overline{\omega})$ 为水环境的承载力；$\overline{T}, \overline{L}$ 为时间与空间向量。

（2）可持续综合优化目标

$$max: \alpha G + \beta C + \gamma S$$

$$s.t. \alpha + \beta + \gamma = 1$$

（3）单一系统优化目标

min：I 或

max：$\Delta Y/Y$ 或

min：$\Delta N/N$ 或

max：$\Delta K/K$

（4）单一综合系统优化目标

max：G 或

max：C 或

max：S

5.3　基于系统动力学的长江流域水环境系统可持续发展研究

5.3.1　系统动力学概述

系统动力学始于 1956 年,创始人为美国麻省理工学院的福瑞斯特教授。系统动力学是一种以反馈控制理论为基础,定性分析与定量分析相结合的系统分析方法,其本质是一系列的带时滞的一阶微分方程组,系统建模的基础是系统的因果关系和系统结构。下面拟利用系统动力学对长江流域水环境可持续发展作一系统研究。

5.3.2　长江流域水环境可持续发展系统动力学模型

长江流域水环境可持续发展系统动力学模型由下列因果关系模块构成(见图 5 - 3～图 5 - 25)。

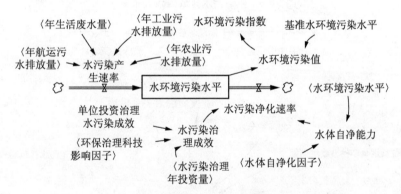

图 5 - 3　长江流域水环境可持续发展系统动力学总体模型

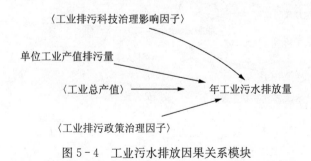

图 5 - 4　工业污水排放因果关系模块

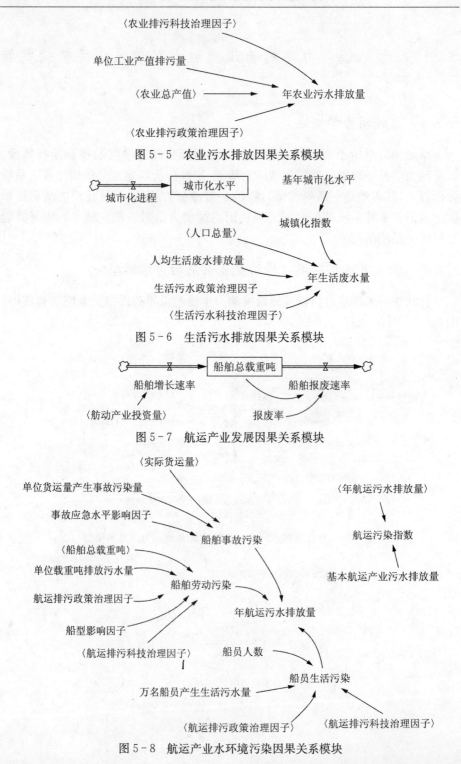

图 5-5　农业污水排放因果关系模块

图 5-6　生活污水排放因果关系模块

图 5-7　航运产业发展因果关系模块

图 5-8　航运产业水环境污染因果关系模块

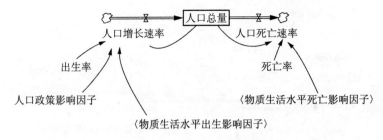

图 5-9　人口增长因果关系模块

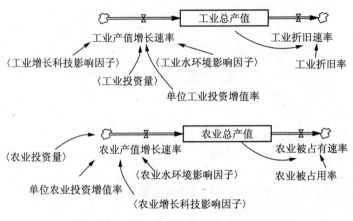

图 5-10　工农业产业发展因果关系模块

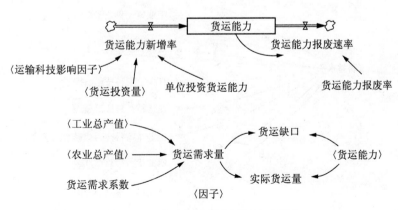

图 5-11　货运规模演变因果关系模块

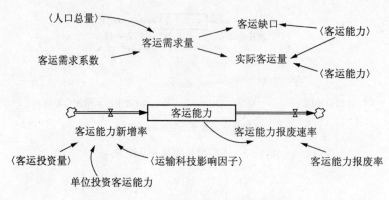

图 5-12　客运规模演变因果关系模块

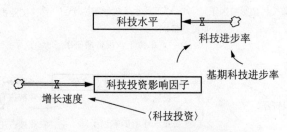

图 5-13　科技发展水平因果关系模块

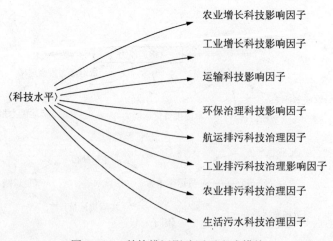

图 5-14　科技排污影响因子生成模块

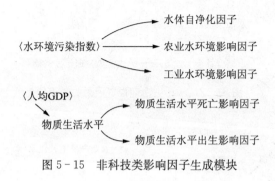

图 5-15 非科技类影响因子生成模块

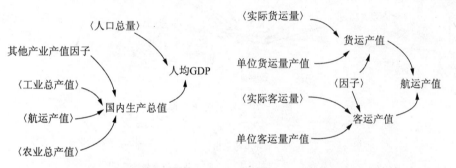

图 5-16 GDP 和航运产业总值生成模块

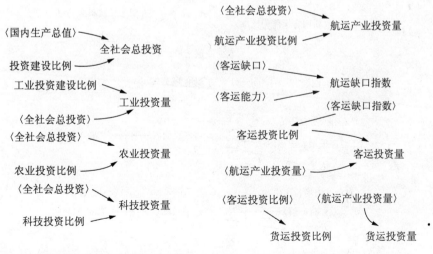

图 5-17 非航运业各类投资因果关系模块　　图 5-18 航运业投资因果关系模块

图 5-19　水污染治理投资因果关系模块

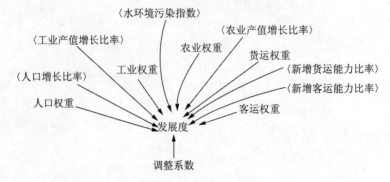

图 5-20　发展度测算模块

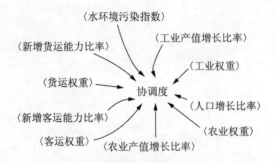

图 5-21　协调度测算模块

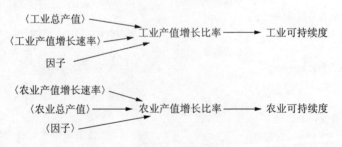

图 5-22　工农业可持续度测算模块

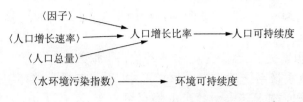

图 5-23　人口、环境可持续度测算模块

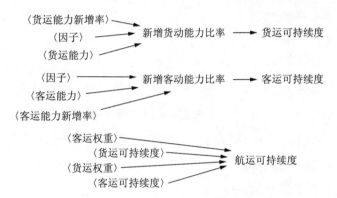

图 5-24　航运发展可持续度测算模块

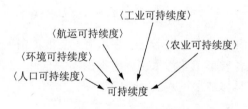

图 5-25　总可持续度测算模块

5.3.3　长江流域水环境可持续发展系统动力学模型的例化

　　长江流域水环境可持续发展系统动力学模型的例化主要包括:积累变量、流率方程、辅助变量等的定义及量化。由于统计口径及方法的不同,很难获得精确的量化结果。为此,在具体例化过程中,主要以江苏和上海的统计样本为主。

5.3.3.1　水质系统

　　水质系统具体包括:水环境质量系统动力学总体模型、工业污水排放因果关系模块、农业污水排放因果关系模块、生活污水排放因果关系模块、航运产业发展因果关系模块、航运产业水环境污染因果关系模块、水污染治理投资因果关系模块等。

5.3.3.1.1　积累变量(流位变量)和水环境污染指数

在水环境质量系统动力学总体模型中，积累变量为水环境污染水平，用于描述某特定时刻水环境中的污染物总量水平，单位为万 t。为研究方便，我们用即期水环境污染水平与某一固定基期的水平比值(水环境污染指数)表示水环境的污染程度。根据江苏省流域水污染统计数据，取江苏省1999 年基期水环境污染水平为 600 000 万 t[37]，该年的水环境污染指数为 1。

5.3.3.1.2　流率方程

$$水污染产生速率(万\ t/a)＝年工业污水排放量＋年生活废水量＋$$
$$年农业污水排放量＋年航运污水排放量$$

$$水污染净化速率(万\ t/a)＝水污染治理成效＋自净能力$$

5.3.3.1.3　辅助变量方程

(1) 工业污水排放量

$$工业污水排放量＝单位工业产值排污量×工业总产值×$$
$$工业排污政策治理因子×$$
$$工业排污科技治理影响因子$$

式中：单位工业产值排污量(万 t/万元)表示万元工业产值所排放的污水。

由于长江流域各省市工业污水统计数据的不完全性，故取江苏及上海区域样本测算该参数。具体结果见表 5-1 和表 5-2。

表 5-1　江苏工业污水排放情况

江苏	工业污水排放量/万 t	工业总产值/万元	单位工业产值污水排放量/万 t·万元$^{-1}$
1995	220 200	98 071 900	0.002 25
2002	263 000	126 367 100	0.002
2003	247 524	180 367 400	0.001 4

数据来源：中国经济统计快报[38]，中国经济年鉴 2004[39]，江苏统计年鉴 2004[40]

表 5-2　上海市工业总产值、工业废水排放量

年份	工业总产值 /亿元	工业废水排放量 /亿 t	环保投资 /亿元	单位工业产值排污量 /万 t·万元⁻¹
1990	1 706.56	13.32		0.008
1991	1 947.18	13.25	1.0	0.007
1992	2 371.56	13.7	2.0	0.006
1993	3 216.56	12.8	4.23	0.004
1994	4 290.26	11.81	4.15	0.003
1995	5 606.65	11.61	46.43	0.002
1996	5 089.8	11.41	68.8	0.002
1997	5 606.3	9.99	82.4	0.002
1998	5 897.3	9.08	102.1	0.002
1999	6 307	8.5	111.6	0.002

数据来源:上海市历年统计年鉴[41]

　　从上表中可以看出:随着科学技术的进步以及环保投资的逐年增加,每单位工业产值所排放的污水逐渐减少。综合各种情况,每单位工业产值排污量取 0.002 5 万 t/万元。此外,为体现科技发展水平和政府监管对工业污水排放的影响,本书采用工业排污政策治理因子和工业排污科技治理因子修正工业污水排放量。其中工业排污政策治理因子初值定为 1,随着政府监管力度的加强和政策效应的递增,该值将逐渐减小;工业排污科技治理因子是科技发展水平的一个表函数,将在后文中详细描述。下文所涉及的各类科技、政策治理因子的内涵和测算与工业排污治理因子相似。

　　(2) 生活废水排放

　　　　生活废水＝人均生活废水排放量×人口总量×城镇化指数×

　　　　生活污水政策治理因子×生活污水科技治理因子

　　人均生活废水排放量的确定参照工业污水排放。具体见表 5-3 和表 5-4。

表 5-3　江苏省及部分城市人均生活污水排放情况

江苏	城镇生活污水 排放量/万 t	人口总量/万人	人均生活废水排放量/ 万 t・万人$^{-1}$
1995	190 782	7 066	27
2002	169 300	7 127.324 9	24
2003	172 500	7 163.926 8	24

数据来源：中国经济统计快报，[38]中国经济年鉴 2004，[39]江苏统计年鉴 2004[40]

表 5-4　上海市历年人均生活废水排放量

年份	生活废水 排放量/万 t	人口总量/万人	人均生活废水 排放量/万 t・万人$^{-1}$
1990	66 700	1 334	50.00
1991	63 300	1 340	47.24
1995	108 400	1 415	76.61
1996	114 000	1 419	80.34
1998	118 000	1 306.58	90.31
1999	117 600	1 313.12	89.56

数据来源：上海市历年统计年鉴[41]

　　综合上述样本数据并消除统计口径的差异后，取人均生活废水排放量为 30 万 t/万人。此外，为体现科技发展水平、政府监管和城镇化对生活废水排放的影响，本书采用生活污水科技治理因子、生活污水政策治理因子和城镇化指数修正生活污水排放量。其中城镇化指数定义为即期的城镇化率/基期的城镇化率。

　　（3）农业污水排放量

　　农业污水排放量＝单位农业产值污水排放量×农业总产值×

农业污水科技治理因子×农业污水政策治理因子

式中的单位农业产值污水排放量同前文的单位工业产值排污量。

　　据统计，我国的农业污染主要体现为农田施用的化学肥料以及农药对水环境所造成的污染影响。以江苏省为例，2003 年农业总产值为 1 106.35 亿元，耕地面积为 5 061.7 khm² 左右，所使用的化肥和农药分别为 334.7 万 t 和 9.23 万 t 左右，其中流入长江水域的化肥量达到 100 万 t。[37, 42]考虑化肥和农药产生的污水以及养殖场产生的污水等,估计农业污水将达上亿吨。据此可推算出单位农业产值排污量为 0.001 万 t/万元。

（4）航运污水排放量

航运污水排放量＝船员生活污水＋船舶营运污染＋船舶事故污染

航运产业污水排放源主要包括:船舶日常营运造成的油污水、突发事故溢油及化学品、船员生活污水等。

船舶营运油污水主要来自于机舱舱底水。据估计,机舱舱底水发生量约为船舶总吨位的 10%。目前交通部长江海事局登记的船舶有 6 705 艘,总载重吨为 418.119 6 万 t,每年产生的机舱舱底水 40 余万 t,[43] 由此估算出单位船舶载重吨所产生的船舶营运油污水为 0.1 t 左右。

船舶事故产生的污水具有突发性。据统计,长江每年平均因事故而沉没的船只 200 余艘,这些船只往往都带有未用完的燃料油,若按每艘 0.5 t 计算,则长江每年因沉船而造成的油污染就有 100 多 t。[43—46] 另外,因船舶事故所发生的溢油事故每年数十起,由此每年排入长江的油类就有 3 000 t 之多,[44—46] 估计产生污水 30 万 t 左右。再者,1991 年~2003 年,长江干线共发生化学品泄漏事故 27 起,平均每年有 500 t 化学品漏入江中,保守估计这些化学品将造成污水50 万 t。综合上述各种情况,可估算出年单位船舶载重吨所产生的事故污水为0.20 t。

船员生活污水数量比较多。有关资料显示,航运生活污水量主要是船员生活污水,按 150 L/人·天测算,每年 1 名船员生活污水排放量约为 70 t。[47]

（5）水污染治理成效

水污染治理成效＝单位投资治理水污染成效×水污染治理年投资量×

环保治理科技影响因子

单位投资治理水污染成效的测算依据见表 5-5 和表 5-6。

表 5-5　江苏省不同年份的平均单位投资污水处理能力

江苏	废水处理投资 /万元	新增城市污水 处理能力/万 t	平均单位投资污水 处理能力/万 t·万元⁻¹
1995	33 400	1 440	0.043
1999	129 565	6 480	0.050
2003	7 769 834	332 774	0.040

资料来源:江苏经济年鉴[41]

表 5-6　江苏省不同城市 2003 年平均单位投资污水处理能力

2003	总投资/万元	污水处理投资/万 t	平均单位投资污水处理能力/万 t·万元⁻¹
江　苏	7 769 834	332 774	0.04
南　京	2 029 139	120 846	0.06
常　州	715 895	38 035	0.05
苏　州	1 944 277	66 867	0.03
常　熟	108 712	8 243	0.08
张家港	24 500	1 500	0.06

资料来源：中国城市建设统计年报 2003[48]

从上表中可以看出，各个地区每万元投资处理污水所取得的成效在 300 t 到 800 t 之间，取平均值可确定每万元投资处理污水的成效为 0.05 万 t/万元。

（6）自净能力

水域的自净能力是指水域纳污之后，因其物理、化学和生物特性，使污染物能被迁移、扩散出水域，或者在本域内迁移转换，从而使得该水域的水质得到部分甚至完全恢复。具体测算公式如下：

$$自然净化能力＝水环境污染水平×水体自净化因子$$

在上式中，定义水体自净化因子为可以通过水体自净化能力得到净化的那部分污水占所有污水的比例，受水环境污染指数影响，设为水环境污染指数的单调递减表函数。

5.3.3.2　经济系统

经济系统包括农业产业发展因果关系模块、货运规模演变因果关系模块、客运规模演变因果关系模块、科技发展水平因果关系模块、GDP 和航运产业总值生成因果关系模块、非航运业各类投资因果关系模块、航运业投资因果关系模块等。

5.3.3.2.1　工业系统

（1）积累变量

工业系统的积累变量为工业总产值，单位为万元。

（2）流率变量

$$工业产值增长速率＝工业投资量×单位工业投资增值率×$$

$$工业增长科技影响因子，单位万元/年$$

式中的单位工业投资增值率是指单位工业投资所能带来的工业产值增量。据统计,2003 年江苏省的工业投资为 1 445.6 亿元,工业总产值为18 036.7亿元,实现工业增加值 5 954.7 亿元,工业投资对于工业总产值的贡献率为10.5%,由此推算出单位工业投资增值率为 1.25(18 036.7×0.105/1 445.6)。[37, 49, 50]

5.3.3.2.2　农业系统

(1) 积累变量

农业系统的积累变量为农业总产值,单位为万元。

(2) 流率方程

$$农业产值增长速率=农业投资量×单位农业投资增值率×农业增长科技$$
$$影响因子×农业水环境影响因子,单位万元/年$$

据统计,2003 年江苏省的农业投资为 67.62 亿元,农业总产值为 1 106.35 亿元,农业投资对于农业总产值的贡献率为 7.0%左右,由此推算出单位农业投资增值率为 1.15(1 106.35×0.07/67.62)。[37, 49, 50]

农业水环境影响因子是指农业水环境的质量对农业产值增长率的影响程度,是水环境污染指数的单调递减函数。即:随着农业水环境质量的改善(即水环境污染指数的下降),农业产值增长速率加快,此时可定义相应的农业水环境影响因子大于1;如果农业水环境质量恶化(即水环境污染指数增大),则相应的农业水环境影响因子小于1。

5.3.3.2.3　航运系统

(1) 积累变量

航运系统的积累变量主要有两个,货运能力和客运能力,单位分别为万 t 和万人。

(2) 流率方程

$$货运能力新增率=单位投资货运能力×货运投资量×运输科技影响因子,$$
$$单位为万 t/年$$

$$客运能力新增率=单位投资客运能力×客运投资量×运输科技影响因子,$$
$$单位为万人/年$$

式中的客(货)运投资量受客(货)运运输能力缺口大小和全社会对于航运产业的投资量多少的影响;单位投资客(货)运能力随着运输科技水平的进步而提高,所以采用运输科技影响因子修正。

(3) 辅助变量

根据统计数据显示,水路货运需求系数大约取 0.000 24 万 t/万元,水路客运需求系数取 0.04 万人/万人。[50]

5.3.3.2.4　各产业投资比例确定

中国三废治理投资情况见表 5-7。

表 5-7　中国三废治理投资情况

年份	全社会固定资产投资/亿元	GDP	全社会固定资产投资占 GDP 比例/%	三废治理投资/亿元	所占比例/%
1993	13 072.3	34 634.4	37.7	32.13	0.25
1994	17 042.1	46 759.4	36.4	45.67	0.27
1995	20 019.3	58 478.1	34.2	47.47	0.24
1996	22 913.5	67 884.6	33.8	61.35	0.27
1997	24 941.1	74 462.6	33.5	64.63	0.26
1998	28 406.2	78 345.2	36.3	71.17	0.25
1999	29 854.7	82 067.5	36.4	89.08	0.30
2000	32 917.7	89 468.1	36.8	120.41	0.37
2001	37 213.5	97 314.8	38.2	111.49	0.30
2002	43 499.9	104 790.6	41.5	111.66	0.26
2003	55 117.9	116 898.4	47.5		

数据来源:2003 年国家统计局统计数据[52]

从上表可以看出,三废治理投资所占全社会固定资产投资的比例为 0.3%左右,那么水污染投资所占全社会固定资产投资的比例基本在 0.3%以下,本书取 0.2%。另据统计,每年全社会固定资产投资占国内生产总值的 35%左右,并有逐步增大的趋势,为此取 0.4。[49]

有关全社会固定资产投资在各行业的分布情况见表 5-8。

表 5-8　各行业所占固定资产总投资的百分比(1993～2000)

百分比/%	1993	1994	1995	1996	1997	1998	1999	2000
农业	0.84	0.80	0.85	1.06	1.30	1.55	1.91	2.07
工业	66.20	61.17	55.53	60.64	60.13			
水上运输业	0.94	0.92	0.79	0.51	0.41	0.31	0.33	0.36
交通运输辅助业	2.15	2.84	3.12	3.85	4.08	5.95	4.99	3.67

数据来源:根据《中国固定资产投资统计年鉴 2004》[49]

从上表中可以看出,农业投资比例占全社会固定资产总投资的 1% 左右,工业投资占固定资产总投资的 60% 左右,水上运输业平均占 0.5% 左右,交通运输辅助业平均占 3% 左右。

5.3.3.3　人口系统

人口系统主要包括人口增长因果关系模块。

(1) 积累变量

人口系统积累变量为人口总量,单位为万人。此外,由于人口迁入迁出对研究目标影响不大,所以本书对于人口迁移问题不予考虑。

(2) 流率方程

$$人口增长速率 = 人口总量 \times 出生率 \times 人口政策影响因子 \times$$
$$物质生活水平出生影响因子$$

$$人口死亡速率 = 人口总量 \times 死亡率 \times 物质生活水平死亡影响因子$$

出生率和死亡率的确定以江苏省为例,根据江苏省统计年鉴,本书取出生率和死亡率分别为 0.009 89 和 0.006 83。[37] 此外,由于出生率受到生活水平及政策的影响,所以采用人口政策影响因子和物质生活水平影响因子进行修正。同理,死亡率采用物质生活水平死亡影响因子修正。

5.3.3.4　表函数

表函数主要涉及非科技类影响因子生成模块和科技类影响因子生成模块等。

(1) 以科技水平为自变量的表函数

科技水平作为积累变量,假定起始年的科技水平为 1,每年按 5% 递增。为体现科技水平受科研投资和教育水平的影响,采用科技投资指数修正科技发展水平。与此同时,科技水平将直接影响前述的多个影响因子,具体见表 5-9。

表 5-9　科技水平递增表函数

科　技　水　平	1	1.3	1.6	1.9	2.2	2.5	2.8	3.1
环保治理科技水平影响因子	1	1.1	1.2	1.25	1.3	1.32	1.35	1.38
工业增长科技影响因子	1	1.1	1.15	1.2	1.25	1.3	1.35	1.4
农业增长科技水平影响因子	1	1.1	1.15	1.2	1.25	1.3	1.35	1.4
运输增长科技水平影响因子	1	1.1	1.15	1.2	1.25	1.3	1.35	1.4
科技水平生活影响因子	1	0.95	0.9	0.85	0.8	0.75	0.7	0.65
航运污水科技治理因子	1	0.95	0.9	0.85	0.8	0.75	0.7	0.65
工业污水科技治理因子	1	0.95	0.9	0.85	0.8	0.75	0.72	0.7
农业污水科技治理影响因子	1	0.95	0.9	0.85	0.88	0.86	0.84	0.82

（2）以物质生活水平为自变量的表函数

物质生活水平定义为人均GDP的表函数。具体见表5-10。

表5-10 物质生活水平递增表函数

人均 GDP(万元)	0	1	2	4	10	20	…
物质生活水平	0	0.5	1	2	5	10	…
物质生活水平死亡影响因子	0	1	0.98	0.97	0.96	0.95	…
物质生活水平出生影响因子	0	1	1.02	1.03	1.04	1.05	…

（3）以水环境污染指数为自变量的表函数

具体见表5-11。

表5-11 以水环境污染指数为自变量的表函数

水环境污染指数	0	1	2	3	4	5	6
水体自净化因子	1	0.8	0.5	0.2	0.1	0.05	0
农业水环境影响因子	1.1	1	0.95	0.9	0.8	0.65	0.5
工业水环境影响因子	1	1	0.95	0.95	0.9	0.9	0.9

5.3.4 长江流域水环境可持续发展系统动力学模型的检验

5.3.4.1 基本假定

（1）模型初始值选择

对于初始值，采取如下3种处理办法：一是拟合历史数据；二是在平衡处将模型初始化；三是将某些特殊的增长（或衰退）过程作初始化处理，选取时段的平均值。

（2）仿真步长

取1年，经测试模型未出现失真及振荡现象，这表明步长选取合理可行。

5.3.4.2 检验结果

本书着重对实际系统历史记录的重现性进行模拟。主要仿真结果与实际统计值的比较见表5-12～表5-16。

表 5‑12　江苏省历年人口总数历史值与仿真值的比较

年　　份	历史值/万人	仿真值/万人	相对误差率/%
1994	7 020.54	7 038.53	0.26
1995	7 066.02	7 077.28	0.16
1996	7 110.16	7 116.26	0.09
1997	7 144.86	7 155.47	0.15
1998	7 182.46	7 194.92	0.17
1999	7 213.13	7 234.6	0.30
2000	7 327.24	7 274.53	−0.72
2001	7 354.92	7 314.71	−0.55
2002	7 380.97	7 355.15	−0.35
2003	7 405.82	7 395.84	−0.13

表 5‑13　江苏省历年工业总产值历史值与仿真值的比较

年　　份	历史值/亿元	仿真值/亿元	相对误差率/%
1994	9 826.50	7 830.1	−20.32
1995	9 807.19	8 663.1	−11.67
1996	11 555.60	9 616.9	−16.78
1997	12 542.40	10 716.8	−14.56
1998	13 185.70	11 993.6	−9.04
1999	14 621.82	13 485.3	−7.77

表 5‑14　江苏省历年农业总产值历史值与仿真值的比较

年　　份	历史值/亿元	仿真值/亿元	相对误差率/%
1994	1 335.23	1 258.99	−5.7
1995	1 386.78	1 398.30	0.8

年　份	历史值/亿元	仿真值/亿元	相对误差率/%
1996	1 693.76	1 583.54	−6.5
1997	1 816.37	1 756.32	−3.3
1998	1 849.2	1 852.41	0.2
1999	1 837.43	1 973.29	7.4
2000	1 869.73	2 001.45	7.0
2001	1 956.1	2 104.89	7.6
2002	1 779.07	2 241.25	26.0
2003	1 952.2	2 314.67	18.6

表 5‐15　江苏省历年人均 GDP 值与仿真值的比较

年　份	历史值/元	仿真值/元	误　差　率/%
1999	10 665	9 743.41	−8.6
2000	11 456	11 428.5	−0.2
2001	12 925	13 424.8	3.9
2002	14 391	15 799.2	9.8
2003	16 796	18 363.1	9.3
2004	20 871.4	22 040	5.6

表 5‐16　江苏省历年水运货运量与仿真值的比较

年　份	历史值/万 t	仿真值/万 t	误　差　率/%
1997	22 200	22 096.3	−0.47
1998	21 363	22 683.0	6.18
1999	21 596	23 351.7	8.13
2002	24 564	26 002.8	5.86
2003	23 230	27 156.8	16.90

从上述各表中可以看出:虽然各项指标存在一定的误差,但趋势走向相同,总体误差率比较小。由此可见,所建立的模型能较好地模拟长江流域江苏段社会经济系统的发展行为,可以用于水污染的仿真研究。

5.3.5　长江流域水环境可持续发展系统动力学模型的政策试验

5.3.5.1　不同发展模式效应分析

为比较不同发展模式下长江流域水环境系统的动态演变行为,本书设计了4 种调控试验模式:传统趋势型模式、工业发展型模式、水资源环境保护型模式、协调发展型模式。各模式的基本内涵如下:[58]

(1)传统趋势型:按照系统的自然发展趋势,不加入任何新的政策干预。

(2)工业发展型:强调工业发展,提高工业投资比例,同时考虑到工业发展后非农占地增加现象。

(3)水资源环境保护型:合理开发利用及保护水资源,减少水资源的浪费和破坏,加大水环境的保护力度,最大限度地改善水环境。

(4)协调发展型:基于人口、水环境、航运业以及工农业协调发展的思想,实施可持续发展战略,促使社会效益、经济效益与生态效益的和谐统一。

5.3.5.2　不同发展模式的综合比较

不同模式的参数设定见表 5 - 17。

表 5 - 17　不同模式的参数选择

参　　数/%	模式 1(传统趋势型)	模式 2(工业发展型)	模式 3(水资源环境保护型)	模式 4(协调发展型)
全社会固定资产投资比例	42	42	42	42
工业投资比例	50	58	47	52
农业投资比例	1.5	1.5	1.3	1.7
科技投资比例	1.0	1.0	1.2	1.1
水污染治理投资比例	0.3	0.2	1.2	1.0
航运产业投资	1.5	1.8	1.0	1.3

基于上述参数,得到仿真结果见表 5 - 18～表 5 - 22 和图 5 - 26～图 5 - 30。

表 5-18　不同发展模式下人均 GDP 仿真结果

项　目　1		2001	2005	2010	2015
人均 GDP /元	传统趋势型	23 008.7	35 121.8	61 539.1	113 946
	工业发展型	24 112.4	44 301.9	97 754.4	217 702
	水资源环境保护型	22 321.5	30 370	47 293.5	78 404.1
	协调发展型	23 115.1	36 246.1	67 996.2	137 648

表 5-19　不同发展模式下水环境污染指数仿真结果

项　目　2		2001	2005	2010	2015
水环境 污染指数	传统趋势型	1.10	1.51	2.84	4.67
	工业发展型	1.10	1.68	3.62	7.26
	水资源环境保护型	1.04	1.20	1.36	1.32
	协调发展型	1.04	1.20	1.32	1.11

表 5-20　不同发展模式下发展度仿真结果

项　目　3		2001	2005	2010	2015
发展度	传统趋势型	1.73	1.11	0.30	0.05
	工业发展型	2.06	1.18	0.18	0.005
	水资源环境保护型	1.54	1.28	1.14	1.27
	协调发展型	1.76	1.53	1.46	2.00

表 5-21　不同发展模式下协调度仿真结果

项　目　4		2001	2005	2010	2015
协调度	传统趋势型	1.74	1.11	0.30	0.08
	工业发展型	2.06	1.18	0.18	0.012
	水资源环境保护型	1.54	1.28	1.14	1.21
	协调发展型	1.76	1.53	1.46	1.78

表 5 - 22　不同发展模式下可持续度仿真结果

项　目 5		2001	2005	2010	2015
可持续度	传统趋势型	0.37	0.36	0.32	0.23
	工业发展型	0.32	0.30	0.24	0.12
	水资源环境保护型	0.44	0.44	0.43	0.40
	协调发展型	0.40	0.38	0.35	0.42

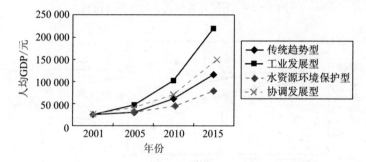

图 5 - 26　不同发展模式下的人均 GDP 比较

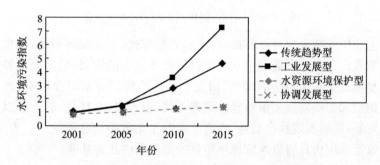

图 5 - 27　不同发展模式下的水环境污染比较

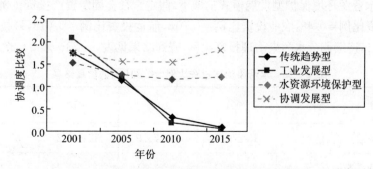

图 5 - 28　不同发展模式下的发展度比较

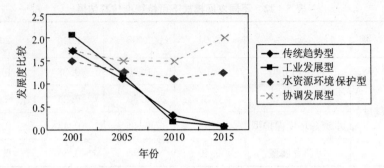

图 5-29　不同发展模式下的协调度比较

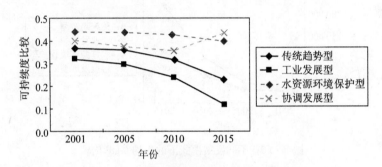

图 5-30　不同发展模式下的可持续度比较

从上述仿真结果中可以看出:传统趋势型模式、工业发展型模式、水资源环境保护型模式和协调发展型模式均能促进经济社会的发展,但传统趋势型和工业发展型模式更注重经济的增长,由此会给环境保护带来消极影响;而水资源环境保护型和协调发展型虽然经济增速不快,但人口、水环境、航运业以及工农业协调发展,能够实现社会效益、经济效益与生态效益的和谐统一。为此,我们下面的政策效应仿真将以水资源环境保护型发展模式为基准。

5.3.5.3　水污染治理投资政策效应

在水资源环境保护型发展模式框架下,假定全社会固定资产投资比例=0.4,工业投资比例=0.48,农业投资比例=0.015,航运投资比例=0.015,科技投资比例=0.01,连续调节水污染治理投资比例,得到结果见表5-23~表5-27。

表 5-23　水污染治理投资比例=0.001 时的仿真结果

项　　　目	2001	2005	2010	2015
工业总产值/亿元	13 229.7	19 575.9	32 210.2	55 358.2
农业总产值/亿元	200.6	213.46	260.24	345.76

（续表）

项　　目	2001	2005	2010	2015
人均GDP/元	22 498.5	31 361.8	48 916.5	80 345.8
水环境污染指数	1.10	1.61	2.98	4.80
水环境污染水平/亿 t	113.6	258.4	477.4	768.2
协　调　度	19.37	10.17	2.53	0.42
发　展　度	1.60	0.91	0.23	0.04
可 持 续 度	0.397	0.396	0.36	0.272

表 5 - 24　水污染治理投资比例＝0.003 时的仿真结果

项　　目	2001	2005	2010	2015
工业总产值/亿元	13 229.7	19 607.8	32 415.5	56 073.1
农业总产值/亿元	200.57	213.56	261.83	356.83
人均GDP/元	22 498.5	31 409.4	49 227.2	81 471.7
水环境污染指数	1.09	1.49	2.66	4.12
水环境污染水平/亿 t	109.9	238.1	425.5	659.0
协　调　度	19.60	11.56	3.53	0.88
发　展　度	1.62	1.03	0.32	0.08
可 持 续 度	0.398	0.40	0.367	0.296

表 5 - 25　水污染治理投资比例＝0.006 时的仿真结果

项　　目	2001	2005	2010	2015
工业总产值/亿元	13 229.7	19 655.7	32 851.1	56 845.6
农业总产值/亿元	200.573	213.72	264.24	370.51
人均GDP/元	22 498.5	31 480.8	49 872.9	82 710.5
水环境污染指数	1.07	1.40	2.17	3.10
水环境污染水平/亿 t	104.5	207.7	347.8	496.9

（续表）

项　　目	2001	2005	2010	2015
协　调　度	19.95	12.81	5.82	0.88
发　展　度	1.64	1.14	0.52	0.22
可　持　续　度	0.40	0.40	0.38	0.34

表 5-26　水污染治理投资比例＝0.010 时的仿真结果

项　　目	2001	2005	2010	2015
工业总产值/亿元	13 229.7	19 719.8	33 635.6	59 645.1
农业总产值/亿元	200.6	213.93	266.97	387.42
人均 GDP/元	22 498.5	31 576.3	51 013.2	86 754.1
水环境污染指数	1.05	1.27	1.53	1.76
水环境污染水平/亿 t	97.2	167.2	244.6	281.5
协　调　度	20.43	14.67	11.62	10.01
发　展　度	1.68	1.29	1.02	0.86
可　持　续　度	0.40	0.41	0.39	0.36

表 5-27　水污染治理投资比例＝0.014 时的仿真结果

项　　目	2001	2005	2010	2015
工业总产值/亿元	13 229.7	19 783.9	34 202.2	62 940.1
农业总产值/亿元	200.57	214.13	269.03	388.88
人均 GDP /元	22 498.5	31 671.8	51 838	91 413.3
水环境污染指数	1.03	1.15	1.19	0.84
水环境污染水平/亿 t	90.0	126.8	142.0	66.9
协　调　度	20.93	16.80	16.77	27.35
发　展　度	1.72	1.48	1.45	2.25
可　持　续　度	0.40	0.41	0.40	0.38

根据上述数据,整理得到分析图 5-31～图 5-38。

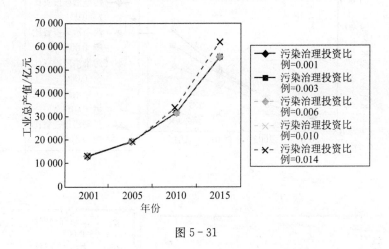

图 5-31

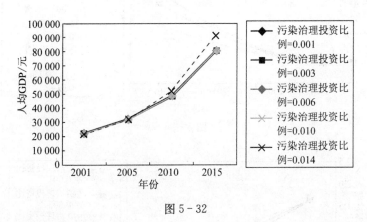

图 5-32

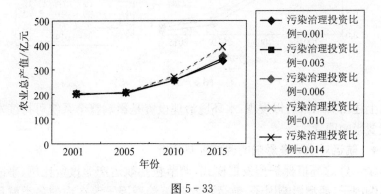

图 5-33

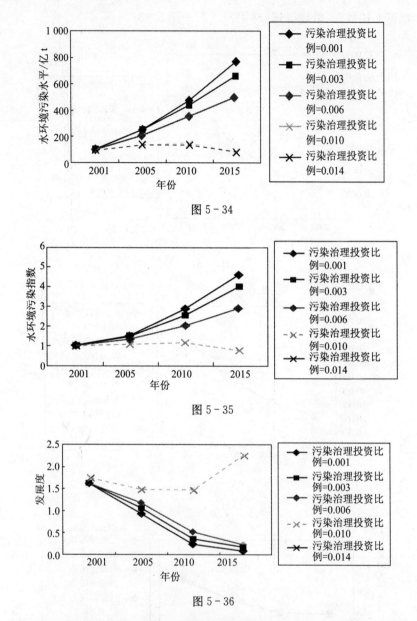

图 5-34

图 5-35

图 5-36

　　由上述仿真结果可以发现：水环境治理投资是影响整个系统可持续发展的一个重要影响因素。

5.3.5.4 航运对水环境影响的调控机制分析

　　基于水资源环境保护型发展模式，调节包括航运产业投资比例、事故应急水平影响因子、船型影响因子、航运污水政策治理因子等在内的各类航运产业影响因子，进行政策效应分析。具体描述如下：

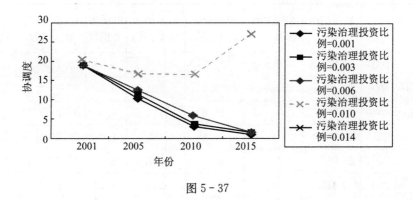

图 5-37

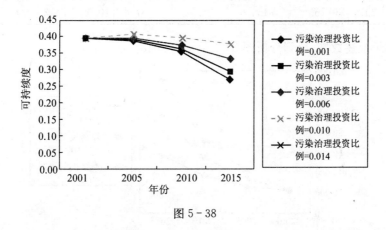

图 5-38

（1）调节航运产业投资比例

在不同的航运产业投资比例下,系统仿真结果统计见表 5-28。

表 5-28 系统仿真结果

		航运产值 /万元	船舶事故 污水/万 t	船舶营运 污水/万 t	航运产业 污水/万 t	航运污 染指数	协调 度	发展 度	可持 续度
航运投 资比例 =0.005	2001	22 916.7	846.4	20.0	3 634.1	4.90	21.3	1.24	0.58
	2005	27 648.2	1 034.1	17.0	3 715.8	5.00	24.2	1.14	0.50
	2010	37 355	1 420.4	14.9	3 917.9	5.27	29.1	1.10	0.44
	2015	56 318.3	2 176.8	14.8	4 445.5	5.98	43.7	1.42	0.36

（续表）

		航运产值/万元	船舶事故污水/万 t	船舶营运污水/万 t	航运产业污水/万 t	航运污染指数	协调度	发展度	可持续度
航运投资比例=0.010	2001	24 277.8	900.9	20.3	3 697.9	4.98	39.7	1.48	0.46
	2005	34 481.9	1 307.5	18.6	3 990.8	5.37	37.4	1.30	0.43
	2010	54 778.1	2 117.3	18.6	4 618.6	6.22	38.3	1.21	0.39
	2015	93 539.8	3 665.6	21.8	5 941.4	8.0	51.2	1.51	0.34
航运投资比例=0.015	2001	25 639	955.3	20.6	3 752.6	5.05	55.7	1.68	0.39
	2005	41 315.7	1 580.8	20.3	4 265.8	5.74	45.8	1.41	0.39
	2010	72 202.1	2 814.3	22.4	5 319.3	7.16	42.8	1.26	0.36
	2015	130 765	5 154.6	28.8	7 437.4	10.0	54.3	1.54	0.33

基于上述数据，得到分析图 5-39～图 5-48。

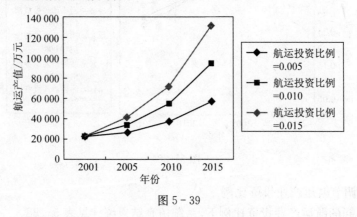

图 5-39

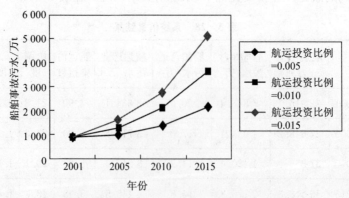

图 5-40

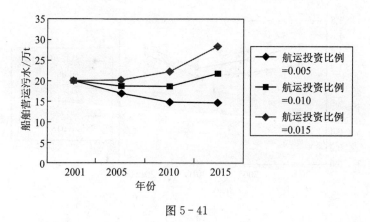

图 5 - 41

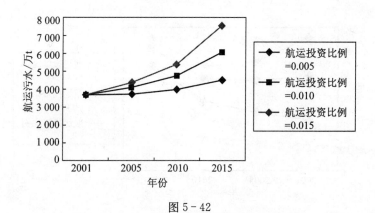

图 5 - 42

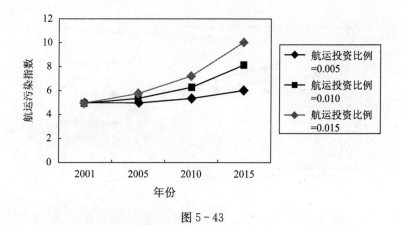

图 5 - 43

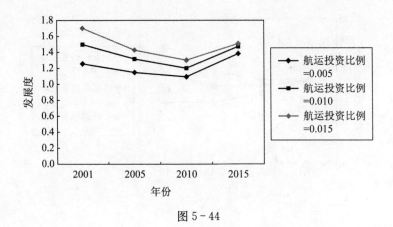

图 5－44

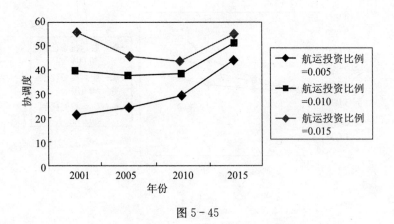

图 5－45

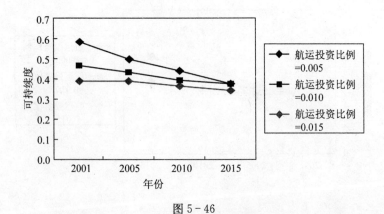

图 5－46

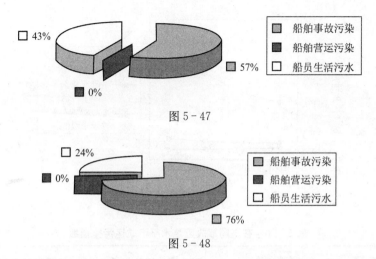

图 5-47

图 5-48

由上图可以看出,航运产业所产生的污染主要来源于船舶事故污染和船员生活污染,船舶营运污染所占比重较小;并且随着航运投资比例的增大,船舶事故污染所占的比重急剧加大,为此必须高度重视船舶突发事故的预防和应急处理。此外,船舶营运污染虽然所占比例较少,但累计效应比较明显,也需加以重视。

(2) 调节事故应急水平影响因子

事故应急水平表示航运系统应对船舶航运突发事故的能力,事故应急水平越高,则事故造成污染的程度就越小,相应的事故应急水平影响因子就越小。下面假定 3 种情况对系统进行模拟仿真,以测试事故应急水平对于航运水污染水平的影响程度。

情况 1:事故应急水平很高,取事故应急水平影响因子=0.1。

情况 2:事故应急水平一般,取事故应急水平影响因子=1。

情况 3:事故应急水平极差,取事故应急水平影响因子=10。

仿真结果见表 5-29、图 5-49、表 5-30、图 5-50。

表 5-29　在不同的事故应急水平下航运产业污水排放量　　　单位:万 t

年　份	事故应急水平影响因子=0.1	事故应急水平影响因子=1	事故应急水平影响因子=10
2001	2 088	2 847	10 438
2005	2 022	2 939	12 110
2010	1 927	3 171	15 620
2015	1 836	3 735	22 717

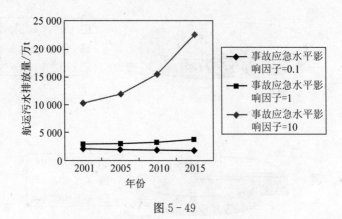

图 5-49

表 5-30 在不同事故应急水平下航运污染指数

年　　份	事故应急水平 影响因子＝0.1	事故应急水平 影响因子＝1	事故应急水平 影响因子＝10
2001	2.81	3.83	14.05
2005	2.72	3.95	16.30
2010	2.59	4.27	21.02
2015	2.47	5.03	30.58

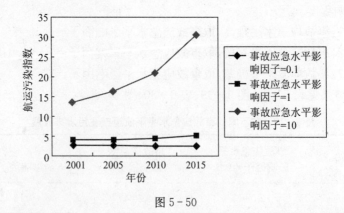

图 5-50

从以上图表中可以很明显地看出,随着事故应急水平的提高,航运产业污水排放量将会有显著下降,航运污染指数也明显降低,并且呈效应递减现象。

(3) 调节航运污水政策治理因子

调节航运污水政策治理因子,主要是为了了解政府监管力度对航运污水排放量的影响程度。假定以下 3 种情况：

情况 1：政府部门严加控制航运污染，取航运污水政策治理因子为 0.5。

情况 2：政府部门采取一般航运污染控制措施，取航运污水政策治理因子为 1。

情况 3：政府部门放松对航运污染的控制，取航运污水政策治理因子为 2。

具体仿真结果见表 5-31、图 5-51、表 5-32、图 5-52、表 5-33、图 5-53、表 5-34、图 5-54。

表 5-31 船舶营运污染量 单位：万 t

年 份	航运排污政策治理因子=0.5	航运排污政策治理因子=1	航运排污政策治理因子=2
2001	20.0	40.0	80.0
2005	17.1	35.3	68.1
2010	14.9	29.7	59.5
2015	14.8	29.6	59.2

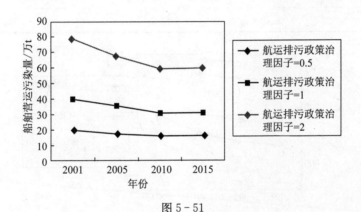

图 5-51

表 5-32 船员生活污染量 单位：万 t

年 份	航运污水政策治理因子=0.5	航运污水政策治理因子=1	航运污水政策治理因子=2
2001	793.3	1 586.7	3 173.3
2005	761.3	1 522.7	3 045.3
2010	709.3	1 418.7	2 837.3
2015	644	1 288	2 576

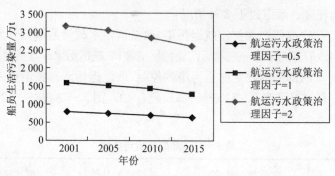

图 5-52

表 5-33 航运产业污水排放量 单位：万 t

年 份	航运污水政策治理因子=0.5	航运污水政策治理因子=1	航运污水政策治理因子=2
2001	1 656.8	2 470.1	4 096.7
2005	1 797.3	2 575.7	4 132.4
2010	2 106.4	2 830.6	4 279
2015	2 756.3	3 415.0	4 732.5

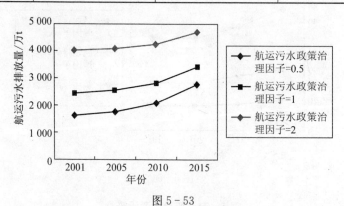

图 5-53

表 5-34 航运污染指数

年 份	航运污水政策治理因子=0.5	航运污水政策治理因子=1	航运污水政策治理因子=2
2001	2.23	3.32	5.51
2005	2.42	3.47	5.56
2010	2.83	3.81	5.76
2015	3.71	4.60	6.37

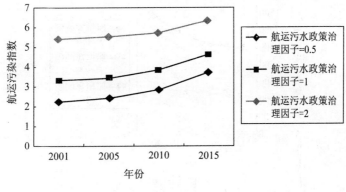

图 5 - 54

由以上图表可见,政府监管是影响航运水环境污染的重要因素之一。但值得注意的是,其对航运污染治理的力度不如事故应急水平强,这进一步验证了在航运水环境污染过程中突发事故所引发污染的主体性。因此,除了强化航运日常排污的监管力度外,提高突发船舶事故的防治能力至关重要。

(4) 调节船型影响因子

调节船型影响因子的目的就是通过模拟仿真,了解船型对航运产业污水排放的影响程度。

假定船型越小,船型影响因子就越大。仿真结果见表 5 - 35 和图 5 - 55。

表 5 - 35　在不同的船型影响因子条件下,航运产业污水排放量　　单位:万 t

年　　份	船型影响因子=0.6	船型影响因子=0.8	船型影响因子=1
2001	2 454.1	2 462.1	2 470.1
2005	2 562.1	2 568.7	2 575.7
2010	2 818.7	2 824.7	2 830.6
2015	3 403.2	3 409.1	3 415.0

由以上数据可以看出,随着船型的变化,船舶日常营运所产生的污染减少,但航运产业的污水排放量并未明显减少。可见船舶大型化未能解决航运产业大量污水排放的问题。

(5) 调节科学技术对事故发生率影响因子

定义初始科学技术对事故发生率影响因子为1,随着科学技术的进步,船舶发生突发事故的概率将降低,则科学技术对事故发生率影响因子递减。具体仿真结果见表 5 - 36、图 5 - 56、表 5 - 37、图 5 - 57。

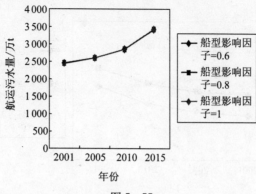

图 5 - 55

表 5 - 36　船舶突发事故概率不同情况下的航运污水排放情况　　　单位：万 t

年　　份	影响因子＝0.5	影响因子＝0.8	影响因子＝1
2001	2 048.4	2 303.4	2 470.1
2005	2 066.2	2 371.9	2 575.7
2010	2 139.5	2 554.2	2 830.6
2015	2 366.5	2 995.6	3 415.0

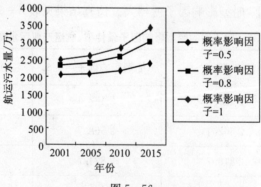

图 5 - 56

表 5 - 37　不同事故概率情况下的航运污染指数

年　　份	概率影响因子＝0.5	概率影响因子＝0.8	概率影响因子＝1
2001	2.76	3.09	3.32
2005	2.78	3.19	3.47
2010	2.88	3.44	3.81
2015	3.18	4.03	4.60

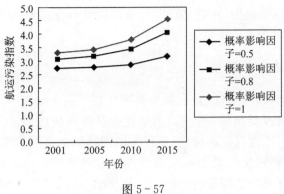

图 5-57

由以上图表可以看出,随着科学技术的进步,高科技在船舶设备及船舶驾驶中的运用将使船舶发生突发事故的概率降低,环境得到保护。从总体上看,该影响因素的效应类似于事故应急水平的影响。

5.4 基于系统动力学的航运与长江流域水环境系统的宏观政策调控研究

5.4.1 系统分析

以上着重对包括航运在内的长江流域可持续发展系统进行分析。本节着重对航运与长江流域水环境系统的宏观政策调控展开研究。航运对长江流域水环境的污染及政策调控的基本过程见图 5-58。

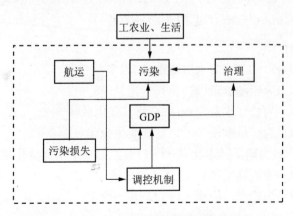

图 5-58 航运对水环境污染及调控系统主导结构

基于上图,可将航运对水环境污染及防污调控系统主导结构系统划分为水质污染与航运、污染损失与水质浓度、污染损失与调控机制、调控机制与航运、污染损失与 GDP 等 5 个子系统。

5.4.2 系统动力学模型

传统的系统动力学模型分析复杂系统存在一定的缺陷[53—56],为此,我们拟利用贾仁安教授提出的"系统动力学流率基本入树建模法"作一改进。该方法综合图论与线性代数的理论,将复杂的网络结构流图模型转化为简单的树结构模型,又将树结构模型转化为线性代数的矩阵行列式计算,从而解决系统反馈动态性复杂结构分析问题。在此基础上,我们利用 VENSIN 软件进行模拟。[57]

5.4.2.1 流位流率系

由于航运对水环境的污染首先表现为水质浓度的变化和污染综合指数的变动,因此可选取水质浓度作为表征水质污染的流位参数;同时,参照第 2 章的研究结果,选择船舶数量(艘)、长江水系货运量(t)、船员素质及船舶防污技术状况作为航运对长江水质的具体影响因素。

由于船舶污染调控机制的核心是"安全预防、应急反应及损害赔偿三位一体",为此,预防体系中的调控参数设定为:环境浓度税收体制的设计;船员日常管理及船舶技术规范管理;应急反应能力的大小、赔偿机制的完善及损害赔偿比例。

综合上述分析,可以建立航运对长江水环境污染影响及调控系统主导结构的流位流率系如下:

$$\{(L1(t),R1(t)),(L2(t),R2(t)),(L3(t),R3(t)),(L4(t),R4(t)),$$
$$(L5(t),R5(t)),(L6(t),R6(t)),(L7(t),R7(t))\}。$$

流位流率对:

$L1(t),R11(t),R12(t)$ 为水质浓度(L)及其变化量(L/a);

$L2(t),R2(t)$ 为船舶数量(艘)及其变化量(艘/a);

$L3(t),R3(t)$ 为长江水系货运量(t)及其变化量(t/a);

$L4(t),R4(t)$ 为船员素质(0 - 1)及其变化量(0 - 1/a);

$L5(t),R5(t)$ 为船舶技术状况(0 - 1)及船舶技术状况变化量(0 - 1/a);

$L6(t),R6(t)$ 为流域 GDP(元)及其变化量(元/a);

$L7(t),R7(t)$ 为船舶污染损失(元)及其变化量(元/a)。

外生变量及政府调控参数:

$E0(t),a0(t)$ 为船舶污染治理资金投入及政府对应调控参数;

$E1(t)$,$a1(t)$ 为环境浓度税收（罚金）及政府对应调控参数；

$E2(t)$,$a2(t)$ 为船员日常管理及政府对应调控参数；

$E3(t)$,$a3(t)$ 为船舶技术规范管理及政府对应调控参数；

$E4(t)$,$a4(t)$ 为船舶污染赔偿水平及政府对应调控参数；

$E5(t)$,$a5(t)$ 为船舶污染应急能力及政府对应调控参数。

5.4.2.2　建立流率基本入树模型

基于上述流位流率系,构造航运对长江水环境污染影响及调控系统流率基本入树模型如下。

（1）长江水质浓度流率基本入树 $T1(t)$

水质浓度的增加量 $R11(t)$ 主要受到工农业、生活及航运的影响,其中航运影响因素具体表现为船舶数量（艘）$L2(t)$、长江水系货运量 $L3(t)$、船员素质 $L4(t)$ 及船舶防污技术结构 $L5(t)$；水质浓度的降减量 $R12(t)$ 主要受到船舶污染治理资金投入 $E0(t)$ 的调控与影响,由此可得长江水质浓度流率基本入树 $T1(t)$ 见图 5-59。

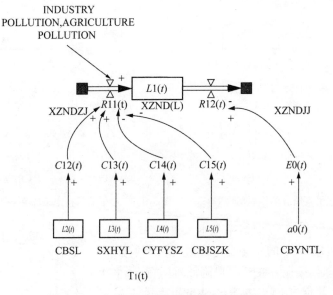

图 5-59　长江水质浓度流率基本入树 $T1(t)$

（2）船舶数量及水系货运量流率基本入树 $T2(t)$ 和 $T3(t)$

船舶数量的变化量 $R2(t)$ 及水系货运量 $R3(t)$ 一是受到流域 GDP 的发展水平影响,二是受到污染损失的影响,因为污染损失将影响 GDP 及调控政策的实施,由此可得船舶数量及水系货运量流率基本入树 $T2(t)$ 和 $T3(t)$,见图 5-60 和图 5-61。

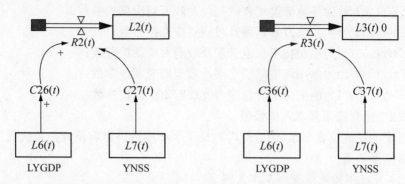

图 5-60　船舶数量流率基本入树 $T2(t)$　　图 5-61　水系货运量流率基本入树 $T3(t)$

（3）船员素质及船舶防污技术条件流率基本入树 $T4(t)$ 和 $T5(t)$

通过前面的分析可知，船员素质和船舶防污技术条件将直接影响到排污状况，并受到环境浓度税收（罚金）、船员日常管理水平及船舶技术规范管理水平的调控和影响，由此可得船员素质及船舶防污技术条件流率基本入树 $T4(t)$ 和 $T5(t)$，见图 5-62 和图 5-63。

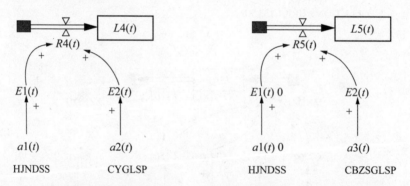

图 5-62　船员素质流率基本入树 $T4(t)$　　图 5-63　船舶防污技术条件流率基本入树 $T5(t)$

（4）长江流域 GDP 流率基本入树 $T6(t)$

长江流域 GDP 的变化受污染损失和水系货运量的影响，污染损失将使 GDP 降低，而水系货运量的增加又将促进 GDP 的增长，由此可得长江流域 GDP 流率基本入树 $T6(t)$，见图 5-64。

（5）航运污染损失流率基本入树 $T7(t)$

根据第 4 章的研究结果，污染损失与水质浓度及资源环境具有直接关系，同时与应急反应处理能力及赔偿的比例也有密切关系，由此可得船舶污染损失流率基本入树 $T7(t)$，见图 5-65。

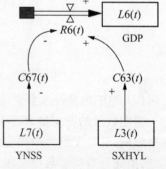

图 5-64　长江流域 GDP 流率基本入树 $T6(t)$

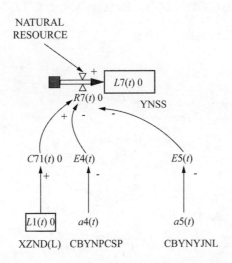

图 5-65 航运污染损失流率基本入树 $T7(t)$

5.4.2.3 系统基模生成集和系统总图

在建立基模生成集以寻找极小基模元素时,采用树尾流位出发分析法。具体步骤如下。

第 1 步:求一阶极小基模。

对每棵树 $Ti(t)$ 寻找一阶极小基模,上述各图中所示 $T1(t)$, $T2(t)$, …, $T7(t)$ 的树尾皆不含对应 $L1(t)$, $L2(t)$, …, $L7(t)$ 流位,故自作嵌运算不存在一阶基模。

第 2 步:求二阶极小基模。

首先,作 $T1(t)\overrightarrow{U}Ti(t)(i=2, 3, …, 7)$,寻找二阶极小基模。考察 $T1(t)$,从 $T1(t)$ 的树尾流位出发确定产生二阶极小基模的入树组合。因为 $T1(t)$ 尾中只含 $L2(t)$, $L3(t)$, $L4(t)$, $L5(t)$ 4 个流位,而 $T2(t)$, $T6(t)$, $T7(t)$, $T8(t)$ 尾中又不含 $L1(t)$ 流位,所以,根据产生二阶极小基模的充要条件,没有二阶基模。

其次,作 $T3(t)\overrightarrow{U}Tj(t)(j=1, 2, 4, 5, 6, 7)$。考察 $T3(t)$ 入树,$T3(t)$ 入树尾,只含 $L6(t)$, $L7(t)$,其中 $T6(t)$ 入树尾含 $L3(t)$,而 $T7(t)$ 入树尾不含 $L3(t)$,因此只有 $G36(t)=T3(t)\overrightarrow{U}T6(t)$ 产生新增基模。

基模 5 为:$G36(t)=T3(t)\overrightarrow{U}T6(t)$
其中:$G23(t)$ 的反馈环为:

	$L3(t)$	$L6(t)$
$T_3(t)$	1	$(R_3(t), C_{36}(t), L_6(t))$
$T_6(t)$	$(R_6(t), C_{63}(t), L_3(t))$	1

$$=1+(R3(t),C36(t),L6(t),R6(t),C63(t),L3(t))$$

$C36(t)$ 的流图结构见图 5-66。

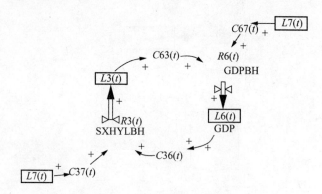

图 5-66　$C36(t)$ 的流图结构

同理可得三阶极小基模……

因此,通过上述步骤可得系统总体构造见图 5-67。

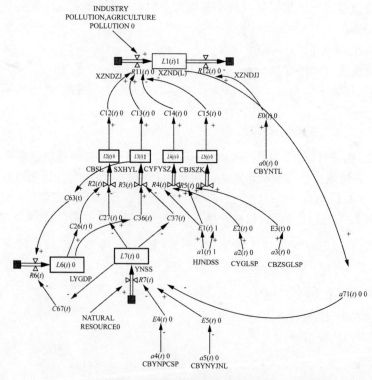

图 5-67　航运水环境污染及调控政策机制系统总体构造

5.4.3　系统主导结构流率变量计算公式及参数说明

(1) $R11(t)$ 的确定

$R11(t) = $〔$L2(t) \times$ 船舶数量影响因子 $+ L3(t) \times$ 长江水系货运量影响因子 $+$
　　　　　$L4(t) \times$ 船员素质影响因子 $+ L5(t) \times$ 船舶技术状况影响因子〕$+$
　　　　　工农业污染 $\times$ 影响因子

式中：船舶数量影响因子 $C12(t)$、长江水系货运量影响因子 $C13(t)$、船员素质
　　　影响因子 $C14(t)$、船舶技术状况影响因子 $C15(t)$ 分别是受 $L2(t)$，
　　　$L3(t)$，$L4(t)$ 和 $L5(t)$ 影响的辅助变量；工农业污染及影响因子是系统
　　　外生参数变量。

根据第 2 章的研究，长江水系货运量影响因子可以通过以下公式获得：

$$y = 0.017\,5x - 10^{-5}x^2 + 3.8 \times 10^{-9}x^3$$

船员素质影响因子以历年长江船员学历水平为基准，具体测算公式为：

$$C14(t) = 船员高中学历人数 / 船员总数$$

船舶技术结构影响因子以长江船舶非挂浆机船和安装油水分离器为基准，
具体测算公式为：

$C15(t) = $（非挂浆机船 / 船舶总数）$\times 0.6 +$
　　　　　（安装油水分离器船舶 / 船舶总数）$\times 0.4$

(2) $R12(t)$，$R2(t)$ 和 $R3(t)$ 的确定

$$R12(t) = 船舶污染治理投入程度 \times 影响因子$$

$$R2(t) = L6(t) \times 流域\,GDP\,影响因子 - L7(t) \times 船舶污染损失影响因子$$

$$R3(t) = L6(t) \times 流域\,GDP\,影响因子 - L7(t) \times 船舶污染损失影响因子$$

式中：船舶污染治理投入是调控参量，可按 GDP 的比例来进行调控；
　　　GDP 及污染损失对水系货运量及船舶数量的影响因子可通过实证统计分
　　　析得出回归关系。

(3) $R4(t)$ 和 $R5(t)$ 的确定

$R4(t) = a1(t) \times E1(t) \times 税收（罚金）调控影响因子 \times 0.6 +$
　　　　　$a2(t) \times E2(t) \times 影响因子 \times 0.4$

$R5(t) = a1(t) \times E1(t) \times 税收（罚金）调控影响因子 +$
　　　　　$a3(t) \times E3(t) \times 影响因子$

根据实证调研分析,环境税收调控影响因子、船员管理水平及船舶防污技术管理水平调控参数的确定见表 5 - 38 和表 5 - 39。

表 5 - 38　税收调控影响因子表函数

税收(罚金)与污染损失比例	1	0.8	0.6	0.4	0.2	0
税收(罚金)调控影响因子	90%	70%	50%	20%	10%	0%

表 5 - 39　船员日常管理及船舶防污技术日常管理调控影响因子表函数

管理水平(从高到低)	1	0.8	0.6	0.4	0.2	0
调控影响因子	80%	65%	60%	50%	30%	0%

(4) $R6(t)$ 和 $R7(t)$ 的确定

$R6(t) = L3(t) \times$ 水系货运量影响因子 $- L7(t) \times$ 污染损失影响因子

$R7(t) = L1(t) \times$ 水质浓度影响因子 $\times$ 资源影响因子 $- E4(t) \times a4(t) -$
$E5(t) \times a5(t)$

式中:水系货运量对 GDP 的影响因子及污染损失影响因子可通过多元统计回归获得,也可以用表函数形式描述;

　　$a4(t)$ 对应的是船舶污染赔偿水平调控参数,可用污染损失的比例表示;

　　$a5(t)$ 对应的是船舶污染应急能力调控参数,可用 0 - 1(不完善 - 完善)表函数形式表示。

5.4.4　模型的检验及调控政策模拟预测分析

5.4.4.1　模拟参数值的确定

模拟中所涉及的长江干流综合污染指数、长江水系货运量、长江水系货运船舶平均吨位、第一产业 GDP、工业 GDP 等参数的选择见第 2 章。另外给出长江干流水质浓度数据见表 5 - 40。

表 5 - 40　1996 年～2002 年长江干流水质浓度情况汇总　　　　单位:mg/L

年　份	年　均　值　范　围						
	1996	1997	1998	1999	2000	2001	2002
pH	7.6～8.4	7.3～8.4	7.3～8.4	7.44～8.39	7.55～8.39		
悬浮物	59.0～799.1	50.05～615.33	83.8～1 158.2	83.8～1 158.2	63.6～894.7		

（续表）

年 均 值 范 围

年　份	1996	1997	1998	1999	2000	2001	2002
总硬度	6.11~ 73.00	5.18~ 76.69	5.72~ 88.7	6.08~ 150.71	6.69~ 187.67		
溶解氧	7.3~ 8.8	6.96~ 8.92	6.2~ 9.3	6.74~ 8.71	6.48~ 9.2		
高锰酸 盐指数	2.1~ 7.7	1.57~ 8.45	1.7~ 10.6	1.96~ 8.67	1.68~ 7.95	0.93~ 11.82	1.30~ 8.68
生化需氧 量 BOD$_5$	1.0~ 2.5	1.0~ 2.5	1.0~ 2.4	0.58~ 2.67	0.55~ 2.59	0.42~ 19.80	0.353~ 7.33
氨　氮	0.001~ 0.357	0.0026~ 0.5166	0.001~ 0.756	0.038~ 0.986	0.012~ 1.904	0.005~ 22.2	0.010~ 22.7
挥发酚	0.001~ 0.002	0.001~ 0.004	0.001~ 0.004	0.001~ 0.0022	0.001~ 0.0031	0.00~ 0.03	0.00~ 0.02
总氰化物	0.002~ 0.005	0.002~ 0.0033	0.002~ 0.004	0.002~ 0.003	0.002~ 0.003	0.00~ 0.05	
总　砷	0.001~ 0.006	0.001~ 0.0105	0.001~ 0.007	0.001~ 0.013	0.001~ 0.019	0.001~ 0.130	
总　汞	0.00002~ 0.00025	0~ 0.0003	0.00002~ 0.00025	0.00002~ 0.00025	0.00001~ 0.0001	0.0000~ 0.0027	0.000~ 0.0005
铬	0.001~ 0.017	0.001~ 0.0144	0.002~ 0.014	0.002~ 0.042	0.002~ 0.034	0.00~ 0.02	
总　镉	0.00003~ 0.00309	0.0001~ 0.0020	0.00010~ 0.00200	0.00010~ 0.0035	0.00003~ 0.005	0.00~ 0.0198	
石油类	0.01~ 0.34	0.02~ 0.345	0.02~ 0.22	0.01~ 0.207	0.01~ 0.237	0.00~ 1.45	0.00~ 2.04

5.4.4.2　模型的检验

　　基于上述模型，应用 VENSIM 软件，对水质质量指标进行模拟，结果见图 5-68 和图 5-69。

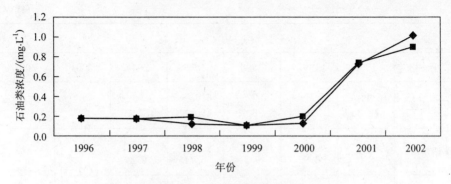

图 5-68　石油类浓度拟合图

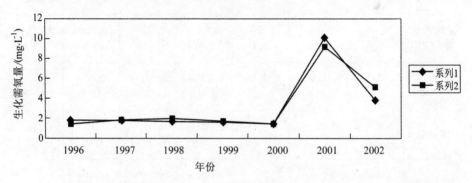

图 5-69　生化需氧量 BOD$_5$ 拟合图

上述结果表明：历史系统状态变量的仿真值与历史统计数据拟合程度较好，从而验证了模型的有效性。

5.4.4.3　政策效应分析

假定拟采取下列 4 种政策，具体见表 5-41。

表 5-41　各曲线政策说明

	污染损失赔偿比例/%	环境浓度税率/%	船员日常管理水平	船舶技术管理规范与水平	船舶污染事故应急反应能力	治污资金投入率/%
政策 1	30	35	0.40	0.40	0.3	5
政策 2	50	45	0.55	0.55	0.4	10
政策 3	70	60	0.7	0.7	0.7	15
政策 4	80	70	0.85	0.85	0.8	20

　　基于上述政策模式,给出具体模拟结果见图 5 - 70、图 5 - 71 和图 5 - 72。

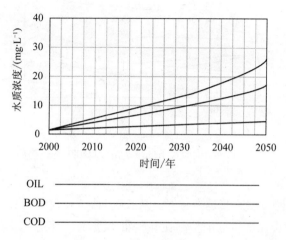

图 5 - 70　现行政策下的水质浓度(石油类)变化趋势

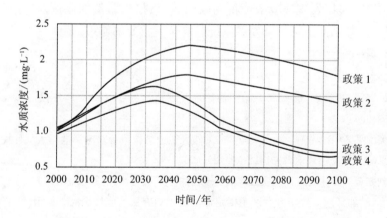

图 5 - 71　不同政策下的水质浓度(石油类)变化趋势

　　通过上面的政策分析,可以得出如下结论:

　　① 对航运污染实行各种政策调控非常重要,效果也非常明显。从图中可以发现,如果按现行政策模式进行发展,未来长江水质污染将非常严重,"生化需氧量 BOD$_5$"和"COD"将分别超过 10 mg/L 和 30 mg/L。但经过各项政策的调控,未来"生化需氧量 BOD$_5$"的浓度完全可以达到Ⅱ类水质标准。另外,目前与航运发展密切相关的快速增长的石油类浓度也可以最终控制在 0.5 mg/L

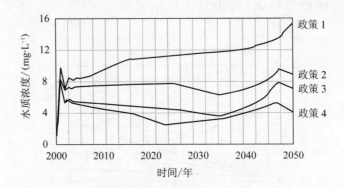

图 5-72 不同政策下的水质浓度(BOD)变化趋势

以下。

② 政策调控力度并非越大越好。从长远看,调控政策 3 和政策 4 都能达到较好的效果,使长江水质标准控制在 Ⅱ～Ⅲ 类水质,但很明显,政策 4 将付出更多的调控成本,因此只要调控适中就可。

③ 各项调控政策的作用和影响不一样。通过对各种不同政策模式下仿真曲线的分析,可以发现环境浓度税的收取、污染损失赔偿的比例及应急反应能力的提高对整个航运可持续发展系统起着至关重要的作用。

参考文献

[1] 许海梁,熊德琪,殷佩海. 船舶油污水处理技术进展[J]. 交通环保,2000,21(6): 5—9.

[2] 吴维平. 中国内河船舶大气防污染对策及运力结构改善对沿岸港口大气环境质量的影响[J]. 交通环保,2001,22(10):21—25.

[3] 刘兆金. 高速公路建设项目清洁生产初探[J]. 交通环保,2001,22(10): 15—18.

[4] 邹锐,郭怀成. 经济开发区不确定性环境规划方法与应用研究[J]. 环境科学学报, 2001,21(1):101—106.

[5] 唐良,杨展里,冯琳,等. 南通市水污染控制规划研究[J]. 长江流域资源与环境, 2000,9(2):98—103.

[6] MA Y, HANLEY N, WILSON M. Using extended input-output approaches to model environmental policy impact[J]. Resources and Energy, 1997(8):127—135.

[7] CASLER S, WILBUR S. Energy input-output analysis: a simple guide[J]. Resources and Energy, 1984(6):187—201.

[8] 宋新山,阎百兴,何岩. 污染损失率模型的构建及其在环境质量评价中的应用[J]. 环境科学学报,2001,21(3):229—233.

［9］　张巍,王学军,李莹. 在总量控制体系下实施点源与非点源排污交易的理论研究[J]. 环境科学学报,2001,21(11):748—753.

［10］　包存宽,尚金城,陆雍森. 前后对比分析法在战略环境评价中应用初探[J]. 环境科学学报,2001,21(11):754—758.

［11］　ANDRUS M. Integration of GIS and dynamic spatially distributed model for non — point source pollution management [J]. Water Sci. Tech., 1996, 33 (4—5): 211—218.

［12］　HARRIS R. Global ocean ecosystem dynamic(GLOBEC)/implementation plan [R]. IGBP Report 47, IGBP Secretariat, Stockholm Sweden, 1999.

［13］　MOFFATT I, HANLEY N. Modeling sustainable development: systems dynamic and input-ouput approaches [J]. Environmental Modeling & Software, 2001, 16: 545—557.

［14］　李林红. 滇池流域可持续发展投入产出系统动力学模型[J]. 系统工程理论与实践, 2002(8):89—94.

［15］　吴琼. 长春市地下水污染及其调控[J]. 城市环境与城市生态,2003(1): 7—8.

［16］　王慧敏. 水资源可持续利用的系统动力学仿真研究[J]. 城市环境与城市生态,1999, 8:26—29.

［17］　丁凡,黄振中. 中国可持续发展系统动力学仿真模型——环境部分[J]. 计算机仿真, 1998(1):8—10.

［18］　ALLEN P, SANGLIER M. Urban evolution, self-organization and decision making [J]. Environment and Planning, 1981(1):167—183.

［19］　COSTANZA R, SKLAR F H, WHITE M L. Modeling coastal landscape dynamics [J]. Bioscience 1990, 40(2):91—107.

［20］　JORGENSON D W, WILCOXON P J. Environmental regulation and US economic growth [J]. Journal of Economics, 1990, 21(2):314—340.

［21］　JORGENSON D W, WILCOXON P J. Intermteporal general equilibrium modeling of US environmental regulation [J]. Journal of Policy Modeling, 1990,2(4):714—744.

［22］　张梓太. 流域水污染防治立法的两点思考[J]. 法学杂志,2004(1):6—9.

［23］　陈少英. 征收水污染税的设想[J]. 生态经济,2001(8):11—13.

［24］　杜俊英. 我国流域水污染防治立法初探[J]. 中国司法,1997(10):21—23.

［25］　宋家慧,刘红. 建立中国船舶油污损害赔偿机制的对策[J]. 交通环保,1999,20(5): 1—6.

［26］　刘红. 中国船舶油污损害赔偿机制的建立与实施[J]. 交通环保,2002,23(12): 15—17.

［27］　张秋荣. 对我国建立国家油污损害赔偿基金模式的探讨[J]. 水运管理,2000,24 (10):33—35.

[28] 劳辉. 关于我国油污赔偿问题[J]. 交通环保,1998,19(1):25—27.

[29] SERGIO R, SANDERSON, W. Pollution Control Policies and Natural Resource Dynamics, A. Theoretical Analysis[J]. Journal of Environmental Management,1996 (48):357—373.

[30] GALETTO, RICCARDO, SERGIO RINALDI, FRANCO V. Realization of a GIS prototype for air pollution monitoring and mapping[C]// Proceeding of the 4th European Conference and Exhibition on GIS, 1993, (1): 30—38.

[31] CONRAD K, SCHRODER M. Choosing environmental policy instruments using general equilibrium models[J]. Journal of Policy Modeling, 1993, 15(5—6):521—543.

[32] KETKAR K W. Environmental protection policies and the structure of the US economy[J]. Applied Economics, 1984, 16(2):237—256.

[33] 江涛. 长江流域生态经济系统的可持续发展[D]. 武汉:武汉理工大学,2002.

[34] 冉瑞平. 长江上游地区环境与经济协调发展研究[D]. 重庆:西南大学,2003.

[35] RICHARD M. 中国力图平衡经济增长和社会公平[R]. 金融时报,2005.10.12.

[36] 世界银行. 世界发展指标,世界发展报告[R]. 2001.

[37] 江苏统计年鉴[M]. 1999—2004.

[38] 中国经济统计快报[M]. 1999—2004.

[39] 中国经济年鉴 2004 [M]. 1999—2004.

[40] 江苏经济年鉴 2004 [M]. 1999—2004.

[41] 上海市历年统计年鉴[M]. 1999—2004.

[42] 中国区域经济统计年鉴[M]. 2004.

[43] 张玉芬. 交通运输与环境保护[M]. 北京:人民交通出版社,2003.

[44] 尚悦红. 长江船舶污染事故分析[J]. 交通环保,1996,17(6):20—23.

[45] 汪亭玉,安翔. 船舶对长江中下游水域污染的调查与分析[J]. 水资源保护,2004(1):44—45.

[46] 陈大铮,殷杰. 长江船舶污染亮起红灯[J]. 中国水运,2003(2):11.

[47] 长江海事局. http://www.cjmsa.gov.cn/[EB/OL].

[48] 中国城市建设统计年报[M]. 2003.

[49] 中国固定资产投资统计年鉴[M]. 2004.

[50] 中国工业经济统计年鉴[M]. 2001.

[51] 中国交通年鉴[M]. 1990—2000.

[52] 凌亢. 南京市可持续发展系统模型的仿真与分析[J]. 统计研究,2001(1):62—64.

[53] 2003 年国家统计局的统计数据.

[54] 王其藩. 高级系统动力学[M]. 北京:清华大学出版社,1995.

[55] MILLING P. Modeling innovation processes for decision support and management simulation[J]. System Dynamics Review, 1996, 12(3):221—234.

[56] STERMAN J. Business Dynamics：Systems thinking and modeling for a complex world [M]. New York：Irwin/McGraw-Hill,2000.

[57] 贾仁安,丁荣华. 系统动力学——反馈动态性复杂分析[M]. 上海：高等教育出版,2002.

[58] VENTANA. Simulation environment：reference manual [M]. Belmont, MA：Ventana System. Inc,1995.

第6章 航运污染的行政与法律治理

6.1 航运污染的行政治理基本内涵、原则与趋势

6.1.1 基本内涵

在早期的航运污染研究中,纯技术的探讨远远优先于战略规划及行政组织管理等方面的研究。然而,20 世纪 70～80 年代以来发生的几起重大航运污染事件表明:虽然各国对治理航运污染的研究进行了多年,但是总体未达到预期目标,其主要原因是没有形成有效规范的航运污染行政治理体系与运作机制。[1—3]

所谓航运污染行政治理,是指与航运污染相关的各类行政管理部门及其派出机构,在宪法和其他相关法律、法规的规定范围内,对与航运污染事故有关的各种公共事务进行管理。[4] 从总体上看,完整的航运污染行政治理包括下列两部分内容:

① 航运污染行政治理的职能和组织架构。航运污染行政治理的职能需要根据管理客体——与航运污染有关的各种社会公共事务的特性,以及其他外部条件而设定。航运污染行政治理的职能充分反映了行政管理活动的基本方向和本质,并决定航运污染行政治理组织架构的规模和运行机制。航运污染行政治理的组织架构作为航运污染行政治理的主体,其设置是否科学合理,又反过来影响到行政职能能否顺利实现。

② 航运污染行政治理的手段。这是履行航运污染行政治理职能、实现航运污染行政治理目标、发挥航运污染行政治理实际效力的必要条件。只有管理手段科学高效,才能提高航运污染行政治理的效能。

6.1.2 航运污染行政治理的原则与趋势

6.1.2.1 航运污染行政治理的原则

在航运污染行政治理的过程中,应把握下列几大原则。

(1) 统一领导,分级负责的原则

　　由于航运污染具有跨区域性和综合性的特点,在管理上存在相互交叉的现象,因此在实施航运污染行政治理时,应依托航运污染行政治理组织架构,制定统一规划,加强监督、协调,坚持统一领导,以提高治理力度。

　　(2) 航运产业和环境保护协调发展的原则

　　该原则是指在发展航运业的同时,加强保护和改善环境,使环境保护和航运产业同步发展,实现经济效益与社会效益的统一。

　　(3) 预防为主、防治结合、综合治理的原则

　　该原则是指航运污染防治工作要以预防为主,防患于未然。防与治要有机结合,在预防中及时治理,在治理中加强预防。

　　(4) 谁利用谁保护的原则

　　该原则是指具有直接利益的航运和货主部门不仅有依法利用水环境的权利,而且负有保护水环境的责任。

　　(5) 污染者负担的原则

　　该原则是指航运部门和货主应当承担由其活动所造成的环境损害费用或者治理其造成的环境污染与破坏的费用。

6.1.2.2　航运污染行政治理的趋势

　　基于上述原则,可以明确未来航运污染行政治理的几大趋势[4]:

　　(1) 由分散管理型向集约管理型转变

　　航运污染行政治理是一个庞大、复杂的系统工程,涉及海事、航运、港口、海洋、环保等诸多方面,内容分支多,外延事务多,存在不少普遍性、交叉性、边缘性的问题,因此必须通过集约管理解决。应形成统一的总体目标、防治规划和行业标准,并发挥各职能部门的自身优势,整合管理力量,从而有利于航运污染行政治理整体水平的提高。

　　(2) 由单纯型管理向社会综合型管理转变

　　在强化政府为主导的集约化管理的前提下,依靠社会各种力量,尤其是货主、航运企业,共同参与航运污染管理,实现管理主体的多元化,从而降低管理成本,提高管理效率。

　　(3) 由制约管理型向服务管理型转变

　　切实转变政府职能,改变只注重行政处罚的惩罚效应,逐步向事前预防、事后整改等预防性的、主动性的管理方式转变。与此同时,通过服务加强管理,引导被管理人不断强化法律意识和公众意识,使管理和服务有机结合。

　　(4) 由突击管理型向长效管理型转变

　　航运污染管理应将工作的重心转到强化日常管理方面上来。通过建立制度化、规范化、科学化的管理机制,形成全方位、全过程、全覆盖的管理模式,从而实现航运污染治理的长效管理和常态管理。

6.2　航运污染行政治理应用分析之一——船舶溢油事故行政治理的职能和组织架构

以上对航运污染行政治理的一般体系架构作了概要描述。下面着重以船舶溢油事故为例,对船舶溢油事故管理的职能、组织结构及其应急计划等问题作一探讨。

6.2.1　船舶溢油事故行政治理的理论依据

6.2.1.1　船舶溢油事故行政治理的职能

一般来说,行政管理职能可划分为计划、组织、指挥、协调和控制等部分。结合船舶溢油事故的特点,船舶溢油事故行政治理职能主要包括以下几个方面。

（1）制定船舶溢油事故管理的法规和政策

船舶溢油事故法规和政策反映了船舶溢油事故行政治理的目标和方向,具体涵盖船舶溢油事故的控制、预防、应急处置、善后处理等各个方面,可基于国家、地方、流域等不同层次制定相关的法规政策。在制定过程中,应集中管理者、专家、利益相关方、社会公众等各方力量,充分比较各种政策和法规的执行成本、执行效果和对各方的影响,从而制定出最符合客观需要的、高效的政策和法规体系。

（2）船舶溢油事故调查、评估与处理

船舶溢油事故调查、评估与处理是船舶溢油事故行政治理最重要的职能之一。其内容包括:对船舶溢油事故易发流域及重大影响区域的危险性评估、船舶溢油事故的原因、损害程度、应急处理状况的调查与评估,船舶溢油事故的损害赔偿等。

（3）船舶溢油事故应急计划的编制与实施

从本质上讲,一个好的船舶溢油应急计划需要回答以下几个问题:该做什么? 先做什么? 谁来做? 需要什么资源? 如何找到这些资源? 如何将这些资源在第一时间内运到现场等。由此可见,船舶溢油事故应急计划的编制及具体的组织实施是一项综合性非常强的工作,只能由行政管理部门完成。

（4）船舶溢油事故的预防与应急处理

船舶溢油事故危害性强,影响面大,因此必须从组织、技术、管理、资金等层面采取各种有效手段加以预防。一旦事故发生后,行政管理部门必须协调组织社会各方力量,将船舶溢油事故所造成的负面影响和损失降到最低点。

6.2.1.2　船舶溢油事故行政治理的组织架构

船舶溢油事故行政治理的组织架构是指与船舶溢油事故管理有关的政府机构设置及其相互关系,包括纵向、横向各种机构的职能、地位、权责、领导关系和运行机制。船舶溢油事故行政治理的所有职能都要通过一定的组织架构来执行和完成。组织架构设置是否科学合理,直接关系到船舶溢油事故行政治理的效能高低。原则上说,船舶溢油事故行政治理组织架构的设置应符合管理职能和管理环境的需要,做到事权划分清晰、责权明确。

6.2.2　世界各国或地区船舶溢油事故行政治理的部门设置与职能①

(1) 美国[9]

自 1989 年阿拉斯加海域发生大面积重大污染事故后,美国于 1991 年颁布《美国 1990 年油污法》。该法具体涉及联邦政府和州政府在发生海上溢油事故时的管理职能,油污基金制度及其运作,国家应急反应体系组织机构及国家溢油应急计划的编制,国家、区域和地方的应急指挥系统建立等内容。针对阿拉斯加海域大面积溢油污染事故所暴露的联邦政府、执法机关及有关部门和当事人在船舶溢油应急处理联系、协调和配合关系上的不顺,以及职责不明确等问题,建立了覆盖整个国家的船舶溢油应急组织体系。具体见图 6-1。

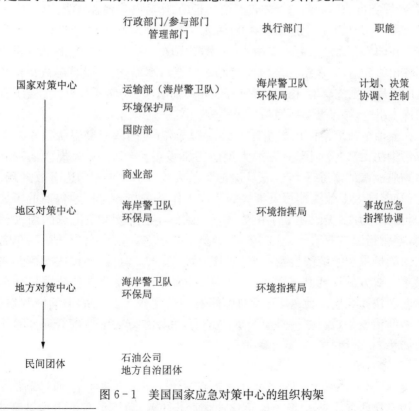

图 6-1　美国国家应急对策中心的组织构架

---

① 本书内容基于参考文献[5—12]改写而成。

在上述组织架构中,国家应急对策中心是国家计划、政策和协调性实体,由联邦环保总署、交通部、农业部、商务部、国防部、司法部、卫生部、核能管理委员会、行政总署、能源部等16个政府部门组成。该中心一般不直接对污染事故进行应急处理,其职责主要包括:政策法规及规划的制订,指挥和协调各州政府及地方应急反应系统的互相配合和支援工作,国家级重大溢油事故应急处理的协调组织等。

在国家应急对策中心的指导下,全美分成13个地区,每个地区都分别设立一个地区性应急对策中心组织,由州政府的代表和联邦政府16个派驻单位组成,对上接受海岸警卫队和环保局的领导,它的主要职责也是侧重于行政区域内溢油防治工作规划的制定和协调有关部门的应急配合和支援工作,一般不直接负责溢油事故的应急处理。

地方应急组织是实体性的事故应急指挥机构。职能主要包括:预防措施的采取、污染监控、影响评价、防治作业、强制执行、损害赔偿等。地区应急组织设有指挥官,下设作业组、规划组、运输组和财务组。当油污损害暂时找不到肇事者时,指挥官可动用油污基金先进行清污行动,然后向肇事者追偿。

值得一提的是,在上述组织体系中,海岸警备队具有最高的组织、协调和决定权。在国家层面的应急对策中心内,由联邦政府指定的海岸警备队官员可以协调各相关部门,有权指挥港口所有船舶乃至海军船舶,并负责最终决策。在地区应急反应系统层面,由海岸警备队、州政府官员、船舶所有人代表组成的3人指挥小组中,海岸警备队官员的最终表决权占51%。

在溢油事故应急队伍的组建方面,一方面由美国海岸警卫队设立若干支国家污染防治队,分别配有各类大型防污染设备,专门负责大规模溢油和化学品物质泄漏的清除工作。一旦溢油事故发生,可以迅速到达事故现场;另一方面,美国大多数溢油污染事故的清除工作是按与各防区承包商的事先协议进行的。为此,美国建立了由炼油厂、油公司等会员单位组成的溢油清除协会,同时指定专业清污公司专门为会员单位服务。清污公司的清污设备和费用由会员单位缴纳的会费承担,并且通过签订清污合同的形式明确污染事故发生后双方的权利和义务。这一组织机构保证了溢油清洁公司机构的正常运转和快速反应。此外,美国的民间石油公司也有自己的溢油清除队,并配备有防治设备、器材,一旦溢油事故发生,可以自行防治或配合海岸警卫队进行防治。

(2) 英国

英国设有两级海上污染事故应急组织架构。在中央政府层面,运输部下设海上污染管理委员会,由海上应急作业局局长主管,负责处理海上污染事故和协调沿海地方部门之间的海滩清理工作,同时政府还建有国家海上污染事故专业应急队伍,主管海洋污染的监视检测和调查,以及海上溢油污染的防治。在地方政府层面,地方政府当局在环境部门的协调下,负责当地的海滩清理工作,其费用主要由地方政府负担。地方政府下设海滩清理专业队伍,其人员每年接受两次海滩清理作业培训,并进行一次大型演习。

(3)法国

法国的应急机制分为海上和陆岸两套系统,分别建立两级应急组织。在中央设有海上事务国务秘书主管下的部级海事委员会和内务部长主管下的民事安全委员会,分别负责海上和陆岸污染应急计划的审定和污染控制工作以及全国性的应急演习。在地方一级由海防司令部(军事部门)负责应急计划的制定和指导海上污染控制作业,并与地方当局和海上企业协调应急计划的落实,组织人员训练演习。当发生污染事故时,由海防司令统一协调指挥。具体的污染清理工作主要依靠公司和民间的人力和物力,一般采取临时租用或者征用的方式。

(4)德国

德国油污染事故处理任务由联邦政府以及沿海的不来梅州、汉堡州/下萨克森州和石勒苏盖格-荷尔泰因州共同承担,其组织架构可分为以下几个部分:第1个是由专家组成的海洋/近海油污染事故委员会;第2个是负责清除油污事故的油污清除队伍;第3个是油污染事故报警机构,该机构设在国家报警中心内,24 h工作,向国际和国内各通讯站报告油污染事故;第4个是联邦特别小组和设在库格斯哈文的联邦近海特别小组,其任务是审定海洋/近海油污染事故委员会提出的计划以及在发生油污事故时,向清除污染队伍提供支持;第5个是咨询研究所,向主管部门和清除污染部队提出油污染事故处理计划和建议。

(5)日本[10]

日本通过比较完善的法律体系,为溢油事故行政治理机制的制定提供法律依据,具体组织架构见图6-2。

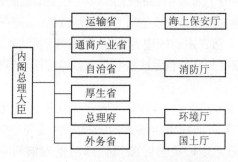

图6-2 日本溢油事故行政治理机制

　　在上述组织架构中,防止海洋污染的工作主要由运输省及海上保安厅负责。环境厅、渔业厅等负责调查溢油对环境的影响,保护野生动物和渔场,并与地方政府和有关机构进行合作。具体职责分工见图6-3。

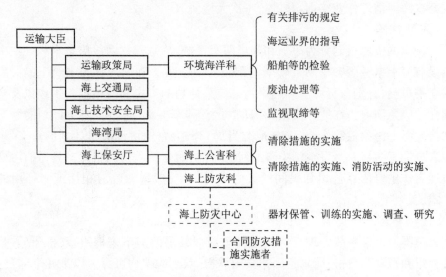

图6-3　日本运输省、海上保安厅油污防治职责分工

　　在上述架构中,针对溢油事故由运输省制定有关防污染规定,对海运业进行指导、对船舶进行检查以及负责有关油污的处理;受运输省管辖的海上保安厅负责在海域进行监测,制定"溢油清除计划",强化特别救助队和国家突击队的应急反应能力,并具体实施石油防污染措施。与此同时,海上防灾中心作为民间机构,也积极配合政府部门在溢油应急行动中发挥重要作用,其一方面配备海上防灾用的船只和器材,具体实施防除措施以及灭火活动;另一方面开展海上防灾训练,推动有关海上防灾的国际协作,进行海上防灾工作的调查及研究等,在实际执行防灾措施时,按运输省与防灾中心签订的防灾措施合约进行。为了协调海上保安厅和海上防灾中心的关系,设立有关溢油防治工作的联席会议。海上保安厅的任务是在溢油事故发生后了解溢油的情况,确保附近航行船舶的安全,并对肇事者及海上防灾中心等进行指导,帮助他们开展清除工作。海上防灾中心则接受海上保安厅长官的指示或船舶所有者的委托,采取措施清除溢油。

　　(6) 瑞典

　　为了加强海洋环境的保护与管理,瑞典根据有关法规设立海洋环境保护管理机构,其中防治海上石油污染由瑞典国家技术发展局主管,国家环境保护局等部门协调配合。海上油污染清除的执行部门是瑞典海岸警备队,隶属于海关,负责油污染的监视和事故处理,具体组织架构体系见图6-4。

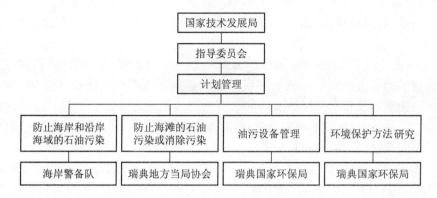

图 6-4　瑞典船舶油污防治组织架构体系

（7）澳大利亚

澳大利亚的油污管理由联邦政府、州政府和油资源工业界共同承担，各有关部门都有明确分工：港口和码头管理部门负责港口和码头以内的海域；州政府负责海岸和海滩；联邦政府公共资源部门负责近海海域；联邦政府和州政府公共资源管理部门共同管理深水区域。与此同时，每个州都设立油污染委员会，由地方官员、环保局、警察、溢油服务部门和石油工业部门组成。

（8）尼日利亚

与欧美国家不同，1981 年由尼日利亚几个公司联合组成清除溢油的民间组织（CAN 委员会），1984 年扩展到包括国家石油公司、港口管理当局在内的 11 个成员，具体负责溢油污染的清除。

（9）象牙海岸

西非象牙海岸为防治溢油事故成立国家防污染中心，承担国家应急行动管理工作。其职责是统筹管理一切发生在象牙海岸的油污染和化学品污染事故的处理工作。

（10）中国香港

中国香港船舶溢油事故行政治理的主管部门是香港海事处，海事处副处长作为政府的协调员，也是船舶溢油事故处理的现场指挥官，他不仅能够调动海事处污染控制组的全体人员和设备，而且也能调动海事处以外的、用以控制溢油的人力和设备。

（11）东盟海域溢油防备和反应组织体系（OSPAR）

为防范在世界主要原油运输航线——东盟海域大规模溢油事故的发生，完善和加强东盟地区油污紧急防备体制，在日本运输省的主导下，由日本船舶振兴会、川和平基金会及日本海运界提供资金援助，日本海难救助协会作为秘书处，成立东盟海域溢油防备和反应组织体系。主要职责包括：提供防除油污的器材;建立、完善信息网络;设立 OSPAR 管理委员会,互相交换信息。

  通过以上各个国家或地区船舶溢油事故行政治理组织架构的比较,我们发现:

  ① 各个国家或地区的组织形式及职能划分各有差异,但一个健全完善、分工合理的船舶溢油事故行政治理组织架构必须要有健全的法律体系的保障。这一点为欧美及日本等经济发达国家溢油防治的成功实践所证明。通过制定完整的法律体系,可以明确中央政府、地方政府、各有关单位及当事人在船舶溢油污染防治过程中的权利和义务。

  ② 在整个溢油防治组织架构中,政府的主导地位不容动摇。因为船舶溢油污染涉及自然、环境等多个方面,事关社会和公众的利益,因此必须由政府主导溢油事故的防治。其职能主要体现在:法律法规的制定;应急计划的拟定;重大事故的直接干预和协调组织;必要规模的应急队伍和资源的组建与筹备;油污基金的筹措。值得关注的是,大多数国家的运作实践表明:政府主导作用的具体实施主要由政府运输主管部门承担,环境保护部门等积极参与。

  ③ 在组织结构的具体设置与功能划分层次方面,根据溢油防治工作的规模及复杂度,可以采取不同层次的组织架构,大多数国家采用 2~3 级的组织结构。无论是 2 级组织架构还是 3 级组织架构,每个组织架构总体上可以分为两大层面:规划层和实施层。规划层主要负责法律法规与规划的制定,重大事故的协调组织、宏观管理等;实施层则承担特定区域应急计划的编制、实施及现场应急处理工作。无论是规划层还是操作层,必须设立相应的、由政府部门担当的,起决策协调组织作用的机构。

  ④ 在污染防治的具体职能划分方面,各国家或地区的溢油宏观决策管理和组织协调均由政府部门担当,但具体实施特别是事故的应急处理则有不同的模式。有些国家的溢油清理是由专业的外界清污公司完成,而有些国家是由政府的专业队伍处理,有些国家则是结合两者的力量处理溢油事故。如美国的溢油清理采用承包合同制形式完成;法国的污染清理工作主要依靠民间的人力和物力、采取临时租用或征用的形式;英国的溢油清理工作和费用主要由政府承担。

  ⑤ 欧美一些国家海上污染事故应急处理实践表明:油污基金制度的建立和正常运作是保证溢油防治组织体系健全的关键所在。

6.2.3 船舶溢油事故行政治理组织架构设置的基本理念——集成化船舶溢油事故管理

  船舶溢油事故行政治理组织架构体系可用下列模式加以描述:

$$S = \{E, R\}$$

式中: E 为组织要素; R 为关联关系。

对于上述组织架构中的组织要素划分及关联关系的确立,采用集成化的船舶溢油事故行政治理模式。

严格说来,集成化船舶溢油事故行政治理并非一种组织设置形式,而是一种思想。所谓集成化船舶溢油事故管理是指:"在船舶溢油事故各利益相关方及各影响子系统之间,采用法律的、经济的、行政的、技术的等多种形式的手段,通过对各种利益相关方以及各个子系统之间相互作用关系的综合协调,把各子系统的关键要素有机组织起来,并在此基础上控制系统运行以达到决策目标的过程"。[4]

按照集成化船舶溢油事故行政治理思想,船舶溢油事故处理系统可以分解为不同层次、不同级别、不同特征的若干子系统,各子系统独立的、内部的问题可以设置专门的机构分别解决,同时,对各子系统之间的冲突、各子系统共同组成的大系统整体的问题,则设置综合的组织协调机构进行集中解决。

在国家级层面上,成立由一个专业主管部门为主,与船舶溢油事故行政治理有关的各部门参与的船舶溢油事故对策中心,具体负责有关法规及规划的制定,同时由该专业主管部门负责重大溢油事故的组织协调、专业防治队伍的组建、溢油防治资金及资源的筹措等。

在地方级层面,参照国家级层面,成立以政府为主体的船舶溢油区域对策中心,除负责区域性溢油法规及规划的制定、溢油防治资金及资源的筹措等外,具体负责溢油事故应急处理的现场组织和协调,区域专业防治队伍的组建,并与社会防治力量保持联系。

6.2.4　我国溢油防污染组织架构的若干思考

与世界各国或地区相比,我国尚没有建立起完整的溢油防污染组织架构,具体体现在以下两个方面。[9, 10]

① 缺乏建立完整溢油防污染组织架构的法律和政策基础。虽然自 20 世纪 70 年代末以来,我国已颁布一系列海洋环保法规,但与不断修订实施的国际公约相比较,相应的法律法规建设明显滞后,尤其是涉及海上溢油应急反应的法规滞后问题更为突出。

② 政府既不具备强有力的污染事故统一指挥或协调组织机制,也不具备污染控制能力。目前,有关环境、海洋和港务管理机关把环保的工作重点放在海洋排污管理上,污染事故的应急处理往往由企业负责。除少数海洋石油开发企

业和港务公司配备少量溢油清理设备外,从总体上看,我国的应急力量水平较低,且相互间缺乏协调,设备配置重复,既难以有效应付中大型事故,又造成国家财力、物力的严重闲置和浪费。

基于上述分析,我们提出:为有效防治船舶溢油事故,应以政府为主导,建立全国性的船舶溢油事故防治组织管理架构。即:以交通部海事管理部门为依托,成立由环保局、海洋局、农业部、能源部等部门参与的溢油防治和反应中心,具体负责溢油防治法规和规划等宏观管理工作,同时责成交通部海事管理部门负责重大溢油事故的协调处理。

在各地方层面,由地方海事管理部门牵头负责地方溢油防治事务,尤其是现场应急处理工作。一旦溢油事故发生,各相关成员单位都应按照各自职能履行职责,科研部门负责对油污损害状况进行评估并提供溢油清除方案供决策参考,海洋气象、渔业水产部门则提供海区海况和海洋资源的损害情况。

具体设置及职能划分见表6-1。

表6-1　船舶溢油事故防治组织管理架构及职能

区域/职能	组　织　成　员	职　　　能
国　　家	依托:交通部 参与:国家环保局、国家海洋局 相关单位:公安部、保赔协会、国家旅游局、渔业部、财政部	制定法规、规划,重大事故的协调组织
区　　域		跨区域计划与事故的协调
地　　方	同国家层面	资源与溢油危险性评价、应急计划制定、应急处理(溢油预测与跟踪、技术措施、后勤保障)、损害赔偿、资源储备、信息管理

基于上述组织架构,由政府在不同层面组建装备优良、高效精简的海上溢油事故清除专业队伍,具体负责重大船舶溢油事故的应急处理。同时充分发挥社会各方力量,建立起松散而充裕的社会溢油事故清除资源网络,尤其是鼓励港口企业、航运企业、石油企业等建立专业清污公司,并进行市场化运作。与此同时,通过合同形式,明确事故发生双方的权利和义务关系,从而对船舶溢油污染防治起到积极的促进和保障作用。

6.3　航运污染行政治理应用分析之二——船舶溢油事故应急计划

在明确船舶溢油事故行政治理组织架构体系的基础上,为进一步规范各组成要素之间的关联和协调关系,有必要建立相应的应急计划。从总体上看,建立溢油应急反应体系不仅有助于快速作出溢油应急决策;而且有利于人力物力资源的最大限度利用,同时从体制上保证培训、演习的有序开展,以保证溢油指挥和作业人员提高反应能力。鉴此,有必要对船舶溢油应急计划作一研究。

6.3.1　国外船舶溢油应急计划比较分析

为加强船舶溢油事故的防治,根据 IMO 第 674(16)号决议和溢油事故防治相关公约与法规的要求,各国应制定相应的船舶溢油应急计划。下面首先对国外船舶溢油应急计划作一比较分析①。

(1) 美国哥伦比亚河口应急计划

哥伦比亚河口位于华盛顿州与俄勒冈州的分界处,自然地理环境复杂,环境敏感性强,且分归两个州管辖,这些特点大大增加了制定溢油应急计划的难度。为此,在海岸警备队的领导下,来自美国海岸警卫队、美国国家海洋与大气管理局、美国渔业和野生动物管理局、国家园林管理局、美国内政部、俄勒冈环保局、华盛顿州生态局、华盛顿州海洋安全办公室和驻哥伦比亚河口特遣部队的代表参加应急计划的制定工作。内容主要包括:重点保护资源区和需重点保护的敏感区;应急措施的确定;后勤工作的筹备等。其中后勤工作的筹备涉及:应急行动后勤基地的建立、应急行动的各种后勤机构的设置(包括指挥所的选址、设备器材仓库的选点、应急人员集结地点的确定等)、直升飞机停机场和交通进出口的规划、通讯设施的布局以及事故中损坏的船只停泊场所的选择等。

(2) 日本国家溢油反应计划

日本国家溢油反应计划对溢油事故应急处理流程、职责划分及应急措施的选择作了明确界定,其中当溢油事故发生时,具体的溢油事故应急流程见图 6-5。

在溢油事故应急处理过程中,不同部门有着明确的职责划分,具体规定如下:

① 一般溢油事故发生后,海上保安厅长官、区域总部长或县知事应对事故

---

① 本节内容基于参考文献[5—12]改写而成。

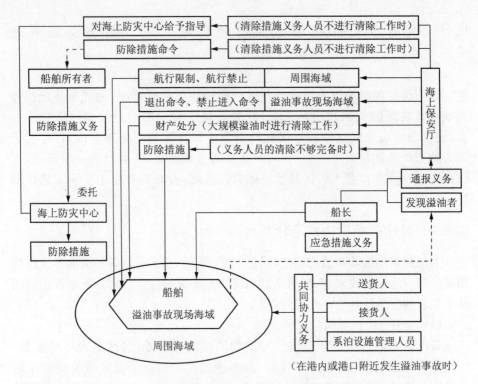

图 6-5　溢油事故应急处理流程

的规模和危害程度进行评估,然后决定是否请求派遣自卫队或通知自卫队。如果自卫队收到请求援助,应考虑是否有必要派遣其力量和采取相应的措施。

②　如果发生大规模溢油事故,国家政府部门应召开"会议"及时交换信息。特别是当有必要加强紧急对策的协调时,在报告首相后,国家应成立预防总部,由海上保安厅的长官担任指挥。预防总部及其秘书处一般设在海上保安厅总部。与此同时,还应成立"现场通信与协调总部",由区域部长官担任指挥,负责研究现场形势,采取快速适当的应急对策。这种情况下,"现场通信与协调总部"及其秘书处一般设在区域总部。

③　如果确认损害巨大,国家应成立灾害对策总部,长官一般由运输省大臣担任(如果溢油来自大型石油联合体或其他石油设施,则由自治省大臣担任)。灾害对策总部及其秘书处应设在运输省(如果溢油来自大型石油联合体或其他石油设施,则放在消防署)。如果有必要现场协调各政府部门分支机构、地方政府和其他单位,灾害对策总部还应成立"现场灾害对策总部",长官一般由运输次长担任(如果溢油来自大型石油联合体或其他石油设施,由内务次长担任)。如有必要,国家政府部门和灾害对策总部应向现场派出工作组对形势进行调查,并采取迅速有效的对策。

（3）日本石油协会应急计划

为了确保安全稳定的石油供给,日本石油协会在日本通商与产业省的支持资助下,于 1991 年开始制定和实施溢油应急反应计划。该计划由溢油反应设备的储备、出借以及反应技术的研究与开发等方面的内容构成。在每次重大溢油事故中,日本石油协会将根据请求向有关政府机构和有关当事方免费出租储存在基地上的设备,以求使溢油事故造成的损失降至最小。具体业务流程见图6-6。

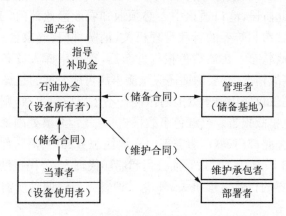

图 6-6　日本石油协会重大溢油反应计划构架

（4）香港

为防治船舶海损事故、港口油码头装卸作业以及岸边石油设施、油库事故所造成的溢油污染,香港政府制定了《海上油污染应急防治计划》。应急计划由香港海事处制定和实施。应急计划规定了溢油应急反应流程见图6-7。

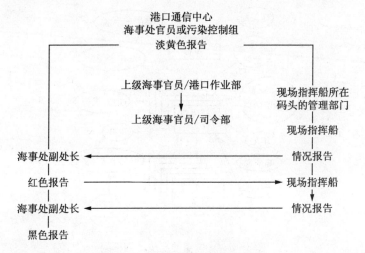

图 6-7　香港溢油应急反应流程

在上述流程中,港口通讯中心随时接收来自各个方面的情况报告,及时了解溢油的来源和数量、溢油是否继续溢出、溢油的类型和颜色、溢油所在的位置、油膜扩散程度、溢油是否处于控制状态、溢油在海上已滞留的时间、发生溢油的船舶或岸边污染源的地点等信息,在此基础上,根据溢油的数量及其扩散范围,分为小规模溢油(淡黄色信号)、中规模溢油(红色信号)、大规模溢油(黑色信号)3 种情况。

如果是淡黄色事故报告,海事处污染控制组的污染控制船立即到达现场进行应急处理,在此阶段,港口通讯中心必须通知农业渔业部门、工程公路部门、地区服务部门、城市和新界的行政管理机关、消防部门、气象台、海上警察等部门,使其处于警戒状态。在淡黄色报告发布后,现场指挥人员必须随时向海事处副处长报告事故情况,必要的话还应预测事故可能发展的趋势。

如果考虑到仅仅使用海事处的防污设备不足以应付事故,则必须向海事处副处长呈报红色事故报告。当红色事故报告呈报后,海事处副处长可以从农业渔业部门、工程公路部门、城市服务部门和地区服务部门、消防部门、海上警察、香港联合船坞和 Enrasja 船坞、石油公司和船舶代理人、公民援助部门、气象台、军队、城市和新界的行政管理机关、环境保护署等部门调动所需要的工作人员和设备。

如果作业需要进一步扩大和警戒,则应呈报黑色事故报告,并且要求动员来自各方面的人员和设备以及包括食品在内的其他供应品。溢油现场有关人员和设备的调度、使用必须服从现场指挥官的统一指挥。

(5)美国

美国的应急计划分多个层次,具体见图 6-8。

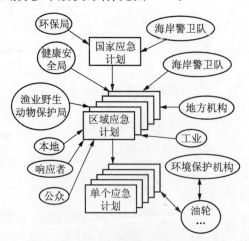

图 6-8 美国溢油反应计划框架

各计划的基本流程见图 6-9。

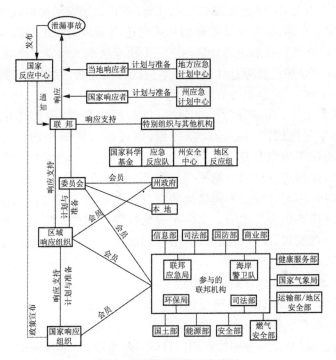

图 6-9　美国溢油反应流程

6.3.2　应急计划的基本构成

基于上述实证分析,我们认为在应急计划设计方面,目前的研究往往基于个案完成,缺乏一般性的规范分析。以 Exxon Valdez 溢油事件[11, 12]为例,SAMUEL 和 WILLIAN 在事故发生后对应急过程中的经验教训进行总结,并对应急体系提出改进之处。JOHN 认为 Exxon Valdez 溢油事件暴露出应急体系的不足之处:没有预设应急行动所需资源的位置;调用资源不及时;没能快速建立一个有效的应急组织体系。此外,美国海岸警卫队在 Exxon Valdez 溢油事件之后,也对应急计划作了详细评估。他们认为一个理想的应急计划应符合以下几个条件:应考虑到最不利的状况;在 2~3 h 内能为现场提供应急行动的操作程序;在溢油后的 48 h 内能建立一套清除溢油的方案;能事先确定所需的设备;能事先预测溢油敏感区域的位置及防范措施。

一个应急计划理想上至少包括 4 个步骤:确定应急反应计划的需求,决定需要做什么和谁去做,制定和完善计划,实施计划。

应急计划通常分成两大块:战略计划与战术计划。战略计划包括政策法规、责任划分以及合理建议等;战术计划主要是一些相关资源的详细信息。

值得明确的是:大部分的溢油应急计划,不管是国家层面的还是地区层面的,框架结构基本类似,主要是根据溢油影响范围和风险大小的改变而有所变动。这种一致性使得溢油应急计划在许多不同应急水平程度上能够统一起来。这里,我们认为船舶溢油应急计划的基本构成可描述为两维形式,即{区域维,内容维}。

在区域维度上,可以分为4个层次:最高层次是《国家船舶油污应急计划》;第2层次是区域性的溢油应急计划,如:《某海区船舶油污应急计划》、《某海峡船舶油污应急计划》等;第3层次是各个港口、油类作业码头及装卸设施的《港口油污应急计划》;第4个层次是《船舶油污应急计划》。各层次的计划环环相扣、不可分割。不同层次的应急计划形成不同等级的应急反应体系,所承担的任务也有所不同。高层次应急反应计划的重点是全局的组织协调、资源的合理配置、反应行动的调控;低层次应急反应计划则侧重现场污染控制和清除。

在内容维度上,应急计划具体包括下列内容:

组织架构及职责权限:明确溢油事故处理的相关方及各级指定人员的责任,同时明确现有设备资源在短期内应付事故处理的可行性。

溢油应急反应程序:溢油报告和报警(通报)程序;溢油预测跟踪(根据溢油扩散、漂移轨迹预测确定应急计划的地理范围)与信息发布程序;敏感区域评估与污染事故风险评估程序;应急反应行动程序;事故的调查、取证、记录程序;事故善后处理及损失评估程序。可用图6-10描述。

溢油监视与预测:溢油监视由岸台油污观测、船舶报告、卫星监视等构成,溢油预测的依据是溢油模型的仿真运行结果。

溢油风险评估:评价是根据溢油损害分析的有关标准和索赔指南,以溢油轨迹、溢油归宿、预测数据和环境

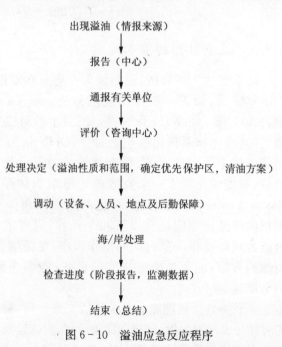

出现溢油(情报来源)

↓

报告(中心)

↓

通报有关单位

↓

评价(咨询中心)

↓

处理决定(溢油性质和范围,确定优先保护区,清油方案)

↓

调动(设备、人员、地点及后勤保障)

↓

海/岸处理

↓

检查进度(阶段报告,监测数据)

↓

结束(总结)

图6-10　溢油应急反应程序

敏感区优先保护的次序为基础,进行溢油损害程度的全面分析和溢油索赔的定量分析,分析结果将作为处理溢油事故的依据。

溢油应急反应的人力物力资源及交通后勤保障:具体给出人力、物力资源的分布及应急交通和水域通道的安排,同时给出应急资源的经费筹措模式。

溢油应急反应技术:给出在溢油应急反应行动中应参考的技术应用原则,包括溢油控制、回收和消除的基本原则、技术手段的使用等。

信息传递、交换与发布:介绍污染事故信息发布的原则、发布权限和信息发布的流程图;给出应急通讯联系表和应急反应行动中的一般通讯联系方式和紧急联系方式。

应急计划的培训、演习和计划的修改:为保证溢油应急计划能真正有效地实施,应定期组织相关的管理和指挥人员、应急队伍人员、船员及其他有关人员参加培训和演习,及时将应急方面的新知识、新技术、新要求授予有关人员,同时检验应急反应计划中的各个环节能否协调、快速、有效地发挥作用。此外,溢油应急计划应定期修正,更新所有的资料和数据。

值得注意的是:往常的应急计划偏重于组织架构的建立,国际、国家、地区的应急计划制定、治理溢油的器材筹措、对敏感水域的保护以及人员培训等。近几年应急计划的特点是充分注重信息技术等高新技术的应用。

6.4　船舶污染的法律治理

6.4.1　国外有关船舶污染法律

目前,控制船舶污染的国际条约体系主要包括 3 个层次:第 1 个层次是有关船舶污染控制和海洋环境保护的全球性框架公约;第 2 个层次是控制船舶污染的专项国际条约;第 3 个层次是与控制船舶污染有关的其他海洋环境保护条约。

(1) 有关船舶污染控制和国际海洋环境保护的全球性框架公约

这一层次的条约中,最重要的是 1982 年的《联合国海洋法公约》。[13]该公约的核心是:在确立各国利用和保护海洋资源所必须遵守的国际法原则的同时,明确防止船舶引起污染的立法及执行方面的权利和义务;各国国内法律和规章所规定的环境保护力度一般不得低于同类国际规则和标准;关于船舶污染的国内法律、规章和国际规则、标准的执行权,按不同情况分别由船旗国、港口国和沿海国行使。

(2) 控制船舶污染的专项国际条约

根据船舶污染的法律分类,控制船舶污染的专项国际公约可分为两部分:

一是控制船舶排放污染的国际条约;二是控制船舶事故污染的国际条约。

在控制船舶排放污染的国际条约方面,1954 年的《国际防止海上油污公约》是当代各国为减轻船舶污染特别是石油污染而签订的第一个国际环境保护公约。公约签订后经过 1962 年、1969 年和 1971 年 3 次修正,对油污禁排区的范围和排放物含油量的标准作了必要的修改,但公约只规定防止油污的规则,而没有包含控制其他有害物质污染海洋的规则。

1973 年的《国际防止船舶污染公约》和随后的《关于 1973 年国际防止船舶污染公约的 1978 年议定书》是目前在防止船舶污染方面比较全面的、带有强制性的国际公约。[14]其目的在于严格限制油污的排放量,以彻底消除有意排放油类和其他有害物质而污染海洋环境的现象,并将这些物质的意外排放减至最低限度。

在控制船舶事故污染的国际条约方面,以 1969 年通过的两个公约(《关于干预公海油污事故公约》和《国际油污损害民事责任公约》)为代表[15],对沿海国在污染危急的情况下所采取的措施、处理油污事故的责任,油污损害补偿的金额限制等作出规定。由于这两个公约都只规定事故发生后的措施而没有规定预防措施,为此,公约缔约国又于 1971 年签订《建立国际油污损害赔偿基金公约》[16],以使受油污损害者能得到足够的赔偿。1976 年 11 月在"海协"的组织下,又签订了两个议定书,分别对上述两个公约作了必要的修改和补充。1969 年国际油污损害民事责任公约议定书已于 1981 年 4 月 8 日生效。我国于 1986 年 9 月 29 日加入该议定书,于 1986 年 12 月 28 日对我国生效。而 1971 国际油污损害赔偿基金国际公约议定书目前尚未生效。这两个公约的修改和补充主要是考虑到原有的赔偿单位已不适应形势的发展,同时货币贬值会在很大程度上影响公约中确立的金额,因此对原公约的赔偿单位及货币规定进行修定和补充。例如 1969 公约议定书对原公约的第 5 条、第 9 条进行了修正,"将船舶所有人有权对任何一事件的赔偿责任总额限定为按船舶载重每吨 133 计算单位,但这一总额在任何情况下不得超过 1 400万计算单位;原公约中所指的'计算单位'为国际货币基金组织规定的特别提款权"。而 1971 公约议定书将第 5 条中用"100 计算单位或 1 500 货币单位"代替"1 500 法郎"等。

(3) 与控制船舶污染有关的其他海洋环境保护条约

由于船舶污染控制具有综合性,上述提及的专项国际条约的数量又比较少,无法将涉及船舶污染的法律关系全部加以调整,因此在其他海洋环境保护条约中含有不少关于船舶污染控制的法律规范,如:控制海底开发污染的国际条约、控制海洋倾倒污染的国际条约等。

综上可见,在控制船舶污染方面,国际社会已经形成以全球性框架公约为基础、以专项国际公约为主干和以其他相关国际公约为补充的条约体系,具体涉及防止、减少和控制船舶污染的具体标准规则;不同国家间对船舶污染的管辖权规则;船舶对海洋环境造成污染损害的责任和赔偿规则。

6.4.2　国内船舶污染的法律治理

6.4.2.1　我国对防止船舶污染的立法及加入的有关国际公约

（1）立法[17]

1974年1月30日,国务院批准颁发由交通部牵头起草的《中华人民共和国防治沿海水域污染暂行条例规定》,这是我国防止沿海水域和船舶污染管理的首次立法。该法对我国沿海水域的污染防治特别是对油船和非油船的压舱水、洗舱水、生活废弃物等废物的排放,作了较详细的规定。

1982年8月23日第5届全国人民代表大会常务委员会第24次会议通过了《中华人民共和国海洋环境保护法》(简称《海洋环保法》),并于1983年3月1日起生效。1999年12月25日第9届全国人民代表大会常务委员会第13次会议又对该法进行修改并通过,修订后的《海洋环保法》于2000年4月1日起开始施行。该法是我国第一个综合性的保护海洋环境的法律法规。关于船舶污染的规定主要集中在第8章《防治船舶及有关作业活动对海洋环境的污染损害》中,法律责任则主要见第9章。

为实施《海洋环保法》,国务院于1983年12月29日批准颁布《中华人民共和国防止船舶污染海域管理条例》(简称《船舶防污条例》)。与此同时,交通部等有关部门为贯彻实施《海洋环保法》、《船舶防污条例》有关规定,分别制定了若干法律规定。

（2）加入的有关国际防污公约

我国加入国际海事组织制定或保管的有关防污染公约的具体情况见表6-2[17]。

表6-2　国际海事组织有关防污染公约在我国的实行情况

序号	防污公约和议定书名称	制定日期和地点	生效日期	和我国的关系
1	《1954年国际防止海上油污公约》	1954年5月12日于伦敦		
2	《1973年国际防止船舶造成污染公约》(含议定书Ⅰ和Ⅱ,附则Ⅰ～Ⅴ)	1973年11月2日于伦敦	尚未生效	

（续表）

序号	防污公约和议定书名称	制定日期和地点	生 效 日 期	和我国的关系
3	《经 1978 年议定书修订的 1973 年国际防止船舶造成污染公约》含《1973 年国际防止船舶造成污染公约》正文	1978 年 2 月 17 日于伦敦	1983 年 10 月 2 日	1983.7.1 加入；1983.10.2 生效
	《关于 1973 年国际防止船舶造成污染公约的 1978 年议定书》正文议定书 I 关于涉及有害物质事故报告的规定			
	议定书 II 仲裁 附则 I 防止油污染规则 附则 II 控制散装有毒液体物质污染规则		1983 年 10 月 2 日 1987 年 4 月 6 日 1992 年 7 月 1 日	1983.10.2 加入；1983.7.1 加入；1987.4.6 生效；1994.12.13
	附则 III 防止海运包装或集装箱、可移动罐柜或公路及铁路槽罐车装有害物质污染规则 附则 IV 防止船舶生活污水污染规则		尚未生效 1988 年 12 月 31 日	1988.11.21 加入；1989.4.6 生效
	附则 V 防止船舶垃圾污染规则 (1) 1984 年（附则 I）修正案 (2) 1985 年（议定书 I）修正案 (3) 1985 年（附则 II）修正案		1986 年 1 月 7 日 1987 年 4 月 6 日 1987 年 4 月 6 日	1986.1.7 生效 1987.4.6 生效 1987.4.6 生效
4	《1969 年国际干预公海油污事故公约》	1969 年 11 月 29 日于布鲁塞尔	1975 年 5 月 6 日	1990.2.23 加入；1990.5.24 生效
5	《1973 年国际干预公海非油类物质污染议定书》	1973 年 11 月 2 日于伦敦	1983 年 3 月 30 日	1990.2.23 加入；1990.5.24 生效
6	《1969 年国际油污损害民事责任公约》	1969 年 11 月 29 日于布鲁塞尔	1975 年 6 月 19 日	1980.1.30 加入；1980.4.29 生效
7	《1969 年国际油污损害民事责任公约的 1976 年议定书》	1976 年 11 月 19 日于伦敦	1981 年 4 月 8 日	1986.9.27 加入；1986.12.28 生效
8	《修正 1969 年国际油污损害民事责任公约的 1992 年议定书》	1992 年 11 月 27 日于伦敦	1996 年 5 月 30 日生效	

（续表）

序号	防污公约和议定书名称	制定日期和地点	生 效 日 期	和我国的关系
9	《1971 年设立国际油污损害赔偿基金公约》	1971 年 11 月 18 日于布鲁塞尔	1978 年 10 月 16 日	
10	《1971 年设立国际油污损害赔偿基金公约的 1976 年议定书》	1976 年 11 月 19 日于伦敦	尚未生效	
11	《修正 1971 年设立国际油污损害赔偿基金公约的 1992 年议定书》	1992 年 11 月 27 日于伦敦	1996.5.30 生效	
12	《1972 年设立防止倾倒废物和其他物质污染海洋公约》 (1) 1978 年关于争议解决程序的修正案 (2) 1978 年关于防止和控制焚烧废物和其他物质污染的修正案 (3) 1980 年关于公约物质名单的修正案	1972 年 11 月 13 日于伦敦	1975年8月30日 尚未生效 1979 年 3 月 11 日 1981 年 3 月 11 日（日本除外）	1985.11.14 加入；1985.12.15 生效 1985.11.14 加入；1985.12.15 生效
13	《1990 年国际油污防备、反应和合作公约》(OPRC)	1990.11.30 于伦敦	1995.5.13 生效	1998.3.30 加入；1998.6.30 生效
14	《1996 年国际海运有害有毒物质污染损害赔偿责任公约》(HNS)	1996.5.3于伦敦	尚未生效	

6.4.2.2　内河流域船舶污染的法律治理

目前,我国海上船舶污染防治法规已初步形成以《海洋环保法》、《船舶防污条例》为基础的法规框架;但在内河水域船舶污染防治方面,目前还没有 1 部全国性的专门法规。[18]

涉及到长江水域的船舶污染防治,除了地方环保部门和港务部门制定的管理条例外,长江水域船舶污染防治主要环保法规见表 6-3。

表 6-3　长江水域主要船舶污染防治法规[19, 20]

序号	法　规　名　称	主要防治项目	实施日期	执法者	立法单位
1	《内河船舶防污染结构与设备规范(防止油污染部分)》	船舶机舱含油污水	1986	长江港监局 上海港监局	国家船检局
2	《中华人民共和国水污染防治实施细则》		1989.9.1	长江港监局 上海港监局	国家环保总局
3	《防治船舶垃圾和沿岸固体废弃物污染长江水域管理办法》	船舶垃圾	1998.3.1	长江港监局 上海港监局	交通部 建设部 国家环保总局
4	《上海港防止船舶污染水域管理办法》	船舶生活污水	1996.9.1	上海港监局	上海市政府
5	《长江干线中下游围油栏布设管理办法》	油类物质	1997.10.1	长江港监局	长江港监局

6.5　世界各国内河航运与资源保护的发展模式及政策体系

　　欧美许多国家内河航运十分发达,他们都高度重视内河航运和环境的可持续发展,取得了较好的成效。总体而言,国外防止内河航运污染措施主要表现在以下几方面:

　　首先,建立健全防污法规体系并进行严格执法。在德国,《内河航运法》是管理内河航运的主要法律。[21]在美国,关于水域环保方面的法律较多,其中最主要的有两部,分别是《1990 油污法》和《水清洁法》。[22, 23]

　　由于船舶防污染的各项工作都有法可依,因此,欧美许多国家执法效率很高。在德国,船舶防污、污染事故调查以及危险品运输管理等由州水上保安警察承担,他们对船舶防污染检查及设备要求相当严格,船方必须出示废弃的船用燃料贮存在何地、被哪些船舶接收或送到哪家污油处理厂等证明,否则,水上保安警察将作重点调查。[21]船舶造成污染事故后,州高级法院将按当事人过失程度判定责任。当事人除承担清除污染的责任外,还将被处以相当高数额的罚金。

　　其次,广泛运用先进的预防和监控船舶污染技术手段。在这方面,德国建立了一套现代化的船舶监控系统,每天 4 次定时通报航道水位及沿河水工作业情况,并对危险品运输船舶、140 m 以上的大型船舶以及操纵能力受限制的拖带船舶实施全程跟踪。[21]

第二,各国都高度重视船员的技术素质和环保意识的培养及提高。德国虽然对内河船员的文化程度要求并不高,但非常重视船员遵守交通法规自觉性的培养,每隔 5 年要进行一次再教育和再培训。[21]再教育、再培训的内容主要是增加安全航行知识。与此同时,德国十分强调船长对内河航道的熟悉程度,船长证书考试分段进行,被考者经考试合格后再逐一扩大航行区域。通过提高船员素质,对内河船舶的污染防治工作起到很大的促进作用。

第三,很多国家的船舶污染防治已形成一套市场运作机制。德国的船舶污染处理费用是船舶的必要营运成本,同时在岸上也已形成一些接受船舶废弃物、油污水的专门船舶和公司。[21]如汉堡港 HOG 污水处理公司就是专业处理船舶油污水的企业。HOG 完全按市场机制运作。首先船舶向 HOG 送交油污水,并向 HOG 交纳油污水处理费;HOG 在处理油污水过程中,一部分废油经提炼可再生利用,其余废渣由 HOG 交当地环保部门处理,HOG 向环保部门再交纳一定的处理费。这样,整个油污水处理过程政府无须投入任何费用。

6.6　长江流域航运污染行政治理

6.6.1　长江航运污染的特征识别

在第 2 章中,我们对长江流域航运污染的现状进行了分析,从总体上看,长江航运污染具有下列特点:[24]

① 经济地位特殊,环境资源丰富。长江流域作为我国重要的内河区域,不仅是主要通航水域,而且是百姓生活及工农业生产的主要水源,同时还分布着众多各有特色的旅游观光城市。这些情况使得长江流域沿岸敏感区域增多,污染危害风险等级提高。

② 航道情况复杂,水文天气变化特殊。由于长江水量充沛,泥沙丰富,导致流域水域岛屿、暗礁众多,航道狭窄、复杂,航路变化较大。因此发生碰撞、搁浅、触礁等水上安全事故的频率较为频繁。尤其是在长江口地区,风况受季节的影响较大,晚秋和冬季通常有 6 级以上的偏北大风。这些恶劣气候给船舶的航行安全带来严重影响,进而增加航运污染的可能性。

③ 码头分布密集,船舶流量频繁。随着长江口深水航道的开通,加之长江沿线新辟众多的石化码头,使通过长江下游水域进入港口和过境的散装液体危险货物船舶的吨位和流量大大提高。这在客观上大大提升了造成船舶所载液

态危险货物燃烧、爆炸、泄漏等流动源化学事故的概率。

④ 船型落后,污染防治能力低。据调查,长江水系船舶大约有 3 000 多种,在船舶标准化、系列化和经营结构规模、组织运输等方面与现代内河运输的要求存在较大差距,由于内河船舶的登记、检验难以全面到位,有关防污染法令还不够齐全、严密,因此内河船舶的污染防治能力低下。[25]

6.6.2　现有长江航运污染防治所存在的问题

6.6.2.1　长江航运污染的防治沿革

长江的航运防污工作始于 20 世纪 70 年代,根据国家的有关法规,1974 年在交通部长江港航监督局成立船舶防污管理部门,并形成以长江港航监督局为主要行政执法主体、广大航运企业为主要责任主体的长江干线船舶防污体制。归纳起来,长江干线航运防污工作主要集中在下列几个方面:[20]

一是在制度建设方面,除了积极稳妥地推进立法工作外,还针对船舶油污染、垃圾污染、有毒化学品污染等,先后制定和颁布《防止船舶垃圾和沿岸固体废物污染长江管理规定》、《船上油污应急计划》等规章制度,实施散化、液化危险货物装卸、运输安全评估制度,建立危险货物运输申报制度,开展建立船舶废油、油污水接收单位和在长江中下游围油栏布设等工作。

二是严格查处船舶污染事故及违章行为,具体涉及船舶油污染事故、船舶有毒化学品污染事故、船舶垃圾污染事故、防污设备和文书证书缺陷等方面,从而有力地扭转了长江流域航运污染现象蔓延的趋势。

6.6.2.2　现有长江船舶污染的防治所存在的问题

（1）防治法规[20]

国际公约和海上有关防污法规相比,我国内河(长江)船舶污染防治法规不多、不成体系、内容涉及的覆盖面不广,并且随着航运发展形势的变化,一些法规已经不能适应。如国家船舶污染物排放标准,1983 年制定时未就化学品船洗舱水的排放进行规定,而事实上某些化学品的洗舱水对环境的污染远大于油类。随着长江化学品运输的迅速发展,其污染防治的相应标准需要及时完善。又如在内河船舶污染全面治理方面,缺乏对生活污水、船用柴油机废气排放、噪声等治理的具体政策和措施,在一定程度上影响了内河船舶污染全方位治理的效果和力度。

（2）船舶方面[26—29]

由于历史形成的原因,目前长江水系船舶吨位小,市场准入条件低,船舶组成相当复杂。截止到 2003 年底,整个水系拥有各种运输船舶 161 804 艘,船舶平均净载重量为 253.3 t/艘,仅为美国等国家平均吨位的 1/4。由于企业规模小,船舶吨位小,存在制度不全、经营管理不善等弊病,因此在防治污染方面的

投入很少。归纳起来,长江水系的船舶存在下列问题:

第一,船舶状况堪忧,污染风险加剧。纵观目前进出长江下游水域从事散装油类、化学品和液化气运输作业的船舶,远洋航线上 70％以上船龄已超过 15年。在近海航线上,也有相当一部分船舶是 1987～1988 年间建造的,内河航线状况则更为堪忧。尤为严重的是,随着国内油类、化学品和液化气市场的迅猛发展,许多"改装船"、"拼装船"等低标准船大量充斥内贸危险货物水运市场,从而对危险货物的安全运输构成极大危害。

第二,防污染设备和防污文书不符合规范。部分船舶即使配备防污设备和防污文书,违规操作现象仍相当普遍。此外,目前长江水系的船舶基本上没有生活污水储存设备,更没有生活污水处理设备,不可能按国家规定对生活污水处理后达标排放,而是全部直接排入水中。

第三,船舶以简易型为主,缺少含油污水、生活污水的接收处理装置和固体垃圾收集装置,环保措施十分落后,既给水域造成环境污染,也严重影响船员和沿岸居民的正常工作与生活。

(3) 船员方面[26, 28]

第一,船员文化素质普遍偏低。从对珠江水系和长江水系船舶、船员情况的调研中发现:内河船员约 80％是高中以下水平,40％只有小学文化水平。这一现象直接影响到航运防污染工作的开展,许多船员对船上配备的防污染设备不会操作,不熟悉长江航道,不懂《长江下游分道航行规则》等,以致极易发生事故,造成污染。

第二,防污意识不够。目前,相当一部分航运企业员工对防污法的实施、防污文书及设备配备的自觉主动性不够,有时即使配备了也起不到实际的防污作用。

(4) 执法方面[28]

第一,执法部门职责不明。根据《防止船舶垃圾和沿岸固体废物污染长江水域管理规定》,长江水域船舶垃圾排放的监督管理由港监部门负责,接收和处理工作由环卫部门负责,对船舶油污水排放处理和其他水域的船舶垃圾管理没有明确规定。职责不清造成内河水上交通污染防治工作不配套、效果差的局面。

第二,执法手段落后。目前长江流域的航运防污染工作普遍存在人员不足、设备落后、经费不到位的情况。具体体现在:大部分海事船艇速度慢,设备落后,缺乏夜间监视设备;港口防污染主管部门对港口外水域及夜间航行缺乏有效的监督管理,难以有效地查处船舶违章排放污染物;没有船舶流动污染源监测设备和经费,无法对长江船舶污染情况进行准确把握和科学管理等。

第三,执法难。由于长江航运企业普遍经营困难,因此根据规定所作出的处罚实际难以执行。此外,由于执法人员的素质和对法规的理解不同,相同的违章在各地主管部门中经常会采取不同的处罚,以致引起被执法单位的不满。

（5）防污对象偏窄[30]

长江船舶防污管理的对象目前主要限于油、船舶垃圾和有毒化学品,而船舶产生的生活污水以及噪音、废气、粉尘等污染还处于防污管理范围之外。实际上,船舶污染物(特别是船舶生活污水)的危害十分严重,这些污染物不经任何处理直排入江,给长江水质带来非常不利的影响。

6.6.3　长江船舶污染事故的预防对策

从总体上看,要实现对长江船舶污染事故的治理,必须从多个方面入手。

6.6.3.1　加强防污意识,完善法规制度[18, 30]

首先,应在思想意识方面充分认识到船舶污染的危害性,认识到长江航运防污工作的好坏会直接关系到长江沿岸经济和航运的发展。

其次,在提高船舶防污意识的基础上,要制定和完善我国长江流域的船舶污染防治法规体系。为适应长江水域环境保护的需要,应由国务院以行政法规的形式制定一部内陆水域的船舶污染防治法规,并制定相应的行之有效、操作性强的法规措施,如"防止内河船舶污染水域管理规定"、"防止船舶垃圾污染长江水域管理规定"等。

6.6.3.2　加快技术进步,通过技术治理提高长江船舶污染防治的水平

拟采取的对策措施包括:[25, 29, 32, 33]

第一,加快长江水系的船舶系列化、标准化进程。为此,应停止检验一些小型破旧船及污染大的挂桨机船,逐步淘汰这些落后船型,并借鉴国外经验,通过一些优惠政策,扶持一些低污染的大型标准船舶的投入,规范长江船舶防污设施配备的检验标准。

第二,采用先进技术,防止船舶排放各种污染物和可能的船舶污染。具体包括:提高船舶污染防治技术处理能力,如研制船舶生活污水处理装置、船舶自备垃圾储存装置、船舶含油废水回收处理技术、配置油水分离器等。此外,港口应统筹规划设置油污水、废弃物接收处理设施,使到港船舶的油污水、生活污水、船舶垃圾有处可排、有处可弃。

对从事油类、散化类作业的船舶强制铺设围油栏,以控制油类、散化类货物落江后的进一步扩散和漂流,进而采取清除污染措施,减小污染范围和对环境的危害程度。

6.6.3.3　增加防污资金投入[30, 34, 35]

首先,航运、港口、码头以及炼油厂等单位作为长江船舶防污的责任主体,应加大投入,健全企业内部防污队伍建设。航运企业应按规定为船舶配备防污证书文书和设备,港口和码头应配备含油污水、粪便和垃圾的接收处理设施,油

码头和船舶修造船厂还应配备围油栏等。

其次,国家也应加大投入。为此,国家应该加强船舶防污主管人员队伍的建设,并为其配备现代化的监测管理设施,并在长江全线建立船舶流动污染源监测系统以及提供一定的船舶防污科研经费等。

6.6.3.4 排污收费[33, 35]

目前,长江船舶超标排放污染物极为普遍,治理污染所需的资金非常巨大,在短时间内难以达标排放。因此,征收排污费可以利用经济杠杆的调节作用,从外部给企业一定的经济压力,促进企业治理污染。同时,排污收费也为国家治理污染开辟了一条重要的资金渠道。

综上所述,国家可考虑对未配备油水分离设备、生活污水处理设备等的船舶征收一定的排污费。所征收的排污费可考虑以下用途:一部分在沿岸主要港口建设油污水接收设备、垃圾接收设备及购买接收船等;一部分资金用于补贴处理这些污染物的专业公司等。

6.6.3.5 建立溢油应急反应体系[28]

从总体上看,建立长江流域溢油应急反应体系能有效地、最大限度地减小重大船舶污染事故的危害,大幅度减少船舶污染物的排放量,进一步完善现有船舶流动污染源监测体系,保护水域环境。

目前国内沿海区域和港口已经制定了油污应急计划,但长江水域油污应急计划制订工作还基本未开展。应在继续开展海上油污应急工作的同时,大力加强长江水域油污应急工作,可以首先在长江三峡库区等敏感水域制定区域和港口油污应急计划,并逐步在全国内陆水域展开。

6.6.3.6 强化管理[26, 28, 32, 35]

具体措施包括:

第一,提高船员素质。可以参照欧美国家的做法,做好教育培训工作。为此,应认真贯彻国家颁布的有关法规,加强宣传教育,提高船员的环境意识;将船舶防污列入船员必修课程,作为船员应知应会内容,同时建立培训考核制度,由港监发放"船舶防污染合格证书"。

第二,把好船舶签证关和证书检查关。要严格按照《中华人民共和国水污染防治法》及其实施细则、《内河船舶法定检验技术规则》和《内河营运船舶检验规程》的要求,进行内河船舶防污染设备的检验,对不符合船检规范要求的船舶,禁止其进入长江航道航行。与此同时,严格检查船舶防污文书是否符合要求,检查船舶污染物的排放去向,掌握排污动态。

第三,加强现场监督,严格管理。针对油港、油区、油码头具有易燃、易爆、易污染的特点,加强现场监督检查,制定油类作业规章制度,加强船员工作责任心,杜绝油类作业过程中发生的各类污染事故。

第四,严肃查处船舶污染内河水域的行为,对不按规定随意排放污染物的内河船舶,对没有安装防污设备的船舶以及船舶不达标排放的行为,要给予必要的行政处罚。

6.7 上海港溢油污染事故的行政与法律治理

6.7.1 上海港溢油防治现状

目前,上海船舶溢油防治的主管部门为交通部所属的上海海事局。为防治船舶污染给人民生命财产造成损失,上海海事局在政府其他相关部门的配合下,针对本辖区船舶污染的主要原因和途径采取积极措施,防治船舶污染。具体体现在:

① 在行政管理方面,为防止船舶交通事故造成污染,采取加强申报审批,控制黄浦江水域散装油类和化学品作业;建立水上交通管制系统,对重点船舶实施雷达监控和导航服务,改善船舶在恶劣天气下的航行安全条件;强制实施安全护航和引航,保障载运油类和化学品船舶的航行安全;加强对船舶实施港口国检查和船旗国检查,确保船舶处于适航适载技术状况;停止挂桨机船登记,在上海内河水域禁止挂桨机船航行等措施,减少水上交通事故的发生。

为防止船舶在作业过程发生油类泄漏污染水域,采取小型液货船舶作业许可证制度;船舶液货作业用软管强制检测制度;油类作业围油栏预布设制度。同时将作业泄漏风险较大的水上过驳作业迁出敏感性很强的黄浦江水域等措施。

为加强船舶污染物相关作业管理,防止操作性排放造成污染,采取一系列管理措施。对从事船舶供油、污染物接收作业等一批具有高污染风险的企业实施资质许可制度,并要求相关企业建立安全和防污染管理体系;污染性物质作业申报审核制度;作业人员培训持证上岗制度;作业设备和器材质量定期检测制度。

为防治船舶运行中产生的污染物违法排放,采取疏堵结合的措施。一方面以市场化手段建立长效运作的上海港船舶污染物接收系统,使船舶污染物有一个环保高效的接收处理途径。另一方面通过开展对重点船舶防污染专项整治,强化对船舶防污染设备和文书的检查,加大对违法排污案件的查处力度,减少违法排污的发生。仅 2002 年上海海事局就查处各类违法排污案件 245 件,处罚金额达 194 万元。

通过上述管理措施和制度的实施,上海船舶污染事故的发生大幅度减少。据统计,仅在上海海事局辖区,船舶污染事故由 1984 年的 96 起减少为 2002 年的 12 起,其中由于管理不善和操作失误造成的污染事故由 89 起减少为 9 起。

② 在船舶溢油应急处置方面,上海海事局制定、完善了溢油和化学品污染应急预案,并已列入上海市城市应急预案;为加强污染事故发生时的应急反应能力,每年召开专题海事论坛,研究港口溢油和化学事故污染应急对策;此外通过定期举行大规模溢油和化学事故应急演习,检验上海水域船舶污染事故应急反应体系,训练应急力量。

在硬件方面,目前上海市拥有应急队伍 23 支,人员 585 人,配备水面溢油回收船 41 艘,其中专业清污作业船 2 艘,油污水接收船 39 艘,撇油器 7 只,围油栏 5 850 m,围油栏布设船舶 16 艘;另有消油剂 24 t,吸油毡 33 t。

通过多年的建设,目前上海海域已具备处理 50 吨级船舶污染事故的应急能力。黄浦江海域内,应急力量 1 h 内可以到达事故现场,监视和警戒力量 0.5 h 内可以到达事故现场;长江口海域内,应急力量 3～4 h 内可以到达事故现场,监视和警戒力量 2 h 内可以到达事故现场;杭州湾北部沿海海域内,应急力量 2 h 内可以到达事故现场,监视和警戒力量 1 h 内可以到达事故现场;长江口外临近海域内(包括大、小洋山海域),应急力量 6 h 内可以到达事故现场,监视和警戒力量 3 h 内可以到达事故现场。

6.7.2　上海港船舶溢油应急防治所存在的问题

虽然在交通部、上海市以及上海海事局的努力下,水上溢油防治和应急处置得到长足的进步,但与港口发展,以及全社会对环保日益重视程度相比,还面临一些困难。

(1) 法规体系不健全

目前在实际防止船舶污染的管理中起到明显效果的管理措施,大都由规范性文件形式提出。随着 2004 年《行政许可法》的正式生效,许多带有强制性、许可性质的管理措施将废止。船舶防污染方面的法规体系正有待重新完善,而在此过程中,毫无疑问在某些方面会出现一个管理的真空。此外,由于法规体系不健全,使得上海港的船舶污染缺乏足够政策与财政支持。

(2) 管理机构、管理力量及管理手段不适应管理任务的要求

目前,上海船舶溢油防治为上海海事局所主管,囿于人力、物力的不足,仅能对所属水域的部分重点区段进行重点项目的管理。管理力量的单薄使得船舶溢油污染的预防工作无法深入展开。与此同时,管理手段多集中于短期监管方面,长效管理机制创新不够,只注重解决表面问题,重罚轻管、重堵轻疏、重标轻本的现象时有发生,管理和执法以"突击"为主,手段单一,在时间上、空间上没有做到全过程、全覆盖管理。此外,先进技术与设备的运用尚显不足,管理工作主要靠人力投入,工作效率还较低。

（3）约束、激励机制尚未形成

虽然新的《海洋环保法》已颁布并实施，对港口或船舶也作出规定及要求，但在实际操作中难度很大。其中最大的影响因素是缺乏足够的资金支持。在这方面，政府实际支持不够。

（4）目前的防污应急反应能力不足以应付重大污染事故

目前，上海港水域仅具备处理 50 吨级船舶污染事故的应急能力，尚不具备在恶劣海况下处理船舶污染事故或在短期内处理大规模污染的能力。其主要原因有：

第一，应急资源不充足。上海港目前储备的清污物资，主要由一些码头和船舶污染物接收企业配备。由于清污物资是特殊物资和专用设备，平时不用，用时不够，仅仅依靠相关企业和生产厂商的库存，远不能满足重特大溢油应急清污的实际需要。

第二，清污力量不足。整个港口能够从事清污工作的专业队伍仅有 1 家，且规模和应急能力十分有限，远远落后于发达国家港口城市的一般水平。从事清污人员普遍缺乏专业培训，总体管理能力和清污技术水平较低，污油回收率仅占国外回收率的 1/10。

第三，缺乏必要的财政支持。建立船舶污染的预防和应急体系需要大量资金投入和稳定的财政保障。在我国，政府和相关企业无法投入更多的资金用于船舶防污染工作，只能将维持预防和应急体系的经费来源寄托于清污费用的赔偿。这对建立一个完善的油污应急体系而言显然是不够的。

（5）现有港口经济布局和船舶防污染工作存在结构性矛盾

由于历史的原因，黄浦江上游水域已成为化工产品的装卸点和石油类货物的中转点，造成每天有较大数量的油船和化学品船必须航经黄浦江核心水域进入上游准水源保护区；与此同时，根据上海的城市发展规划，黄浦江杨浦大桥至徐浦大桥之间的核心水域将成为游览观光的水景区域，加上出于对黄浦江上游水源区域加强保护的需要，尽快减少船舶在核心水域的航行和在上游水域的装卸作业，以降低污染事故发生的概率显得十分重要。

此外由于油类作业专用码头或泊位与普通货物装卸码头相互交错，没有形成一个较集中的作业区，对预防性措施的采取也带来很大困难。

之所以产生上述问题，其主要原因是：

（1）思想认识不到位

没有把船舶溢油事故的管理提升到战略高度加以认识，管理上对陆域的偏重远远超过水域。与此同时，人为因素也是造成船舶污染事故的主要原因。长期以来，船员普遍存在重安全、轻环保的思想，船上的防污染设备得不到有效管理和维护。

（2）法制建设不到位

由于船舶污染的防治涉及面广,牵涉到的管理部门和利益方众多。在这一体系中,法律法规只能对船舶防污染提出一般性和抽象性的要求。而绝大部分具有针对性的、能在实际管理中起到明显效果的管理措施,大都由规范性文件形式提出,法律层次低,约束力不强。

（3）管理职能不到位

由于监督管理力量不足,监督管理手段落后,使监督管理机关无法实施有效管理,某些污染事故隐患不能得以及时消除。

（4）防治规划不到位

与其他环境保护规划相比,船舶溢油事故防治规划目前还仅仅停留在制定应急计划的层面,缺乏更为系统全面的规划,对未来船舶溢油事故行政治理要达到什么样的标准,体现什么样的功能,相对比较模糊。规划不到位将直接导致管理机构、管理人员得不到保障,管理标准、管理内容不明确,配套设施欠缺。

（5）经费投入不到位

（6）宣传教育不到位

6.7.3　上海港船舶溢油污染防治对策

6.7.3.1　通过立法取得政策与财政的支持

（1）明确船舶溢油污染是一种灾害

船舶溢油污染是人类社会在发展过程中产生的一种对自然环境和人文环境都有重大危害的行为。它的产生源于人类社会发展对石油能源的依赖。虽然船舶溢油污染事故的发生频率不高,但其造成的损失十分巨大。如 1989 年美国超级油轮"Exxon Valdez"号在美国阿拉斯加的威廉王子湾触礁沉没,泄漏原油 3.6 万 t,致使 1 609 km 海岸、7 770 km^2 海域被污染。当地海洋生态系统遭到破坏,大量野生动物死亡,渔业资源受到危害,损害赔偿达 80 亿美元之巨。而在整个 80 年代,我国火灾年平均损失不到 3.2 亿元人民币。因此有理由认为,船舶溢油污染不是简单的事故,而是一种灾害。

（2）建立专门的防灾体系和应急预案

上海港的安全和防污染关系到上海城市的安全与繁荣,因此在全市的防灾减灾体系中应当专门就船舶溢油污染制定相应的防治与处置预案,明确船舶溢油应急处置中的动员机制、长效机制、部门职责分工和资源调配问题。同时根据上海港油类运输的现状和发展趋势,投入专门资金,建立船舶溢油应急准备金制度,该准备金主要用于建立上海市水上溢油/化学品泄漏应急器材物资储备库,配置船舶溢油现代化预警设备和监测监控设备,定期组织水上溢油/化学品事故应急演练,开展专业培训和交流,以增强预防预控和应急反应能力;支付因肇事船舶逃逸而无法追偿的污染清除费用或补偿清污单位因肇事船舶无力支付而被拖欠的合理清污费用。

6.7.3.2　运用经济杠杆和技术手段,提高防、抗船舶溢油污染的水平

由于存在巨大的污染危害,油品的水路运输可以被认为是一项高风险的行业,因此有必要运用经济和技术手段提高市场准入门槛,从而提高防、抗船舶溢油污染的能力。

（1）采用强制保险的方式,提高从事油品水路运输市场准入门槛

由于油品运输需求量大、利润率高,许多原本不具备承运油品能力的公司纷纷加入到油品水路运输市场,甚至许多个体户和单船公司也参与其中,进而导致激烈的市场竞争。这一情况对船舶质量的提高、公司的管理、船员的培养造成不良后果,也使得船舶溢油污染的风险不断上升。与此同时,由于企业不具备污染清除和赔偿能力,出事故后破产了之,最后导致环境损害的无法追偿。

为此,通过采用强制保险的方式可以迫使相当一部分以环境、安全风险为代价获取利润的船公司逐步退出油品运输的行列,给有实力、有能力的公司以更大的发展空间,从而规范油品水路运输市场,减少事故的发生和船舶的溢油污染。

（2）采用提高技术标准的方式,提高承运油品船舶的等级

油品水路运输的安全预防污染在很大程度上取决于船舶质量和船员素质。提高技术标准,特别是提高对特殊航段航行船舶的标准和船员的特殊要求,将有助于减少事故和污染。为此,针对航行于封闭水域、水库、自然保护区水域、重要渔场等环境要求高的地区,可以制定一些针对船舶的旨在提高防、抗船舶溢油污染的特殊要求和标准,用以降低事故发生、减少溢油污染。例如针对黄浦江上游准水源保护区和水源保护区,可以对承运油品、化工品的船舶提出一些特殊要求,如"双底双壳"、污染性货物的装卸总量控制、提高船型和船龄等技术标准。

（3）采用油污损害赔偿基金的方式,促进溢油防、抗体系的建立

本着专款专用的原则,在油污损害赔偿基金中取出一小部分用于扶持专业清污企业购置清污设备和器材、并保持一定数量的物质储备,将有助于上海港船舶溢油防、抗体系的建立和正常运转。

（4）借鉴企业化管理模式,构筑应急资源储备与应急体系

根据上海港的实际情况,借鉴企业化管理模式,在国家政策指导下,建立具有快速反应能力的清污队伍,创新油污防治设备设施投资和经营机制,走可持续发展道路。与此同时,要严格要求从事水上危险货物装卸的码头（设施）按照《港口溢油应急设备配备要求》、《港口工程环境保护设备规范》等标准配备清污设备,将港内从事危险货物运输的船舶所有人、码头经营者、货主、代理等组织

起来,使其按一定的比例出资和分摊管理费。建立应急设备库,由应急中心负责对在港内从事清油和防污的专业队伍进行管理,配备完善的溢油应急设备,提高综合反应能力。

6.7.3.3 以预防船舶溢油事故为核心,强化行政管理

① 建立健全法规制度体系。为保证船舶防污染监管工作顺利进行,应根据有关法律法规的规定,建立起一系列规章制度,具体涉及海上通航秩序管理、船舶引护航、油轮靠泊作业管理、船舶压载水管理、船舶污染物接收、修拆船防污染管理等内容,在此基础上,进一步加大立法力度,提升立法层次。同时,建立内部管理体系,将涉及船舶防污染监管的工作目标具体分解,将工作任务和要求落实到岗位,并制定严格的标准工作程序,在工作中严格遵守,从而保证监管工作的准确到位。

② 狠抓通航环境综合整治,加强海区尤其是港区等通航密集区的交通秩序管理,特别是对危险品船舶和小型船舶的管理,健全和完善船舶引航和护航制度。积极引进先进技术和设备,提高海事管理工作中的科技含量,充分利用VTS 和 AD 系统等设备,精心指挥、合理调度,加大监控力度,以杜绝重大污染事故的出现。

③ 加强在港船舶监督管理。结合船旗国检查等,对老旧船舶、地方小公司船舶等加大管理力度,对这些船舶的防污染设备、应急计划等的执行情况进行重点检查,有效地避免非法超标排放,并根据有关公约、规则和文件的规定,加强对船员的管理。

④ 强化液货危险品码头管理。一方面,根据船舶污染事故的发生特点,组织人员对辖区各液货危险品码头作业人员进行防污染及应急反应培训。另一方面,在日常监管工作中,强化对液货危险品船舶及码头的现场监管。

6.7.3.4 变换运输方式,减少敏感区的油轮密度

由于油品的水路运输存在巨大的污染隐患,因此在某些水域环境敏感的地区可以尝试其他的运输方式运输油品,其中一个较好的选择是管道运输。

管道运输具有安全性、稳定性较高、输送成本较低、大量不间断运送、管理方便、受自然条件影响小、占用土地较少、对环境基本不造成污染等优点,在输送石油及其制品、天然气、煤气以及生产和民用水等单一物品时,具有得天独厚的优势。

据调查,在黄浦江上游准水源保护区内有一个闵行油库码头,是上海市西部地区油品主要的集散地,覆盖了大约 100 家加油站的日常供油。多年以来,该码头主要使用船舶运输,平均每天 1 000~2 000 t 柴油。这些船舶从金山石化经过长江、黄浦江,穿梭于平均 2 500 艘次/天的吴泾海事处辖区,风险很大。去年年底,该码头从金山建造一根越江管道,直接从金山运输油品。目前,在该

码头靠泊的船舶数量由原先每天 2 艘次降低到一周 3 艘次,且单船数量仅为过去的 1/2,极大地降低了油轮的密度,也降低了事故和污染的风险。

由此可见,利用管道运输油品,以减少敏感水域的油轮密度是一个值得尝试、推广的运输途径。

6.7.3.5　结合市政改造,建立危险货物码头专区,加强集中管理

如前所述,由于历史原因,上海海域码头布局存在着一些问题。目前上海市正在开展新一轮的市政改造。同时许多化工企业也都急需设备更新、产品调整。为此,应充分利用这一有利时机,结合上海市产业政策和城市总体规划,加强内河航运网的建设,弱化杨浦大桥至徐浦大桥之间黄浦江核心水域、以及上游准水源保护区和水源保护区的航运功能,逐步将化工和能源企业从黄浦江上游地区迁出,将有助于进一步提高上海港水域防、抗污染的能力。

参考文献

[1]　ROUX R,. Report on the 1993 environmental data workshop for oil spill contingency planning[R]. Windhoek, Namibia, 1993.

[2]　WILLIAMS A J. Birds of the Namibia coast: a review, report on the environmental data workshop for oil spill contingency planning[R]. Windhoek, Namibia, 1993.

[3]　ROBERT P L, ELMER P D. Oil-spill research program of the US minerals management service[J]. Spill science & technology bulletin, 1997, 4(2): 107—111.

[4]　姜文来,唐曲,雷波,等. 水资源管理学[M]. 北京:化学出版社,2005.

[5]　国际油轮船东防污染联合会. 海上已有应急技术高级培训教程[M]. 2001.

[6]　IMO. 油污手册第Ⅳ部分:抵御油污[S]. 2003.

[7]　中华人民共和国海事局. 溢油应急培训教程[M]. 2003.

[8]　中华人民共和国港务监督局. 海上溢油应急指南[M]. 2003.

[9]　张志颖. 参加交通部溢油应急技术代表团赴美培训的启示和思考[J]. 交通环保, 2003,24(3):26—29.

[10]　孙新文. 日本海洋污染防备和反应体系概述[J]. 交通环保,1996,17(1):37—41.

[11]　JAMES M P. Overview of the oil spill risk analysis model for environmental impact assessment[J]. Spill Science & Technology Bulletin,8(5—6): 529—533.

[12]　MARK R. Oil spill modeling towards the close of the 20th century: Overview of the state of the art[J]. Spill Science & Technology Bulletin, 1999, 5(1): 3—16.

[13]　张辉. 国际海洋法与我国的海洋管理体制[J]. 海洋开发与管理,2005,1:27—30.

[14]　周新民. 船舶废气排放现状及限制规则动向[J]. 造船技术,1996,3:11—15.

[15]　田玉英.《1992 年国际油污损害民事责任公约》的实施[J]. 交通环保,2000,21(10): 39—40.

[16]　徐翠明. 国际油污基金组织会议情况介绍[J]. 交通环保, 1999,20(4): 42—43.

[17]　中国经济信息网 http://sdep. cei. gov. cn/luntan/jiaotong/jt25. htm[EB/OL].

[18]　胡承兵.建立完善中国船舶污染防治法规体系的必要性及建议[J].交通环保,2004,
　　　25(2):8—10.

[19]　印卫东.长江水污染防治现状及法律对策[J].长江水利网,2003,11(2):73—74.

[20]　王伟曦.试析长江船舶污染防治立法、执法、守法三者之间的关系[J].水运技术,
　　　2000,10:37—39.

[21]　方建华.联邦德国的内河水上交通安全管理与船舶防污染[J].江苏交通,2002,1:
　　　18—19.

[22]　张晋元.美国港口与航运管理体制透视[J].中国港口,2005,6:15—17.

[23]　曾国荣.新加坡港口环保管理特点与借鉴[J].中国港口,1995,1:18—19.

[24]　徐国毅,晨晓光,徐呈.浅析长江下游水域散装液态危险货物运输风险管理[J].交通
　　　环保,2002,23(5):8—10.

[25]　金明新,孙安利,鲍红淮,等.江苏内河船舶防污现状与对策研究[J].交通环保,2002,
　　　23(4):28—32.

[26]　皮捷.内河船舶污染问题及对策[J].中国水运,2002(7):28.

[27]　张莉.船舶运输产生的环境污染及其防治[J].环境保护,1998(8):17—19.

[28]　陈协明.内河船舶防污染现状与对策[C]//内河船舶防污染研讨会论文集.北京:中
　　　国航海学会船舶防污染专业协会.

[29]　汪亭玉,安翔.船舶对长江中下游水域污染的调查与分析[J].水资源保护,2004,1:
　　　44—45.

[30]　胡承兵.长江干线船舶防污工作的现状、存在的问题及对策[J].交通环保,2000,21
　　　(1):25—28.

[31]　唐思强.长江水域强制铺设围油栏的必要性和实施对策[J].交通环保,1999,20(3):
　　　36—37.

[32]　尚悦红.长江船舶污染事故分析[J].交通环保,1996,17(6):20—24.

[33]　李德恭.实施船舶污染管理排污收费制度的探讨[J].中国环境管理,2002,3:21—22.

[34]　胡梅生.船舶防污染工作要与时俱进[J].交通环保,2002,23(5):27—29.

[35]　黄永昌.浅谈长江船舶污染及其治理对策[J].重庆环境科学,1999,21(8):16—17.

第7章 航运污染的经济治理与油污赔偿机制设计

7.1 航运污染经济治理的理论基础

航运污染作为一种流动污染源,既有与其他污染相类似的性质,也具有一定的独特性。具体体现在分散性、隐蔽性、随机性、不易监测、难以量化等方面,这使得对航运污染的管制具有较大难度。在我国,这方面的研究基本上还处于空白阶段,甚至在发达国家,虽然对点源污染的调控已比较成熟,但对流动源污染控制的研究也是相当有限,为此有必要首先对航运污染的经济特性作一分析,在此基础上,探讨对航运污染进行经济治理的手段与方法。

7.1.1 航运污染的经济特性分析

从总体上看,航运污染具有下列经济特性。

(1) 外部性

航运污染具有外部性的经济特点。所谓外部性,是指"成本或效益被施加于他人身上,但施加这种影响的人却没有为此付出代价或获得报酬,从而使经济运行的结果不可能满足帕累托最优"。[1, 2]航运污染的外部性可以从下面的描述中得到更进一步的认识。

假定航运经营者 A 所产生的污染水平为 x,导致的污染损失为 $D(x)$,则社会利润 π^R 可表示为:

$$\pi^R = \pi' - c(x) - D(x) \tag{7-1}$$

式中:π' 为 A 不减少排污量时的利润水平;$c(x)$ 为排污控制带来的成本。

由于航运污染具有的隐蔽特性,在没有有效调控机制的情况下,A 产生的 $D(x)$ 将不易被掌控。因此,A 往往为了追求利润最大化,将尽量减少 $c(x)$,导致 $D(x)$ 的增大。虽然 A 本身并没有为此付出代价,但却导致社会利润的降低。

(2) 公共品与非竞争性

根据 Samuelson 的定义,公共品与非竞争性意味着所有人都可以获得某一特定资源或资产所带来的好处,而且一个人对它的消费不会减少另一个人的消费,另一个人创造的利益也不会由自己独享。[1, 2]

假定存在航运经营者 A 与 B,A 和 B 都有自愿减少污染排放以提高环境质量的意愿,则有:

$Q = q^R + q^O$, q^R 和 q^O 分别代表 A 和 B 各自对环境质量提高的贡献水平(公用品)。

再假设 A 和 B 的效用函数分别为:

$$u^i(z^i, Q),\ i = R, O \qquad (7-2)$$

式中: z^i 代表一种私人产品,个人效用随着私人产品和公共品的消费提高,即:

$$u^i_z = \partial u^i / \partial z^i > 0,\ u^i_Q = \partial u^i / \partial Q > 0,\ i = R, O \qquad (7-3)$$

A 和 B 的预算约束为:

$$M = z^i + cq^i,\ i = R, O \qquad (7-4)$$

M 为 A 和 B 的航运经营收入。

因此,A 的最优化问题为:

$$\max_{z^R, q^R}[u^R(z^R, Q)/M = z^R + cq^R;\ Q = q^R + q^O] \qquad (7-5)$$

将预算约束变形为 $z^R = M - cq^R$,然后代入效用函数,上式化简为:

$$\max_{q^R}[u^R(M - cq^R, q^R + q^O)] \qquad (7-6)$$

A 选择他的最优公共品供给水平,得到:

$$c = \frac{u^R_Q}{u^R_z}\ 或者\ c = \mathrm{MRS}^R_{Q, z} \qquad (7-7)$$

上式表明,公共品供给的单位成本等于公共品与私人产品边际效用的比值。

B 也要做出类似的决策:

$$\max_{q^O}[u^O(M - cq^O, q^R + q^O)] \qquad (7-8)$$

于是也有:

$$c = \frac{u^O_Q}{u^O_z}\ 或者\ c = \mathrm{MRS}^O_{Q, z} \qquad (7-9)$$

由此可见:A 与 B 在选择自己的公共品供给水平时,并没有考虑到彼此的

影响。如果要实现环境质量的优化提高,就必须把这种相互影响考虑在内。对A而言,这时问题就变成了:

$$\max_{q^R,\,q^O}\left[u^R(M-\alpha q^R,\ q^R+q^O)/v=u^o(M-\alpha q^O,\ q^R+q^O)\right] \quad (7-10)$$

上式中引入 B 的效用水平为 v 的约束,于是根据拉格朗日函数:

$$q^R:-u_z^R c+u_Q^R-\lambda u_Q^O=0$$

以及 $\qquad q^O:u_Q^R-\lambda[-u_z^O c+u_Q^O]=0$ (λ 是拉格朗日乘数) $\qquad (7-11)$

得到公共品社会最优供给水平的决定条件:

$$c=\mathrm{MRS}_{Q,\,z}^R+\mathrm{MRS}_{Q,\,z}^O \quad (7-12)$$

上式表明:公共品(环境质量控制)的本质决定当它由 A 或 B 供给时,A 或 B 都不可能独享自己投入所产生的收益,从而都不具备自觉进行污染控制的激励。

(3) 社会性

航运污染的社会性主要体现在:在控制排污方面居主体地位的航运经营人尽管承担了排污控制的所有成本,却只能从中获取一部分收益(全社会都可从中受益)。另外,由于信息的不对称,在没有有效的调控机制作用下,多个航运经营人所产生的交叉污染提高了污染管制的难度,使得监管当局无法实施有效的监督。由此可见,在上述两类社会性的影响下,航运经营人配置在污染控制上的资源就显得过少,对污染的自觉控制也会大大降低,从而导致环境污染的进一步加剧和恶化。

综上所述可以发现:航运污染所具备的经济特性决定航运经营人不具备航运污染治理的自愿性,为此,必须从政府层面加以调控。这里着重对经济治理手段进行分析。

7.1.2　航运污染经济治理调控模式评述

(1) 基于技术标准的经济治理

这种污染调控机制主要是规定一个社会可接受的污染水平或行为标准,如果污染排放者超过该基准,就必须缴纳罚金,从而达到对排污者的约束。这种调控污染的方法在国内外运用都较为广泛。例如在长江航运污染控制方面,我国曾要求长江内河船舶必须安装油水分离器,违者将交纳一定费用,但效果并不明显。其原因主要是由于航运污染信息的不对称,进而导致污染的不易监控。事实上,很多船舶虽然配备了油水分离器,但却很少使用,仍然将污染物随意排放至长江水域。因此,就单独运用基于技术标准的经济治理机制调控航运污染而言,还存在一定的孤立性和不完善性。

(2) 排污税制度

排污税又称庇古税,最早由英国经济学家阿瑟·庇古提出。[3, 4]他在对由污染等因素产生的外部性进行分析时,建议对污染者征税,通过征税使排污者带来的外部成本内部化,从而可以降低污染物的排放水平,进而实现整个社会福利的最大化,所征收的庇古税值为排污者造成的污染损失。

排污税在点源污染控制中较为有效,因为监管者对单个污染者的排污情况容易实施监控,对其排污产生的社会成本(污染损失)也较易量化,但对航运污染的调控而言,存在一定难度。[5—8]其中最大的难点在于税率的制定,因为航运污染的流动性大,污染具有一定的随机性和隐蔽性,对单个营运者的排污量很难进行监控,其个体导致的污染损失也无法进行估量。

(3) 排污许可证制度[9—11]

排污许可证制度的经济学理论基础是科斯的产权理论。[12—15]科斯认为,造成污染的根本原因是资源产权的不明确,只要明确资源产权的归属,就可以控制污染。根据科斯定理,政府可根据最优排污量水平确定社会总体排污许可证的数量,然后给各污染单位发放"可交易的污染许可证",通过控制许可证的数量对污染物的排放总量水平进行控制,从而不需要事先确定排污费的水平,进而降低整个社会的污染治理成本。排污权交易实现了对污染物总量的相对有效控制,又使得污染治理能以较低的成本实现。这种调控手段已在很多国家和地区得到应用,但主要适用于一定区域内的点源污染控制。然而,对于航运污染的控制,这种手段的可操作性不强。[16]原因是:由于航运污染的不易监控性,很容易导致道德风险,有的船舶承运人将污染物向水中排放,却将许可证卖给其他人,因此导致许可证的交易成本太高。

7.2　航运污染经济治理调控机制探讨

7.2.1　航运污染经济治理政策措施设计的难点

基于上述分析可知,航运污染经济治理的关键在于将航运污染的经济外部性转化为内部性,从而保持一个帕累托有效状态。目前,包括排污税制度、排污许可证制度等在内的经济治理措施大多数都与点源污染有关,其前提条件是:管理者能观察到单个经济主体的污染扩散情况,并假定没有随机影响的存在。如果将现有的经济治理措施应用于航运污染,将面临一系列的困难,具体体现在:

① 管理者和污染者之间的信息不对称及不确定性的存在。由于航运污染

的流动性和随机性,使得管理者所需的信息只有污染者知道,如果管理者要想获得类似信息,则必须付出相当高的成本。

② 船舶流动污染排放源的不易监测使得基于可监测排放的经济治理措施变得不再可行。

③ 航运污染控制成本和收益的不确定。这种不确定性可能来自对污染控制的真实成本和收益的不完全信息,以及诸如区域等随机变量的影响。

7.2.2　防止航运污染的耦合激励调控机制设计的总体思路

结合上述分析我们认为:航运污染调控机制设计必须既要将航运污染的经济外部性转化为内部性,向航运污染者征收排污税;同时又必须克服航运污染的不易监测性和隐蔽性。基于这种认识,我们提出"环境浓度税＋排污退税"相结合的一种耦合调控机制。即首先对航运污染者征收排污税,再针对航运污染的特性,运用激励机制实施排污退税,并从中获取污染排放的真实信息,进一步减少信息不对称所带来的风险,从而更好地控制航运污染。具体实施思路见图7－1。

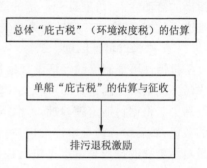

图7－1　"环境浓度税＋排污退税"耦合调控机制

7.2.3　总体"庇古税"(环境浓度税)的估算

由于航运污染的特性所致,监管者无法直接监督航运经营者的污染排放规模、地点和时间,其所能做到的只是衡量污染物的总体环境浓度,并据此征收航运总体"庇古税"。

航运总体"庇古税"主要是根据流域内的某(几)种与航运密切相关的污染物(以 p_i 表示)的浓度收取总体环境浓度税,其中污染物 p_i 的选取可通过实证分析选取。在航运总体"庇古税"的确定过程中,先设定水域期望的环境污染水平 u_1,然后依据测量水平 u_2 和社会期望的污染水平(或浓度) u_2 之间的偏差,量化出航运污染环境损失价值 S,再根据 S 制定总体环境税 D。其中:

D 的取值以 S 为基准,具体测算公式为: $D = kS$ $(1 \leqslant k \leqslant 2)$,关于 k 的取值,在航运污染调控初期,可尽量取大一些,以后随着污染调控逐步走上正常轨道可逐渐减小,直至等于1。

S 的估算目前有很多方法,这里根据航运污染的特点,建议采用詹姆斯模型。其核心思想如下:[17, 18]

在环境污染过程中,污染物对环境的损害行为往往表现为"S"型的非线

性效应。即污染物对环境的损害在低剂
量时表现不明显,当达到临界剂量之后,
随污染量的继续增加,环境资源的受损程
度急剧放大,结果造成环境质量极度恶
化;随后,环境质量的受损程度又呈缓慢
增长,达到污染损失的极限。具体见
图 7-2。

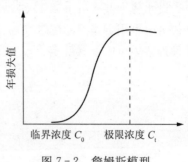

图 7-2　詹姆斯模型

　　基于詹姆斯模型,污染物 i 的浓度 C_i
与水质损害值 S_i 的关系有以下函数关
系式:

$$S_i = \frac{K}{1 + a_i \exp(-b_i \cdot c_i)} \tag{7-13}$$

式中:S_i 为第 i 种污染物对水质的损害值;C_i 为第 i 种污染物的浓度;K 为水资
　　　源价值;a_i 和 b_i 为待定参数,由第 i 种污染物的特性确定。

　　当 $C_i \to \infty$ 时,$S_i \to K$,说明当污水中某种污染物浓度值相当大时,水质被
完全损害。

　　令 $R_i = S_i/K$,则:

$$R_i = \frac{1}{1 + a_i \exp(-b_i \cdot c_i)} \tag{7-14}$$

称 R_i 为第 i 种污染物对水质的损害率,简称单项污染损害率。显然,$0 \leqslant R_i \leqslant 1$,
而且 R_i 随 C_i 的增大而增大,这表明随着水体中污染物浓度的增大,水质受到的
破坏也越来越大。

　　参数 a_i 和 b_i 的确定可以水体中第 i 种污染物的本底浓度为基础,参照国家
污水综合排放标准的有关规定近似表述。具体做法是:设水体中第 i 种污染物的
本底浓度值为 C_{oi},相应的单项污染损害率为 R_{oi},引起严重污染时的临界浓度值
为 C_{ti},相应的单项污染损害率为 R_{ti},引入 m_i,其计算公式为:

$$m_i = \ln \frac{R_{ti}(1 - R_{oi})}{R_{oi}(1 - R_{ti})} \tag{7-15}$$

则根据式(7-15)有:

$$a_i = \left[\frac{1 - R_{oi}}{R_{oi}}\right] \cdot \exp\left[\frac{m_i \cdot c_{oi}}{c_{ti} - c_{oi}}\right] \tag{7-16}$$

$$b_i = \frac{m_i}{c_{ti} - c_{oi}} \tag{7-17}$$

设水体中共有 $n(n \geqslant 1)$ 种污染物,这 n 种污染物对水体质量造成的综合污染损害率可用 R 表示。在忽略各种污染物间的协同和拮抗作用的条件下,综合污染损害率可由下式确定:

$$R = 1 - \prod_i^n (R - R_i) \qquad (7-18)$$

即:

$$R_i^{(n)} = R_i^{(n-1)} + [1 - R_i^{(n-1)}] \cdot R_n \qquad (7-19)$$

上式的含义是,增加一种损害率为 R_n 的污染物后,增加的损害率为剩余部分与 R_n 之积,总损害率为原有损害率加上现有损害率。

综合污染损失的计算可按照各水体功能损失之和进行量化:

$$S = \sum_{i=1}^n S_i = \sum_{i=1}^n K_i \cdot R_i \qquad (7-20)$$

式中:S 为综合污染损害值,万元;S_i 为 i 种水体功能的污染损害值,万元;K_i 为 i 种水体功能的价值,万元;R_i 为 i 种水体功能的综合损害率,%。

7.2.4　单船"庇古税"的估算与征收

单船"庇古税"的估算与征收的实质是将总体航运"庇古税"分摊到各营运船舶个体上,使每条船分摊"庇古税"。首先需要进行大量的统计分析,以掌握航行在水域中的船舶数量、载重吨、船舶类型、船员数量、燃油种类及清污设备配备状况。然后,结合模糊数学理论,设定指标参数及每一指标相应的权重数,以确定每一营运船舶个体相对合理的"庇古税"。税基既可以单位吨为基数,也可以单位艘数为基数,考虑到目前内河船舶小型船居多以及其污染特点,以单位艘数为基数较合理,同时考虑船舶吨位及类型、船员数量等量纲系数。具体测算方法如下:

设水域船舶总吨位为 t,船舶艘数为 q,船员数量为 p,清污设备配备按等级分为 1,2,3 类,燃油和船舶类型也按污染性分为 1,2,3 类,单船事故年发生率 j_i,航运污染指标权重见表 7-1。

表 7-1　航运污染指标权重

指　　　标	权　　重	指　　　标	权　　重
吨位数 t_i	0.3	船舶类型 c_i	0.2
清污设备等级 h_i	0.15	船员数量 p_i	0.1
燃油类型 O_i	0.15	单船事故年发生率 j_i	0.1

基于上述参数假定,船舶所必须交纳的"庇古税"值的测算公式如下:

$$d_i = \frac{D}{q} \times \left[\begin{array}{l} 0.3 \times \frac{t}{q} \times t_i + 0.1 \times \frac{p}{q} \times p_i + 0.15 \times h_i \\ + 0.15 \times o_i + 0.2 \times c_i + 0.1 \times (1 + j_i\%) \end{array} \right] \quad (7-21)$$

式中:d_i 为第 i 条船舶所必须交纳的"庇古税"值;D 为长江水域总体船舶"庇古税"值;t 为研究水域内营运船舶总吨位;q 为船舶总艘数;p 为船员总数;h_i 为第 i 条船清污设备等级指标取值(Ⅰ类为设备较好,取值 0.5;Ⅱ类为设备一般,取值 1;Ⅲ类为设备较差,取值 1.5);o_i 为第 i 条船燃油等级指标取值(Ⅰ类为污染程度较小,取值 0.5;Ⅱ类为一般,取值 1;Ⅲ类为污染较重,取值 1.5);c_i 为第 i 条船船舶类型指标取值(Ⅰ类为污染程度较小,取值 0.5;Ⅱ类为一般,取值 1;Ⅲ类为污染较重,取值 1.5);j_i 为第 i 条船的年单船事故率。

值得指出的是:在定量估算出单船的"庇古税"值后,应由政府主管单位出面,向各营运船舶征收"庇古税",可在每年的年初进行征收,不予交纳者,应给予停止营运等处罚。

7.2.5　排污退税激励

单船在定期交纳"庇古税"后,可在定点的垃圾、废水、废油接收点进行排污,排污接收站根据船舶交纳的排污量给予适当比例退税。作为一种激励机制,可以从根本上避免船舶的偷排和偷放现象,实现航运的可持续发展。在具体操作过程中,退税额可按单船"庇古税"的一定比例进行返还,至于退税额的比例可基于实证分析与回归分析加以测算。例如,经统计,生活污染排放量与船员及乘客人员数为 p 正相关,乘客生活污水产生量约为 2 100 L/人·月,则某船每月生活污水排放量应为 $2\,100 \times p$ L,如果该船至排污接收点排出生活污水为 w L,也就意味着排入水中的生活污水为 $(2\,100 \times p - w)$ L,于是退税额的比例为 $w/(2\,100 \times p)$。

7.3　船舶油污损害赔偿机制构建

7.3.1　必要性分析

船舶油污事故对环境影响较大,为此必须建立相应的损害赔偿机制。据统计,我国沿海 1973 年至 2000 年度共发生溢油量在 50 t 以上的重大油船溢油事故 29 起,其中外籍油船事故 7 起,100% 获得赔偿,平均每起事故赔偿 828 万元,最多赔偿1 775万元;中国籍油船事故22起,9起获得赔偿,赔偿比例仅为41％,且不能足额赔偿,赔偿额只占损失金额的30％,平均每起事故赔偿153万元,最多赔偿550万元。[19, 20]

由于肇事船舶没有能力赔付清污费用或不能及时赔付,直接影响清污的效果,造成重大环境隐患。这与我国目前油污赔偿机制不健全直接相关。因此,尽快建立我国船舶油污损害赔偿机制,在利用经济手段治理航运污染的进程中显得尤为重要。

7.3.2 国际船舶油污损害赔偿机制分析

7.3.2.1 国际船舶油污损害赔偿公约

为了解决船舶溢油造成的重大污染损害赔偿问题,国际海事组织(IMO)于1969年制定《1969年国际油污损害民事责任公约》。公约规定:载货油2 000 t以上的油船必须强制油污保险,发生油污染事故后,船舶所有人或其保险人在船舶责任限制范围内(每船舶公约吨的赔偿责任为133个特别提款权(SDR),最高赔偿总额为1 400万SDR)提供赔偿。[21]

1971年,IMO为使受害者得到更加充分的赔偿,又组织制定《1971年国际油污损害赔偿基金公约》,[22]并设立国际油污赔偿基金(FUND71)作为船舶所有人承担赔偿责任的补充,最高赔偿限额为3 000万SDR。

值得注意的是:国际油污赔偿基金的设立是油污损害赔偿机制的一个重大突破。它不仅提供更多的赔偿基金,更重要的是已经考虑到油污损害不应全由海运业承担责任,还必须由货主企业承担部分责任,这就使油污损害赔偿机制更为完善。

从总体上看,由两个国际公约共同构成的油污损害赔偿机制,基本上可以使受害者得到及时、有效和比较充分的赔偿,因此,发达国家除美国外基本都参加了这两个公约,而且在油污基金中承担大部分责任和义务。[23—25]此外,随着世界经济的发展,各国对赔偿的要求越来越高,IMO在2000年10月召开的第82届法委会上[26],讨论决定将《1992年国际油污损害民事责任公约》和《1992年国际油污损害赔偿基金公约》中规定的赔偿限额分别提高到8 975万SDR和2.03亿SDR。

7.3.2.2 国际上油污损害赔偿机制的主要模式

目前,国际上的船舶油污损害赔偿机制主要有3种模式[27]:

第1种模式以日本、英国等国为代表,参加两个国际公约,完全按国际公约机制运作;

第2种模式以美国为代表,不参加国际公约,而是由本国立法,建立独立的油污损害机制;

第 3 种模式以加拿大为代表,参加国际公约和本国立法并存。

(1) 参加国际公约,按国际公约机制运作

通过加入《1969 年国际油污损害民事责任公约》和《1971 年国际油污损害赔偿基金公约》,完全按照国际公约的机制运转,是绝大多数国家采用的赔偿机制。[27]根据 1997 年的统计,世界上已有 96 个国家和中国香港加入《1969 年责任公约》,55 个国家加入 1976 年议定书,27 个国家加入 1992 年议定书;有 72 个国家和中国香港加入《1971 年基金公约》,37 个国家加入 1976 年议定书,26 个国家加入 1992 年议定书。在船舶保险方面,许多国家已将油轮保险范围扩大到 2 000 t 以下小油轮和货轮,目前世界上 90% 的国际航线货轮均投保油污保险。

(2) 不参加国际公约,完全按照本国立法机制实施赔偿(美国模式)[28, 29]

美国是一个极为重视环境保护和法律制度较为完善的国家,但出于国际公约对污染损害的赔偿太低和一些其他原因,美国至今没有加入两大国际公约,而是通过制定《1990 年油污法》,建立本国自己的船舶油污损害赔偿机制。该机制的运作办法与国际公约所形成的赔偿机制相似,也是由船舶所有人和货主共同承担油污损害赔偿的责任,只不过美国对船舶所有人的责任要求更高(船舶所有人的油污赔偿责任在原来的基础上提高 8 倍,并规定船舶所有人的无限责任条款),由基金提供的补充赔偿更为充分("油污基金"高达 10 亿美元)、适用范围更广(不仅包括持久性油类,也包括非持久性油类造成的污染;不仅包括载运货油的船舶,也包括所有船舶造成的油污染,甚至包括设施造成的污染)。此外,美国通过设立"国家油污基金中心",由众议院授权美国海岸警备队负责管理,实现对船舶颁发"油污财务责任证书"、溢油事故处理、垫付清污费用、索赔和赔偿的一体化。

(3) 国内机制与国际机制并存(加拿大模式)[30]

加拿大既是两大国际公约的缔约国,又是世界上第 1 个通过国内立法建立油污损害赔偿机制的国家。加拿大油污损害赔偿机制的最大特点就是一方面通过加入两大国际公约,使船舶油污损害获得"国际油污基金"的赔偿,另一方面又通过建立国内油污基金弥补国际基金的不足。

加拿大国内油污基金主要来源于石油公司的摊款,一旦发生溢油事故后,由国内油污基金先垫付清污费和部分赔偿,然后再按照国际公约向船舶所有人、国际基金追偿应由他们承担的赔偿额。

7.3.3　我国船舶油污损害赔偿机制现状分析

目前,我国船舶油污损害赔偿存在下列问题[31, 32]:

(1) 船舶油污损害赔偿机制不完整

我国仅仅加入《国际油污损害民事责任公约》。在这种机制框架下,一旦发生船舶油污事故,只有船舶所有人赔偿责任,没有货主赔偿责任,这不符合国际上通行的"船舶所有人＋货主"赔付原则。一旦油污损害超过船舶所有人责任限制,由于既没有国际基金又没有国内油污基金作补偿,受害人仍然得不到充分补偿。

(2) 船舶强制保险适用船舶类型范围和适用油品类型范围太窄

第一,载货油 2 000 t 以下的船舶没有参加强制保险,而我国恰恰是小型油船居多。据统计,沿海航线 2 000 总吨以下油船占 77.6%,内河占 87%。我国小型油船事故率高、赔付能力差,多起得不到赔偿的重大污染事故均由小油船造成。

第二,非油船没有强制保险。我国沿海 1973 年至 2003 年期间发生 62 起溢油 50 t 以上的船舶油污事故,其中非油船造成 22 起,占总数的 35% 以上。

第三,非持久性油类船舶没有强制保险。事实上,我国已发生多起非持久性油类污染事故。

(3) 船舶所有人责任限制较高

航运业是个高风险行业,我国航运企业经营负担沉重,若完全按照国际上的保赔标准,一些航运企业无法承担高额的油污险保费。

7.3.4　我国船舶油污损害赔偿机制的构建

从以上分析可以发现,我国现存的船舶油污损害赔偿机制存在许多不完善之处,因此必须立足我国国情,同时借鉴世界其他国家和地区的先进经验,构建可操作性较强、符合国情的、并从长远发展看能与世界接轨的船舶油污损害赔偿机制。

7.3.4.1　总体思路

我国船舶油污损害赔偿机制运作机理是:"船舶油污强制保险＋国家油污基金"的两级赔偿模式机制。其核心内容是:船舶发生溢油事故后,先由国家油污基金垫付清污费和部分赔偿,然后,国家油污基金再按照《1969 年国际油污损害民事责任公约》和"船舶油污强制保险"机制向船舶所有人追偿应由他们承担的赔偿额,索赔申请人在只有船舶所有人支付完所应承担的赔偿后,才能从国家油污基金获得进一步的赔偿。

7.3.4.2　船舶油污强制保险

(1) 船舶油污强制保险对象的确定

我国的船舶油污损害赔偿机制必须克服两大国际公约的不足之处,结合我国国情,借鉴美国模式,扩大强制保险范围。即:强制保险范围必须适用于在中国领海及其专属经济区的油船,同时包括持久性油类与非持久性油类;至于非

油船强制保险可暂缓执行。[33—37]

（2）船舶所有人责任限制的确定

在制定船舶所有人责任限制时必须考虑到我国目前的赔偿水平和船舶所有人的承受能力，应规定适当的可以接受的保费水平，文献[38]通过对各类航运公司需交纳的保费进行测算，拟定船舶油污保险及赔偿限额见表 7-2。

表 7-2　国内航线船舶油污保险限额

油品种类	内　　容	船舶总吨/t	沿海航区/万元	内河航区/万元
持久性油类	油污保险（船舶所有人责任限制）	<100	200	50
		100~200		100
		201~500		150
		500 以上每总吨增加	0.1	0.1
		最高	1 000	500
非持久性油类	油污保险（船舶所有人责任限制）	<100	100	25
		100~200		50
		201~500		75
		500 以上每总吨增加	0.05	0.05
		最高	500	250

7.3.4.3　船舶油污损害赔偿基金体系

（1）建立国内油污基金的基本原则[39]

● 油污基金是对船舶所有人责任保险的重要补充；

● 油污基金属于政府基金，需要接受审计和管理；

● 凡在我国港口接收从海上运输的持久性油类的货主及其代理商，都需要交纳油污基金，从而减少大货主负担；

● 过境货物不征收基金；

● 低标准起步，逐步提高与国际接轨。

（2）国家油污基金的用途

● 当油污损害额超过船舶所有人责任限额时，其超过部分由国家油污基金支付；

● 当肇事船逃逸时，由国家油污基金支付清污费和受害方的损失；

　　● 当船舶所有人根据国际公约及国内船舶强制保险规则的规定可以免责时，由国家油污基金负责赔偿；

　　● 当肇事船舶所有人无经济能力赔偿时，由国家油污基金实施赔偿；

　　● 国家油污基金先行垫付清污费。

　　(3) 油污基金的来源及征收

　　参考国际油污基金和美国、加拿大的经验，国内油污基金来源于以下 4 个途径：政府拨款；水上运输石油的货主摊款；造成污染的肇事船舶罚款；基金运作的正当收益。其中货主摊款是油污基金的最主要来源，由海事局在危险品登记时直接向货主征收。

　　(4) 油污基金的管理模式

　　我国油污基金的管理模式可参照"美国油污基金"的管理模式，由专门机构管理，如交通部海事局。

参考文献

[1] 沈满洪. 外部性的分类及外部性理论的演化[J]. 浙江大学学报(人文社会科学版)，2002(1)：15—19.

[2] 张振凯. 外部性理论和环境价值理论在矿山排岩收费政策中的应用[J]. 中国矿业，2005(4)：25—27.

[3] 贾凤丽. 庇古手段中外部成本的定量分析[J]. 当代财经，2003(9)：21—24.

[4] 彭念一，陈曜. 庇古税设计的投入产出模型[J]. 统计研究，2004(4)：35—39.

[5] MCFARLAND A, OATES W. Marketable permits for the prevention of environmental deterioration [J]. J. Environ, Economic. Management，1995(12)：207—228.

[6] MONTGOMER W. Markets in licenses and efficient pollution control programs [J]. J. Economic. Theory，1982(5)：395—418.

[7] SPULBER N, SABBAGHI A. Economics of water resources：from regulation to privatization[M]. Boston：Kluwer Academic，1994.

[8] LEDYARD J. O, SZAKALY — MOORD K. Designing organizations for trading pollution rights [J]. J. Economic. Behavior Org. 1994,25：167—196.

[9] BURNESS H. S, QUIRK J. P. Appropriative water right and the efficient allocation of resources [J]. Amer Economic Rev. , 1989，69(1)：25—37.

[10] BURNESS HS, QUIRK J P. Water law, water transfers, and economic efficiency：the colorado river[J]. J. Law Economic. ,1980，23：111—134.

[11] COASE R H. The problem of social cost [J]. J. Law Economic, 1970(1)：1—44.

[12] 蓝虹. 科斯定理与环境税设计的产权分析[J]. 当代财经，2004(4)：32—25.

[13] 冯薇. 环境问题的经济分析及其局限性[J]. 中央财经大学学报，2002(1)：42—47.

[14] 詹奎芳. 环境保护的税收思考[J]. 经济师，2002(5)：24—26.

[15] 王克强. 论中国的环境税——税收手段治理环境[J]. 绿色中国，2005(4)：11—13.

[16] 蒋惠林. 探讨海事监督管理中排污收费制度的建立和实施[J]. 交通环保,2001,21 (4):21—23.

[17] DAVID J, HUIB J. Economic approaches to environment problems techniques and results of empirical analysis [M]. Amsterdam: Elesevir Scientific Publishing Company, 1978.

[18] 刘晨,伍丽萍. 水污染造成的经济损失分析计算[J]. 水资源保护,1998(2):26—30.

[19] 吴莉婧. 论船舶碰撞造成的油污损害赔偿[J]. 中国海洋大学学报(社会科学版),2003 (3):59—60.

[20] 吴晓敏. 船舶油污损害的赔偿范围[J]. 武汉理工大学学报(社会科学版),2004(6): 347—349.

[21] 於世成. 国际油污赔偿基金会及处理油污损害赔偿的实践[J]. 中国海商法年 刊,1993.

[22] MANS JACOBSON. The International compensation system recent developments and challenges[C]// International Seminal on Tanker Safety, Pollution Prevention, Spill Response and Compensation, Tokyo: 1999.

[23] 危敬添. 关于国际油污赔偿基金组织索赔手册[J]. 交通环保,1999,20(4):32—33.

[24] 罗从蕤,朱国林. 国际油污染赔偿系统简析[J]. 交通环保,1999,20(6):25—30.

[25] GAO, Z G. Environmental regulations of oil and gas, London [M]. Kluwer Law International Published, 1998.

[26] 徐翠明. 国际油污基金组织会议情况介绍[J]. 交通环保,1999,20(10):42—43.

[27] 刘红. 国际船舶油污损害赔偿机制评述[J]. 交通环保,2000,20(8):27—29.

[28] 宋家慧. 美国 1990 年油污法及船舶油污损害赔偿机制概述[J]. 交通环保, 1990,10(3):22—23.

[29] 韩永光. 美国油污法对油污损害赔偿的新发展[J]. 海南金融,1998,18(10):45—47.

[30] 宋家慧. 加拿大的船舶油污损害赔偿机制及运行经验[J]. 交通环保,1999,19(8): 22—23.

[31] 王瑞军. 我国加入"1992 年油污损害民事责任公约"的利弊分析[J]. 中国海商法年刊, 1999(10):40.

[32] 雷孝平. 关于我国加入"1969 年责任公约及 1992 年议定书"的利弊分析[J]. 交通环保 1998,18(6):11—16.

[33] 许民慧. 浅谈我国船舶油污损害赔偿机制的建立[J]. 龙岩师专学报,2003,8:13—16.

[34] 劳辉. 新《海洋环境保护法》与有关国际公约的实施[J]. 交通环保,2000,20(6): 14—16.

[35] 郭鸣. 试论船舶油污损害赔偿制度在我国的确立[J]. 天津市政法管理干部学院学报, 2003(4):43—45.

[36] 宋家慧,刘红. 建立中国船舶油污损害赔偿机制的对策[J]. 交通环保,1999,19(5): 1—6.

[37] 林奎. "11.14"重大油污事故处理工作存在的问题及对策[J]. 交通环保,2002,22(6):

33—35.

[38] 刘红.中国船舶油污损害赔偿机制的建立与实施[J].交通环保,2002,22(12):15—17.

[39] 张秋荣.对我国建立国家油污损害赔偿基金模式的探讨[J].水运管理,2000(10):
    33—35.

第8章 航运污染的技术治理

8.1 航运污染防治技术的预见与评估准则

长期以来,由于社会经济发展的需要,人们对技术预见和评估予以高度关注。所谓技术预见,是对科学、技术、经济、环境和社会的远期未来进行有步骤的探索过程,其目的是选定可能产生最具经济与社会效益的战略研究领域和通用新技术。技术评估则是对已建议进行的或已完成技术的有益和有害的潜在或实际影响的分析。[1]

对于航运污染防治技术的预见与评估,应把握下列几大准则:

第一,航运污染防治技术的预见与评估必须是系统的,也即必须基于航运污染防治体系,同时围绕航运污染的系统分类和航运污染防治的全过程展开。

第二,航运污染防治技术的预见与评估方法必须是科学的。传统技术预见方法以定量预测为主;现代预见模式则以专家定性分析为核心,强调的是技术和产业的发展途径和方向。技术评估方法则日趋多目标、多因素、定性与定量分析相结合的、动态交互式的整合性技术评估方向发展。

第三,航运污染防治技术的预见与评估方法必须与影响因素的驱动相联系,也就是说,航运污染防治技术的预见与评估必须综合考虑技术先进性、经济合理性、社会适应性、法规适用性等因素的影响。

第四,航运污染防治技术的预见与评估必须与实施的政策和对策模式联系在一起,是一种动态、交互的过程。

8.2 航运污染防治技术概况与发展预见

8.2.1 航运污染防治技术的基本框架

从总体上看,航运污染防治技术体系见图 8-1。

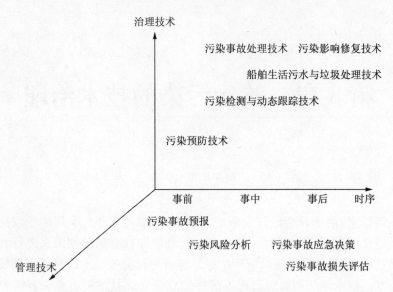

图 8-1　航运污染防治技术框架

　　基于上述框架,下面着重以船舶溢油事故为例,对所涉及的航运污染防治技术和管理技术的现状及趋势作一概述。

8.2.2　船舶溢油事故处理技术

8.2.2.1　概述

　　船舶溢油事故处理技术的核心是:首先采取各种手段防止石油继续泄漏;然后为抑制溢出石油的扩散,使用围油栏将溢油围住,并采取适当的措施将溢油回收。现将各种方法[2—5]比较如下:

　　(1) 机械回收法

　　机械回收溢油的方法就是利用机械装置消除海面和海岸带的溢油,所用到的器械主要有围油栏、撇油器、溢油吸收材料等。

　　① 围油栏回收溢油:围油栏的作用是将溢于水面的油围堵在一定范围内阻止其扩散,同时将水面上较薄的油层收集、集中到一个地点,便于人力或机械回收。围油栏在浪大流急的情况下使用起来比较困难,效果也不理想,一般仅在港湾内使用。目前所使用的围油栏类型很多,如:根据沉浮状况可分为浮上式和浮沉式围油栏;根据风浪大小可分为轻型和重型两种围油栏;根据浮体形式可分为固体浮子型、气室型和固体浮子气室混合型;根据结构形式可分为单体和双体式;根据作用机理可分为机械式围油栏、化学围油栏、物理围油栏、吸油围油栏;根据制造材料可分为塑料围油栏和橡胶围油栏;根据构造可分为屏障式围油栏、栅栏式围油栏、岸线围油栏和防火围油栏。不同的围油栏有不同

的特性和使用范围。

② 溢油回收船回收溢油。溢油回收船的种类繁多,各有长处和短处。共同的特点是在平静海域和油层厚的情况下,收油效果好,但是由于溢油性状和海上气象水文条件等不同,差别也很大。表8－1为不同溢油回收船的性能比较。

表8－1　不同船体尺寸的性能比较

船体尺寸	操 作 性 能		油回收能力		经 济 性	
	紧急出发	稳 定 性	回收量	回收油罐容量	船价	保养费
小型船（20总吨以下）	容易	只宜在港口内外平静水域使用	小（小规模事故用）	小	低	少
中型船（20~200总吨）	比较容易	不太稳,宜在大港湾内平静水域或限定沿海使用	中（中等规模事故用）	中	中	中
大型船（200总吨以上）	困难	稳定性好,作为大规模溢油事故的器材	大（大规模事故用）	大	高	大

③ 吸油材料回收溢油。制造吸油材料的原料有高分子材料(如聚乙烯、聚丙烯、聚酯、聚氨酯)、无机材料(如硅藻土、珍珠岩、浮石等)和纤维(如稻草、麦秆、木屑、芦苇等)。最近研制的一种 PHBV(p-烃基丁酸和 p-烃基戊酸的共聚体)是基于可再生天然资源(如淀粉、大米),运用微生物发酵技术得到的一种可完全降解的新型环保类高分子材料。

④ 撇油器回收溢油。撇油器使用范围广,收油效果好,抗风等级高,适用于中等以上规模或者大面积集中回收溢油的情况。按照工作原理的不同,撇油器可以分为吸附式撇油器、滚筒式撇油器、真空吸引式、螺旋输送式、导入式撇油器。

(2) 化学处理法

在油膜较薄、难以用机械方法回收油或可能发生火灾等危急情况下,可以通过向水中喷洒化学药剂的方法进行化学消油。主要包括下列几种类型:

① 化学分散剂消油法。通过化学分散作用,将油品在水中分散成极微小的油滴。若在适当场合下使用,可减少烃类扩散,减少爆炸和火灾危险,并使低分子量烃类自然消失。缺点是使用化学消油剂会造成海洋生态环境的二次污染。表8－2给出针对各种类油品的消油剂使用效果对比。

表 8 - 2　针对各种类油品的消油剂使用效果对比[6]

油 的 种 类	消 油 剂 种 类		
	常 规 型	浓　缩　型	
		水稀释后应用	不需稀释直接应用
轻质燃料油	★	★	★
高扩散率（低比重）的石油产品和原油	△	△	△
低扩散率（高比重）的沥青质原油、油渣及风化的油	◆	●	◆
含蜡原油	◆	●	◆
乳 化 油	◆	●	◆
非扩散型油类	●	●	●

符号说明：★：由于这些油的高挥发性和高毒性通常不使用消油剂，只有在火灾的情况下才应用消油剂。
　　　　　◆：效力严重受限或没有效果。
　　　　　●：消油剂没有效果。
　　　　　△：消油剂对于新鲜的油类有效果。

②化学凝油剂清除法。使原油凝固成胶状油团漂浮于水面，然后用拖网回收。采用凝油剂的优点是毒性低，溢油可回收，不受风浪影响，能有效防止油扩散，提高围油栏和回收装置的使用效率。主要适合原油、重质油、轻质油及油包水乳化物的处理。

（3）生物处理法

利用生物尤其是微生物催化降解环境污染物，减少或最终消除环境污染的过程称为生物修复。从 20 个世纪 70 年代起，国外就开始生物修复海上溢油的研究，迄今已进入实用研究阶段。由于生物对石油类物质降解过程所固有的特性，该方法一般耗时较长，适用于海岸或封闭海域溢油的后续处理。

（4）现场燃烧法

现场燃烧法是指在溢油现场燃烧漂浮在水面上的油。该项技术从 20 世纪 70 年代初就开始研究，但是在实际溢油事故中很少被应用。然而，由于能处理大量的溢油，因此这项技术仍被认为是大有前途并具有某些开发价值的。燃烧无须复杂装置，处理费用低。但燃烧对海洋生物、大气及附近船舶和海岸设施有影响。

（5）各类技术的比较具体见表 8 - 3

表 8 - 3　溢油清除技术的优缺点对比

技　术	优　　点	缺　　点
机 械 法	对冬季溢油效果很好 对平静海面效果很好 适用于碎冰海面 对海面溢油效果很好	对碎冰稠密的海面无效果 对风浪大的海面无效 海面有浓雾时无效
燃 烧 法	对新鲜溢油(溢油发生不久)有效 耐火围油栏可使油膜厚度足够的厚以便燃烧 (至少 2～3 mm 厚) 可用于碎冰稠密的海况	产生空气污染影响岸边居民 燃烧后给海面带来残渣物 对风化油无效 对乳化油无效
化学分散法	在温和海温下对一些原油有效	在水温低的条件下可能无效 对风化油和乳化油无效 有可能对海洋生物带来影响 不鼓励在近海峡水域中使用

8.2.2.2　船舶溢油事故处理技术的选择

　　影响溢油事故处理技术选择的因素包括事故等级、溢油的行为动态、海况、溢油处理设备的性能等。要根据具体情况采取适当方法和技术来处理。具体选择程序见图 8 - 2。[7]

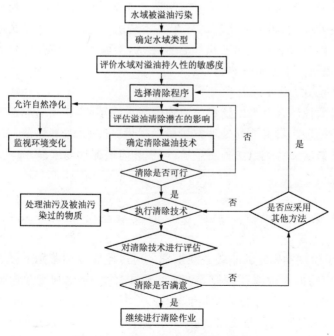

图 8 - 2　溢油事故响应技术选择流程

8.2.3 船舶油污预防技术

船舶防污技术改造主要集中在两方面：一是加快船舶标准化、系列化建设，淘汰一些污染大的船型，开发替代船型；二是对船舶防污设备进行改造。这里着重对长江流域船舶防污设备的改造进行分析。

（1）船型防污改造[8]

据统计，目前长江内河运输中挂桨机船占 50% 以上，由于挂桨机船没有有效的围闭舱室，因此工作过程中泄漏的燃油和润滑油会直接进入长江水域。为此，在加快内河船舶系列化、标准化进程，逐步淘汰落后船型的同时，对挂桨机船进行革新以防止船舶污染是一个主要的发展方向。在这方面，上海船研所完成了尾鳍加内置式同步带直角传动螺旋桨推进方式的研制。这种推进传动方式能够使得主机渗漏的燃润滑油及其他油污水积于舱底，不会流入河道。

（2）船舶尾管系统的改善[9]

船舶尾管系统是船舶造成水域污染最集中的区域。目前对传统尾管系统的革新改造和合理优化异常活跃，目的是防止和根治船舶对长江水域造成的污染。其中将尾管轴承水作为润滑剂是一个重要发展方向。随着高分子合成材料的快速发展，水润滑材料的品种日益增多，不仅成本下降，而且性能也将大大提高。

（3）船舶含油废水处理[10]

船舶机舱的含油废水排放是目前污染长江水质的重要原因，通常采用船用油水分离器处理，然而实际应用的效果并不理想。近年来，武汉交通科技大学尝试用铁屑内电解法处理船舶机舱含油废水，实验结果表明，符合有关国际公约的标准，效果优于油水分离器。

（4）对船舶压载水的处理[11]

为了有效控制含有害生物和病原体压载水的排放，需要对船舶压载水在排放之前进行处理。目前下列处理方法最受提倡：过滤法、加热法、臭氧法、紫外线和二氧化氯法。各类方法各有千秋，可视具体情况加以选择。

8.2.4 航运污染检测与动态跟踪技术

航运污染检测和动态跟踪技术的发展趋势主要体现在下列几个方面：[12—14]

① 基于模糊隶属度的船舶溢油识别。通过建立溢油鉴别的模糊隶属度模式，建立相应的最大隶属度规则，识别受不同油种、分化和实验误差影响的溢油。实验结果表明，此方法可以鉴别分化一个月的溢油。

② 油污综合鉴定。对于溢出源不明的油污，可以通过采集船上机舱油污和被污染物质上的油污，借助包括气相色谱、x 荧光能谱、红外光谱、等离子发射

光谱等在内的综合分析手段确定溢油的来源。

③ 溢油监测报警系统：该系统由红外摄取监视系统和反射式溢油监测传感器两部分组成，可安装在原油码头、海上钻井平台和其他特殊地方。

④ 溢油遥感监测技术。卫星遥感适合监测大面积溢油污染，航空遥感则适合小面积、海岸、植物等的溢油污染，特别适合指挥清除和治理工作。

⑤ GPS/GSM/GIS 溢油跟踪监测技术。基于 3G 技术的海上溢油追踪和监控系统通过数据通信和网络传送所取得的定位信息与电子海图经过匹配，在海图上便可观测 GPS 浮标的走动，间接了解溢油走向，从而进行及时的应急措施。

⑥ 海上溢油污染物动态预测技术。通过计算机技术对溢油的动态进行数值模拟，从而预测溢油的漂移路线。

8.2.5　船舶生活污水与垃圾处理技术

目前所应用及今后可能会应用的船舶生活污染处理技术主要包括：[15—17]

（1）船用物化法生活污水处理技术

物化法生活污水处理技术的原理是将石灰乳加入经打浆的粪便污水，利用其杀菌和混凝沉淀作用，使沉淀后的排放水符合水质标准。

（2）岸上粪便固形污物集中处理技术

据调研，国内岸上粪便固形污物集中处理技术主要有两种：一是粪便垃圾资源化系统工程技术，其可以解决粪便无害化和综合利用问题；二是从瑞典引进的"生态厕所技术"，该技术对粪便进行单独处理，使之成为干燥无臭的固体。

（3）船舶垃圾处理技术

该方面的研究主要包括：研制可分解人造材料以代替现有塑料制品；革新船舶设备、研究装载和卸载技术减少垃圾产生；研究垃圾的回收、重复利用技术和系统。

8.2.6　船舶溢油事故的组织管理技术

8.2.6.1　概述

船舶溢油事故的组织管理贯穿于船舶溢油事故发生前、中、后的各个阶段。具体而言，船舶溢油事故的事前管理包括事故发生预报、事故风险分析、事故发生预案的制定、事故应急管理体系的评估与资源优化、事故应急培训等；事中管理的核心是溢油轨迹等事故相关信息的实时提供和应急处理的协调组织与优化决策；事后管理主要是考虑如何减少溢油事故的再次发生和环境修复，包括事故危害评估、应急体系的再评估等。

在第 2 章和第 3 章中，我们已对船舶溢油事故预报模式和船舶溢油风险分析模式作了详细介绍，[18—21]下面拟对所涉及的其他相关论题的研究现状及发展趋势作一评述。

8.2.6.2　溢油应急决策

从总体上看,溢油应急决策的研究应包括两个方面的内容:一是应急管理体系的设计和评估;二是应急资源的优化组织。[22]

① 在应急管理体系的设计和评估方面,目前的研究往往基于个案完成,[23,24]缺乏比较系统的基础理论研究。对此,我们认为溢油应急管理体系设计与评估的核心是"应急管理体系广义可靠性"的提高。对于船舶溢油应急管理体系的"广义可靠性",我们界定为:"在效率、成本等指标规范下的完成船舶溢油应急处理的能力及其可能性分布。"上述定义在本质上是与传统的可靠性定义相一致的,因此对船舶溢油应急管理体系的"广义可靠性"的研究可视为可靠性理论在特定领域的具体应用。

目前,国内外对可靠性的研究主要集中在以下两个方面:系统可靠性评估和系统可靠性优化。[25—27]系统可靠性评估模型以非参数模型为代表,主要研究部件可靠性评估、串联和并联系统的可靠性评估、串联-并联系统的可靠性评估以及网络系统的可靠性评估等问题。系统可靠性优化模型包括可靠性分配模型和冗余分配模型,主要探讨在考虑部件成本和权重约束条件的基础上,如何极小化评估方差和极大化系统可靠性。目前可靠性理论的研究热点是网络可靠性评估和优化。此外,不确定规划理论把系统可靠性理论的研究由随机范畴发展到模糊、模糊随机以至随机模糊的范畴,从而赋予系统可靠性理论更广泛和更丰富的含义。

② 在应急资源的优化组织方面,从 20 世纪 90 年代以来,一系列的规划研究分析技术被引入和应用。如美国运输系统研究中心会同海岸警卫队在 90 年代完成了一个研究项目,该项目更为清楚地描述应急资源的需求和配置。[28]国家海岸警卫队根据研究结果,及时修改和调整重要应急资源的预先设置计划。CHAR-NES 等人运用机会约束目标规划研究应急资源的优化分配问题。[29]此外,麻省理工学院目前在 NOAA SEA 基金的资助下,正试图对基于战略、战术和操作等不同层面的溢油应急资源的优化配置问题进行理论建模。综合上述研究,我们认为:船舶溢油应急资源的优化组织模型主要以规划理论为主。目前该领域的理论体系和方法比较完善和成熟,研究的关键是不确定性问题的解决。对于不确定性优化,传统的随机规划和模糊规划分别以随机性和模糊性为基础,而近几年发展起来的不确定性规划理论则把随机性、模糊性、模糊随机性、随机模糊性等有机地统一起来,并且发展到各种不确定性相互渗透的阶段。

8.2.6.3　船舶溢油管理的数字化实现

目前,在船舶溢油应急处理方面,数字化技术成为一大研究热点。从总体上看,船舶溢油事故管理的数字化实现主要体现在下列几个方面:

第一,从 20 世纪 80 年代开始,为了适应溢油应急决策支持的需要,各个发达国家相继开展溢油预测模拟信息系统的研究等。[30, 31]这些系统的实质是：利用 RS，GPS，GIS 和多维虚拟现实及计算机网络技术，借助数学和物理模型的数字仿真模拟船舶溢油的发生和传播全过程，从而为溢油应急决策提供参考。由于上述系统对输入数据要求较高，因此普遍存在适应性和时效性问题。

第二，船舶溢油风险管理决策支持系统。这类系统主要采用 DBMS 和 GIS 技术，不仅可以为溢油事故的应急反应提供决策支持，还可以用于溢油风险管理事务的规划和优先排序。其功能主要包括：基本的地理信息系统；模拟实时数据输入；引入油品数据库并建立其与管理决策模型的联系；环境溢油模型；溢油减灾信息的提供；系统表现评估等。[32]

8.3   航运污染防治技术评估

从上面的分析中可以发现：目前在船舶溢油事故处理技术、航运油污预防技术、航运污染检测与动态跟踪技术、船舶生活污水与垃圾处理技术的应用与发展趋势等方面，有多种方法可以采用，而且各具特点。为此，拟利用 AHP 法对这些技术作一综合评估。

8.3.1   船舶溢油事故处理技术评估

（1）评估指标体系

前文所提及的船舶溢油事故处理技术主要有：机械回收法、化学处理法、生物处理法以及现场燃烧法等。对于这些技术手段，我们拟从技术使用效果、环保性、先进性、经济性等 4 个方面作一评价。所构建的 AHP 层次结构见图 8-3：

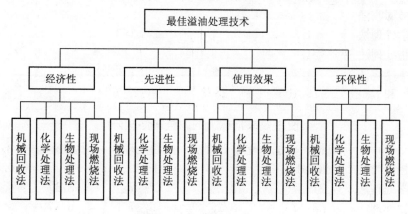

图 8-3   层次结构模型

（2）准则层比较

综合专家意见,建立准则层的两两比较矩阵如下:

准则层两两比较初始矩阵

	使用效果	环保性	先进性	经济性
使用效果	1	2	4	3
环保性	1/2	1	3	3
先进性	1/4	1/3	1	2
经济性	1/3	1/3	1/2	1
和	25/12	11/3	17/2	9

准则层两两比较调整矩阵

	使用效果	环保性	先进性	经济性	权重
使用效果	12/25	6/11	8/17	3/9	0.457
环保性	6/25	3/11	6/17	3/9	0.300
先进性	3/25	1/11	2/17	2/9	0.138
经济性	4/25	1/11	1/17	1/9	0.105
和	1.000	1.000	1.000	1.000	1.000

注:调整后的数值是由原数除以相应列之和得到;权重为行平均值;权重由于四舍五入造成的允许误差为千分之一。(下同)

(3) 方案层次单排序

在不同评价指标下的各方案排序矩阵如下:

使用效果指标下的初始排序矩阵

	机械回收法	化学处理法	生物处理法	现场燃烧法
机械回收法	1	5	3	7
化学处理法	1/5	1	1/3	3
生物处理法	1/3	3	1	6
现场燃烧法	1/7	1/3	1/6	1
和	176/105	28/3	27/6	17

使用效果指标下的调整排序矩阵

	机械回收法	化学处理法	生物处理法	现场燃烧法	权重
机械回收法	105/176	15/28	18/27	7/17	0.553
化学处理法	21/176	3/28	2/27	3/17	0.119
生物处理法	35/176	9/28	6/27	6/17	0.274
现场燃烧法	15/176	1/28	1/27	1/17	0.054
和	1.000	1.000	1.000	1.000	1.000

环保性指标下的初始排序矩阵

	机械回收法	化学处理法	生物处理法	现场燃烧法
机械回收法	1	5	3	7
化学处理法	1/5	1	1/3	3
生物处理法	1/3	3	1	4
现场燃烧法	1/7	1/3	1/4	1
和	176/105	28/3	55/12	15

环保性指标下的调整排序矩阵

	机械回收法	化学处理法	生物处理法	现场燃烧法	权重
机械回收法	105/176	15/28	36/55	7/15	0.563
化学处理法	21/176	3/28	4/55	3/15	0.125
生物处理法	35/176	9/28	12/55	4/15	0.251
现场燃烧法	15/176	1/28	3/55	1/15	0.061
和	1.000	1.000	1.000	1.000	1.000

先进性指标下的初始排序矩阵

	机械回收法	化学处理法	生物处理法	现场燃烧法
机械回收法	1	1/3	1/5	3
化学处理法	3	1	1/3	4
生物处理法	5	3	1	7
现场燃烧法	1/3	1/4	1/7	1
和	28/3	55/12	176/105	16

先进性指标下的调整排序矩阵

	机械回收法	化学处理法	生物处理法	现场燃烧法	权重
机械回收法	3/28	4/55	21/176	3/15	0.125
化学处理法	9/28	12/55	35/176	4/15	0.251
生物处理法	15/28	36/55	105/176	7/15	0.563
现场燃烧法	1/28	3/55	15/176	1/15	0.061
和	1.000	1.000	1.000	1.000	1.000

经济性指标下的初始排序矩阵

	机械回收法	化学处理法	生物处理法	现场燃烧法
机械回收法	1	1/3	3	1/5
化学处理法	3	1	4	1/3
生物处理法	1/3	1/4	1	1/7
现场燃烧法	5	3	7	1
和	28/3	55/12	16	176/105

经济性指标下的调整排序矩阵

	机械回收法	化学处理法	生物处理法	现场燃烧法	权重
机械回收法	3/28	4/55	3/15	21/176	0.125
化学处理法	9/28	12/55	4/15	35/176	0.251
生物处理法	1/28	3/55	1/15	15/176	0.061
现场燃烧法	15/28	36/55	7/15	105/176	0.563
和	1.000	1.000	1.000	1.000	1.000

(4) 判断矩阵一致性检验

使用 Matlab 得到:

准则层两两比较矩阵的最大特征值 λ_{max} 为 4.132 3,经修正的一致性检验指标 CR 等于 0.049 55;

方案层中,使用效果指标的最大特征值 λ_{max} 为 4.125 6,经修正的一致性检验指标 CR 等于 0.047 04;环保性指标的最大特征值 λ_{max} 为 4.118 4,经修正的一致性检验指标 CR 等于 0.044 34;先进性指标的最大特征值 λ_{max} 为 4.118 4,经修正的一致性检验指标 CR 等于 0.044 34;经济性指标的最大特征值 λ_{max} 为 4.118 4,CR 等于 0.044 34。

由此可见,上述各两两比较矩阵中的数据一致性是可以接受的。

(5) 结果分析

给出最终的综合评价矩阵如下:

综合评价矩阵

	使用效果	环保性	先进性	经济性	权重
机械回收法	0.253	0.169	0.017	0.013	0.452
化学处理法	0.054	0.038	0.035	0.026	0.153
生物处理法	0.125	0.075	0.078	0.006	0.284
现场燃烧法	0.025	0.018	0.008	0.059	0.110
和	0.457	0.300	0.138	0.105	1.000

基于上述评价结果可以得出下列结论：

在船舶溢油事故的应急处理中，单纯就使用效果而言，机械回收法的效果最好；从环保性角度看，机械回收法不会产生二次污染，环保性最好，与此同时，生物处理法的环保性也不错，是今后处理油污的一个发展方向；从技术先进性角度看，生物处理法具有优势；从经济性角度看，现场燃烧法费用较低。

总之，机械回收法在船舶溢油事故处理中具有综合优势，成为首选手段；在回收有困难时，则应该果断使用化学处理法。在溢油清除的后期阶段，可考虑使用生物处理法处理残存油污。现场燃烧法使用的条件比较苛刻，而且二次污染严重，所以不宜在近海使用。

8.3.2　航运油污预防技术评估

（1）指标体系

对于航运油污的预防，目前主要采用的技术包括船型改造、船舶尾管系统改善、船舶含油废水处理技术等。根据实际情况，我们选择油污预防技术的使用效果、经济性、推广难度和先进性 4 个指标来评价这 3 项技术。构建的 AHP 层次结构见图 8-4。

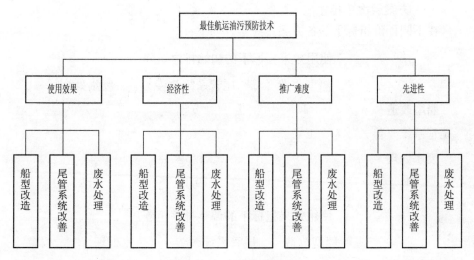

图 8-4　层次结构模型

（2）准则层两两比较矩阵

根据专家意见，建立准则层两两比较矩阵如下：

准则层两两比较初始矩阵

	使用效果	经济性	推广难度	先进性
使用效果	1	2	3	5
经济性	1/2	1	2	4
推广难度	1/3	1/2	1	3
先进性	1/5	1/4	1/3	1
和	61/30	15/4	19/3	13

准则层两两比较调整矩阵

	使用效果	经济性	推广难度	先进性	权重
使用效果	30/61	8/15	9/19	5/13	0.471
经济性	15/61	4/15	6/19	4/13	0.284
推广难度	10/61	2/15	3/19	3/13	0.171
先进性	6/61	1/15	1/19	1/13	0.074
和	1.000	1.000	1.000	1.000	1.000

（3）方案层次单排序

在不同评价指标下的各方案排序矩阵如下：

使用效果指标下的初始排序矩阵

	船型改造	尾管系统改善	废水处理
船型改造	1	5	7
尾管系统改善	1/5	1	3
废水处理	1/7	1/3	1
和	47/35	19/3	11

使用效果指标下的调整排序矩阵

	船型改造	尾管系统改善	废水处理	权重
船型改造	35/47	15/19	7/11	0.724
尾管系统改善	7/47	3/19	3/11	0.193
废水处理	5/47	1/19	1/11	0.083
和	1.000	1.000	1.000	1.000

经济性指标下的初始排序矩阵

	船型改造	尾管系统改善	废水处理
船型改造	1	1/5	1/4
尾管系统改善	5	1	3
废水处理	4	1/3	1
和	10	23/15	17/4

经济性指标下的调整排序矩阵

	船型改造	尾管系统改善	废水处理	权重
船型改造	1/10	3/23	1/17	0.096
尾管系统改善	5/10	15/23	12/17	0.619
废水处理	4/10	5/23	4/17	0.285
和	1.000	1.000	1.000	1.000

推广难度指标下的初始排序矩阵

	船型改造	尾管系统改善	废水处理
船型改造	1	3	1/5
尾管系统改善	1/3	1	1/7
废水处理	5	7	1
和	19/3	11	47/35

推广难度指标下的调整排序矩阵

	船型改造	尾管系统改善	废水处理	权重
船型改造	3/19	3/11	7/47	0.193
尾管系统改善	1/19	1/11	5/47	0.083
废水处理	15/19	7/11	35/47	0.724
和	1.000	1.000	1.000	1.000

先进性指标下的初始排序矩阵

	船型改造	尾管系统改善	废水处理
船型改造	1	1/6	1/4
尾管系统改善	6	1	3
废水处理	4	1/3	1
和	11	17/4	1

先进性指标下的调整排序矩阵

	船型改造	尾管系统改善	废水处理	权重
船型改造	1/11	3/27	1/17	0.087
尾管系统改善	6/11	18/27	12/17	0.639
废水处理	4/11	6/27	4/17	0.274
和	1.000	1.000	1.000	1.000

（4）判断矩阵一致性检验

使用 Matlab 得到：

准则层两两比较矩阵的最大特征值 λ_{max} 为 4.051 1，经修正的一致性检验指标 CR 等于 0.019 14；

方案层中，使用效果指标的最大特征值 λ_{max} 为 3.064 9，经修正的一致性检验指标 CR 等于 0.036 46；经济性指标的最大特征值 λ_{max} 为 3.085 8，经修正的一致性检验指标 CR 等于 0.048 20；推广难度指标的最大特征值 λ_{max} 为 3.064 9，经修正的一致性检验指标 CR 等于 0.036 46；先进性指标的最大特征值 λ_{max} 为 3.053 6，CR 等于 0.030 11。

所以，上述各两两比较矩阵中的数据一致性可以接受。

（5）评价结果分析

给出综合评价结果如下：

	使用效果	经济性	推广难度	先进性	权重
船型改造	0.341	0.027	0.033	0.006	0.407
尾管系统改善	0.091	0.176	0.014	0.047	0.328
废水处理	0.039	0.081	0.124	0.020	0.265
和	0.471	0.284	0.171	0.074	1.000

基于上述评价结果可以得出如下结论：对于航运油污的预防，就使用效果而言，通过船型改造的方法淘汰老旧船型，鼓励建造符合环保要求的新型船舶是预防航运油污的根本，但是由于船型改造需要投入大量资金，所以还必须对尾管系统改善技术、船舶废水处理技术等的研发和应用引起足够的重视。

8.3.3　船舶海上溢油监测技术评估

（1）指标体系

对于船舶海上溢油监测主要采用航空监视、遥感监测、3G 跟踪和仿真预测等技术手段。根据实际情况，我们选择准确性、经济性、实时性、先进性 4 个指标评价这 4 种溢油监测技术。所构建的 AHP 层次结构见图 8-5。

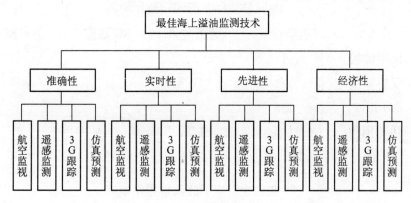

图 8 - 5 层次结构模型

（2）准则层两两比较矩阵

根据专家意见,建立准则层的两两比较矩阵如下：

准则层两两比较初始矩阵

	准确性	实时性	先进性	经济性
准确性	1	3	7	5
实时性	1/3	1	5	3
先进性	1/7	1/5	1	1/2
经济性	1/5	1/3	2	1
和	176/105	68/15	15	19/2

准则层两两比较调整矩阵

	准确性	实时性	先进性	经济性	权重
准确性	105/176	45/68	7/15	10/19	0.563
实时性	35/176	15/68	5/15	6/19	0.267
先进性	15/176	3/68	1/15	1/19	0.062
经济性	21/176	5/68	2/15	2/19	0.108
和	1.000	1.000	1.000	1.000	1.000

（3）方案层次单排序

在不同评价指标下的各方案排序矩阵如下：

准确性指标下的初始排序矩阵

	航空监视	遥感监测	3G 跟踪	仿真预测
航空监视	1	4	3	5
遥感监测	1/4	1	1/2	3
3G 跟踪	1/3	2	1	4
仿真预测	1/5	1/3	1/4	1
和	107/60	22/3	57/12	13

准确性指标下的调整排序矩阵

	航空监视	遥感监测	3G 跟踪	仿真预测	权重
航空监视	60/107	12/22	36/57	5/13	0.531
遥感监测	15/107	3/22	6/57	3/13	0.153
3G 跟踪	20/107	6/22	12/57	4/13	0.244
仿真预测	12/107	1/22	3/57	1/13	0.072
和	1.000	1.000	1.000	1.000	1.000

实时性指标下的初始排序矩阵

	航空监视	遥感监测	3G 跟踪	仿真预测
航空监视	1	1/3	1/5	1/7
遥感监测	3	1	1/2	1/5
3G 跟踪	5	2	1	1/3
仿真预测	7	5	3	1
和	16	25/3	47/10	176/35

实时性指标下的调整排序矩阵

	航空监视	遥感监测	3G 跟踪	仿真预测	权重
航空监视	1/16	1/25	2/47	15/176	0.058
遥感监测	3/16	3/25	5/47	21/176	0.133
3G 跟踪	5/16	6/25	10/47	35/176	0.241
仿真预测	7/16	15/25	30/47	105/176	0.568
和	1.000	1.000	1.000	1.000	1.000

先进性指标下的初始排序矩阵

	航空监视	遥感监测	3G 跟踪	仿真预测
航空监视	1	1/5	1/5	1/7
遥感监测	5	1	2	1/3
3G 跟踪	5	1/2	1	1/3
仿真预测	7	3	3	1
和	18	47/10	31/5	38/21

先进性指标下的调整排序矩阵

	航空监视	遥感监测	3G 跟踪	仿真预测	权重
航空监视	1/18	2/47	1/31	3/38	0.052
遥感监测	5/18	10/47	10/31	7/38	0.249
3G 跟踪	5/18	5/47	5/31	7/38	0.183
仿真预测	7/18	30/47	15/31	21/38	0.516
和	1.000	1.000	1.000	1.000	1.000

经济性指标下的初始排序矩阵

	航空监视	遥感监测	3G 跟踪	仿真预测
航空监视	1	1/4	1/5	1/7
遥感监测	4	1	1/3	1/5
3G 跟踪	5	3	1	1/3
仿真预测	7	5	3	1
和	17	37/4	68/15	176/105

经济性指标下的调整排序矩阵

	航空监视	遥感监测	3G 跟踪	仿真预测	权重
航空监视	1/17	1/37	3/68	15/176	0.054
遥感监测	4/17	4/37	5/68	21/176	0.134
3G 跟踪	5/17	12/37	15/68	35/176	0.259
仿真预测	7/17	20/37	45/68	105/176	0.553
和	1.000	1.000	1.000	1.000	1.000

（4）判断矩阵一致性检验

使用 Matlab,得到:

准则层两两比较矩阵的最大特征值 λ_{max} 为 4.068 5,经修正的一致性检验指标 CR 等于 0.025 66;

方案层中,准确性指标的最大特征值 λ_{max} 为 4.117 9,经修正的一致性检验指标 CR 等于 0.044 16;实时性指标的最大特征值 λ_{max} 为 4.077 6,经修正的一致性检验指标 CR 等于 0.014 53;先进性指标的最大特征值 λ_{max} 为 4.134 1,经修正的一致性检验指标 CR 等于 0. 050 22；经济性指标的最大特征值 λ_{max} 为 4. 177 6，CR 等于 0. 066 52。

所以，上述各两两比较矩阵中的数据一致性可以接受。

（5）评价结果分析

给出最后的综合评价矩阵如下：

	准确性	实时性	先进性	经济性	权重
航空监视	0. 299	0. 015	0. 003	0. 006	0. 323
遥感监测	0. 086	0. 036	0. 015	0. 014	0. 152
3G 跟踪	0. 137	0. 064	0. 011	0. 028	0. 240
仿真预测	0. 041	0. 152	0. 032	0. 060	0. 285
和	0. 563	0. 267	0. 062	0. 108	1. 000

基于上述综合评价矩阵可以得出下列结论：从获得信息的准确性来讲，航空监视人员直接到达污染源上空进行观测，因而所获得信息的准确度较高，而且它还可以提供调查所需的直接和直观的证据；从监测的实时性角度来说，计算机仿真预测技术可以对溢油的动态进行预测，可以超越事故当时而直接提供未来的信息，因而实时性最好，遥感监测与 3G 跟踪的实时性也不错；从先进性和经济性的角度看，仿真预测技术成本较低，使用操作也比较方便。

总之，航空监视是溢油监测普遍采用的方法，但维护成本较高；而计算机溢油模拟仿真预测技术以其可预测性、先进性和经济性的特点，正被人们所普遍采用。

8.4　船舶溢油应急决策支持系统的开发

8.4.1　问题的提出

在船舶溢油应急处理方面，数字化技术已成为一大研究热点。对此，前文已作了详细综述，从中可以发现：目前船舶溢油突发性事故应急管理系统大多以突发性应急处理为核心，并围绕溢油模型的模拟仿真展开，因而不能充分满足事故应急管理的要求。因此，借助数字化技术开发相应的船舶溢油应急决策支持系统具有非常重要的意义。

8.4.2　溢油模拟信息系统软件评述

近几年来国内外学者对溢油相关软件的开发做了大量工作。国外起步较国内要早，因此成熟的软件较多。如 RABEH 和 LARDNERA 针对阿拉伯海湾开发了 Gulfspill 溢油模拟软件。[33] 该软件采用三维溢油模型，可对油膜在各种环境下的行为和归宿进行精确模拟，该软件不仅可用于溢油行为的模拟，还可用于对溢油易发海域的预测；由 SINTEF 开发的 OSCAR 软件不仅可对溢油的行为、归宿进行模拟，还可对溢油浓度、溢油深度以及岸线受污染程度进行模拟，同时该软件提供应急物资的分布情况和简单的应急策略。[34] 相类似的软件还包括：OSRA，GRAHAM，OSTM，RIAM 和 COMBOS 等。[35—40]

　　国内一些大学和科研单位在此方面也做了一些尝试。早期的有傅孙成等开发的溢油系统[41]，该系统考虑溢油的漂移和扩散，但没能考虑溢油的归宿，所以模拟精度和准确度较低。张波等对原来基于 DOS 环境的溢油模拟系统进行改进，开发出中文 Windows 环境下的海上溢油预报系统。[42] 该系统比原有的模拟系统多了评价环境影响的功能。随着国内对溢油事故及应急反应的不断重视，溢油相关软件的设计和开发不断成熟。熊德琪等开发的珠江口区域海上溢漏污染物动态预测系统在预测内容、精度等方面比原先的同类系统有很大提高，并且开始在原有的溢油行为、归宿模拟的基础上进行溢油信息管理系统和智能系统的开发。[43] 如增加有关溢油区域地理环境、环境敏感区域等地理信息。[44] 刘彦呈等将溢油模拟与地理信息系统有机地加以结合，使溢油模拟结果的显示更加直观。[45] 孙俊等在美国 ASA 公司的 OILMA 软件基础上开发舟山港溢油模拟信息系统，大大缩短软件开发周期。[46] 殷佩海等将溢油模拟与人工智能相结合，对海上溢油应急专家系统进行研究。[47]

　　综上所述，我们认为：目前绝大部分溢油软件以对溢油行为、归宿的模拟为主，模拟结果的精度和可信度相当高，开发技术已相当成熟，但同时存在下列问题：

　　① 溢油事故信息管理和应急反应对策信息的研究相对较弱。

　　② 缺少应急物资的动态显示。具体体现在应急物资运动位置和应急物资状态的动态显示。[48]

　　③ 对于应急计划的关注较少。虽然应急计划的制定和处理是溢油事故处理的核心，但由于应急计划和应急反应活动的特殊性，现有的溢油系统几乎没有将应急反应决策、应急计划生成、应急计划评估和仿真与溢油模拟软件相结合，以构成真正的溢油应急反应系统。

8.4.3　系统设计的基本框架

8.4.3.1　系统界定及需求分析

　　船舶溢油应急决策支持系统以船舶溢油行为模拟、船舶溢油事故的中长期预报、船舶溢油事故风险分析、应急计划生成与评估、应急资源和手段的优化组织的数字化实现为开发目标，旨在为溢油事故应急处理提供信息和决策支持。

　　（1）溢油应急处理信息需求的主要内容

　　溢油基本信息：溢油油种、溢油形式、溢油量、溢油位置、溢油船舶情况等。

　　溢油状态信息：溢油油膜位置、厚度、溢油水域、溢油浓度、未来溢油的运动轨迹。

水域气象与水文信息。

应急资源信息：油污治理设备的分布、数量、能力、调用方式、调用时间等。

溢油事故赔偿信息：法律法规、历史案例等。

（2）船舶溢油事故处理决策支持需求的主要内容

船舶溢油事故的统计分析、中长期预报模式的数字化实现、船舶溢油事故风险分析、船舶溢油事故应急计划生成与评估、船舶溢油事故应急资源和手段的优化组织等。

8.4.3.2 系统构架

船舶溢油应急决策支持系统融溢油模拟、信息处理、决策支持于一体，不是溢油模拟系统、信息管理系统等系统的简单集成，而是一个具有高度智能性的复合体系结构。该体系结构应充分体现开放性、异构性、集成性的特点，并采用基于 Web 的分布式多层体系结构。具体见图 8-6。

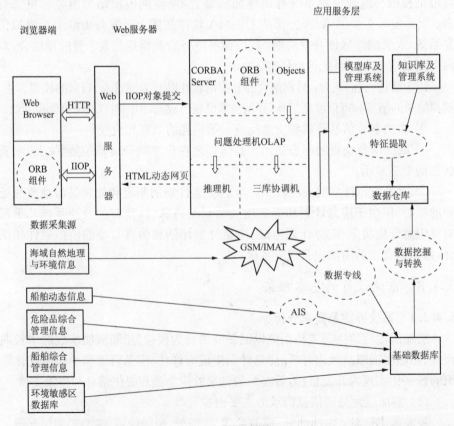

图 8-6　系统架构 1

进一步,上述体系结构可细化为图 8－7 所示:

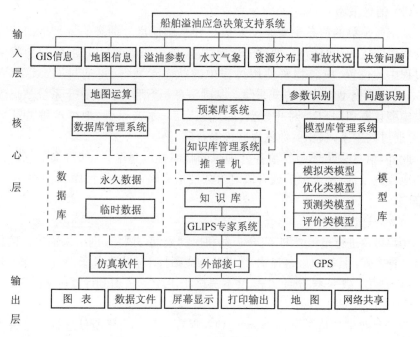

图 8－7　系统架构 2

8.4.3.3　系统功能体系

8.4.3.3.1　基本功能体系

所开发的业务功能主要包括:基于不同信息平台(船舶综合管理信息系统、危险品综合管理信息系统、海域自然地理与环境信息系统、溢油应急资源数据库、环境敏感区数据库等)的数据采集与维护;船舶溢油事故管理决策模型的数字化实现;基于 Web 的船舶溢油事故的管理信息发布。具体功能体系见图 8－8。

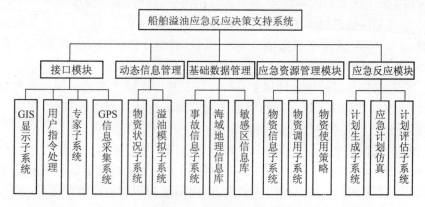

图 8－8　系统功能体系

8.4.3.3.2 信息处理

（1）信息采集

系统所采集的信息主要是动态信息和基础信息。动态信息是指那些随时间变化而变化的实时信息，如溢油行为轨迹、事故船舶的运动轨迹、应急物资运输过程中的位置、应急物资使用过程中的状态参数等，可通过 GSM/IMAT、AIS、GPS 及模型生成等方式采集。基础信息是指那些长期存于系统数据库内的供模型计算和用户查询的数据，如气象资料、水文条件、地理地貌特征数据等，可通过人工录入、相关数据库联接等获取。

此外，信息采集还包括事务处理时的临时性信息输入，如查询信息时输入的相应查询条件；系统维护或升级时永久性信息输入，如模型库、数据库的维护和修改。

（2）信息查询

用户可以进行单项查询、组合查询和模糊查询，并将查询结果输出。信息输出有 3 种方式：计算机屏幕显示、地图整饰成图打印输出和基于 Web 发布。输出结果可为地图、数据表、统计图表、文本资料、图形（像）资料和计算机文件等。

（3）信息处理与保存

为满足决策支持需要，系统要处理并保存信息。由于所处理的信息种类和规模较大，所以在对信息保存时，先将信息分类，并根据类别分级保存。

8.4.3.3.3 决策支持

① 溢油模拟。溢油模拟作为系统的主要功能之一，是获取溢油行为和归宿动态信息的主要途径。溢油模拟应能预测溢油在今后一段时间内的活动轨迹和归宿，并能对环境的影响程度（溢油浓度、溢油敏感区污染程度等）作出评估。

② 船舶溢油事故中长期预报。着重建立两大预报模式：一是根据船舶溢油事故的历史样本信息，构造相应的时间序列预报模型；二是基于船舶溢油事故与相关影响因素的内在联系，建立相应的因果（协整）关系预报模型。

③ 船舶溢油事故风险分析。首先建立船舶溢油事故风险分析多目标评估模型，主要内容包括：船舶溢油风险评价指标的设计和评估方法的选择；在此基础上，通过溢油模型的仿真模拟对上述风险评估结果进行修正。

④ 船舶溢油事故应急计划生成与评估。基于不同准则和案例生成各类应急计划，并在此基础上建立船舶溢油应急管理流程体系和组织架构，同时对体系与架构的"广义可靠性"进行评估。

⑤ 船舶溢油事故应急资源与手段优化组织。将船舶溢油应急管理流程体系和组织架构抽象成一定的网络拓扑结构，研究其中的应急资源选址和储备水平以及调度优化。同时根据溢油实况，调用系统知识库中已有的专家知识，为用户提供有关油污清除建议。

⑥ 船舶溢油事故等级评定。根据用户输入的事故参数,通过模型计算,对溢油事故等级进行评估。

8.4.3.4　模型库设计

(1) 模型分类

本系统所涉及的模型见表 8-4。

表 8-4　系统所涉及的模型分类

模型类型	模　型　名	备　　注
模拟类模型	油膜体积计算模型	
	瞬时溢油水平扩散模型	
	连续溢油水平扩散模型	
	油膜向下扩散模型	
	油膜漂移模型	
	油膜乳化模型	
	油膜蒸发模型	
预测类模型	二维潮流预报模型	
	三维潮流预报模型	
	溢油事故时间序列预报模型	船舶溢油事故与历史样本信息内在联系的研究
	溢油事故因果(协整)关系预报模型	溢油事故与相关影响因素内在联系的研究
评价类模型	应急计划评估模型	层次分析法(AHP)与模糊评价法相结合
	溢油事故等级评价模型	
	溢油事故风险分析多目标评估模型	
	资源点储备水平评价模型	
优化类模型	资源点储备水平优化模型	
	清油设备调运优化模型	属于多资源问题多目标模型
	资源点选址模型	
	预案检索优化模型	基于 CBR 的相似检索
	清油设备使用策略	基于专家系统
	应急行动步骤制定	基于专家系统

（2）模型的存储与表示

模型存储方式主要有下列几种形式[49]：作为子程序存储；作为数据存储；作为语句存储。本系统主要采用子程序方式对模型进行存储。为便于模型的管理和调用，采用模型描述语言 MDL 表示模型和模型调用模块。即：对于系统用户而言，模型就是经过编译的 DLL 程序；对于系统管理员而言，模型则是一段源程序或是数个源程序的组合和 MDL 文件。

基于上述分析，给出模型字典结构见表 8-5。

表 8-5　模型字典结构

字 段 名	类 型	长 度	说 明
Model _ ID	char	20	模型的编码
Model _ Name	char	20	模型名
Model _ Class	char	100	模型类说明
Model _ Function	text		模型功能
Model _ Source	char		模型出处
Model _ Site	char	100	模型在模型库中的位置
Model _ Script	text	100	模型源程序文件存放位置
Model _ Explain	char	100	模型框图、说明文件位置
Model _ Input	text		模型输入变量说明
Model _ Output	text		模型输入变量说明
Model _ Interface	text		模型接口说明
Model _ DB	char	100	模型专用数据表说明
Model _ Building	text		建模说明（时间、作者）
Model _ reg	char	100	模型入库时间
Model _ Modify	Text	100	模型修改说明（时间、内容）

（3）模型管理

在模型管理方面，目前比较著名的模型表示方法有以下几种：由 BLANNING[50] 提出的实体关系模型、GROFFRION 提出的结构化构模、面向对象的模型表示法、[51—56]LENARD[57]提出的数据表示法、HONG[58]提出的框架表示法、DOLK 和 KONSYNSKI[34]提出的模型抽象表示法等。本系统采用面向对象的模型表示法,这种方法将模型及其对应的方法(算法)封装起来,使模型更具有独立性和信息隐藏性,并增强模型的重用性从而便于模型的组合。

为实现模型对象管理,本系统建立模型描述广义框架:

Class Model

　　{

数据部分

　　输入参数属性;　　　//定义输入的模型参数类型

　　输出参数属性;　　　//定义输出的模型参数类型

　　模型的连接属性;　　//定义模型与模型之间的衔接关系

　　知识属性;　　　　　//定义模型适用领域

　　模型的特征信息;

方法部分

　　数学模型;　　　　　//确立模型所用函数

　　存取操作;　　　　　//确立输入参数读取、输出结果保存的方式

　　求解执行方法;　　　//确立模型算法

　　其他模型方法;　　　//可替代的算法

　　};

基于上述模型描述广义框架可建立不同的模型类,并利用类的继承性方便地构造和管理模型。

船舶溢油应急决策支持系统的模型管理主要包括:模型的调用(单个模型的运行、模型的组合)和模型的维护(包括模型的修改、添加、删除)。模型管理界面见图 8-9。通过该界面(基本模型类、模型字典库、DSS 模型调用模块),系统可完成对模型的管理。

模型的维护由系统管理员完成,具体涉及模型修改、添加、删除等操作。在进行上述操作时需对模型字典库中的内容进行修改,并将新建的模型文件存于模型库中。模型字典库维护界面见图 8-10。

模型调用形式分为 3 种:一是顺序结构模式,即前一个模型的计算结果是后一个模型的输入量,本系统中应急计划评价模型的调用采用的就是该模式,通过 AHP 得出的评价指标权重作为参数输入到模糊综合评价模型中;二是选择结构模式,物资调运模型的调用采纳的就是该模式,当用户对两个目标分别设置大于 0 的权重时,系统进行多目标优化模型的计算,当用户对其中一个目标的权重设置为"1"时,系统则进行单目标优化模型运算;三是循环结构,预案相似检索模型的调用就属于该模式。

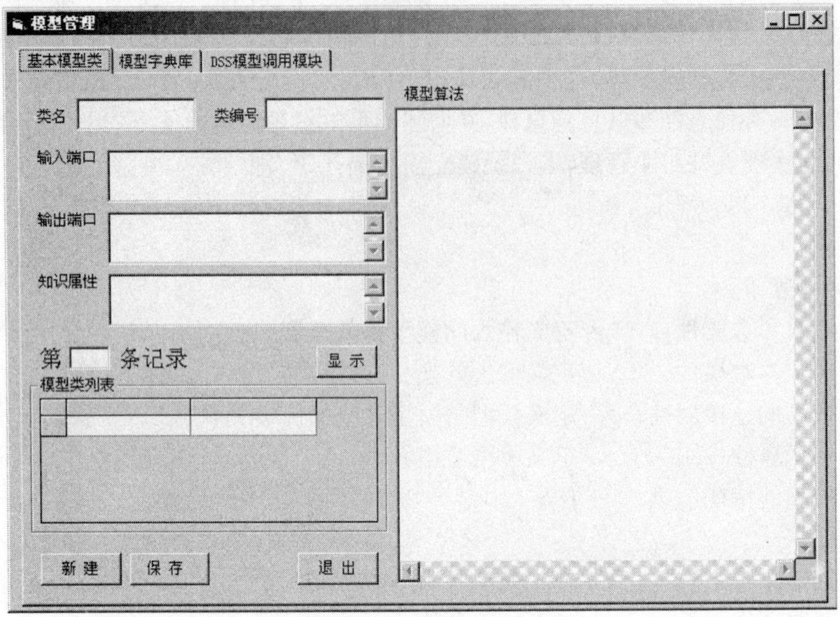

图 8-9　模型管理界面

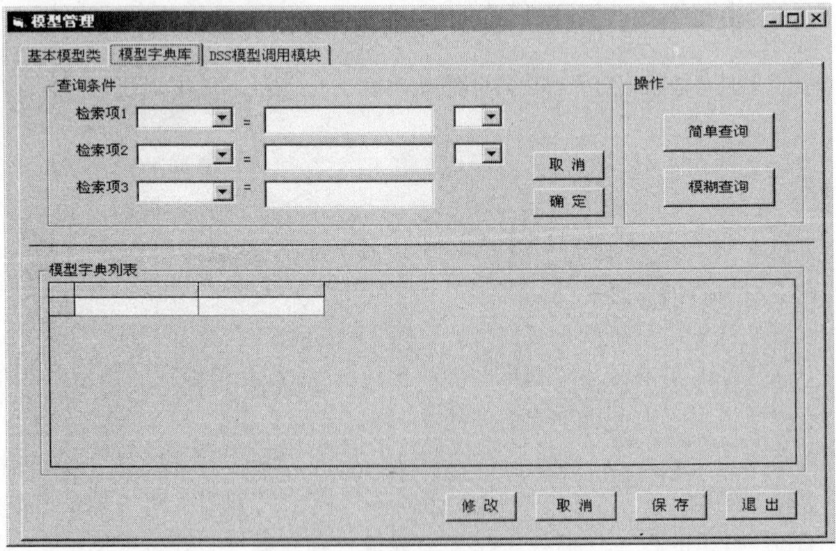

图 8-10　模型字典库维护界面

　　从理论上讲,模型的调用过程包括两部分,一是模型搜索,二是模型与参数的结合。模型搜索又包括模型字典库搜索和模型文件搜索。对此,我们通过构建 DSS 模型调用模块完成系统对模型的调用。该模块将输入输出参数及所调用的模型名都封装在一起。DSS 模型调用模块的 SML 描述如下：

　　♯BEGINMODEL
　　　　INTERFACE
　　　　　　IN（输入控制参数）　　　//建立模型入口
　　　　　　OUT（输出控制参数）　　//建立模型出口
　　　　TABLE
　　　　　　IN（输入变量参数）（数据库名（字段＜记录＞））　//参数输入
　　　　　　OUT（输出变量参数）（数据库名（字段＜记录＞））//参数输出
　　　　CALL　　模型名　　　　　//模型调用
　　♯ENDMOLEL

　　DSS 模型调用模块的维护可通过图 8－11 所示的界面完成。用户通过该界面对已有的模型调用模块进行查询和修改，并可利用"新建"键激活右边的对话栏，通过填写对话栏完成 DSS 模型调用模块的构建，然后触发"保存"键，系统将会把新建的或修改后的 DSS 模型调用模块存于数据表中并将模块转化为源程序存于模型库中以便以后调用。

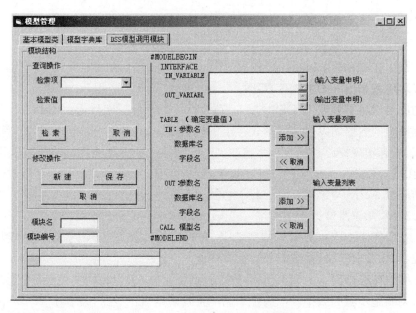

图 8－11　DSS 模型调用模块维护界面

8.4.3.5　数据库设计

　　基于前文对系统构架和功能的描述，可用图 8－12 表示系统数据库的结构。

　　根据所存数据的类型和内容将数据库划分为 6 个子数据库：应急资源信息

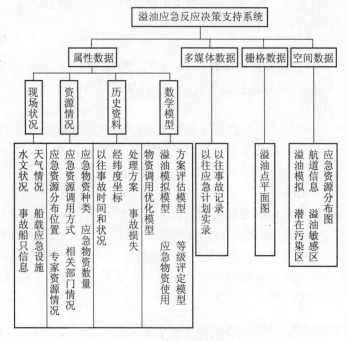

图 8-12 系统数据库结构

子数据库(material_base)、溢油事故基本资料数据子数据库(oilspill_base)、地理环境基本信息子数据库(GIS_base)、历史资料子数据库(presitu_base)、辅助决策信息子数据库(DSS_base)和暂存数据子数据库(temp_base)。各子数据库中的数据均以表格的形式存于子数据库中,并通过相应的检索关系相互联系,最终实现资源查询、调用、辅助决策的功能。数据库采用结构化查询语言(SQL)进行编写,采用C/S(客户/服务器)结构模式。界面层软件VB对数据库的访问以 ActiveX 数据对象(ADO)方式进行。

8.4.3.6 知识库设计

在船舶溢油应急决策支持系统中,知识库由知识库、知识字典库、推理机、议程、知识获取模块、系统内部数据库构成。

知识库存储的专家知识包括两个方面:一是应急设备的使用策略;二是应急行动实施步骤的编排。本系统采用产生式规则表示专家知识。

知识字典库:该库与模型字典库的功能相类似,主要存储与知识有关的信息,如:知识编号、知识名等,其结构见表8-6。

推理机:推理机能够根据知识进行推理和导出结论,而不是简单地搜索现成的答案。本系统采用 CLIPS 作为数据库系统开发工具,所以选用正向推理方式。

表 8 - 6 知识字典库的结构

字 段 名	数据类型	长 度	注 释
Knwldge _ No	char	20	知识文件编号
Knwldge _ Name	char	20	知识文件名
Knwldge _ Range	char	100	知识适用领域
Knwldge _ Time	data	20	知识建立时间
Knwldge _ Site	char	100	知识文件位置
Knwldge _ Modify	text	16	知识文件修改记录
Knwldge _ Explain	text	16	知识文件说明

议程：它是一个规则优先级表，由推理机创建，它规定着知识执行的先后次序。这在实现系统自动生成应急行动实施步骤时很有用。

知识获取模块：本系统通过图 8 - 13 所示的知识库维护界面实现系统知识的增加、删除和修改。用户可通过知识字典库检索到目标知识文件。知识的修改可以是对某一知识文件的修改，也可以是添加或删除知识文件。知识文件修改引起的相关知识文件信息的变化都应在知识字典库中得到反映。

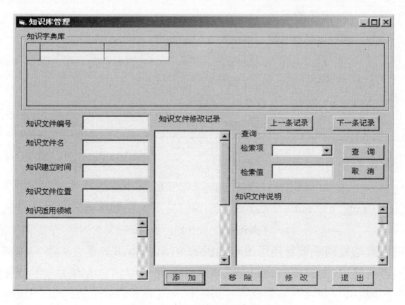

图 8 - 13 知识库系统维护界面

系统内部数据库：该数据库是知识库系统专用的数据库，主要用于存储被处理对象当前的一些事实，包括原始数据和对象状态信息等以及系统推理过程中产生的一些控制信息、中间假设和中间结果等数据。

基于上述理论界定，下面以分散剂的使用策略为例对专家知识的表示及运用进程作一说明。首先给出相关策略见表 8-7。

表 8-7 系统中分散剂的部分使用策略

Zone_Type 区域类型	Depth/m 水深	Action 策略
开阔的海面	10～20	使用量≤10 L/m²
面临海滨	2～5	使用量<1 L/m²
软底半潮区	null	不宜使用
鸟和海洋哺乳动物的栖息地	null	避免使用

基于上表，我们利用产生式规则（CLIPS 语言）描述如下：

//用 CLIPS 表示为：

```
(deftemplate  fen_san_ji_using;自定义一个模板
    (slot  Zone_Type);区域类型
    (slot  Depth);水深
    (slot  Action));使用建议
```

//用 CLIPS 描述的事实

```
(fen_san_ji_using  (Zone_Type  开阔的海面)
                   (Depth   10 m～20 m)
                   (Action  ≤10 L/m²))
(fen_san_ji_using  (Zone_Type   面临海滨)
                   (Depth   2 m～5 m)
                   (Action  ≤1 L/m²))
(fen_san_ji_using  (Zone_Type       软底半潮区)
                   (Action  not suitable to use))
(fen_san_ji_using  (Zone_Type   鸟和海洋哺乳动物的栖息地)
                   (Action  can not be used))
```

使用策略规则是设备使用策略知识的主体，根据事先建立的事实按照自定义规则进行推理，得到相应的结论。本系统根据先前建立的有关分散剂使用策略的事实，制定一条规则用来查询在海滨区域且水深在 2～5 m 的使用策略。

```
(defrule using_query
```

$$(fen\_san\_ji\_using\ (Zone\_Type\quad 面临海滨)$$
$$(Depth\ 2\ m\sim5\ m)$$
$$(Action\ ?\ Action))$$

=>

$$(printout\ t\ "we\ should\ use"\ ?\ Action\ crlf\ ))\quad ;输出使用策略$$

8.4.3.7　预案库设计

（1）预案库的基本架构

预案库由预案库、检索器、预案管理模块组成。

预案库是相关预案的集合。本系统将预案分段存于数据库中，借助数据库操作工具可方便地添加、删除、修改和检索预案。

检索器是预案搜索的关键，它的任务可概括为：检索项识别、检索操作、相似度评估。由于本系统采用相似搜索法，所以检索项识别实质上就是建立目标预案的特征信息向量；检索操作就是根据先前建立的特征向量集，查找相似预案并对每个预案的相似度进行量化；相似度评估是指根据相似度对被选预案进行排序、优选，找出优选预案。

预案管理模块是预案管理的核心部件，以关系数据库的形式存在，并借助数据库操作工具完成对预案的管理。预案管理模块中的数据库主要包括：预案字典数据库、预案特征信息数据库。预案字典库主要保存描述各预案的基本信息，它的建立便于预案的查询和预案库的维护，具体结构如表 8-8 所示。预案特征信息数据库是一个辅助数据库，保存各预案的特征信息，它的建立是为了提高预案检索效率。即：在对相似预案进行检索时，系统不必在预案库中直接搜索预案，而是在经过索引组织好的预案特征信息数据库中检索预案特征信息，再根据特征信息从预案库中找出相似预案。预案特征信息库结构如表 8-9 所示。

表 8-8　预案字典库表结构

字　段　名	类　　型	长　　度	说　　　　明
Preplan_ID	char	20	预案编号
Preplan_Name	char	100	预案名
Preplan_Abstract	text	16	预案简介
Preplan_Site	char	100	预案储存位置
Preplan_Making	text	16	预案制定说明（时间、单位）
Preplan_Modify	text	16	预案修改记录（时间）
Preplan_Using	text	16	预案调用记录（时间）

表 8 - 9　预案特征信息库结构

字　段　名	类　　型	长　度	说　　　明
Plan _ ID	char	20	预案编号
Plan _ Name	char	100	预案名
Accident _ Time	date	100	事故时间
Accident _ Scale	char	20	事故规模
Accident _ Ship	char	20	肇事船只
Oil _ Type	char	20	污染源
Oil _ Amount	int	4	溢油量
Latitude	float	16	溢油纬度
Atitude	float	16	溢油经度
Zone _ type	char	100	溢油敏感区类型
Wind _ Power	int	4	海风风力

　　（2）溢油应急预案的组织

　　为便于应急预案的保存和管理,我们将每个应急预案按要素分成若干个模块,这些模块包括预案概要、事故环境描述、溢油事故信息描述、资源信息描述、溢油事故应急决策描述、应急计划效果预测与评估。

　　预案概要主要描述应急预案的基本特征,其内容包括预案名称、预案编号、预案摘要、预案生成日期、预案制定单位、预案目标。其中预案摘要是预案的浓缩,反映预案的本质特征,从而为预案的关键词查询提供依据。

　　事故环境描述主要涉及溢油事故发生现场的天气状况、海况和地理环境,具体包括海风风力、海风风向、海流情况、事故水域水温、事故海域溢油敏感区分布情况、各敏感区的基本情况。

　　溢油事故信息主要描述溢油事故状况的基本参数,具体包括溢油地点、溢油量、溢油油种、溢油方式（连续溢油或间断溢油）、油膜运动情况。

　　资源信息描述包括应急行动实施所涉及的部门以及应急设备和人员的情况。

　　溢油事故应急决策描述包括两部分,一是决策目标的描述,二是应急行动的描述。决策目标描述主要包括应急行动总目标、各阶段的目标;应急行动描述主要包括应急行动原则、应急设备调用情况（设备类型、设备数量、调用点、调用方式）、人员调用情况、废弃物存放点设置、应急计划实施步骤、溢油场所恢复计划。

　　（3）溢油应急预案的保存

　　为便于应急预案的检索,我们将应急预案按模块存于各个子关系数据库中,并通过主数据库的组织和控制协调各个库的操作,从而完成预案的存储。基于关系数据库的预案存储见图 8-14。

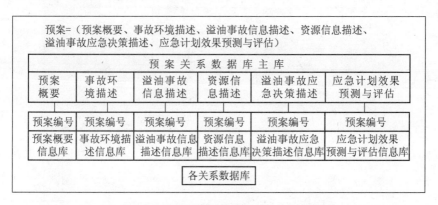

图 8-14　基于关系数据库的预案存储示意图

（4）预案库维护

　　预案库维护主要由 3 部分组成:预案字典库的维护、特征数据库的维护和预案的维护。图 8-15,8-16 和 8-17 分别为三者的维护界面。预案字典库和特征信息库的维护与一般信息库的维护相仿。预案的维护相对有些特别,因为预案是分段存于数据库中的,所以用户在对预案进行操作之前,应先选定所要修改的预案段落所在的数据库,随后再通过修改数据库中的记录完成对预案的修改。

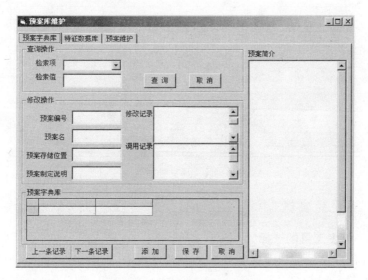

图 8-15　预案字典库维护界面

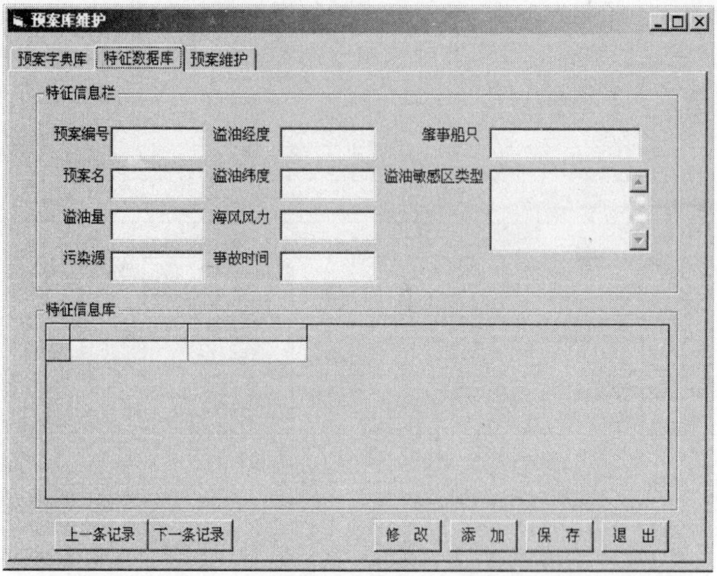

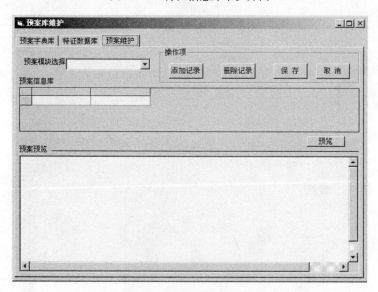

图 8-16 特征信息库维护界面

图 8-17 预案维护界面

8.4.4 系统的实现

8.4.4.1 开发工具的选择

在溢油应急反应决策支持系统的开发过程中,采用软件综合集成技术,具体框架见图 8-18。

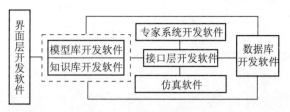

图 8-18　开发软件基本架构

　　整个系统以 Windows 98 及以上系统作为开发平台,采用 VB 和 MapInfo
开发界面层,采用 VC++开发模型库和知识库,采用 Extend 软件开发仿真模
块,采用 CLIPS 开发专家系统,采用 ServiceSQL 2000 开发数据库。上述模块
与系统的接口采用 VC++进行开发。

　　鉴于在系统设计部分已对系统维护功能作了系统介绍,所以下文着重对信
息处理和决策支持两大功能的实现作一说明。

8.4.4.2　信息处理

　　(1) 信息查询

　　本系统可查询的信息包括应急物资资源信息、决策资源信息(专家、单位、
法律文件)、敏感区信息、气象水文信息、历史案例等。虽然不同信息查询的界
面不同,但对于每一信息,用户都可通过简单查询、模糊查询和组合查询的方法
进行。具体见图 8-19 和图 8-20。

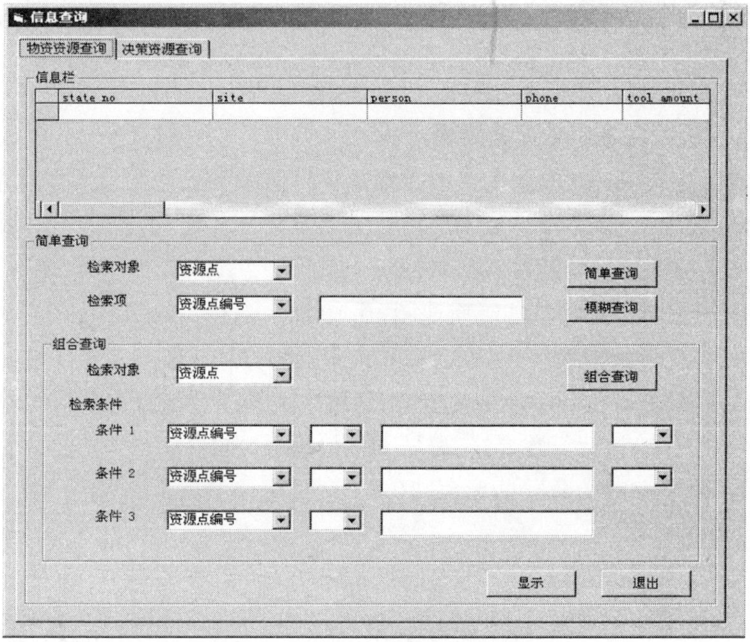

图 8-19　应急物资查询界面

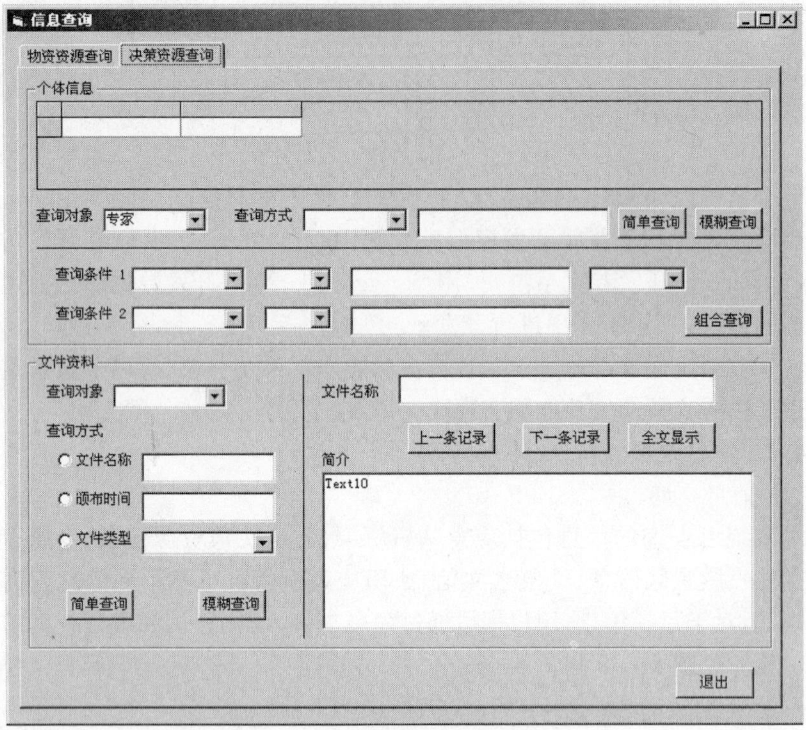

图 8-20 决策资源信息查询界面

(2) 电子图像显示功能的实现

溢油应急决策支持系统主要涉及到长江口区域的行政界线、海域、航道、锚地、航标等地理信息,不牵涉复杂的拓扑关系及计算。为此,我们采用相对比较简单的电子海图显示功能实现技术,即:

第1,扫描长江口海域的纸质地图,存成栅格文件;

第2,在 MapInfo 中调入该文件,并设置投影方式;

第3,以配准后得到的地图为蓝本,采用手工绘制方法自定义新的图层并绘制相关地理对象,包括行政界线、海域、航道、锚地、航标等。

其中,电子海图的分层见表 8-10。

表 8－10　电子海图的分层

名　　称	属　　性			
	是否可视	是否可选	是否自动标注	是否可编辑
底　　图	是	是	是	否
地　　名	是	是	是	是
资　源　点	是	是	是	是
航　　道	是	是	是	是
航　　标	是	是	是	是
锚　　地	是	是	是	是
锚 地 标 注	是	是	是	是
0 m 等深线	是	是	是	是
5 m 等深线	是	是	是	是

　　在电子海图显示功能的实现过程中,我们将扫描获取的栅格地图在图形处理软件中进行拼接,最终形成一幅完整的长江口海域地图,并存为.JPG 文件。由于我们需要利用地图的位置信息,特别是经纬度信息,所以必须对栅格图像进行投影和配准。具体通过 MapInfo 完成,其中投影选择“经纬度”方式;配准根据实地获得的经纬度坐标和地图的标注位置,选取 8 个控点。最终制作的电子海图见图 8－21。

　　上述制作的电子海图还不能直接在系统里显示,为此,我们利用Geodictionary 管理器创建 GEOSET 文件,并在进入系统时将其导入。

　　在船舶溢油应急决策中,如果需要了解跟地理相关的一些特殊信息,如环境敏感区的范围等,只要单击信息显示栏的“敏感区域”,在电子海图上就会自动把环境敏感区域叠加上去。

　　缓冲区查询是船舶溢油应急决策系统特有的一个图像显示功能。所谓缓冲区查询,就是查询某一位置周围相关信息的功能。在应急反应过程中,如果想了解离事故地点某某范围之内的资源点,就可以通过缓冲区查询对话框,输入事故地点以及查询半径,符合条件的资源点就会在地图上得到高亮显示。此外,假如我们推测溢油影响范围将在溢漏点 100 km 之内,那么就可以通过缓冲

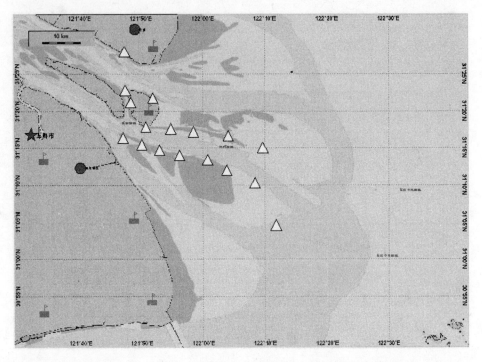

图 8-21　电子海图

区查询,把溢漏点 100 km 之内的事物高亮显示,从而可以很方便地看到哪些地点将会受到影响。

　　船舶溢油应急决策系统的另一个显著特征就是制作专题地图,即根据某个特定专题对地图进行"渲染"。在本系统中,我们把资源点的应急资源数据引入专题图生成模块,可以生成以资源点为对象的各资源点资源利用情况的专题图,从而为各资源点的应急资源配备情况提供决策参考。

8.4.4.3　决策支持

8.4.4.3.1　事故等级评估

　　事故等级评估是指根据溢油事故相关信息,通过相应的评估模型判定事故规模的等级。本系统采用 BP 网络作为事故等级评定模型。用户可通过图 8-22 所示的界面完成对各个评定指标值的设定,从而完成对事故等级的评估。

8.4.4.3.2　溢油应急资源与手段优化组织

　　溢油应急资源与手段优化组织可细分为:物资资源点的选址、储存水平评价、溢油清除设备调运、溢油清除设备的使用策略等。

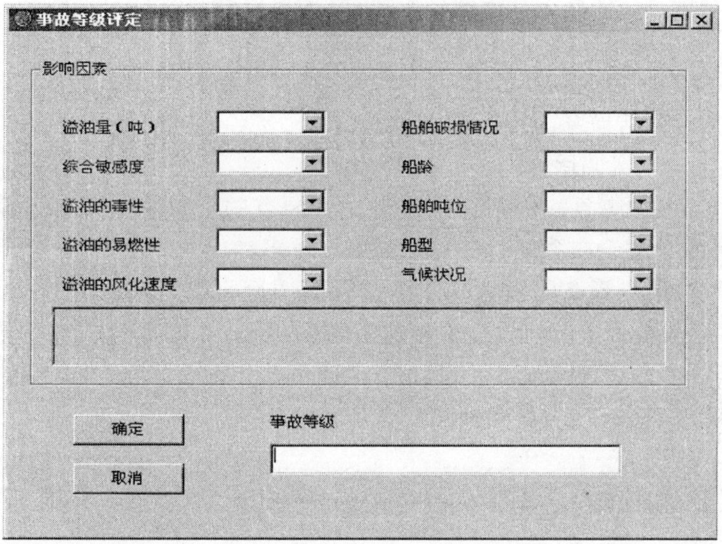

图 8-22　事故等级评估界面

（1）物资资源点选址

我们选用多应急服务点选址模型[36]作为物资资源点选址的优化模型。在进行模型计算前,用户需通过图 8-23 所示的界面输入预设应急资源点个数、

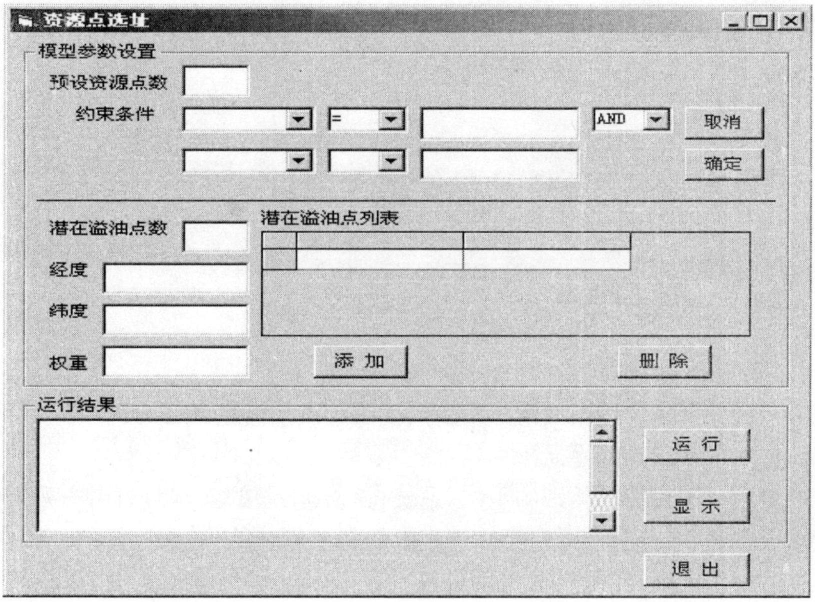

图 8-23　物资资源点选址界面

潜在溢油点个数、位置和方程的约束条件(如设备到达溢油点的时间不得大于30 min)等。当模型运算结束后,系统会将计算结果显示于对话框中并存于模型专用数据库。用户也可通过"显示"按键将计算出的资源点分布情况显示在地图上,使计算结果更直观。

(2) 应急物资调运优化

本系统中的应急物资调运优化是在资源点的个数和位置都已确定的情况下进行的。由于本系统中的资源调用涉及多种应急设备和多个资源点,所以采用何建敏[37]等人提出的多资源多目标调运模型。用户可通过图 8 - 24所示的资源调运优化界面,设定当前溢油的位置,并根据目标的重要程度对两个目标进行权重的设置,系统以列表形式给出计算结果,并为用户生成调运计划。

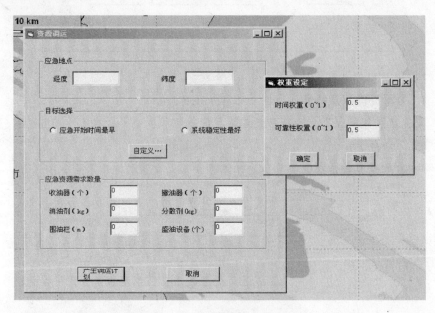

图 8 - 24 资源调运优化界面

(3) 溢油清除策略

溢油清除策略包括溢油清除设备的使用和溢油清除设备的选择。图 8 - 25为溢油清除策略选择的界面。

根据用户输入信息类别的不同,系统将进行不同的操作。当用户只输入一种清油设备时,系统会根据专家知识库中的相关知识给出这种清油设备在不同情况下的使用规则;当用户输入两种清油设备及有关环境信息时,系统将从两设备中选择较为合适的设备提供给用户参考;当用户只输入相关环境信息时,系统将根据专家知识为用户推荐一种或若干种清油设备。

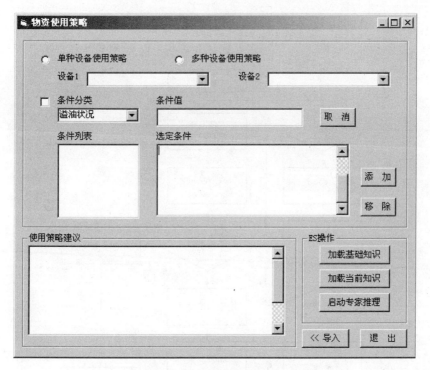

图 8-25　溢油清除策略选择界面

　　在获取溢油清除策略时,用户还必须通过选择"条件类型"和"条件列表"中的内容完成溢油现场状况信息的输入。"条件类型"是对现场情况的分类,如地理条件、事故情况等。"条件列表"中的记录是每一类条件所包含的不同的条件项,如:气候条件包括海风风力、海风风向、水温等。

8.4.4.3.3　应急计划的生成、评价、模拟

　　(1) 计划的生成

　　用户可通过填写 5 个具有导向性的对话框完成应急计划的编写。应急计划生成过程见图 8-26。

　　用户可通过图 8-27 所示的界面选择应急计划生成的方式,即修改相似预案和制定新计划。在第 2 种应急计划生成中,用户可通过图 8-28 和图 8-29所示的界面让系统后台的专家系统自动完成溢油清除设备的选择和污染物处置。

　　(2) 计划的评价

　　评定应急计划的优劣有很多标准,本系统采用"成熟度"作为衡量计划优劣的标准。图 8-30 为计划评价主界面。参与评定的专家可通过图 8-31 所示的界面完成问卷,系统将所有针对同一应急计划的问卷记录收集在一起,然后采

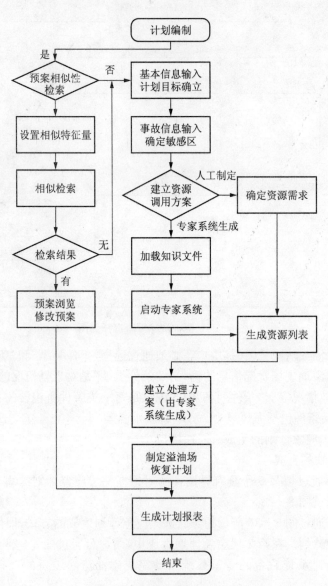

图 8 - 26 应急计划生成过程

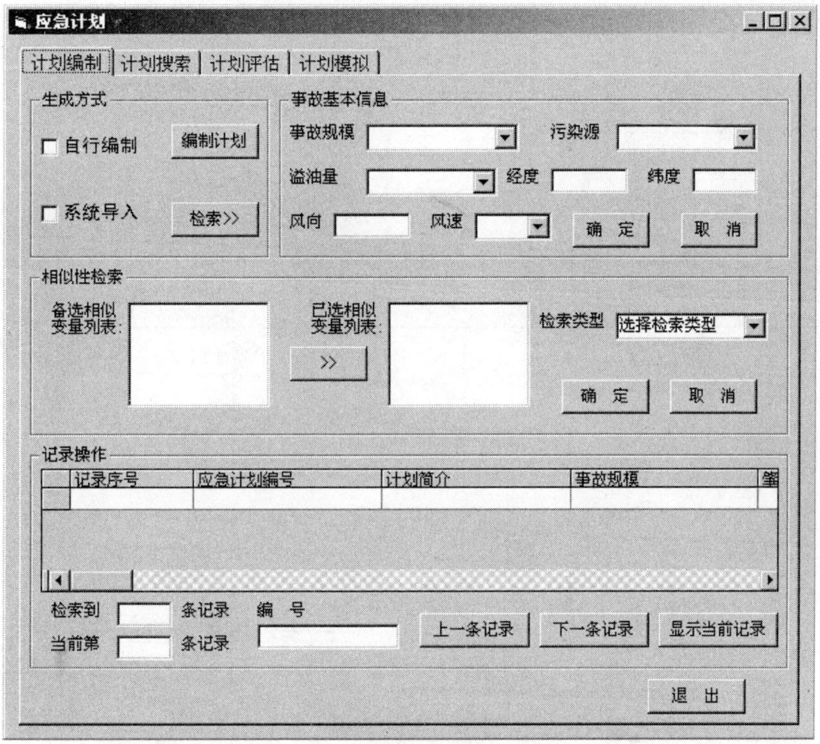

图 8－27　应急计划生成界面

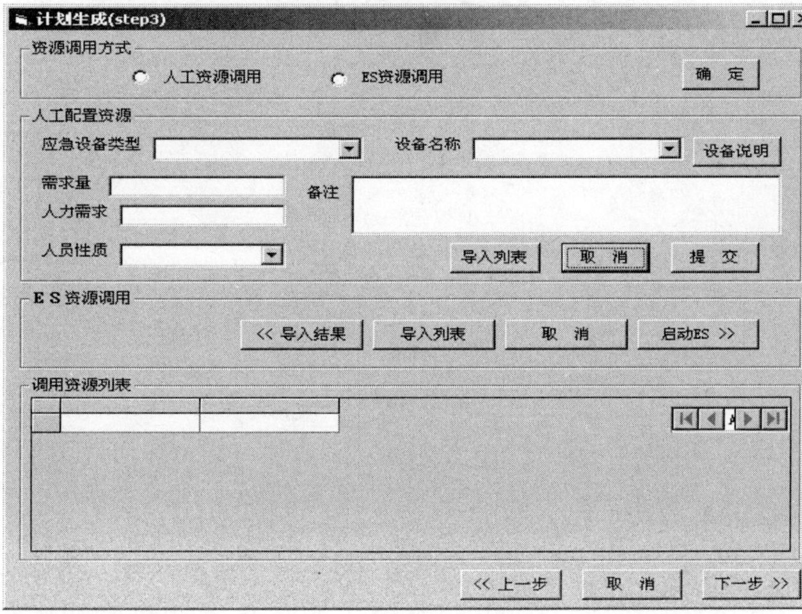

图 8－28　资源调用界面

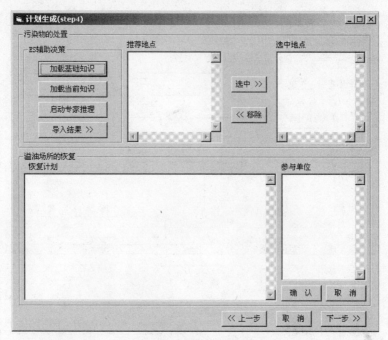

图8-29　污染物处置界面

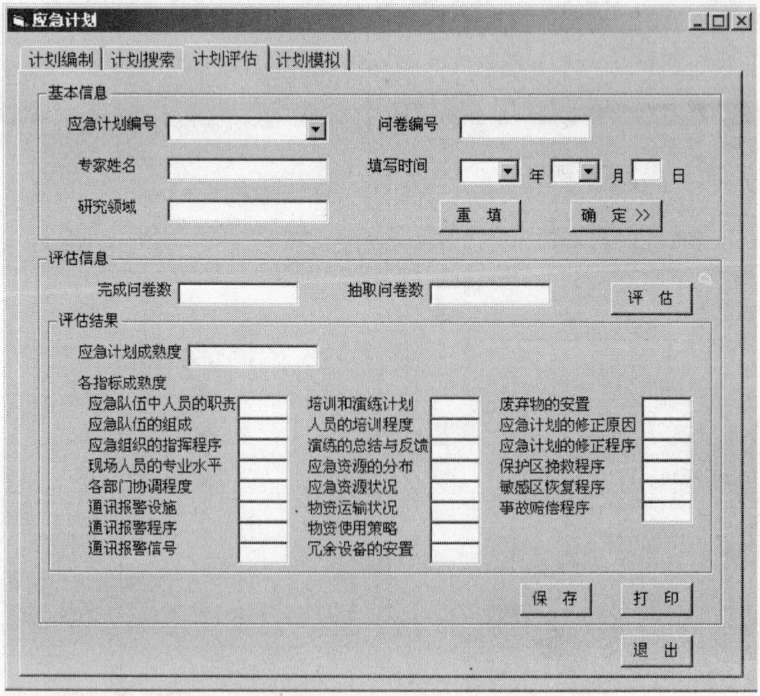

图8-30　计划评价主界面

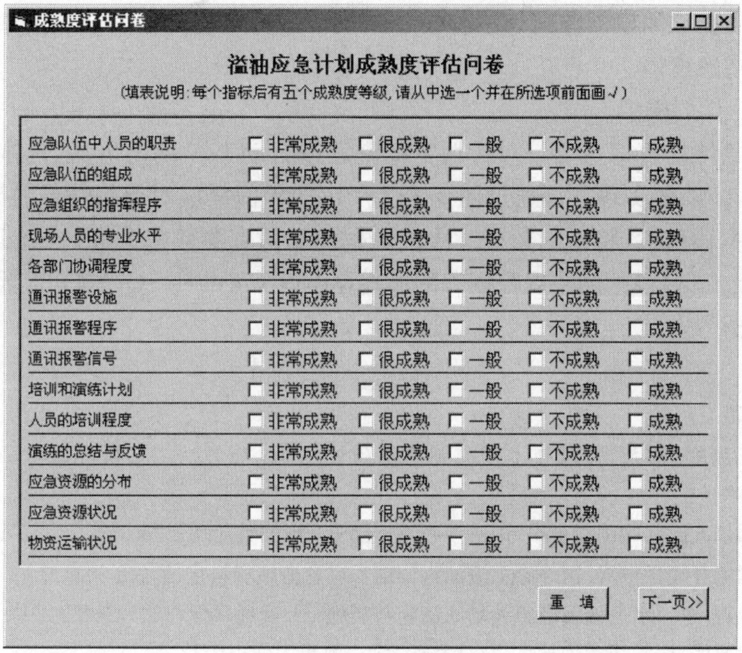

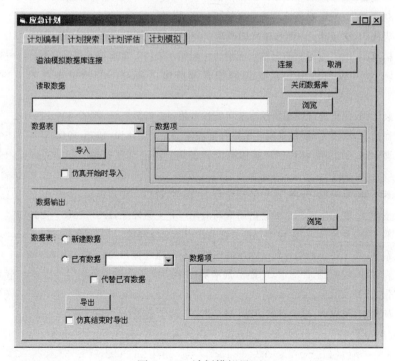

图 8-31　问卷界面

图 8-32　计划模拟界面

用层次分析法和模糊评判相结合的数学模型计算应急计划的成熟度值及每个指标的成熟度值。

(3) 计划模拟

应急计划模拟主要是对计划实施流程进行动态可视化仿真,具体由仿真软件 Extend 来实现。可通过图 8-32 所示的界面完成对模拟结果的调用,并通过数据输出栏,将指定数据库中的数据作为仿真参数传送给 Extend 软件。

Extend 将模拟结果以数据表的形式存于以 Excel 和 SQL2000 形式表示的专用数据库内。

参考文献

［1］ 王瑞祥,穆荣平. 从技术预测到技术预见:理论与方法[J]. 世界科学,2003(4):49—51.

［2］ 中华人民共和国海事局. 油污手册第Ⅳ部分:抗御溢油[S]. 2003.

［3］ 国家环境保护局. 国外海上溢油污染损害应急措施资料汇编[G]. 2003.

［4］ 金辉. 营口水上油污应急计划的制定与实施[J]. 交通环保,2003,24(2):36—39.

［5］ 殷佩海. 船舶防污染技术[M]. 大连:大连海事大学出版社,2000.

［6］ 郑雯君. 油分散剂应用于海面溢油的综合评价[M]. 海洋环境科学,1996(5):68—74.

［7］ 赵建强. 溢油影响评价及清除决策[J]. 交通环保,1998,19(1):11—16.

［8］ 唐伟明,沈室涵. 内河挂桨机船改造研究[J]. 交通环保,2003,24(12):79—81.

［9］ 柳莫山. 推广应用船舶尾轴水润滑防止船舶污染[J]. 水运技术,1998(4):44—46.

［10］ 陈水平. 铁屑内电解法处理船舶含油废水的研究[J]. 水处理技术,1999(5):303—306.

［11］ 袁国强. 氯化处理船舶压载水的可行性分析[J]. 世界海运,2002(4):11—13.

［12］ 徐恒振,周传光. 模糊隶属度鉴别海面溢油[J]. 交通环保,1998,19(6):11—15.

［13］ 曹立新,于沉鱼,林伟,等. 美国海岸警备队的溢油鉴别系统[J]. 交通环保,1994,15(2):39—42.

［14］ 蔡甫娣,吴天健,邹挥. 港口溢油全自动监测系统[J]. 交通环保,1996,17(3):13—15.

［15］ 皮建国. 客船生活污水处理的研究与应用[J]. 交通环保,1997,18(3):23—25.

［16］ 邓玉海,寿旭日. 船舶垃圾处理方案分析[J]. 交通环保,2000,21(4):36—38.

［17］ 常文. 关于防止船舶垃圾对水域的污染[J]. 交通环保,1999,20(4):43—46.

［18］ 肖井坤,殷佩海,严志宇. 船舶溢油潜势的多层次灰色评价分析[J]. 大连海事大学学报,2001,27(1):44—49.

［19］ 胡永宏,贺思辉. 综合评价方法[M]. 北京:科学出版社,2000.

［20］ JAMES M P. Overview of the oil spill risk analysis model for environmental impact assessment[J]. Spill Science & Technology Bulletin,2002,8(5—6):529—533.

［21］ MARK R. Oil spill modeling towards the close of the 20th century:overview of the state of the art[J]. Spill Science & Technology Bulletin, 1999, 5(1): 3—16.

[22]　ROUX R. Marine Mammals[C]// Appendix 4 in report on the 1993 environmental data workshop for oil spill contingency planning, Windhoek, Namibia, 1993: 17—18.

[23]　WILLIAMS A J. Birds of the Namibia coast: a review[C]// Appendix 3 in report on the environmental data workshop for oil spill contingency planning, Windhoek, Namibia, 1993: 17—18.

[24]　ROBERT P L, ELMER P D. Oil-spill research program of the US minerals management service[J]. Spill Science & Technology Bulletin, 1997, 3(2): 107—111.

[25]　宋保维. 系统可靠性设计与分析[M]. 西安: 西北工业大学出版社, 2000.

[26]　COIT D W, JIN T. System reliability models with uncertain component reliability estimates technical report for QRE Center [R]. 1998, 2: 98—2002.

[27]　SUNG C S, CHO Y K. Branch-and-Bound optimization for a series system with multiple-choice constrains[J]. IEEE Transactions on Reliability, 1999, 48: 108—117.

[28]　GALT J A, PAYTON D L. The development of a quantitative basis for optimal spill response planning[C]. NOAA technical memorandum NOS ORCA 102, Hazardous materials response and assessment division, National Oceanic and Atmospheric Administration, Seattle, 1996: 36.

[29]　CHARNES A, COOPER W W. Chance constrained goal programming model to evaluate response resources for marine pollution disasters[J]. Journal of Environmental Economics and Management, 1979(6): 244—274.

[30]　REED M. Oil spill contingency and response (OSCAR) analysis in support of environmental impact offshore Namibia[J]. Spill Science and Technology Bulletin, 1999, 5(1): 29—38.

[31]　齐怀忠. 基于预测和决策功能的海上船舶溢油应急管理信息系统[J]. 办公自动化, 2003(8): 18—22.

[32]　JAMES P D. Development of the Inland transportation risk management Decision Support System[D]. PhD Dissertation of Vanderbilt of University, 2001.

[33]　AL RABEH A H, LARDNER R W, GUNAY N. Gulfspill version 2.0: a software package for oil spills in the Arabian Gulf[J]. Environmental Modeling & Software, 2000 (15): 425—442.

[34]　http://www.sintef.no/units/chem/environment[EB/OL].

[35]　JAMES M P, WALTER R J, ZHEN G J, et al. Sensitivity testing for improved efficiency of a statistical oil-spill risk analysis model[J]. Environmental Modeling & Software, 2004(119): 671—679.

[36]　GRAHAM C, WEE T Y. Current data assimilation modeling for oil spill contingency planning[J]. Environmental Modeling & Software, 2004.

[37]　Nation maritime oil spill contingency plan. Australia's "National Plan to Combat Pol-

lution of the Sea by Oil and Other Noxious and Hazardous Substances"[S].

[38] TREVOR G. The australian oil spill response Atlas and introduction of a new oil spill trajectory model www. aip. com. an/amosc/papers/treopaper. htm.

[39] VARLAMOV S M, YOON JH, NAGAISHI H, *et al*. Japan Sea oil spill analysis and quick response system with adaptation of shallow water ocean circulation model[R]. Reports of Research Institute for applied mechanics, Kyushu University, 2000 (118): 9—22.

[40] www. clarkson. edu/xiehao/oil _ spill. htm[EB/OL].

[41] 傅孙成,王文质,章凡,等.南海海上溢油漂移扩散预测微机视系统[J].热带海洋, 1994(2):88—92.

[42] 张波,吴冠,张现峰,等.中文 Windows 环境下的海上溢油预报系统[J].海洋环境科学,1997(1):37—41.

[43] 熊德琪,林奎,肖明,等.珠江口区域海上溢漏污染物动态预测系统的开发与应用[J]. 交通环保,2003,24(6):2—5.

[44] 熊德琪,杜川,赵德祥,等.大连海域溢油应急预报信息系统及其应用[J].交通环保, 2002,23(3):5—8.

[46] 袁士春,林建国,任福安,等.海上溢油应急反应地理信息系统的开发[J].大连海事大学学报,2001,27(2):42—45.

[47] GAO X H, YU J Q, HUANG L W. Spilled oil information management system for Zhou Shan Harbor China based on OILMAP[J]. Journal of Wuhan University of Technology, 2002(5):700—702.

[48] 殷佩海,任福安.海上溢油应急反应专家系统[J].交通环保,1996,17(2):14—17.

[49] JAMES P D. Development of the Inland transportation risk management Decision Support System[D]. PhD Dissertation of Vanderbilt of University, 2001.

[50] 刘晶珠.决策支持系统导论[M].哈尔滨:哈尔滨工业大学出版社,1990.

[51] BLANNING. An entity-relationship approach to model management[J]. Decision Support Systems, 1986(2):65—72.

[52] ARTHUR M G. The SML language for structure modeling [J]. Operations Research,1992, 40(1):38—57.

[53] ARTHUR M G. The SML language for structure modeling [J]. Operations research, 1992, 40(1):58—75.

[54] HUH S Y. Model base constructer with Object-Oriented constructs[J]. Decision Support Systems, 24(2).

[55] LENARD. An object-oriented approach to model management[C]// Proceedings of the 20th Annual Hawaii International Conference on System Science, 1987.

[56] MA J. An object-oriented framework for model management[J]. Decision Support Systems, 1995(13):133—139.

[57] LAZILY. Object-oriented modeling support system: model representation and incremental modeling[C]// Proceedings of the 26th Annual Hawaii International Conference on System Science,1993: 445—449.

[58] DOLK. Model management and structured modeling: The role of an information resource dictionary system [J]. Communication of the ACM,1988, 31(6): 704—717.

后　　记

近年来,笔者在不同的场合了解到航运水污染的严重性,同时也体会到航运水污染防治工作的艰巨,为此,特向国家自然科学基金申报题为《航运对长江流域水环境的影响调控机制的基础研究》的自选课题,并有幸获得资助。

在为期3年的研究过程中,课题着重就航运对流域水环境的经济和技术影响与调控机制的思路和方法框架,基于行政、法律、经济和技术等不同层面的航运污染综合治理模式等论题进行系统研究。与此同时,作为理论研究部分的延续,课题还在上海市自然科学基金和交通部上海海事局科研基金的联合资助下,对上海国际航运中心的航运污染影响及治理进行探讨。

与笔者前一个主持完成的国家自然科学基金项目《EDI与水运企业管理相关关系研究》(考核等级"优秀")一样,笔者始终以一种老老实实和勤勤恳恳的工作态度来对待其中的每一项研究内容。如今,课题已经如期完成,研究成果也以专著的形式得以公开出版。这里,需要特别加以说明的是:虽然这本书名义上是个人专著,但确切地讲,应该是集体智慧的结晶。相关的工作分工如下:本人作为课题的负责人,具体构思课题和专著的总体框架和技术路线;完成前言(第1章)、航运与长江流域水环境互动机制的结构标识和影响规律识别(第2章)、航运污染对流域水质影响的技术量化与风险评价(第3章)、航运对水环境的优化调控机制研究(第5章);航运污染的行政与法律治理(第6章)、航运污染的技术治理(第8章)的撰写,并以本人为主,完成上述各章节相关内容的研究。此外,本书最后的修改和统稿工作也由本人承担。

袁群博士承担航运对流域水环境污染损失的价值化描述(第4章)、航运污染的经济治理(第7章)的研究工作和两章初稿的撰写,此外,还参与第5章中"基于系统动力学的航运与长江流域水环境系统的宏观政策调控"的研究。

陈维浩硕士协助完成"基于溢油模型的船舶溢油污染危险区域识别及风险评估"的仿真实验工作,并对"船舶溢油应急决策支持系统"的理论架构进行实验性论证。

刘建林博士、冯敏硕士、黄芳硕士协助完成"航运与长江流域水环境影响规律识别"及"基于系统动力学的长江流域水环境系统"的实证分析工作。

刘圣勇硕士、杨伟华硕士、叶龙硕士协助完成"航运污染风险评价"和"航运污染防治技术评估"的实证分析工作,其中杨伟华硕士对"上海溢油防污染行政与法律治理"提出了自己的见解。

上海海事局的周舫震先生、董乐义先生直接参与课题研究,并为资料搜集提供大量的便利条件,在此一并表示感谢。

施 欣

2006 年 1 月 18 日